城

门

张成海 著

四川人民出版社

图书在版编目（CIP）数据

城门 / 张成海著. —— 成都：四川人民出版社，
2025. 1. ——ISBN 978—7—220—13801—0

Ⅰ. I247. 5

中国国家版本馆 CIP 数据核字第 2024XV3628 号

CHENGMEN

城 门

张成海 著

出 版 人	黄立新
责任编辑	刘姣娇
装帧设计	张迪茗
责任校对	刘 静
责任印制	周 奇

出版发行	四川人民出版社（成都三色路 238 号）
网 址	http://www.scpph.com
E-mail	scrmcbs@sina.com
新浪微博	@四川人民出版社
微信公众号	四川人民出版社
发行部业务电话	（028）86361653 86361656
防盗版举报电话	（028）86361653
照 排	四川胜翔数码印务设计有限公司
印 刷	成都蜀通印务有限责任公司
成品尺寸	160mm×235mm
印 张	18.25
字 数	310 千
版 次	2025 年 1 月第 1 版
印 次	2025 年 1 月第 1 次印刷
书 号	ISBN 978—7—220—13801—0
定 价	88.00 元

| 第一部 |

乡村贫困　农女望城兴叹

1

1970 年春，川主人民公社召开了公社、生产大队、生产队三级干部大会，认真贯彻毛主席的最高指示，安排落实迎接知识青年上山下乡工作。二十天后，将有两百个重庆知青落户到川主公社，半坡大队被安排了三十名，向安隆所在的四生产队，安排了两男两女。

小组讨论的时候，向安隆强调没有房屋，安排有困难，当即遭到公社书记一顿训斥："'知识青年到农村去，接受贫下中农再教育很有必要'，这是伟大领袖毛主席的指示，谁敢违抗，理解的要执行，不理解的也要执行，有条件要安排，没有条件创造条件也要安排。房子有困难的，你们当干部的先挤出自家房子，也要安排好。正好，你们家向梦成、向梦学都是回乡知青，他们有共同语言，可以暂时挤在一块住。"

向安隆再不敢大声反对，小声同大队长说："现在我搞不明白，农村人千方百计往城市挤，城里人倒往乡下赶。他们来了既不能挑又不能抬，既不能深又不能浅，谁敢教育他们？只有当成活菩萨供起。再说你刘大队长知道，1958 年从城里下放到我们生产队来的吴正业，不是说来支援农村人民公社的集体建设吗？结果呢，城市的负担倒是减轻了，可把包袱甩给我们，闹了不少笑话，让我们现在还头痛。"

向安隆还想说，刘大队长赶快摆手："不要说了，现在是风头上，你想当破坏知识青年上山下乡政策的典型呀？"向安隆马上闭上了嘴。

向安隆祖祖辈辈都是土生土长的、纯而又纯、没有掺过假的农民。祖辈父辈虽然没有文化，但勤劳厚道，靠当挑夫、打短工攒下了三亩多坡地维持生活。土地改革时，他家又分得了四五亩田地，一家四代人日子过得平淡无奇，但从未断过炊烟。向安隆断断续续读过两三年书，有点文化。他性格不温不火，有人缘，成了互助组、合作社时期的积极分子，一直从互助合作组的组长干到生产队队长，始终带了个"长"字号。他心情舒畅，老婆李桂芝也勤劳贤惠，接二连三给他生了三男两女。按当时的说法：一家生七个八个孩子有点多，两个三个有点少，四个五个正当好。向安隆很满意，他认为五个孩子，个个都可爱，没有哪一个是多余的。按向家族谱的班辈取名，轮到"梦"字辈分，向安隆依次给孩子取名为——向梦军、向梦成、向梦学、向梦功、向梦响。俗话说，一苗露水一苗草，穷家自有养孩子的办法：衣裤巴上补巴接力穿，姊妹兄弟大带小。向安隆觉得自己没有在土地改革、互助组、合作社、大鸣大放中犯错误，全靠有点文化支撑，所以他认为读书识字懂政策非常重要，于是让五个孩子个个都上了学，读了书——怎么也得是个初中毕业生。

这回安排下乡知青的事经刘大队长一提醒，他马上意识到事情的分量，怕惹火烧身，赶快闭上嘴巴，老老实实回家准备，欢迎从城里来的"知青贵客"。

五四青年节，川主人民公社锣鼓阵阵，唢呐轮番奏着《大海航行靠舵手》《社会主义好》。"广阔天地大有作为"、"热烈欢迎知识青年接受贫下中农再教育"的大红标语，铺天盖地，会场挂着"川主人民公社热烈欢迎知识青年大会"会标。上午十点钟，公社书记致欢迎词，贫下中农代表讲话，向梦成代表回乡知青表示最热烈的欢迎，下乡知青代表李军慷慨激昂地表决心。大会结束后，知青们各就各位，跟随迎接队伍下队下户。

半坡四队除了向队长、梦成外，还有几位社员，来帮知青挑行李。一路上，四个知青有说有笑，有的评价半坡村的山水风光，有的思考未来，想着如何在农村扎根一辈子。唯有梦成，激动的心情慢慢平静下来，却又陷入了另外的沉思。

公社书记叫她代表回乡知青发言，这是领导的信任，梦成感到高兴。她从小语文成绩就好，作文写得不错。这次她珍惜书记钦点的机会，发言稿写得特别认真，简短而有激情，讲得有力、清脆，博得了一阵热烈的掌声。但在回家的路上，几个知青的激情抒发，她似乎都没听见，一心想的是：我好歹也是个高六七级学生，也该是个知识青年啦，人家到来敲锣打鼓、热热闹闹欢迎，我回来冷冷清清，今天反而为城里人捧场子、抬轿子，我怎么这么贱？难道我们就不叫知识青年，难道"土知青"真的不及"洋知青"。她，越想越不平衡，总想弄清这是为什么，区别在哪里。

谁知，梦成越想弄清楚越不清楚，越想弄明白越不明白，结果踏上了一条既明白、又糊涂的人生路。

梦成在家里排行老二，是大女儿。她从小聪明、乖巧、漂亮，小学时就有一批小男孩围着她转，初中未毕业就有三三两两的媒婆登门。俗话说，养儿请人做媒，养女盼人做媒。媒婆不断，母亲既高兴又烦心，但只能堆着笑脸，热情地接待一拨拨的媒婆。后来想，女孩子早晚都是人家的人，早订婚早了结一桩心事。她认准了本村本队的殷世富家，同意把梦成许配给殷家二儿子殷勤。殷家也有五个孩子，三男两女。老大殷财，老二殷勤，老三殷桃，老四殷实，老五殷智。当地人看来，殷世富家的确是个"殷实户"，三年困难时期以后，家里再也没有断过炊烟，再也没有发生过大事小事，女儿嫁过去不会挨冻受饿。殷家非常喜欢这个准儿媳，定亲过门那天，请了七姑八姨的六桌客，热热闹闹吃了定亲饭，还送一台收音机当彩礼。梦成继续上学，来去都要从殷家路过。殷妈掌握了梦成上学放学的时间规律，总要守候在门前，向她手里塞个咸鸭蛋或者是煮玉米，实在没什么东西可哄她，也要同她聊上几句，夸她几句。梦成也特别喜欢殷妈和这个家。初中毕业，梦成考上了县二中，在县城生活一年开阔了眼界，"文化大革命"停课闹革命，她回到半坡村。后来被选为"农业学大寨"铁姑娘队队长，川主公社毛泽东思想文艺宣传队骨干。风风火火，忙上忙下，再无闲暇顾及婆家和那个老实、憨厚的对象殷勤。

从当天迎接知情的情景，联想到前几年在县城里的所见所闻，她越想越不平衡，反问自己：这难道就是命运吗？

尽管梦成心里不是滋味，但她在行动上从未表现出来，仍在尽一个同龄主人的责任。知青房还未修好，两个女孩同她住一个房间，三个人挤在一张床上，三个人的衣服经常换着穿。两个男孩同三哥住一个房间。四个知青无法自立炊烟，便同向家一起搭伙过日子。几个知青也一再跟向大妈表态，不搞特殊，家里人吃什么他们就吃什么，可向妈不忍心让城里来的孩子吃苦，尽量让孩子吃好吃饱，在炒菜时，猪油都要多放一坨。

尽管如此，城乡文化差异，生活习性差异，饮食胃口差异，行为习惯差异，里里外外产生了许多矛盾，让向安隆这个家长加队长的人，面临全方位的挑战，许多时候感到里外不是人。眼不见，心不烦——他赶快把知青房修好，把他们搬出去，免得劳神费力还落个怠慢知青的臭名声。

知青房是四间土墙瓦房，两间寝室，一间厨房，一间客厅。有了自己的空间，四个人欢天喜地，自由自在地闹了几个钟头，肚子闹饿了，该自己做饭了。

他们的第一顿饭决定煮红薯稀饭。围绕先下大米还是先下红薯，几个人展开了一场激烈的讨论，最后以三比一表决通过：先下红薯。其理由是，红薯颗粒大，大米颗粒小。结果，红薯稀饭成了一锅羹。

下地劳动，他们也出了许多洋相，但这同他们个人关系不大，做好做坏反正是集体的。可在家里出洋相，就直接涉及每个人的切身利益。大家商量，去请梦成当生活顾问。四个知青一起在自己家里打打闹闹、生活了一年多，突然搬走了，让梦成心里空荡荡的，很不习惯，自然乐意当老师。

梦成教他们干农活，做饭炒菜。他们帮梦成排练文娱节目，成天来来往往，还常常留梦成一块住宿。知青从城里带回来的好东西，梦成在一起分享的同时，也受到不少诱惑。一晃，就是两年多，梦成同他们已经难分难舍。

殷家人听到了风言风语，四次托媒人登门谈两家婚事，但四次遭梦成拒绝。父母催促再三，都不管用。最后梦成只好向父母"摊牌"：自从我到县城读书后，我就下决心要嫁给城里人。我梦成不比城里姑娘少个鼻子、少个耳朵，女孩子身上该有的，我都有，凭什么要我一辈子当个农村家庭主妇。她老老实实承认，已同插队知青李卫东确定恋爱关系，而且关系很好，感情深厚，他决定要娶她。

父母虽有耳闻，但从女儿那里亲口得知确切信息，怎么能接受。母亲操起棍子就要打，父亲气得半天才说出话来："我当初担心'引狼入室'，现在果不其然，我们向家什么时候丢过这样的脸，叫我今后怎么见人啦！"

母亲强压心头气，劝说女儿："殷家哪里不好，殷勤憨厚、诚实，勤快又体贴人，是个靠得住的男人。殷家真是个'殷实户'，家里有三四年的陈谷子，四五年的老腊肉，七八年的腌咸菜，不愁吃不愁穿，你过去后就是实际上的大儿媳妇，今后就会掌管这个家。另外，公婆喜欢你，为了娶你，两年前就给你们布置好了新房，嫁妆也不要我们娘家办，样样齐全，结婚礼物一样不缺，你打起灯笼到处找，都难找到不要嫁妆的婆家！再说，李卫东是不错，但我们农二哥高攀不起呀！再说城里人心眼多，说变心就变心。即使李卫东不变心，城里就是那么容易去的呀！如果那么容易去，所有农村女孩不早跑光，都跑到城里去了。"

"殷家再好，能比得上重庆大城市？上次我送娟娟回城上班，到卫东家去看了，卫东的父亲是个副师长，家是楼上楼下的独家小院，还有勤务兵、警卫兵。别说你一个殷家，就是十个、百个殷家也比不上李家。"

"李家一千个好，一万个好，那是人家的命中注定好。奈何你梦成前辈子没积德，阎王不让你好。你当初投胎就投错了，投胎就投到了农二哥家，就注定该当一辈子农民，你就得认这个命。生就只有八角米，走遍天下不满升！"妈妈苦口婆心地劝说。

梦成说："难道我就这样的认命？我不管，是火坑我也要跳一回，大不了早死早投胎，我就不相信，我下辈子还是农民！"

恰在殷家催婚期间，卫东参军的通知书已下达。梦成要同卫东去重庆，卫东没有拒绝，同意她一块回去，向李家父母讲明他们之间关系，争取结了婚再到部队。

遇到梦成这头犟牛，父母拿她真没办法。深不得，浅不得，又怕出事，只好由着她的性子去。

梦成帮助卫东扛着一个大包，手里提着自己的一个小包，她没有向父母告别。母亲气得狠狠地骂："你走，你走了就永远别回这个家！"父母待在屋里，连目送也没有给一个。走到半路上，梦成停了下来，环顾了一下群山，似乎在说：再见了，川主公社；再见了，半坡大队；再见了，向家老屋！

这次来到李家，梦成同第一次来时的心情完全不同。第一次是带着惊喜、羡慕，因为当时她还是局外人。这一次是带着八分幸运、自豪、高兴而来，因为自己很快就是这个家里的一员了。

当天晚上，卫东上楼单独向父母讲明他同梦成的关系，希望得到父母的同意。父母的回答很简单干脆：不可能！随后下楼来，喊着卫东梦成说："刚才卫东给我们讲，想同你梦成结婚，我们已经告诉他，这简直是异想天开。上次你梦成来我家，受到热情接待，完全是我们全家人感激你们向家关照了卫东三四年，说明我们李家不是无情无义的人，你就以为我们喜欢上了你，简直有点自作多情。我明白告诉你梦成，别做白日梦，这是永远不可能的事，就是我们李卫东打光棍，也不会娶你这个农家女。我也要警告你卫东，你要同梦成结婚，就回开州县去跟她当一辈子农民。你要想回城市，我们李家永远不可能收留她，永远不想见到她，你好好掂量，自己选择。"

梦成的铁姑娘精神，陡然消失得无踪无影。她近乎哀求地对卫东母亲何情说："何阿姨，我和卫东是真心相爱的呀。再说，我们已经是事实上的夫妻了。"

"你说这话真不害臊，谁知你们是真心相爱，还是逢场作戏。难道你一个女孩子自己没有把管，不自重，见个男人就脱裤子……"

气得梦成跳起来，拿起茶杯就往客厅摔，"你问问你们卫东，是我主动脱裤子请他搞？你也是女人，你这话是不是也在糟蹋自己？你嫌我是农民，老鸦嫌猪黑，你也才刚刚随军七八年，脱掉农皮才几天，成了官太太就忘了自己曾经也是农民。你们家的李叔，原来不也是农民？我梦成老实告诉你姓何的，李卫东搞了女人又不负责任，是要付出代价的，我们半坡六队的队长搞了女知青，刚刚才宣判，判了劳改十五年！"

"别说十五年，还有被枪毙的呢，这叫人有人不同。城市知识青年有政策，有国法保护。别以为你读了两年书就是知青了，你永远也脱不了农民皮。你看有哪条哪款保护农民？我相信不是李卫东强奸的你，肯定是你梦成想当城里人，主动勾引我们卫东。送货上门，不搞白不搞，搞了你怎么样，搞了活该，算你倒霉！再说，搞农村女孩的只有他李卫东一个吗，哪一个受到处理的？"

梦成想了想，确实拿不出例子来，态度又软下来，想用最后一张王牌打动李家，"何阿姨，我实话告诉你吧，我已经怀上了，有了你们李家的骨肉！"

听着梦成这句话，在场的何倩、李副师长李伟、保姆和卫东四人，都面面相觑，一言不发。过会儿，何倩招呼李伟、保姆进屋里讨论对策。

何倩和保姆出来，李父没有再露面。何说："向梦成，你是不是怀上了孩子，是不是卫东的孩子，我们怎么知道。口说无凭，到医院去检查，医生说了算，如果是怀上了卫东的孩子，一切都好说。如果不是，休想赖倒李家。"

听了这话，梦成以为怀上孩子这张"王牌"是根救命稻草，肯定管用，有一种云开日出的感觉，憧憬着在李家的好生活。

第二天大早，何倩笑眯眯走进屋对梦成说："医院我们都联系好了，今天就去检查检查。"

"谢谢何阿姨！"何倩和保姆陪她坐着部队的小车，来到部队医院。梦成心情特好。

诊断室已经有几位穿白大褂的军医，早已在提前等候。梦成第一次感受到，当大官的可以呼风唤雨，当个他们家庭成员的感觉，真好！

"姑娘，忍着点，一会儿就好"，梦成点点头。末了，医生对梦成说："小心点，半年内不能再怀孕。"

在回家的路上，梦成一直在想，检查怀没怀孕，怎么会那么疼痛呢？医生为什么要叫我忍着点，还有，医生为什么说半年内不能再怀孕，我不是明明已经怀了孕吗？梦成心里一直在打鼓。

一周以后，梦成身体一直不正常。这时，梦成要向姓何的讨个说法。

"实话告诉你吧，留下这个孽种就是我们李家的祸根，打下这个孩子免得你要挟我们，让你断了痴心妄想。你好好想想，未婚先孕张扬出去，对你女孩有什么好处。你就算吃回哑巴亏，也会保护自己的名声。部队医院可以保密，只有你知我知，休息保养几天，我们给你买张车票回老家去，再同殷家和好。"

梦成气得吼闹起来："李卫东你给我滚出来，是个男人就应该敢作敢为。你竟敢同家人合谋，欺骗欺压我们农村弱女子。你们休想把我赶出李家门，我死也要死在李家，当个冤死鬼，让冤魂缠住李家人，全家人不得安宁！"

"卫东今天启程到部队去了，你就到天涯海角去找吧，反正是他惹的祸。姓向的，我也明白地告诉你，你用不着拿死来威胁我，你以为你一个农民的命有多贵重，你想自杀就自杀，我们大不了花点钱给你买个棺材，还能怎么样？"

梦成喊天天不应，叫地地不灵，真想一死百了。但她马上意识到，一个农村女孩在大官家里"自杀"，对他们肯定无足轻重。命是自己的，我凭什么要死，我要同他们斗到底。

"你们休想我自杀，我哪儿也不去找，反正和尚走了有庙在，贪官走了有衙门在，反正你们家有吃的有喝的有住的。"

李家自知理亏，一是儿子不该拈花惹草，二是不该欺骗梦成做人流，接下来的半个月他们照例管吃管住，反正他们这样的家庭不在乎多一口人吃，多一个人住。

尽管李家人的脸色难看，但考虑自己已无退路，梦成也就忍气吞声在李家待着。

时间到了一个月，梦成还没离开的样子。李家人想，短暂住个十天半个月的无所谓，长期住个外人像什么话。何倩和保姆轮番劝导，都无济于事。保姆出主意：能不能让梦成从人间消失？李副师长听了这话，大光其火，"开什么国际玩笑，一个大活人光天化日下来到了李家，怎么会消失。你没看到人家天天关在屋里写东西，说不定早已记录下来，递出去了，你们敢把她怎么样？姓向的命不值钱，我们的命值钱啦，我的职位值钱啦，弄得不好，不仅会蛋打鸡飞，还会把家人搭进去，我这个副师长来得容易吗？何况，她哥哥在部队好歹也是个团级干部，他也有门路往上通啦。再说，做人也要讲良心，向家人关照了卫东三四年。"

的确，梦成关在屋里写，断断续续在记录破碎的城市梦，受欺受辱的辛酸泪，还给家里写了两封信。信，都很简短，都是说些李家条件很好，家人对她很好，她也很好之类的。

梦成在李家观察动向，甚至想从通讯员送来的信件中，寻找李卫东部队的地址。她想到部队去闹个鱼死网破——你李卫东毁我的一生，我也要毁你的前途。李家各种渠道封锁，她哪能得到半点信息，梦成心里骂道：李卫东的山盟海誓，原来也是骗局。他妈的天下男人都这样，开始甜言蜜语，中间轰轰烈烈，到头来是穿上裤子就不认人，受害的都是女人。

硬拼没有效果，梦成改变了策略。从那以后，梦成不再闹了，李家也不再赶了，相互虽然没有好脸色，但相安无事。两个月过去了，成天无事的梦成感到无聊，时不时帮助做点家务，李家也没有拒绝。一天晚饭后，梦成走到何倩面前，胆怯而又亲切喊了声"何孃"。何倩是三个月来又一次听到这个称呼，心里暗暗一震，接着听到梦成讲："何孃，现在我已无脸见父母和家人，无脸见家乡人，无路可走、无家可归了。要怪，只怪我当初一心想高攀，现在想起来还是我妈说得对：生就只有斗米，走遍天下不满升。我没有缘分做你儿媳，不应该怪你们，就请你同情我，收留我在你家当个用人，好不好，我求求你了，家务活我都能干。何孃，我求求你！"听了梦成的哀求，何倩的心一下就软下来，回答说："你虽是个农村姑娘，好歹也是个高中生，哪能让你当个保姆，当保姆也上不了城市户口。再说，一个军队干部家里住个黑人黑户口，那怎么行，我们老李也不好向上级交代呀！"何倩停了停又说，"是我们家卫东对不起你，让我慢慢来想办法。"

李家一直在想办法摆平这件事。一天，何倩突然想起赵勇来，赵勇是李伟以前的通信员兼警卫员，后来下连队当了连长，在搞实弹训练中，为救新兵自己受伤残疾，现在安置在荣军院。李伟开初觉得不妥，后来又觉得是件两全其美的事，这样既可以照顾赵勇后半生的生活，还可以帮助梦成实现当城里人的愿望。

凤落羽毛不如鸡。梦成自知已成为"处理品"，同意与赵勇见面。

坐在轮椅上的赵勇见面的第一句就说"我的情况你是知道的"，梦成的第一句话同样是"我的情况你也是知道的"。梦成心里说，乌鸦哪能嫌猪黑？

"我这个样子要拖累你一辈子，真不忍心啊。再说，我身上已经少了'零件'，连生育能力都没有了，甚至连过正常的夫妻生活也难。"赵勇很自愧地说。

梦成答得也很干脆："只要我们人好，有没有生育我不在乎，我已经是'处理品'、'二手货'了，还在乎什么。结婚的体验我已有过，男女之间就那么一回事。有人终身不嫁不娶，也没有要死要活的，照样过了一辈子。只要你不嫌弃我，肯收留我，咱俩相依为命，我会好好照顾你一辈子的。"

赵勇听了梦成坦诚的自嘲，联想到自己的经历，引起一阵辛酸：一个漂亮有文化的农村姑娘，就因为想当城里人，竟然弄到这个地步。但有什么办法，农村人要走出农村，除了考上大学、参军提干，就只有嫁人。我要不是在部队拼命表现，提干穿上了四个兜的军装，也早就回到农村去修地球了。而梦成本来可以通过考大学跳农门的，但"文化大革命"大学停办，她连高考的机会都没有，唯一的指望就是嫁人，竟然弄成这个样子。

在李家的撮合和伤残军人疗养院的支持下，赵勇同梦成成了合法夫妻。梦成离开李家那天，何倩亲自参与做菜，几个月没同桌吃过饭的李副师长，也一同举起了酒杯，为梦成饯行。李副师长派小车，在何倩的陪同下，把梦成送到荣军院，还为他们举办了简朴的婚礼。随后，荣军院的同志告诉梦成："国家对城市户籍和商品粮供应政策管理很严格，可能要较长一段时间才能批下来，希望你耐心等待。"这倒是实话，不过背后的另一个用意，是考察梦成对赵勇承诺是真的，还是权宜之计，是不是骗到了城市户口就抛弃赵勇。

梦成爽朗地回答："没关系，总不会再等二十四年吧！"

送走客人，梦成回到赵勇房间，心里有说不出的高兴：尽管只有十多平方米，毕竟是一个可以安身的家，一个比较安全的避风港。

梦成给家里写了第三封信，也比较简短，告诉爸妈，我已经结了婚，一切都很好，请不要挂念，请父母自己多保重。梦成还给殷勤写了封简短的道歉信，托父母转交。

得到梦成已经结了婚的消息，向安隆只好和老伴拿着梦成的道歉信，厚着脸皮，一起到殷家，赔了一千个不是，一万个对不起，加倍退还了彩礼。

梦成一心盯着城里，盯着李卫东家，却有好几个女孩子盯着殷家，争取当个替补队员。最后，一个叫汪英的女孩如愿以偿当选，订婚十天就当上了殷勤的老婆。殷勤为等梦成，已熬到三十，再也拖不起了；汪英虽刚满二十岁，但怕夜长梦多，不愿久拖；新房布置好几年，虚位以待，不需要再准备。万事俱备，来了个速战速决。有人说，男大一枝花，女大是冤家，殷勤十有八九是个怕老婆的"炮耳朵"。

梦成专心致志的伺候老公。一个人的供应粮两个人吃，有些紧张，但梦成会想办法，买些蔬菜代用凑合，比在农村强多了。

梦成的表现让老公甜在心里，也让街道邻居和安置办的领导看在眼里。

2

梦成走后，梦响接替了"农业学大寨铁姑娘队"队长一职。梦响没有姐姐那么泼辣，能写会说又能干，抢起五斤重的二锤打钢钎、钻炮眼，连续挥打一百下不喘一口气。

梦响是初六八级的学生，没有姐姐书读得多，是家里五兄妹中最小的，有爸妈爱着，哥哥姐姐宠着，自然少做家务，动手能力差些，能说会道也不如姐姐。可梦响也有自己的本事，那就是性格特别开朗、大方，唱得比说得好——她生就一副好嗓子，声音脆生生的、甜甜的，成天就听到她无忧无虑地唱。她唱"文化大革命"的"流行"歌曲，尤其是毛主席语录歌曲，没有她不会唱的。她特别崇拜歌唱家郭兰英，尽管没有经过正规训练，但她的音乐天赋助她偷师学艺，模仿郭兰英的声音惟妙惟肖，所以有人称梦响是半坡村的"金嗓子"，川主公社的"百灵鸟"、"小郭兰英"。梦响除了特别爱唱歌、会唱歌外，她还特别爱做梦。她几乎天天晚上做梦，有时甚至连白天迷糊一会儿也要做梦，似梦非梦。但这是白日梦，往往破灭。人说，一个人日有所思，夜有所梦，梦响的"梦"，往往同她的理想、追求连在一起，也往往梦想成真，把一个一个梦想变成现实。所以，她后来干脆把"梦响"这个名字改为"梦想"。

半坡大队改田改土的基建队，不图梦响一口气能抢多少次铁锤，一天能打多少个放炮开石的炮眼，就希望她用歌曲、用歌声鼓舞改天换地的士气。除了唱歌，梦响在队里能干多少算多少，照例每天评七个工分。这个分数是一个妇女一天的完整工分，男劳动力一天评十个工分。

半坡大队改田改土的工地选定半坡五队。一是因为这里地形较好，大约三十五度的坡度，改后的梯田很醒目，很远就能看见。用公社党委贺书记的话说，连女孩子都知道，胭脂粉黛要擦在脸蛋上，不能打在后颈子上。打在后颈子上谁能看见？第二个原因是，五队的石料丰富，开山劈石运输也较近。每个生产队抽二十个全劳动力，集中在一起干活，半坡大队的大队长曾任这里的总指挥，因为是贺书记搞的"农业学大寨"的试点，他每周至少来参加三天劳动。上级规定，干部参加公社的集体生产劳动，每年不少于一、二、三，即县里的干部每年不得少于一百天，公社干部不得少于两百天，大队干部不得少于三百天。

梦响第一天来到的工地，正遇上公社贺书记参加劳动。贺书记一看见梦响，就半邀请半命令似的说："梦响，唱一个，给大家鼓鼓劲。"

梦响清了清嗓子说："唱歌是我的业余爱好，没有经过正规训练，经常左声左调，如果不嫌吵着大家，那我梦响就在贺书记和大家面前献丑了。"说完，梦响又清了清嗓子开唱：

一道清河水/一座虎头山/大寨就在这下边……

梦响刚刚唱完落音，贺书记就带头鼓掌。梦响兴趣正浓，开口问大家："这首歌的歌名是什么？原唱是谁？"青年农民殷智马上抢着说："歌名叫《敢教日月换新天》，原唱是著名歌唱家郭兰英！"殷智是高梦响一个年级的同校同学。

梦想更来劲了，以表扬的口吻说："非常正确！那好，我再给大家唱一首《一花引来万花开》。"唱完后，梦响歇了歇，在桶里舀了碗茶水喝，润了润嗓子。贺书记放下了抬石头的杠子，走到梦响面前询问起梦成的情况，表扬梦成是个好姑娘，说梦成的离开是半坡村和川主公社的遗憾，并希望梦响扎根农村干出成绩。梦响对于贺书记的鼓励和希望，未做任何表态，只说了声："谢谢书记！"

贺书记回头叫大队长下令让社员们都休息十分钟，趁社员们都放下工具，坐下来休息喝水的时候，梦响又站起来说："大家辛苦了！现在我给大家再唱一首《公社是棵常青藤》。"说完，梦响照例清了清嗓子，唱到：

公社是棵常青藤/社员都是藤上的瓜/瓜儿连着藤/藤儿牵着瓜/藤儿
越肥瓜越甜/藤儿越壮瓜越大
……

刚刚唱完，第一个带头鼓掌的又是梦响的同学殷智。殷智说真不愧是"小白灵"，"第二个郭兰英"。贺书记也夸梦响不但唱得好，而且歌声特别有感情，对人民公社的感情非常深厚。贺书记回头对大家说，梦响带着深厚的感情赞美人民公社，我们大家都要带着感情赞美和热爱人民公社，我们大家更要带着感情搞好农业学大寨，吃苦耐劳搞好改田改土，搞好农田基本建设。

不知是贺书记的火线号召起了作用，还是梦响的歌声给大家带来了力量，上午的后半晌社员们干得非常卖力。过去六个人抬的石头，这一下四个人就抬起走，而且步子比较轻快；抡锤打炮眼的锤声，比往日更响更有力；挑土回填的妇女们，簸箕里的土冒起了尖尖，装得更满……不知不觉，收工的哨子响了。

社员们散去了，工地安全员又吹起了口哨，挥舞着小红旗，大声喊着："马上放炮了，请赶快离开工地，注意安全。"口哨不停地吹，小红旗不断地挥，四面严把进出关，另外还有三名专门听炮声、记数量的安全员，以做到万无一失。

当天上午，有十二组人分头打好炮眼，灌满炸药、雷管，然后装好导火线，再让安全员检查一遍，确认安全后才发令点火。当天的这十二炮，由王开华和余永忠两人执行点火，每人负责相邻的六个炮眼。点火前还要观察各炮眼之间的分布，设计好点火人员的撤离路线，以保证用最短的时间撤离到既能观察爆破现场，又能保证人员安全的地方。随着安全员的一声令下"点火"，王开华和余永忠手脚麻利地分头点燃了各自负责的六个导火线，全程用时不到十秒。四分钟过后，爆破声先后响起，尘土小石在各自地点分头开花。安全员异口同声地数着爆破声："一、二、三、四、五、六、七、八、九、十、十一"，但就是没有第十二声。三位记数安全员和两位炮手一起核对，准确无误只响了十一声，而且通过观察，应该是王开华负责的其中之一没有爆破。大家焦急地等待，一分钟过去了，仍然没爆。五分钟过去了，还是没响。这时的王开华就准备去现场查看，被安全员制止住了。十分钟过去了，大家都认为成了哑炮，不会再响了。但是，哑炮必须排除，不然始终是隐患，会影响下午的所有工种的进度。王开华小心翼翼地朝哑炮走去，其余四双眼睛也紧盯住哑炮，谁知王开华离哑炮不到三米远，哑炮突然爆炸了，几个人听到一声"哎呀"，见王开华倒在乱石堆中。听到工地上的喊声和哨子声，贺书记和另外三位参加劳动、在五队社员罗先林家搭伙的干部还没吃午饭，就赶紧跑向工地，不少人也都跑往现场。王开华头中石头受重伤，他看到贺书记到场，手指爆破方向，艰难地说："贺书记，哑炮，哑炮……"就昏迷了过去。

贺书记指挥组织绑担架，六个壮劳力分成三组换班抬，火速送往县人民医院抢救，他本人跟在担架后面小跑，一方面随时关注王开华的情况，另一方面还要他到医院做个住院担保的"人质"——工地哪里能凑够入院治疗费，这是人命关天的大事，救人要紧。二十里的山间小路，人们不到一个半小时就跑到，急诊抢救室的医生，闻风而动，发现病人已奄奄一息，还未来得及手术，就停止了呼吸。医生结论："病人死于大脑中枢重创。"

去医院的路上，社员抬得快步如飞。回来的路上，大家觉得担架越来越重，脚步越来越慢。当地有种说法，抬死人会越抬越沉，其实这是一种心情沉重而引起的感觉。

人被抬到王忠厚的房前院坝，老两口一下明白了结果。王忠厚一下瘫在地上，老妈一头扑向儿子，哭得换不过气来。王燕一边哭喊"弟弟"，一边扶着老妈。哭了一会，老妈突然掀开王燕，扑向大队长，要同大队长拼命，两手不停往大队长身上扑打，"还我儿子，还我儿子，好端端的儿子，被你弄去学啥子大寨给爆死了，我也不想活了，我的命这么苦，活着还有什么意思！"她边哭边用头往大队长身上碰撞，大队长含着眼泪，小声地回答："周伯娘，我也没想到呀，我也不愿意呀！"

王开华的母亲姓周，但村里人只知道她姓周，不知道叫什么名字，她在参加生产队集体劳动的记工本上的名字是"王周氏"。她说她的命苦，的确是够苦的了。她说她从大巴山的城口县走出来，但为什么会出来，她没有说，叫什么名字她自己也不知道，只知道姓周。她嫁给单身汉王忠厚的时候二十六岁，老公比她小三岁。结婚没有仪式，也没宴请亲朋。对她来讲，结婚就等于一男一女一起生活，过日子，养儿育女。她没有文化，但能吃苦耐劳，家务活她全包，自留地的挖地、种菜、挑粪、打柴全是她，完全同老公颠倒了位置。她对老公的要求几乎就只有"播种"生孩子这一件，老公也自然落得清闲，甘愿当家庭闲人，一切听老婆安排摆布。结婚第二年，二十七岁的她生下第一个孩子，是个男孩，两口子高兴得不得了。谁知没过七天，孩子不明不白地夭折，对他们打击很大。但他们自我安慰，能生第一个就不愁没有第二个，反正人还年轻，可以一直生下去。随后的七八年中，她又连续生下了三个孩子，两女一男，可是每个最长的只活了三个月，都因这样那样的病，死了。命，的确是够苦的。直到三十六岁时，王周氏生下了第五个孩子，是个女孩，居然突破了前面四个孩子，活过了三个月、六个月、十二个月、两岁。这个孩子就是王燕。就在王燕生出来不久，或许是长年累月的过度劳累，或许是营养不良，或者是卫生习惯等原因，王周氏突然得了"子宫脱出"病。

医疗上称"子宫脱出"，但在开州县大部分农村妇女中，称它为"茄袋掉出"。她们不知道这种器官学名字叫"子宫"，因为它的形状像农村地里长的茄子。但是她们都知道，这个"茄袋子"关系到生孩子。没有这个"茄袋"，女人就不能生孩子。

王周氏的"茄袋"，十天半月就掉出来一次，既烦人又恶心。王忠厚劝她到公社医院去医治，王周氏说："看什么病，农村妇女好多都有这个毛病，有什么稀奇的。你到医院去，就给你一刀割了了事，他们割还不如我自己割，自己割还不花钱，我们哪里有钱去割这个东西呀。""他们割还不如自己割"一句话，吓了她老公一大跳，"别蛮干，弄得不好要自己的命。"王周氏回答道："我们农民的命比较贱，没有那么金贵，不容易死。在我老家城口，就有女人自己割掉的，就没有死。那个东西不是要命的东西，只是生孩子起作用，有它无它死不了人。你看农村劁猪劁牛劁羊，割了一坨肉不但不死，反而还活蹦乱跳的。就是死了，没什么不得了的。该死命归天，不死再过年。不过，我现在也不想割掉这东西，我也不想死，我要留着它，一直留到生个儿子，为你传宗接代。"她还安慰老公："这个病不会有生命危险，听说是个'富贵病'，只要多休息，注意营养，就不会出大问题，今后你就多做些家务，我争取给你生个儿子。"心情放松，目标明确，不久王周氏又真的怀上了。她高兴地告诉老公，根据自己过去怀男怀女的反应，估计这次准会是个男孩。九个月后，王周氏的肚子果然争气，真的生了个男孩，取名"王开华"。

盼到了儿子，一向不做家务的王忠厚也勤快起来了，知道心疼老婆了。但王周氏的身体越来越差，"茄袋"掉出来的次数也越来越频繁。她很烦、很痛苦，但不愿意割掉它。她担心儿子会再出问题，还要把"茄袋"保存下来，以防万一。但是，这"茄袋"随后三天两头就掉出来，每次掉出来后她就自己用手把它塞进去，很痛苦，身上衣裤就没干过。王周氏一天天地熬日子，一天天地盼儿子长大，度日如年。一天下午，王忠厚到生产队去劳动去了，王周氏在家砍猪草，"茄袋"又掉出来了。她很烦，心想：儿子已经度过了"危险期"，留着这东西还有什么用，也许留着它也生不出孩子了。她横下一条心，左手拉着脱出来的"茄袋"，紧紧地贴在砍猪草的木墩上，右手拿着锋快的猪草刀，咬着牙关一刀剁下去，"茄袋"如愿分家。还好，没有想象中的痛苦，还没有生孩子痛得那么凶。老公回到家，她只称有点不舒服。她连续睡了五天，第一次得到了老公的全面伺候。五天后，她从床上爬起，淡淡地对老公说："我把那东西剁掉了，没有想象中那么危险！"王忠厚差点被吓瘫，狂吼道："真是从大巴山里出来的人，竟然如此野蛮！"

确实有点野蛮。要知道，医院切除"子宫"和家里剁"茄袋"，完全是两码事。可以说，这是不懂科学的"野蛮"，贫穷逼出来的"野蛮"，是贫病交加的人于山穷水尽中的最后赌注。贫穷和野蛮常常是相伴而行，甚至是双胞胎、连体婴。与其在无奈中等死，不如在冒险中寻求绝路逢生。无论是说农民的命本来就很贱，还是说王周氏的生命顽强，都不是牵强附会。

确实有点野蛮。但就有不少像王周氏这样的人，居然能够在野蛮中生，贫困中长，在野蛮贫困中度过自己的一生！

王周氏冒着生命的代价，换来的儿子，不满二十岁就突然没了，这叫她怎么不悲痛欲绝，昏厥过去。贺书记派人去叫来公社卫生所的医生，输了葡萄糖，打了强心针，老娘才慢慢苏醒过来。大队长把自己家里的木料捐出来，请木匠赶制了一口棺材，将王开华埋在自家房屋旁边。为了安慰王开华的妈妈，贺书记又把梦响叫来陪伴照顾。同时，贺书记还宣布：公社条件有限，挤出一百元钱做慰问金，补贴一千个工分，参加生产队的集体分记。男劳动力每天是十个工分，一千个工分就相当于补贴了一百个劳动日值。大家知道，贺书记已经尽了自己最大的力。

贺书记还表态："我会经常来看你们两位老人的。"同时还要求大队长和生产队长，今后要多关心两位老人家。

处理好王开华事故的第二天，贺书记又专门来到半坡村改田改土工地，召开了全体社员的安全大会，要求各个环节都要把好安全关。大会结束后，贺书记又召集了半坡村党支部书记、大队长、各队队长和党团员会议，分析和排查这起事故存不存在人为破坏因素。大队长很肯定地说，应该不存在人为破坏的因素，工地有两个地主分子和一个富农分子，就连地主和富农的子女，都没让他们靠近重要工种岗位，开山装药放炮的事，更不会让这些人沾边。贺书记接着说："没有就好，我们农业学大寨学什么，第一是学习自力更生、艰苦奋斗的精神；第二是牢固树立阶级斗争观念，千万不要忘记阶级斗争。"贺书记要求大队长安排人在工地旁边，增加一条标语，写得要醒目，内容是：为有牺牲多壮志，敢教日月换新天。"我再强调一下，千万不要放松阶级斗争这根弦。"贺书记又叮嘱到。

党支部书记和大队长同时表态："我们坚决按贺书记的指示办。"

不久，全国农业学大寨现场会在山西昔阳县大寨大队召开，重点县的大队支部书记都赶到现场"开眼"，上万人到昔阳大寨，声势浩大。会上，要求层层树典型，层层搞现场会，用典型引路。开州县农业学大寨会议的参观点，自然就选在川主人民公社的半坡工地。其理由一是这儿搞得较扎实，有声势，有成绩，有经验；二是此地离县城不太远，方便出行。但考虑到开州县是有一百五十多万人口、一百〇二个公社、一千多大队的大县，县区社和大队干部合计超三千人，现场条件不允许同时参观，就分为上下午两批进行。现场会由县委张书记亲自主持和带队。

公社贺书记接到县委办公室的书面通知后，既高兴又紧张。高兴的是自己搞的农业学大寨的试点，引起了县委书记的重视；紧张的是，还有的公社比自己搞得更好，只不过是川主公社离县城近这个优势才被选中。如果被人挑毛病，还会产生负面影响，叫作"偷鸡不成，倒蚀一把米"，会得不偿失。怎么突击上台阶，只有五天时间，当然不可能马上再造几条像长城那样蜿蜒迂回、高大、雄伟的梯田石坎。他想去想来，想到了自己过去在县委宣传部当宣传干事的优势，觉得可以用舆论占领先机。

贺书记决定除了抓紧完善施工，在宣传上还定了几条。他把公社的三位副书记、三位公社主任带到现场规划和布置：第一，在南山坡上再书"农业学大寨"巨型标语，每个字要求十米高十米宽。还要求，字不能用石灰写，石灰字容易被雨水冲掉。要用白色油漆写，这样既不会被雨水冲掉，又会借阳光而更加醒目耀眼。第二，在参观沿途再增加一些标语口号，如"愚公移山，改造中国"，"敢叫高山低头、河水让路"、"重新安排山河"、"自力更生，艰苦奋斗"、"工业学大庆，农业学大寨"、"超黄河跨长江，三年川主大变样"，还有别写掉了"千万不要忘记阶级斗争"。第三，梦响挑大梁的宣传队还要增加几个唱得好的姑娘，尤其要练好《敢教日月换新天》《一花引来万花开》和《公社是棵常青藤》等歌曲。第四，参观那天，坚决不能让地富反坏右分子，包括他们的子女到现场，还包括个别思想不好的社员，哪怕是贫下中农社员，最好也不让他们到现场。贺书记要求大家不折不扣地去办。

正准备散会，贺书记突然想到征求公社其他几位领导的意见。公社姜主任说："我补充一点，那就是安全问题，尤其是在石壁上写标语，不好操作，不注意就会发生危险。不要刚刚处理完王开华问题，马上又出事，不好向上级交代。"贺书记马上说："姜主任强调的事很重要，上去的人一定要系好结实的安全绳，确保万无一失。另外，在写字前一定要用铁铲除苔藓，用水冲净泥沙，油漆字才能粘得住，粘得牢，不说一劳永逸，至少让它管上十年八年。还有'农业学大寨'这五个大字，每个字之间的间距，上下高矮都要协调、美观、霸气，要体现我们川主人的风格和气魄。我看最好还是到县城去请个写字的高手。我想想，是不是把四队的回乡知青向梦学抽来，在参观沿途路边再多写一些标语、口号。"

似乎各方面都比较周到了，贺书记才宣布，进入迎接参观团工作的倒计时。

参观那天，县委张书记来得最早。张书记大学毕业先到县委宣传部当理论教员，后来下去当区委书记，不到四十岁就当县委书记，是当时少有的大学生书记。他十分重视政治思想工作和宣传鼓动工作，务实能干。山上不通公路，小车只有停在山下，他第一个快步上山，其他几位领导也相继而到。

随后，来参观的大队伍到了，铺满了半个山坡，有赞叹的，有心底佩服的，也有个别私下挑毛病的——"面子活干得不错，细看是'马屎面上光，里面是粗糠'，梯田石坎高大壮观，但里面回填没有夯实，遇到大雨里面包着烂，容易出大问题……"

但是，瑕不掩瑜，大部分参观者都满意而归。县委张书记也是大加赞赏。贺书记和川主公社的一班人，也觉得向县委交了一份农业学大寨的及格答卷。

全县农业学大寨现场会刚结束五天，贺书记接到县委转发的地委文件，批准任命他为开州县县委副书记，分管全县农业学大寨工作。

贺书记离职就任前，没有忘记去看望王忠厚、王周氏老人，还到王开华的坟头转了一圈。随后，到他蹲点的工地，向战天斗地的社员们告别。他看到了梦响，鼓励梦响："好好干，有事就到县委来找我！"

3

一年后，梦成的城市户口和粮食供应证，终于批办下来了，外加每月国家还给她发二十四元工资，作为照顾赵勇的护理费。

这位被抛弃、被欺骗做人流手术都没哭过的要强女孩，这个时候感慨万千，号啕大哭起来："我向梦成做梦都想当城里人，经历了那么多的曲折，现在终于如愿以偿。"

一晃就是一年多了，父母责怪梦成过了好日子就忘了爹和娘。母亲经常叨念，要不是开州县离重庆太远，难得坐车坐船，真想上门去骂她一顿。最后还是把梦成在重庆的地址告诉她在部队当兵的大哥，待他回家探亲路过重庆，去看看妹妹。

梦军按照地址很快找到李家，接待他的是一位着便装的中年人，梦军猜想这就是李副师长。梦军说明来由，那位中年人一脸严肃但较为温和地说："梦成现在不住在这儿了，我派个车送你过去吧。"

一路上，梦军想从司机的口里掏点东西出来，司机却守口如瓶。

梦成见到哥哥突然出现，一下傻了眼，泪水像断线珠子往下掉。然后指着赵勇说："这就是你妹夫。"梦军看到此人不是在家乡认识的卫东，一片茫然。梦成简要地说完整经过后，赵勇深沉地喊了一声"大哥"，停顿了一下然后说："是我太自私了，拖累了梦成，但我也非常感激梦成！"梦军拍拍坐在轮椅上的赵勇说："快别这么说，这是梦成自己的选择，咱们都是军人，军人理解军人，你舍身救兵的行为值得尊重！"

离家时，梦成再三恳求哥哥，暂时不要把真相告诉父母，免得让父母伤心，也希望不要让半坡村社员知道，免得被看笑话：昔日在村里响当当的铁姑娘，而今落得这样的下场。

回家的路上，梦成的事一直让梦军心情沉沉的，他决定继续为梦成保守秘密。一路上，让梦军高兴的是，部队批准了爱人吴欢和儿子向未来的随军报告。

吴欢知道了这个消息，不知有多高兴！

梦军知道，重新当上城里人，是吴欢朝思暮想的。但梦军万万没想到，吴欢乐极而生悲，竟然大哭起来，引发了她对过去的回忆。

她出生在开州县县城，祖辈都是城里人。父亲吴正业继承了爷爷的手艺，开了一个家庭手工小染坊，加工煮染手工粗布，母亲当帮手。家境虽不算富裕，可衣食无忧，因而成了当时城里人不多见的多子女家庭——兄弟姊妹五个，老大吴延，老二吴宇，老三吴欢，老四吴乐，老五吴明。四男一女，居中的吴欢是唯一的小公主，特别受宠。五兄妹楼梯般的排列成长，个个都入学读书，一家其乐融融。谁知在吴欢六岁那年，她的家境来了一个大逆转。

1958年，国家搞社会主"大跃进"建设，全国大炼钢铁，大办人民公社，要从城里动员一批人下农村当农民。这样，既支援了农村人民公社，又减少国家对城市人口的供应压力。有人建议，能动员吴正业一家，就能减轻国家七口人的负担。于是，一家人被注销了城市户口，交还了城市居民商品粮供应证，来到了川主人民公社半坡大队第四生产队，住进了生产队的保管室，正式成了川主人民公社社员，当上了向阳花。

刚到半坡村，全家人就像掉进了无底深渊。尤其是小公主吴欢，最恐惧的是上露天厕所，生怕掉进黑洞洞的大粪坑，每次都要让妈妈拉着手蹲茅房。吴欢长得漂亮、乖巧，又是刚从城里来的，与土生土长的农村孩子有些不一样。刚上小学就被一群男孩子围着逗，一些女孩子也有点嫉妒，让她有点烦。她只读了四年书，就坚决不再上学了。人说"穷人养娇娇"，她可没有娇生惯养的本钱，唯有父母哥哥弟弟宠着养成的任性。闲玩无事，偶尔帮妈妈在家里打点杂，后来参加一些集体生产劳动，人也越长越漂亮。十六七岁就有不少人说亲做媒，都被她骂了回去。

父母开小染坊的手艺，哪能在农村派上用场，只能参加集体生产劳动。当初父亲什么农活都不会，闹了许多让人哭笑不得的笑话：他扛锄头除草，经常铲断禾苗；他挑粪浇地，肩头不买扁担的账，打泼粪水摔坏桶，不肥土地肥自身；他下田插秧，不会在水田退着插，几次仰坐在稀泥田中。一个个洋相，常常引来社员们善意的嘲讽，自然也博得一些人的同情。队长向安隆看他一个三十多岁的男人，每天只能挣妇女劳动力的七个工分，担心他难以养家糊口。他想方设法安排吴正业适应的农活，还安排吴家的小孩做些放牛养羊的辅助劳动。巨大的生活反差和压力，吴欢母亲几度产生过轻生的念头。**最终强烈的母爱战胜了贫困生活带来的压力，她忍饥挨饿伴着子女熬日子。**

为了让吴家渡过难关，向安隆又层层担保，到公社信用社贷款，买了一头两岁的小黄牛和一部架子车，让吴正业带着大儿吴延赶牛拉车，运送麦秆、稻草到县造纸厂去卖，生产队评工分。麦秆不值钱，但总比烧了强。去时拉麦秆，回来为生产队里拖些肥料或农业学大寨的工具。谁知，未经训练的初生牛犊不听使唤，空车训练就摔坏架架车，连蹦带踢，踢伤了吴延的下身，差点儿使他成了太监。

吴欢每次去还在城里的幺叔家，都使她产生强烈的落差：当初我们都在城里，幺叔家还比我们家的条件差，但他们没有被赶下乡，现在依然在城里过着安稳平静、衣食无忧的生活，简直一个在天上，一个在地下。我们为什么就这样倒霉、命就这么苦？她觉得活起没有多大意思。

吴欢觉得活起没有多大意思，父母也为儿女发愁。

吴欢有两个哥哥，两个弟弟。当时，大哥已经二十四岁，二哥也是二十二岁，两个弟弟分别为十八岁、十六岁，个个帅气。给大哥、二哥做媒说亲的不少。一见人，姑娘及家人都满意。但实地考察了解家庭情况后，个个都再无下文。

当地有句俗话，家中有女盼人做媒，家中有儿请人做媒。妈妈为两个哥哥的婚姻，不知托了多少人做媒。每次媒人上门，妈妈总是赔着笑脸，拜托再拜托，还要热情招待，即使不吃饭，至少也要想方设法招待两个荷包蛋。因为她听说，"只要媒婆能编会说，死的能说活"。如今，有女嫁不出去，有儿婆不回来，实在丢人啊。

吴欢的母亲几乎成了媒婆的专职接待员，成天赔着笑脸做无用功。她早已失去了信心。她横下一条心：光棍就光棍，光棍也是人当的，有什么不得了，何况自己的儿子勤劳，身体又没有毛病，我就不相信他们活不出来。于是，她就不再去考虑儿子们的婚事。

一天，杨媒婆又笑嘻嘻跑来，"吴妈，我来向你道喜来了。"

吴妈显得有些不耐烦地说，"我有什么喜可送，我上次为招待你煮的荷包蛋，借的鸡蛋还没有还呢。"

"这次不要你办招待了，赵家嘱托我来做媒，由他们招待我，那还远不止荷包蛋呢，那是双份谢礼呢！"

"哪个赵家?"

"就是半个月前，梨园村八队那个赵家，女孩的父亲陪女儿一起来的。"

"他们不是嫌我家穷，看不上吗。怎么改口变卦了?"

"他们说，吴家穷是穷了点，但一个个儿女都长得很不错的。"

"那现在就不嫌我家穷了，还是我们突然变富了。"

"这么短的时间，哪里会突然变富，你吴妈也真会说笑话。"

"其实，赵家那女孩儿一见你们家老大老二，心里就喜爱上了。"

"那是什么原因不同意?"

"不是她不同意，是她老汉，她爸不同意，说你们家比他家好不到哪儿去，就不同意。"

"现在他同意了。"

"他回去后，一家人反复讨论了你们家的情况，改变主意了。"

"怎么改变主意的?"

"他们想换一个?"

"他们不同意给老大吴延做媳妇，愿意许配给老二吴宇?"

"不是这个意思?"

"那是什么意思?"

"他们回去给家人摆起，见到你们家的女儿也长成大人了，长得也不错，就想出了换女儿做媳妇儿的主意。"

"撞他妈的鬼，亏他们想得出来这烂主意，这是没长屁眼的人说的话！"

"你别说，他们赵家人也说得出理由。他们父女到你们家来之前有言在先，父亲给赵芝桂打招呼，你的妈死了，现在就由父亲做主，不管你心头同不同意，要我点头才算数。她女儿心里早已同意，但她不敢点头。原来老赵想，如果吴家的条件好，多收点彩礼也行，再用彩礼去聘亲也算不错。但到你家一看，哪儿拿得出什么彩礼。拿不出彩礼，难道赵家就白送你吴家一个媳妇哇，天下哪有这么天大的好事。后来在吃饭的时候，发现你家也有个女儿，而且也是唯一的女儿，长得也不错。在回家的路上，老赵就一直想，你们赵吴两家怎么就这么相像，都是五个儿女，都是四男一女，都穷在一起，都是光棍一窝，都难娶媳妇。无巧不成书，为何不可以以巧对巧，以女换女，以亲换亲，巧事巧办，来个'调换亲'。"

杨媒婆继续讲，"老赵把这个想法告诉儿女后，大家都高兴得很。最高兴的当然是女儿赵芝桂，她本来就看得上这个婆家，但她又担心吴家姐姐看不上赵家，自己的事还是会落空，他父亲又接着说，一个换一个，不赔不赚，互不吃亏，他干正好，不干就拉倒，反正他不做亏本生意。他女儿说，这不像是在卖人买人吗？父亲又理直气壮地说，是做买卖又怎样，搞'调换亲'的哪里只有我一家。

"她父亲的主意得到四个光棍儿子的支持，都说这个主意不错，都七嘴八舌的讨论起来。赵老幺抢着说，自从四年前母亲走了以后，这个家没有一个女主人当家，就家散了一样，家不像家，人不像人。如果娶个女主人来，把这个家统起来，才有希望。老三说，你倒是想得好，谁知道人家愿不愿意来这个穷光棍窝。父亲又强调说，不愿就拉倒，他吴家儿子也别想要我赵芝桂，他吴家女儿如果为她的哥哥着想，不想她哥哥当老光棍，是会同意的，世上的女子是能够忍受的。现在吴家女儿跟你们妹妹一样大，也才二十岁，比你们四个光棍都小，给你们哪一个当婆娘都可以，不过按照农村的规矩和风格，还应该从大到小。我给你们说清楚，这次用你们妹妹去交换女人，先解决你们哥哥的问题，今后再一个一个给你们解决。我先给大家打个招呼，希望你们几个都尊敬哥嫂，尤其是尊敬你们的嫂子，说穿了，我打这个伤心主意，就是要为赵家传宗接代，延续赵家香火，不是用她来干活做家务事的。还有就是用她来增加赵家的人气，家有女主人才是真正的家。赵家老二奚落地说，干脆当成观音菩萨弄到神龛上供起，供大家天天朝拜。

"赵老大得到父亲的支持，也有几分得意，接着说，供起来朝拜，那倒没有必要。不过，中国人有句古训，叫作'长哥当父，长嫂当母'，希望大家有个规矩，对嫂子不能动手动脚，不要让嫂子觉得个个弟弟都是如狼似虎的样子，闹出个什么洋相，那我们这个家庭就会雪上加霜，名声更臭。

"老赵说，不会不会，我们赵家人穷是穷，但穷得有家教，穷得有礼貌，穷得有规矩。

"赵家老幺接着说，用妹妹去为大哥换个婆娘回来，这是个好主意。早知道可以这样，爸妈何不多生几个女孩，为我们四兄弟一人换一个婆娘回来，免得找不到婆娘。

"老赵听了，说，说得轻巧。就这一个还不知道人家同不同意，你以为就那么容易换的，何况家里已无女孩可换了，今后也只有依靠自己的努力，各自去挣老婆了。"

杨媒婆一五一十地把赵家的情况说了，话一说完，就遭到吴妈的一顿骂。可杨媒婆一点不在意，反而自己骂自己，"人家说当媒婆的就是脸皮厚，没有我们的脸皮厚，哪有男女的好事成双。你吴妈想一想，你家里的荷包蛋我就不知道吃了多少个，自己都来得不好意思了，但是一个二个、三个四个都看得上小伙子，最后都因为一个'穷'字挡了路。现在人家赵老头想出这个主意，是个两全其美的办法，大家公平交易，互不吃亏。"

"我家再穷，也比他赵家好些。再说，我在半山腰，他家在山顶上。还有，我家女儿比赵家女儿长得好看些。"

"好看不中用，好看不能当饭吃。再好看的女儿，也是别人家的人，也要嫁人，老来都是黄脸婆。女儿总是要嫁人的，嫁到赵家，还可以换回个媳妇，有哪点不合算？"

吴欢在一旁听到杨媒婆的话，气话冲口而出："姓杨的，你别说了，我跟你走，到那姓赵的家里去看，只要那男的不是瞎眼跛脚，不是四肢不全，我愿嫁。女人本来就是为男人生的，本来就要嫁的，只要能为哥哥换回个老婆，是火坑我也愿意去跳。嫁人不就那么回事，同男人睡觉、生孩子，传宗接代，嫁到哪里都是嫁，都是这些事。走，现在我就跟你走，相亲去！"

吴欢平时的温柔陡然不再了，几句干净利落的话，吓得杨媒婆一时不知所措。一向心高气傲的吴欢，突然做出这样的举动，让母亲吓得差点哭出来，"吴欢，你疯了啦，你赌什么气？嫁人是一辈子的事情，你以为是当一天两天的客人啦？"

"我没病，我是认真的。为了哥哥，是火坑我也愿跳。姓杨的，走，我跟你走，马上就走！"

看到吴欢跟杨媒婆上了路，母亲顺手抓了一件稍好的外套，边走边穿衣服，去追吴欢和杨媒婆。这突如其来的变化，搞得吴延手足无措，慌忙追上去，连鞋都没顾上穿，打着赤脚跟在三个人的后面。吴延跟着去，并不是想去相亲，而是担心吴欢受到刺激，做出不理智的决定，顺便考察赵家并防止发生什么意外。

赵老头看到杨媒婆领着三个人朝着自己家里走来，心里有说不出的高兴，觉得是双份谢礼在起作用，初次上门就把未来的亲家母、未来的儿媳妇、未来的女婿都带来"过门"，于是非常高兴地把几个儿子从地里喊回来。赵芝桂高兴地从屋出来，同吴延眼神相对，吴延分明读出来，她正在等待这一天，但很可惜，被其父亲的节外生枝想法，已经搞得不可能再有下文。但吴延显得若无其事，表面平静地看看这里，看看那里。

赵老头忙张罗端出长木板凳，叫女儿去烧开水泡茶。他边张罗边说："目前我们家比你们吴家还稍微差点，但只要吴妹子过来后，很快就会好起来的。我家的女儿也较勤快，她妈走后全靠她打扫这个家，应该说我们赵吴两家，是门当户对的。"

赵老头和媒婆摆龙门阵的时候，吴欢迅速用眼神"扫射"了一下，几个小伙子还算比较伸展，让她心中也无敌意。此时的吴延，在屋前房后走了一圈，吴延发现，赵家的房屋很差，是多年的土墙老屋，墙已被烟熏火燎得漆黑，猪圈屋的墙还倒了一角。房屋半头是瓦房，半头是草房，也年久失修，有的地方白天屋里能见太阳，晚上能见月亮。见此情景，吴延反问自己：让自己的亲妹妹来为自己换个媳妇，你吴延这辈子还能活得安稳自在吗？你还算人吗？但吴延沉得住气，没有表露出来，同时他还要给赵芝桂一个好的印象。

随后吴延也坐下来，说了一会儿不痛不痒的话，他发现几个小伙子就像饿虎一样，直愣愣地看着妹子，反感陡生，便首先提出告辞。

赵老头想挽留他们吃午饭，被坚决谢绝。赵老头马上喊着女儿表态："你愿意嫁到吴家去吗。"回头又问吴欢："你愿意到我家来吗？"两个人都表示愿意后，赵老头马上表态："我们赵家非常欢迎吴欢的到来。我看这件事，两全其美，皆大欢喜，不如趁早办了，不需要搞得那么复杂。我们就去请个八字先生，算个八字，选个吉利日子，同一天举行简单婚礼，我们派一拨人来接你家吴欢，你们派一拨人来接我家赵芝桂。只要人上门，大事就算告成。"

杨媒婆说："好、好、好。"

吴欢的妈妈正准备说什么，被吴欢制止了。吴延却接着说："我们回去后再同父亲商量一下，再给你们一个准确话。"

"好，好，好！"

走出赵家不远，吴延给她们摊牌："这换亲的事，从今以后不要再提了。我吴延让自己的妹妹去到这样的家庭，为自己去换个媳妇，我还是人吗？我还有脸面活在这个世上吗？我宁愿当一辈子光棍，我宁愿消失在这个世上，也不愿意干这种事，就请任何人不要逼我吴延了。"

听了哥哥如此坚决的话，吴欢的两行热泪滚滚而落，一言不发地快步往回走，妈妈也不声不响，深一脚浅一脚地在后面跟，只留吴延在后面同媒婆嘀咕。

吴延说："杨大姐，有人讨厌你们当媒人的。其实，你们也很辛苦，又要跑路，又要费口舌，这点谢礼还不容易挣啦！"

"就是嘛。做媒不成功，跑再多的路，说再多的话，连一只公鸡的谢礼都得不到。就像这次给你家做媒，跑了好几趟，就只吃了你们家的几个荷包蛋。小吴啊，你觉得调换亲丢人，其实哪有那么严重嘛，我都成功地撮合了两家人，两对了。"

"这次我给你出个主意，去做媒，保证能成功，保证你能得双份谢礼。"

"有这么好的事？"

"肯定有。做成功了，我悄悄给你一份，还有人要给你一份。但你要保密，不要出卖我，别说是我的主意。"

"我保证不泄密。"

"只要你保密，这个媒你会一做就准，不会白跑路。"

吴延把实情向杨媒婆讲清楚——到向安隆家，去为他家在部队当兵的大儿子向梦军提亲，把自己妹妹介绍过去。因为两家住一个生产队，大家知根知底。吴延还告诉她，吴向两家似乎都有这个意思，大家都心照不宣，就差没人提起，这肯定是做个轻松的顺手媒人，她肯定能够成功。

"那我现在就到向家去。"杨媒婆有些迫不及待。

当天下午，杨媒婆又来到吴欢家，吴妈见到杨媒婆就有些不高兴地说："上午我儿子不是给你说死了，坚决不准再提起赵家的事了，你怎么又来了？"

"现在我不提赵家的事，我给你提向家，向安隆家的事，把你女儿吴欢介绍给向安隆当兵的大儿子向梦军，怎么样？"杨媒婆说。

"我看你们这些当媒婆的，变话也快，变脸也特别快，上午还要把我们吴欢弄到赵家去换媳妇，下午又跑来把吴欢介绍给向家，这是怎么回事啦？"吴妈说。

"那你别管。既然我是吃媒婆这碗饭，不把左邻右舍的姑娘家、小伙子的情况打听清楚，那我当媒婆的就只有失业，去喝西北风！"

母亲冲着吴欢、吴延问："这到底是怎么回事呢？"

吴延回答说："我也不知道怎么回事呀，你问我。"

吴欢背着母亲，心领神会地给哥哥做了个鬼脸，然后淡淡地说："总不会怀疑是我找她去做这个媒嘛，我怎么知道又冒出了这个问题。"

"你们不管是怎么回事，你们吴家瞧不瞧得起向家，我好给人家回个话。干就干，不干，就拉倒，免得我成天在你们吴家门口打转转。"

"那向家里的态度你知道不？"吴妈问。

"向家就很高兴。说他们早就看中你家妹子，只不过没有专门请人来提。"

母亲对着女儿问："吴欢你看怎么样？"

"我一切听我妈的！"吴欢羞答答地答。

母亲看着吴延，示意吴延回答。吴延说："向家自然比赵家好十倍、百倍。"

听了吴家三个人都表了意，杨媒婆生怕煮熟的鸭子又要飞，心想说在口里，不如抓到手里。她马上说："我再去一趟向家，建议他们这两天就请两桌客，把定亲客请了，定亲席办了，两家好正大光明，高高兴兴地往来。是亲戚，要走动，才亲。"

杨媒婆走出去几步又折回来向吴妈和吴延说："你们觉得我该怎么给赵家回话？"

吴延说："现在你别去回话，过几天你去实话实说，吴家不愿把鲜花插在牛粪上，看不上，而今吴欢找上了个部队军官，谁敢去打婚主意，军婚是受政策保护的！"

"不成亲戚，也没必要成仇人嘛，何必恶语伤人。人家也是逼得没有办法，才打这样的伤心主意。"母亲说。

"对想歪点子的人，我就是要刺激刺激他。"

"那赵芝桂的事还提不提？我看那妹子是真心看上了吴延。"媒婆说。

"赵芝桂倒是个不错的人，但要被她父亲毁掉，你提了也没有用，何必增加别人痛苦。"吴延有些无奈地说。

后来，从杨媒婆口里知道，赵芝桂求父亲放她一马，让她到吴家。结果挨了一顿臭骂："你就那么想嫁人啦，老实告诉你，不用你换个儿媳妇回来，你休想走出这个家门，哪怕我赵家白养一个老闺女，养到老，我都心甘情愿！"

哥哥促成了这门婚事，吴欢自然很高兴，也很感激哥哥没有让自己跳进火坑。向安隆是生产队长，毕竟大小也是个官，家庭也比自家好，对吴家总要多些关照。

再说，梦军这小伙子不错，四年前参军入伍，从连队养猪饲养员干起，而今已入党成了排级干部，吴家自然高兴。吴欢对梦军知根知底，自然期盼早到结婚年龄。

吴欢同梦军结了婚，第二年就生了儿子向未来，没想到梦军一路高升，不到十年又从排长升成部队团级干部，更没想到的是自己和儿子可以成为随军家属，重新变成吃商品粮的城里人。吴欢被安排在部队被服厂当工人，儿子未来读书的事也安排好。她乐极而泣，十分感激梦军又重新改变了自己的命运。

吴欢行前，少不了向、吴两家的欢聚，少不了亲朋的祝贺，少不了向亲人告辞。

吴欢在梦军的陪同下，买上礼物特地去向大哥大嫂致谢，告辞。在吴欢心中，大哥吴延是值得她一辈子感谢的：他宁肯自己打光棍和去当"出卖"后代姓氏的上门女婿，也绝不把妹妹当以物易物的人质，去搞"调换亲"为自己换老婆。否则，我吴欢又是另外一种命运，说不定早已不在人世。

至今想起当年"换亲"的那一幕，她全身仍然在发抖。

4

吴延拒绝了用妹妹去为自己换老婆，被乡亲称赞有亲情，有骨气，有人性。

吴延快到二十六岁那年，又有人上门说媒了。吴家人对此都已失去信心，可媒人说这家女方对吴家都已了解，并说女孩子长得不错，但吴家必须同意两个条件：一是吴延必须倒插门，当上门女婿；二是结婚生孩子，必须跟着女家姓。这家招郎上门的目的，就是要想"续后"。

大家一听，就都知道说的是本村五队的王忠厚家。王忠厚名如其人，的确一生忠厚老实、勤劳。他老婆是从大巴山城口来的，很能干，也能吃苦。夫妇人到中年老天才赐给他一女一男，但个个孝顺。就在女儿王燕订婚不久，王开华——这个盼来的宝贝儿子，在农业学大寨的改田改土工地开山放炮、排哑炮遇险丧命。一家人悲伤得死去活来，特别是王周氏差点死去，从此卧病不起。一家人都希望王燕把对象接进王家，不想对方一口拒绝，各自分手。女儿王燕再三表态终身不嫁，给父母养老送终。她拒绝了无数个媒婆，最后好不容易同意了父母招郎上门的主意。

招郎条件传出去，效果很不理想。应招者对第一条"上门"，还勉强接受，但对第二条"将来生的孩子跟着女家姓"，都觉得太苛刻，难于接受。王家认为，吴家是多子女家庭，不缺传宗接代的人，便选为"进攻"对象。

开初吴家死活不干，尤其是父亲吴正业。他认为，儿女再多，也没有哪一个是多余的人，凭什么要赶出家门。尤其是将来自家的孩子要跟着人家姓，有辱祖宗。一家讨论很久，最后还是吴延表示，愿意为吴家作"牺牲"。他说，我都已经快三十岁的人了，已经成为家庭的拦路虎。我身为老大，如果不走出一步，吴家眼看就要出现一窝光棍。我应该向吴欢学习，她当年还愿意牺牲自己去为我换老婆。我也应该为弟弟们做点贡献。最后他还不忘故意幽默地唱了一句样板戏："明知征途有艰险，越是艰险越向前"，引来一家人的无奈苦笑。

父亲心想，这是没有办法的办法，一个男人一生没有女人陪伴，不是冤枉来一趟人世。不是吗，男人的一半是女人！

母亲也说，去就去，人说一个女婿半个儿，无儿女婿就是全个儿了，将来整个王家就是他的。管他将来孩子跟谁姓，还不是吴延的后代。再说，我们将来死了两脚一伸，见了阎王还管得着那么远吗？

王忠厚似乎为"抢了"吴家儿子过意不去，也许是以胜者姿态，主动登门去拜望准亲家，谢谢吴家送了个好儿子。好女婿胜过亲儿子！王家欢迎吴延的到来。

王家的婚礼办得有点热闹。吴家嫁儿不好意思张扬，只是四个弟妹空手送一程。

吴延到了王家，开初心里不是滋味，但结束了单身汉日子，尤其有老丈人老丈母的疼爱，使他有了一种安身立命的归宿感，成了家庭的主心骨。他身强力壮，又勤奋吃苦，和妻子王燕给两位老人带来了希望和安慰。

不到一年，他们就生下一个孩子，是个女孩。岳父岳母说，先生女孩也好，今后可以大带小，第二个十有八九生男孩。谁知，送子观音故意作对，第二个还是个女孩。老丈母说："养儿防老，积谷防饥。有儿穷不久，无儿久久穷"，逼他们非生个儿子不可。小两口原本打算到此为止了，可老人仍不依不饶，要他们继续生下去。王燕也求爸妈，三年我们家就增加了两张嘴，还要给妈治病，再生就负担不起呀！母亲发脾气说，什么负担不起，那是你们没有本事，人家生四个五个都能养活，反正你们不给我生个孙子，我死了都不会闭眼睛。什么病不病，我得的是想孙子的心病。王燕这个时候明白了什么是"越穷越生，越生越穷"了，但她是个孝顺女，只好再怀上。躺在病床的母亲，已经不能行走了，还在天天观察女儿孕期体态、饮食胃口反应，凭借几十年经验，观察判断女儿是怀男怀女。她经常自言自语地说，这次应该是个男孩了，肯定是个男孩了。

谢天谢地，王燕这回生的果然是个男孩。不然，母亲还会逼他们生下去。孩子呱呱坠地，吴延赶快把喜讯告诉隔壁病床上的母亲。母亲还担心他们哄她，要吴延马上把刚刚出世的婴儿抱过去，她要验证真假，当看到婴儿确实长有"小雀雀"后，才自言自语地说，这下我放心了，我也该走了，不能再拖累你们了。半个小时后，她真的走了。

吴延王燕生了儿子没有特别的欣喜，死了母亲也没有多大悲伤。父亲淡淡地说，走了就走了吧，人早晚都要走这条路的，对她是解脱，你们也减少负担。为她治病，已经拖垮了这个家，她也该走了。除了至亲，没有几个人知道王燕的母亲走了。她，静悄悄地来到这个世上，她叫什么名字，人们不知道；现在，她又静悄悄地离开这个人间，走得无声无息。

来得冷冷清清，走得无声无息，皆因家境。几年来，王家老的要治病，年轻的又要生孩子，家里仅有的两头架子猪卖了，两只鸡卖了，一只鸭卖了，家里再没有什么东西可以卖的了，连买盐巴的钱都没有。过去，养猪为过年，养鸡下蛋换油盐。而今，肉可以不吃，衣可以少穿，但盐巴是不可缺少的呀！百味盐为先，千香百味没有盐有味，缺营养的母亲没有奶水，小孩吃无盐无味的菜根，常常哇哇哭。

没了鸡、没了鸭，赊借又无门，油盐钱全指望自留地蔬菜了。人均两丈菜地，又能产出多少菜？那段时间，吴延天天往地里跑，总嫌蔬菜长得特别慢，巴不得去拔苗助长。

终于等不及了，吴延把幼小鲜嫩的白菜拔出来去卖。行前，他用秤称了一下，估计十二斤的白菜可以换二斤的盐巴，至少可以对付一两个月了。吴延到了市场，先是遭到几个菜贩的抵制，企图喊来市场管理人员抓他"投机倒把"。市场管理人员一看吴延的菜就明白他是自产自销，且数量少又鲜嫩，于是率先加入到选购者行列。一位中年妇女选好白菜，称好秤站起来准备付钱时，突然打翻秤盘，大喊"抓流氓，抓流氓"，吴延还没弄明白怎么回事，旁边的几个菜霸乘机蜂拥而上，拳打脚踢，踢翻菜篮，在白菜上乱踢乱踩。幸亏戴圆盖帽的市管人员在现场，吴延才没吃大亏。事态稍微平静下来，大家才看到难堪的一幕。原来，吴延的裤子没扣上，撒尿的那家伙露了半边出来。"你看，你看，这不是流氓又是什么？"吴延朝着市管人员指的方向往下看，才发现自己的裤扣脱落，又因专心卖白菜没发现，才出了这么大的丑。他感到实在是丢脸。"同志，我不是故意的。说我有意耍流氓，实在是冤枉，说实话，我自己的老婆经常闲着守活寡，我哪有那个精力、体力耍流氓啊！"

"那你怎么不穿内裤？"

"不怕你们笑话，这些年来，我真还没有穿过内裤，有一条裤子穿就不错了。一是家里缺钱，二是家里没有布票了。我是倒插门的女婿，最近老丈母死了，全家六口人，人均一尺八寸布票，总共一丈零八寸，全部用来给老人买了坝单、被盖带走了，全家人一年的布票都用光了，实在没有办法呀！就求求你们原谅我吧！"

听了这个解释，买白菜的大姐没再责怪，但踩烂的白菜不能卖钱，加之她这一叫喊又引来菜霸对吴延的打骂，她感到几分不安，悄悄离开了现场。

市管人员买来了两颗不锈钢锁针，叫吴延把裤子别上，解决了"前门"问题，并诙谐地说："那家伙可要收拾好啊，不是随便可以拿出来展览，随便让人看的！"

"耍流氓"的事，总算这样可笑的了结。可是，白菜没了，盐巴也没了，怎么向老婆交代，怎么对得起小儿子盼盼。本可以盼到盐巴却没有"盼"到，一路上他越想越窝囊：岂止是白菜、盐巴、内裤、流氓，这十几年来我什么时候像个人样在生活：冬天，从未穿过棉衣；夏天，一条短裤要穿五个月；三伏天，川东的石板路被烤得像烧热的铁锅，脚板烫得双脚跳，也舍不得穿一双草鞋；给生产队卖水果，为了多赚一点差价，连个烂梨都舍不得哨一个来充饥；全家人晚饭没沾过主粮，都是瓜果蔬菜汤当家，省吃俭用还是过得人不人、鬼不鬼的。而今，盐巴这个既不能多食，又不能不食的普通生活必需品，成了我们家难以企求的奢侈品。他徘徊在南河岸边许久，真不想再回家了。可不知怎么的，他还是鬼使神差般地回到了家。

妻子了解实情后，先是一阵失望，而后是满脸内疚，最后安慰丈夫说，不要紧，今天我到彭表婶家再去借两调羹盐再说，过一天是一天，我们都是这么熬过来的。

小儿子王盼出生快两个月了，王燕在城里工作的表哥才知道这个消息，买了五斤白糖来慰问、祝贺。王燕接过表哥的白糖，既惊喜又遗憾地说："表哥啊，像我们这样的人家，我们这样的嘴巴，哪里配得上吃白糖嘛。早知道你要买白糖，不如给我们买几斤盐巴。俗话说，千香百味，不如盐有味。盐是百味之王。没有盐味，山珍海味都无味。不怕你表哥笑话，我家已有十多天没有见盐了。再说，盐巴可以随便买，买白糖还要糖票，你哪能搞到这么多的票呀，肯定是人托人开后门搞的。"

趁妈妈同表叔说话之际，四岁多的大女儿用小手抓起一把白糖往嘴里塞。王燕举起手象征性地去打她，她仗着有客人保驾，趁机大哭起来，边哭边用舌头舔去嘴角上的白糖末，然后又趁势再抓一把就跑。表哥见状，心里酸酸的，不知该问谁：现在怎么搞成这个样子了？

表哥走后的当天傍晚，王燕留了两斤白糖给盼盼吃，提了三斤悄悄地到六队的代购代销店去，用白糖换盐巴。小卖部的李大伯说："王妹子，你这又是何苦呢，白糖还需要供应票才能买，盐巴到处都能买到。再说，你家小孩子需要呀！"

王燕说："各家都有难念的经，我谢谢你，行行好！"李大伯拨了拨算盘，三斤白糖折算成了十斤六两盐巴，王燕心满意足往回走。心想，这下怎么也可以对付半年的日子，可以吃"咸"不吃"淡"了。

吴欢回忆起大哥熬过这些年的人生经历，深深地触动着她的心。看到大哥家现在已经渡过难关，也从心底佩服大哥的坚强毅力。她求菩萨保佑，但愿苦日子到头了。

5

在部队当干部，年年都有探亲假，而今亲属随军了，再不可能经常回来同家人团聚。

梦军一家三口在走之前，向安隆主持召开了一个家庭会，家庭成员中只有梦成缺席。这个会，既是家庭讨论会，又是家庭的一次重要的规划会。

父亲先让大儿梦军谈谈在部队的情况，这次回家的感受，回部队后的打算。梦军说："这次回来看到家乡的变化仍然不大，没想到农村仍然是这么穷，特别是了解了吴欢大哥的一段经历让我很难过。当然，这也激发我更加珍惜在部队的生活，一个农村孩子能当上干部既要知足，又要不满足，我要感谢党的培养。人要知好歹，知恩报恩，报效国家，现在又批准把家属转去了，我更是该好好干，能再升迁自然是好事，不能再提拔就干几年转业回老家，离父母也近一些。铁打的营盘，流水的兵，反正一切听从组织安排。"

父亲同意梦军的打算。谈到梦成，父亲说："刚开始那两年，她让我伤了不少神。现在看来，还比较顺，批准了城市户口，吃了国家供应粮，还有每月的固定工资。她拼死拼活要当城里人，现在终于达到目的了，只是她走了四五年，也没回家看看，这是我和她妈很不满意的。还有，这么几年了，怎么没听说生孩子。不过，隔段时间写封信回来，寄点钱给家里，我们觉得应该放心。反正，我们还能吃、还能做，半坡大队永远都是这个老样子，有什么好看的。"

说到梦成，梦军沉默无语了。

父亲接着说："你和梦成就不用我们操心了，下面的三个，还真让我不知怎么办。梦学从小学习努力，成绩一直优秀，一口气读到高中毕业。他也一门心思想跳出农门，不想现在大学停办，考学无机会，参军错过了年龄，招工进城只有下乡知青的份。他眼见来队落户的四个知青，一个参了军，两个进城当了工人，剩下的一个也办病退回了城，全都跑光了，'再教育'也没有必要了，心中有些愤愤不平，整天像掉了魂似的。好在公社安排他当了半坡村村小的代课教师，还让他为农业学大寨写些标语口号，编写一些歌颂农业学大寨的唱词和快板节目，让他感到自己有点用武之地，多多少少有点存在的价值。但从长远来讲，他的心是不可能留在农村的，这又该怎么办？留得住人，也留不住心，再说他在农村也不可能有个什么出息，得给他想想办法、出出主意。"

梦学也想请哥哥帮助出主意、想办法。

父亲接下来谈梦功。"梦功虽是个初中生，可他有点小聪明，凡是农村的家务和农活，他一看就懂，一学就会，有人称他是'搞搞神'，什么都会摆弄。如果他安心务农，本应该是把好手，可他对土地没有感情，做农活提不起兴趣。你批评他不务正业，他反驳说：在生产队从早到晚干一天，只能挣包经济烟，到市场去转手粮票，一天下来随便要赚十块多，你说哪个强，哪个合算？"

母亲接过针对梦功的话说："这是一头犟牛，油盐不进的犟拐拐，拿他没得办法。我要说说梦响的事，你当哥哥的门路宽一点，看能不能想一想办法。梦响虽然是初中生，但比较聪明，人家都说她长得好看，女孩就靠一张脸，长相就是女孩子的本钱。她一心想学姐姐，当个城里人。你看部队里有没有合适的干部，给她找个对象，岁数大点也没有关系。"回头又对吴欢说："你不是就当了城里人吗？你当嫂子的也多给妹妹留点心。"

听着母亲对哥嫂说话，梦响微笑着不语。

梦军听了父母的发言，深感人人都有本难念的经。他思考了一会，先对母亲说，要注意身体。然后希望父亲能卸下队长的担子，说这是个费力不讨好的差事。

父亲点头表示赞同，回答说："这个队长当得真窝囊，既无权，又无钱。我当了一辈子农民，种了几十年庄稼，难道还不知道那样的田地，那样的土质，该种什么，不该种什么。可是，每年公社给我们下的种植计划，根本不管适不适合，有收无收。梦军你知道，我们队除了稻田外，多数都是坡地，根本不适宜种棉花，可公社每年给我们下达十五亩棉花种植任务。棉花生长条件比较苛刻，不但要求土层厚、土质肥，而且对肥料管理要求高，我们那些不到半锄深的土能种棉花吗？我同公社讨价还价，公社书记说：'农民不种棉花，那你们社员还要不要国家发布票，还穿不穿衣服裤子？'我们怎么敢违抗呢？结果，花钱费力种的棉花，苗只有一尺来高，许多都得不育症，即使结桃也只有麻雀脑袋大，只长棉籽，不长纤维丝！不因地制宜种庄稼，真叫逼着牯牛下儿，硬要公鸡生蛋。每逢播种季节，讨口叫花似的到信用社申请贷款，为集体买化肥。说是集体经济，除了种几颗粮食，哪里还有什么经济哦。几颗粮食塞肚皮都不够，还有粮食卖钱吗？还有，到公社'农业学大寨'的试点现场改田改土，社员评记的劳动工分，要拿回生产队参加集体分配。这还不算，还要自备钢钎、二锤、火药、雷管，这些都要钱啦。各种摊派多了，社员的劳动更不值钱，'辛辛苦苦干一天，不值一包经济烟（八分钱）'。摊派、平调多了，还会出现许多家庭成了'倒找户'。'辛辛苦苦干一年，年终还得倒找钱'，劳动得越多，倒找的钱越多，让人怎么也想不通啊！前不久，队里三条拴耕牛的绳子都坏了，饲养员说，队长你再不想法买牛绳，今后牛跑了我不负责任。我正在为买牛绳的事发愁时，你寄了二十元钱回家，我从中拿出五元捐给队里，才买了十根牛绳。梦军，你说集体经济就到了这个地步，这个队长还有什么当头啊！

"这叫什么'一大二公'啊，名副其实的'二穷二空'，真是农民穷、集体穷，公家空、国库空！"

梦军赶快制止父亲说下去，害怕父亲犯错误。

父亲停了停，又继续说，"可是，甩又甩不脱，再说生产队的活总得有人派、催工的哨子还得有人吹啊！再说，我是一个党员，工作不能说甩就甩呀。"

梦军还是坚持，队长这个活儿能丢最好丢掉，毕竟父亲是五十多岁的人了。实在推不脱，还是希望爸爸认真执行党的方针政策，要当好部队干部的家属。

母亲希望哥嫂给梦响在部队找对象的当天晚上，梦响就做了一个梦。她梦到哥哥给她介绍了个部队营长，结婚三年随军，跟着丈夫转业到新疆阿克苏，由于路途遥远，五年没回老家，思念父母大哭一场。哭完醒来，发现是一场梦。

梦军走的那天，向安隆向大队支部书记请了一天假，去送送儿子一家。梦学、梦功、梦响和有好几年没进过县城的老伴也去了，老伴上城里是要顺便买几段鞋布料。队里的活，向安隆让副队长带着社员干。

川主公社只有机耕道，不通公共汽车。吴正业赶着牛车，送女儿女婿到县城。他和外孙坐在车上，其他人都走路随牛车步行。一路上，他有意无意地把鞭子甩得噼噼啪啪的响，见到熟人还要主动告诉人家，这是送女儿到部队。那得意的样子，似乎在说他女儿又是城里人了。

十来口人的送行队伍，大家没有更多的话说，各有自己的心思。

刚进县城，梦学就遇到高中的一位同学。同学告诉他，昨天刚看到消息，三个月后要全国恢复"文革"后的首次高考，只要是老三届的，无论年龄、婚否，都可以报名。这个信息，让他意外惊喜，心想：梦学梦学，你不是做梦都在读书吗，现在机会终于来了！他提前向哥嫂告了别，跑到新华书店去买复习资料。"文化大革命"刚结束的书店，除了政治读物，哪有其他书籍，更何况时间紧迫，出版界也措手不及。书店一无所获，梦学一个人独自回家，去搜罗、重读中学的所有课本。

6

猫不在场，就是耗子的天下。

队长带队干农活，不少人都出工不出力，照样磨洋工。队长向安隆、记工员梦响都请了假，去送梦军。副队长没杀气，又是个和事佬，当天薅秧除稗的场面可想而知。

为稻田薅秧除草，是不分男女社员都可以同干的农活。每人杵着一根稳定重心的棍子，一边用手拔掉混杂在稻苗中的稗草，一边用双脚踩松稀泥，需要手脚并用。如果认真干，此活耗费体力，人很累。想偷懒，只需搅浑稻田里的水就可蒙混过关。反正队长不在，大家心照不宣地围绕田边的四周踩一遍，边薅边唱一些荤素兼有的薅秧歌。薅秧歌，基本都是一人领唱众人合，见什么唱什么，一般都是太阳、月亮，情哥、情妹，你爱我，我爱你。大家唱得正有劲，突然间，王三娃抓起了一条约三四两重的鳝鱼，顿时整个稻田热闹起来。有的人去抢，有的人说王三娃这天的运气真不错。周天棒说，这个稻田过去我"寻"过千百遍，没想到还有这么大的"漏网鱼"。经周天棒这么一说，王三娃更加得意。其他人觉得还会有"漏网鱼"出现，于是，薅秧除稗劳动就成了碰运气、抓鳝鱼的竞赛。男人们翻了一块稻田又一块稻田，都失望而归。大伙儿回头又谈论起王三娃的鳝鱼该怎么吃的话题来。王三娃得意地说，我今晚将它熬半钵汤，然后摘个嫩南瓜切成丝放在汤里，每人喝一碗，给家人打个牙祭。

殷家老三殷实听了不以为然，说，天上飞的你们吃了，洞里钻的你们吃了，水里游的你们吃了，真是吃尽吃绝，还有哪样东西不能吃，我不希望吃这些，我只希望哪一天能吃顿饱饭。余老四说，天天吃饱饭不可能，只吃一顿饱饭那还不容易，拿一斤大米煮饭，不就把你喂饱了。王三娃的老婆抢着说，一斤大米哪能填饱殷实那无底洞肚皮，我都能吃一斤大米，你们哪个愿不愿意下赌。殷实接着说，我愿意吃一斤半的大米饭，谁愿意下赌。

于是，好端端的薅秧除稗的农活，变成了"山珍奇味"的讨论，随后又变成了食量的赌注。王三娃的老婆不敢再接招，唯有殷实成为挑战者，赵黑子愿意出一斤半大米。

他们经过讨价还价后决定，如果殷实吃完一斤半大米的饭，赵黑子再奖励殷实大米一斤半。如果吃不完，殷实应赔偿加处罚给赵黑子三斤大米。全队社员做见证，谁输谁赢都不准耍赖。战场设在赵黑子家，大米先由赵黑子拿出来。赵黑子回家一看，罐里的大米总共不到一斤，于是将一斤半大米改为两斤干挂面，附加条件：清水煮面条，不放油，不放盐，只是没有规定时间限制。赌注仍然是输一赔二。

两斤煮面条端出来了，满满一土瓦钵，不少人睁大眼睛，可殷实信心十足，端起碗就狼吐虎咽。有人劝他慢点吃，吃得越快吃得越少。大概吃了刚过半，殷实吃的速度慢了下来，他由先是坐着吃变成了站着吃。吃到大约四分之三时，殷实的白眼珠不停地翻动，舌头也再不灵光，但是他还在坚持吃，还相信自己不会输。幸好这时有人悄悄把他先溜回家的老婆罗琼叫来解围。罗琼一到赵家就开骂："丢人现眼的，吃死了还不知道怎么给你写祭文。""别管我，我能赢，当回胀死鬼，也比饿死鬼强！"王三娃听了抢着说："半坡山的人都知道，你们殷世富家是'阴倒富'，说从没吃过饱饭，不说我们不相信，就连鬼都不会相信。"见劝止不住，罗琼端起瓦钵就往赵家猪槽里倒。"我看你去吃，吃，吃！"边倒边说，"赵黑子，我们认输，我们愿赔四斤面条。赔四斤面条起码比死了男人强。"赵黑子也顺势下台阶："赔什么嘛赔，幸亏你这'恶鸡婆'来收场。不然，真的把殷老三吃病了，胀死了，我还负不起法律责任，就算我们今天开了一个大玩笑。这里我当着大家的面宣布，今天的面算我送给殷老三吃了，你'恶鸡婆'也省了一顿晚饭！"

惊心动魄的一天，很快就平静地结束了。副队长给向队长报告了一天的劳动情况，让梦响给每个出工的社员记了全勤工分。

真是，"人哄地皮，地哄肚皮"，周而复始，恶性循环，要想不饿饭，岂不是怪事。

向安隆送儿子来回走了四五十里路，显得有些疲倦，胡乱吃了点晚饭，便躺在竹椅上闭目养神，突然听到外面大声喊："殷家房屋起火了，请大家去帮忙扑火！"向安隆身为一队之长，理所当然要冲上去，更何况他向家大女儿梦成订了婚不辞而别，还欠殷家的情。幸好是刚刚入夜，许多社员都还未睡觉，殷家人缘也不错，全社男男女女都上阵，有的端水泼，有的断火源，大家齐心协力，大火很快被扑灭，房子被烧掉了一半。厨房是起火点，茅草房易燃，被烧得精光，唯一的一头半大猪也被烧死。挨着厨房的是储藏房，房顶全没，下面余火未断，殷大娘坐在地上拼命哭喊："那木板仓柜里是粮食，是我们全家的性命啦……"经她这一喊，所有的水都泼向木仓。好在水力集中，也好在粮食透气性不好，燃起来较慢，只把面上的部分烧焦了。不过，下面没有烧的粮食已被水浸泡。随后，大家动手帮忙把被水泡了的粮食摊晾在院坝里。干完活大家回头一看，都惊呆了：大米、稻谷、小麦、黄豆等五谷杂粮样样有，总数至少在三四百斤。这情景，哪里像缺粮饿饭的家庭，明明是"阴到富"家的一次粮食展览。

看到眼前的情景和院地粮堆的粮食，想到当天下午才打赌吃两斤挂面的事，赵黑子上前拍拍殷实的肩膀说："殷老三，你这又是何苦啊！""是啊，我也知道错了，刚才老婆只顾出来同我吵架，骂我丢人现眼。要是好好守住灶头，也不会遭这场火灾啊！"

时间没过几天，人们也不再提两斤面条的事，殷家的火灾也慢慢忘却，半坡四队的生活又恢复了往日的平静，社员们照例听着向队长的出工放工哨子，照例是日出而作，日落而归。一天，生产队集体薅玉米地，天气阳光灿烂，王三娃观察向队长的心情不错，趁机提出杀猪分肉的事。

他特地走到向安隆旁边，边锄草边笑眯眯地说："社员们已三个月没有见过油腥了，肠子都生锈了，杀头猪分给社员们喝口汤，润润肠子嘛。"赵黑子也跟着帮腔，还有几个社员也上前求情。向安隆有些为难地说："你们以为我就不想吃肉啊。可是集体的财产哪能说动就动啊。你们知道，前年擅自杀了一头羊子被上级发现后，公社三级干部会上，书记上纲上线批判，说我这是典型地破坏社会主义集体经济，让我亮相做公开检查，还写了书面检查，保证今后不能再犯。从那以后，全公社对所有的集体财产重新登记，尤其是对能吃的牲口进行仔细登记，逐一造册，谁敢偷杀？"

向队长以为堵住了王三娃的嘴，谁知王三娃马上反驳："亏你向队长还是聪明人，真是聪明一世，糊涂一时。上级登记造册了猪的数量、头数，并没有登记猪的大小和重量，难道我们就不可以以小充大、以小换大，来个狸猫换太子。这叫上有政策，下有对策嘛！"向队长又问："买猪的钱又从哪儿来？"几个人同声说："每家每人凑一角钱，二百多人就是二十多元，可以到市场上去买回四十斤左右的架子猪。"向队长既不点头又不摇头，以默许的态度促成王三娃和赵黑子行动——他俩非常积极地去筹钱去买架子猪。屠夫出身的汪三毛回家磨刀霍霍，准备晚上杀猪的事。

当晚，有人主张一不做二不休，干脆杀两头，买两头，每人多分一点。向队长坚决不同意，担心目标太大，会暴露。

二百多人分一头猪的肉，怎么分成了一个新的难题。有人说，要是在公共食堂的大锅饭年代就简单了，用一口一米五的大锅，将肥肉瘦肉、肠肠脑脑和骨头炖到一锅，煮熟后将汤汤水水每人分一碗，不会为分好分孬发愁。当然，这只是说说而已，又有谁会去怀念那个年代呢？当天下午提前收工，对分肉办法进行讨论。五十一户人家都发言，人多嘴杂难以统一。最后商定，每三户选一名代表发言，集中形成最终意见：第一，将整猪全部剔去骨头；第二，猪头猪蹄骨头难剔，采取二折一；第三，五保老人分双份，军人家属增加一份；第四，将所有猪肉分割成二两左右重的小砣，拌匀再随手抓，免得争肥嫌瘦。大家都明白，不少人眼巴巴地想分到肥肉，因为肥肉油水多一些。可是一头猪哪能全是肥肉！

方案定了，大家都催汪屠户动手杀猪。这时，汪屠户为难了——我杀了三十年的猪，从来没有规定杀猪不叫不啼的，白刀子进，红刀子出，它能不叫吗？因为是偷杀集体肥猪，当然不能让四队以外的人知道——任猪儿大喊大叫，这不就是给杀猪打广告吗？有人出主意，用耗子药毒死，把内脏的肠肠肚肚丢了就是。更多的人坚决反对，说这样既不安全，也把那么难得的好东西浪费了。小诸葛梦功献上一计：我听说花椒面可以让猪叫不出来，我认为完全可能，花椒面多了，人都被麻得透不过气来。大伙儿一听，都觉得是好主意。

果然，这头猪只是哼了哼，不叫不吼地便告别了人民公社社员。

最后，按照全队人口分下来，每人分得三两五钱猪肉。肉还没全部分完，王三娃十岁的儿子，催着爸爸提肉回家，说妈妈早已准备好，等肉下锅。王三娃边走边看，很高兴今天的运气好，有一多半是肥肉。他家两个孩子，还有父母六口人，一共分了二斤一两肉。当晚吃完晚饭，到猪肉全下肚，已近十点钟。

肥肉多油水多，是好事。可是油水补得太猛也会出问题。王三娃那许久未见过油水的父亲，受不了重重油水的"突然袭击"，不到天亮就跑肚拉稀，一连拉了几天。虽然得不偿失，但他仍然觉得值——终归见到了油水。

7

1977 年初冬的一天，梦学迎来了人生第一个惊喜。他正在教室里给四年级的学生上语文课，父亲专门给他送来了北京广播学院的录取通知书。梦学小心翼翼地拆，生怕撕坏了通知书上的一个字，这毕竟是"文革"十年后恢复的首届高考。见到赫然写着"北京广播学院新闻专业"的录取通知书，梦学没有范进中举的那种惊喜狂热——当然也不是那种无动于衷的冷静。因为他已经二十四岁了，觉得这大学的录取通知来得太晚了。当然，读大学是他的第一梦想，参军还居其二。迟来的录取通知书还是通知书，毕竟让他如愿以偿了，这世道还算公平。梦学在憧憬未来的同时，也回忆起了自己的童年。

梦学六岁那年，父亲第一次带他进开州县县城。梦学第一次看到整齐的石板街道，整齐的房屋建筑和街道两旁的货摊。但那黑洞洞、阴森森的城门，坚固高大的城墙，让他有一种恐惧感、压抑感。他还发现，城里的人也用异样的眼光看着他和父亲。从此，梦学对城墙、城门有种说不出的感觉。他问父亲，为什么要修这么高大坚固的城墙、城门，它用来干什么，城里面住的是什么人？父亲回答他，"城里城外不一样，城里城外的人也不一样。怎么不一样，我也不大说得清楚，你今后多读书，多看多想，慢慢就知道了。"

回家的路上，梦学向父亲提了许多问题，问父亲："'開县'的'開'，是一个门字为部首，是不是意味着'開城门'。"梦学还问，"怎么才能成为一个城里人？"

父亲很简单地告诉梦学："像我们这样年纪的人，是永远没有希望了。年轻人可以有三条路进城当城里人：嫁人、参军、考大学！"

梦学似懂非懂。他想：嫁人，我不是女的，走不通；参军，要打仗，有危险，也不大喜欢；读书，考大学进城，比当兵好。考不上大学，当兵也可以。他若有所思，没有再提什么问题，但在心底发誓：非考上大学不可。

后来，无论是上小学还是中学，梦学的成绩都是班上、年级数一数二的。无论是老师或同学，亲友还是乡邻，都断定梦学是个大学生的料。可是，一场"文化大革命"，断送了他的大学梦。

喜欢读书，使梦学变得看什么问题都比同龄人冷静、深刻，甚至表现出冷漠似的平静。可在他骨子里，仍然是有时热得激情奔放，收都收不住。

有人不喜欢梦学这个性格，可插队的女知青宁静就特喜欢梦学那闹得起来，静得下去的性格。她和梦学同年龄，同样是高六八级的学生，同样也爱学习，又同是公社毛泽东思想文艺宣传队队员。插队不久，她还动员梦学同她一起，排练了个表演唱节目《老两口学毛选》。她人漂亮，唱得好，赢得满堂称赞。插队不到一年，她就喜欢上梦学了，主动向梦学发起进攻。她给梦学许多明示暗示，可梦学没有一点反应。但她并不觉得梦学是个不懂感情的木头人，认为这是梦学对她欲擒故纵的考验。梦学的眼神告诉她，梦学是喜欢她的，只是现在火候不到。宁静知道梦学爱读书，就写信给在重庆嘉陵摩托厂子弟校教语文的爸爸，让他给梦学寄了不少文学书，让他寂寞时看看，又求妈妈托人买了段一米五的灰色涤卡布料，说是要送给公社书记，实际是她拿来送给梦学的。对布料，梦学打死不接受，对唐诗宋词等文学书籍，梦学如获至宝。他对宁静说，唐诗宋词我抓紧抄，《红楼梦》《三国演义》我抓紧看，尽快还给你父亲，只是麻烦你又寄回去，还要让你花邮寄钱。书看了不会有损失，多一个人看，只会多点亮一个人。宁静更觉得梦学值得自己爱。

又过了很长一段时间，宁静要向梦学正式摊牌谈。傍晚，他们如约来到大路旁的大黄桷树下。这地点，是梦学选的，半透明半隐蔽。男女青年谈私话，自然需要隐蔽，但对于一对城乡男女，尤其是与女知青单独接触，来往行人也是个监督和见证，万一有个什么情况，自己也不会跳进黄河也洗不清。

暮色朦胧，梦学先到黄桷树下，后到几分钟的宁静，一上来就是一个强烈的拥抱，狠狠地亲了梦学一口。梦学吓得想逃跑，一下被宁静抓住。这时的宁静，再也不宁静，一点也不宁静了。她骂梦学，"亏得我一直认为你是敢作敢为的男子汉，亲你一口又怎么啦，我吃了你呀。男大当婚，女大当嫁，天经地义。两年多来，你一直躲闪我，逃避我，简直没心没肺"，她边骂边哭。

眼前的势态，让梦学措手不及。他只好招认，其实自己是很喜欢她的，"只是我们之间有一道难以逾越的障碍。这道障碍，不是你我能够冲得破的，它是永远冲不破的：那就是农村与城市、农民与市民的差别与距离，那是一个在天上，一个在地下。宁静，你应该睁大眼睛看现实，你我都是高六八级学生，'文化大革命'闹停课离校后，我灰溜溜地回乡当农民，你们被敲锣打鼓迎进来当'贵客'，又是这样政策那样政策照顾保护，只差把你们城市知青抬到神龛上供奉起，而我们回乡青年像个什么？现在国家政策对女知青的保护，比对军婚的保护还严。谁破坏了军婚，也就判三五年，但谁要侵害了女知青，至少也是十年八年。你们身上有'地雷'，我不敢碰，惹不起躲得起，敬而远之，才算有自知之明。"

"我们真心相爱，难道不允许？"

"谁知真心假心，任何事物都会发生变化。"两人继续争执。宁静说："那我给公社打报告，现在同你结婚，纸写笔载，扎根当农民。"

"你真是天下最大的笨蛋，现实的生活没有爱情书上那么浪漫。人家不择手段跳农门，你却要眼睁睁地'跳火坑'。我绝不能害你，坚决不同你结婚，你也别害我，你别害我一辈子受家庭负担和精神上的折磨。"梦学铁了心，但口气缓和下来，又说了许多安慰的话。

宁静说："我相信你的将来，万一没有将来，我俩可不可以'脚踏两只船'，一脚踏乡里，一脚踏城市，我回重庆当工人，你在开州县当农民。"

"这是天大的玩笑，重庆与开州县相隔近千里，何苦要人为再造成现代版的牛郎织女。再说，哪有那么多钱来垫滚滚车轮。特别要命的是，如果将来有了孩子，户口是就低不就高，在大城市重庆肯定是上不了户口，'龙生龙，凤生凤'，农民的孩子就只能世世代代当农民。我这老农民想脱'农皮'还不成，反而又活生生地把后代留农村，实在是太残忍了吧。再说，现在农村的问题，是劳动力少了的原因吗？"

听了梦学的话，宁静更加佩服梦学看问题深刻，思考、处理问题冷静，更加坚信梦学不会当一辈子农民，肯定会有出息。最后，宁静坚定的表态："我相信你，我等你，无论多久！"

这一等，宁静连续两年推掉了回重庆嘉陵摩托车厂当工人的指标，两次都以冠冕堂皇的理由哄过了父母。

又过一年了，宁静的父母身揣招工指标来到川主公社，揭穿了宁静的谎言，她母亲气得当场晕倒，最后以死相逼，才把她带回了重庆。

行前，宁静没约梦学见面，她留下简短的纸条——梦学：我相信你，我等你，无论多久，哪怕是天长地久！

宁静回重庆后，隔段时间就写几句信，寄几本梦学喜欢的书来。梦学收到书和信，只是认真地读，就是不回信。

这次收到北京广播学院的录取通知书，他第一个想到的是宁静的鼓励与期待，但他决定不告诉宁静，不愿去干扰她的正常生活。他感谢自己父母的理解和支持，他向父母表态，为了珍惜时光学习，为了节省路费，大学学习期间不回家。

梦学到北京广播学院报到的第一天，天气还不算冷，报到的人也不算多。梦学背着被盖，提着简单的行李，站在新闻系迎新报到处，突然听到一个熟悉的声音喊他。他回头一看，竟然是宁静。这时的梦学，不再是几年前那害羞的谦谦君子了。他丢掉手中的行李，在那个还少有人在公众场合拥抱的年代，对宁静来了一个疯狂的拥抱。或许，这是对几年来积累的情感的一个总爆发。

当梦学向宁静打听是怎么知道消息的时候，宁静故意绕圈子说："这是秘密，你不真心待我，自然会有人为我打抱不平。"原来，关于梦学的高考复习备考、录取学校和报到时间，都是宁静从梦功和梦响那里打探到的。梦学说："没想到你宁静的手段那么狠，居然在我的身边收买了两个间谍呀！"宁静还告诉梦学，她是向单位请了一周假，专程从重庆坐火车到北京——"火车一路喘着粗气，哐当哐当地，摇摇摆摆、停停走走，好容易熬过漫长的四十八小时，提前一天到了你们学校，比你这个新生还积极。"

她边说边从包里拿出一件灰色涤卡军干服来。她告诉梦学，"五年前的那一段涤卡布料，你拒绝接受，现在我已托人仿照你的身材，制成了四个兜的军干服，不知合不合身，想必你现在不会再拒绝了吧。"

宁静继续说："我说过，我相信你，我等你，无论多久，现在才六年，你也即将是城里人了，我俩的身份扯平了，城乡这堵墙拆除了，想必你再不会拒绝我了吧！不过，现在我也觉得又有了新的落差，新的不平衡了，那就是你已是名牌大学的大学生了，很快成了国家干部，而我这辈子注定是个工人，不知你会不会嫌弃了！"

梦学动情地说："就凭你等了这么多年，如果我真的当了陈世美，绝对当斩勿赦！"梦学说着，差点哭出声来。这是宁静第一次看到梦学的哭相。宁静相信，梦学的泪不仅仅是为她，也在感慨自己的不易，于是也陪着他哭了起来，然后两人又大笑起来。

离开梦学后，宁静在火车上想了很多，做了一个重要决定：我也要参加明年的高考，我决不能落在梦学的后面，但现在不能让梦学知道。

8

宁静重新抓住了梦学，其心情就不用说了。为感谢梦功、梦响经常为她提供梦学的情报，宁静给梦响捎去了一条特别好看的纱巾。她给梦功提供了一条转手赚差价的信息，说运送一车土豆到重庆，能轻轻松松赚一两百元，还承诺招待他吃重庆火锅。

原来，宁静因等梦学的答复，两次错过了到车间当工人的机会。这次厂知青办对宁静父母说，前两次给了宁静的车间工人指标，你们自己放弃了，不可能一而再、再而三的搞特殊，何况现在的指标越来越少了，要回重庆只能安在厂里的劳动服务公司，属于大集体性质。如果愿意就可以办手续，要等也可以，但不知要等到猴年马月。宁静父母自知理亏，不好意思同知青办领导讨价还价。心想，大集体虽然在厂里属二等公民，但也比当农民强十倍。

在工厂，生产车间当然是第一线，而服务公司理所当然属二线，搞些后勤保障工作。宁静到公司被分工搞采购。她在农村生活六年多，当然知道半坡村产土豆。给梦功出主意倒卖土豆，是一举两得，既还了梦功的情，又在公司挣了表现。

梦功对宁静提供的消息，如获至宝——只需四五天时间，就可挣一两百元钱，比在生产队集体劳动一年的收入还多。凭他的个性，完全可以不要更多的人知道就能完成。但有两道坎摆在他面前，一是父亲是生产队长，大小也是个官，大哥走时还再三叮嘱他执行国家政策；二是收购土豆要将近五百多元本钱，钱从哪儿来？

晚饭后，很难得坐下来同父母聊天的梦功居然主动找父母拉家常，他扯了一些无关痛痒的话题，反而引起父母的怀疑。父亲便开门见山地说："梦功，你今晚究竟想说什么，别来那么多弯弯绕。"见父亲很爽快，梦功就把宁静来信的内容和自己转运土豆的设想，一一说出来。他还向父亲算了一下细账：我们这里的土豆是八分钱一斤，重庆那边愿意给一角五分的价钱，每吨土豆一公里的运费是一角九分钱，四吨的解放牌卡车可装五吨，才四百多元。

无论梦功说得怎么有劲，父亲母亲都坚决反对：首先，这是倒手行为，政策不允许，其次是钱从哪儿来，万一被没收，鸡飞蛋打，不仅不能赚钱，反而把老本都赔进去了，"如果给你定个投机倒把罪名，把你关起了，眼看家里只有你一个年轻男劳动力，叫我们怎么办，叫人家怎么看向家，怎么看队长，怎么看军人家属。"梦功也据理力争，"国家规定不准搞投机倒把，不准搞转手买卖，都是指国家生产的工业品，咱们农民在土地上种的土豆又不是鸦片，又不是贩卖武器弹药，自产自销，有多大的违法。"见儿子说的有些道理，向安隆又转口问道："向梦功，你钱从哪儿来？""我去借。"父亲听后，沉吟半天，说："你到哪里去借到这么多钱，家里所有的钱就两百元，借给你垫一半运费。我给你出个主意，社员卖土豆时，只要你称好秤，记好账，四五天回来就付清款，他们是不在乎的。"

这一下就让梦功开了窍，心想："姜还是老的辣。"

土豆收购好后，运输的时候为了尽量减少麻烦，梦功自己坐在货车司机旁边，连夜行车赶路。谁知在离重庆市不远的长寿县城，被检查站拦住了，连人带车被扣留住。"为什么要长途贩运土豆，这完全是投机倒把行为！"

"我帮社员做好事，方便群众代卖，他们每家十斤二十斤土豆既不方便进城，也免得为此耽误生产队的集体生产。"

执勤的监管人员又追问："弄到什么地方去卖，知不知道这是扰乱社会主义市场管理的行为？"

"我不是拿到市场去卖，是同嘉陵厂劳动服务公司联系，他们以平价收购后分发给职工。"

"有证明没有？"

"没有。""怎么联系上的？"

梦功接着说："是一个重庆知青在我们那里落过户，而今回厂在服务公司工作，想为我们农民和厂里职工办点好事。"

"那好，你就到嘉陵厂服务公司去开个证明，把那个知青也叫来，写个书面说明！"

幸好，长寿县离重庆只有百来公里，梦功赶客车来回只花了一天。市管人员叫梦功和宁静分头写材料，然后对照两人的口供是否有矛盾之处。梦功和宁静满以为这样可以过关，但哪知又有人说："有了嘉陵厂的证明，没有开州县川主公社的证明，怎能说明是帮社员代卖？"因此要梦功回去开当地的证明。

梦功心想，长寿县往返开州县需要两天，再则闹到公社去更加麻烦。他灵机一动，把挎包里的记账本拿出来请监管人员看，"你们看吴宇家三十斤，殷实家二十五斤……帮他们卖了才回去给钱。"这下，监管人员才确信无疑。几个人进去商量一会儿后，决定做如下处理：鉴于土豆确属农民产品集中自销，不做罚款处罚，但舍近求远的做法，实属长途贩运行为，但不属投机倒把，为了防止冲击城市市场，土豆按开州县市场当地每斤八分的价格计算，外加三百五十元运输费，交长寿县饮食蔬菜公司处理。

梦功口里不服，心中暗喜——结果遭得没想象的那么惨。原本是记赊欠的记账本，现在却成了代卖的功劳簿，真是谢天谢地。他同宁静总结经验教训，两人不约而同地从监管人员几次强调公章证明一事中，感到在"公"字当道的年代，"公章"的作用特别神奇。在人情社会，搞个公章证明还难吗？梦功回到公社，很快就拿到了盖了鲜红公章的证明。

此后，梦功继续贩运土豆到重庆。后来，梦功感到一个人奔波的确有些累，于是把大嫂的幺弟吴明叫上，让他多多少少也挣点钱，何况吴明也比较聪明，是个好帮手。他们后来又运了五车土豆，扣除第一次亏损外，净赚了一千多元。梦功从来没有见到这么多的钱，也从来没有这么高兴过。他拿三百元钱感谢宁静，宁静说："我都快成你的嫂子了，还用得着吗？今后都是一家人了，应该互相支持，互相关心。要不是一家人，我也绝不会答应去帮你找到你姐，带你去见她。今后有什么事需要我的，尽管说。"

梦功贩运土豆到重庆，父母多次下令，要他去看看梦成，要他转告姐姐，走了快五年了，也不回来看看父母，真是一年土、二年洋、三年四年不认爹和娘啦。

梦功为姐辩护："你们这样说就冤枉我们姐了，谁都知道姐姐是个孝顺女。你们不记得呀，自然灾害年代，姐姐在县里读初中，每月只有十七斤供应粮，本来自己都吃不饱，她每周星期六回家，还要省两顿的米饭提回来，放些蔬菜煮成汤汤饭，一家人都吃得乐哈哈的。那年月，我天天都盼星期六，天天都盼姐姐回来。"

妈妈说："那倒也是。但不管怎么说，再忙，四五年了，单位也应该准个探亲假呀，不知为什么她不回家，反正你去转告我的话。"

梦功实在没法推脱，加之他也想看看姐姐，就找到了宁静带路。宁静开初总是推来推去，她开玩笑地说："你姐姐现在已经是城里人了，而且住在将军府，是你这个农民能随随便便见的呀！"宁静说完凄然地一笑。她后来实在没法，才同意引梦功去见姐姐。

姐弟一见面，两个都傻了眼，姐姐为弟弟的突然闯来不安，弟弟为姐姐的住家惊恐：这哪是什么将军府，这明明白白是菜园坝火车站附近的吊脚楼，地地道道的贫民窟。

看到弟弟的表情，梦成只是淡淡地说："其实我的情况，包括赵勇去世的事，哥哥早就知道了，只是我求他为我保密。我这叫自作自受。这就是想当城里人付出的代价，我也无怨无悔，不是一切都过来了嘛。但也说明一个道理，凡事不能强求，强求是要受到惩罚的。"

半个月后，离别老家五年的梦成回家了。梦功他们离开重庆后，经反复考虑、权衡，梦成选择了再嫁何良。夫妻俩一同回家，没有提前告诉家里人日期。梦成心想，走时闹了不小的风波，现在也不是衣锦还乡，何必那么张扬。但带着大包小包的东西，走土路步行十多华里，却不是件轻松的事。他们一路停停走走，走走停停，多亏何良在部队摸爬滚打过，体力行。

殷勤家是梦成回家的必经之道，梦成原本想加快步伐闪过殷家，不想何良见到眼前有石凳，迫不及待搁下东西休息。天下竟有那么凑巧的事，恰在这时，正坐在院坝编竹活的殷勤，同梦成四眼相对。梦成有些尴尬，一时说不出话来，倒是殷勤先打招呼，打破了僵局。梦成转身给何良介绍，这就是我给你讲过的殷勤。然后又向殷勤介绍，这是老何，他叫何良。殷勤说，怎么没叫梦功他们来接你们。梦成说，客车不像火车、飞机准时，谁知道什么时候到。如果要写信告诉他们，说不定人到了信还没到。

殷勤说，"你们也累了，我帮你们送一下，反正不远"，边说边动起手来。殷勤肩上挎一个，两手各提一包东西，大步走在前面。到了梦成家院坝边，殷勤大声喊：向叔，你们家来客了，边说边把东西放在阶沿下。向安隆招呼他坐一会再走，何良准备递支烟，抓把大白兔糖给他，可他很快溜走了。他边小跑边说，我还有事，你们一家人好好聊。看到眼下的情景，何良心想，名如其人，殷勤的确是热情、厚道又很勤快的人啊。

殷勤刚跑回自家院坝边，就被老婆汪英劈头盖脸地骂来："我刚看到你那样子，你好像对那个梦成还很舍不得呀，人家把你卖了，还帮助人家数钱，把你甩了还巴结人家，帮忙提东西，真是没出息，没骨气。"

殷勤笑嘻嘻地回答："话别说得那么难听嘛，如果当初梦成嫁给了我，你汪英现在同我殷勤，还有什么关系？你应该感谢人家梦成，是她腾出了位置，你才有机会当上递补嫁给我，你也才有机会把我训练成地地道道的炕耳朵。你看，现在人家也好，我们一家也好，这叫人各有志，趁早各行其道，不是更好。再说，我们家老幺殷智，不是正在追向家幺妹梦响吗？说不定殷向两家，还会成亲戚，做事不能那么绝，不是亲戚，还是邻居嘛。"几句话，说得汪英再无言可答。

是啊，殷勤表现得很豁达，因为他知道，他殷勤有大大的本事，也改变不了梦成的命运。梦成做出另外的选择，也无可指责，"水往低处流、人往高处走"，这是常识。"强扭的瓜不甜"，他凭什么非要把梦成跟自己绑在一起，死守穷山沟啊。

9

听梦功讲，梦成最近可能带丈夫回家，让家里做些准备。女儿五六年没回过家，女婿又是第一次过门，向家人忙得团团转。现在梦成两口子回来了，母亲先看看女儿，然后又瞧瞧女婿，觉得女婿年龄大了一点，但又觉得他还有点官相。过去她对落户知青李卫东印象不好，赵勇又没见过面，因此她觉得现在的女婿是最好的，相信受过挫折的梦成自己的选择。寒暄几句后，母亲赶紧钻进厨房做晚饭，梦响和梦成去打帮手。

向安隆同新女婿何良坐在堂屋里拉家常。更多的是岳父问一些女婿的近况，同时也谈到梦成的为人和工作能力，特别谈到梦成执着的性格和毅力。

向安隆同女婿何良聊得正上劲的时候，殷勤的儿子跑到向家求援："队长队长，我三爸病了，肚子痛得很，尿也屙不出来，我爸请你去一下。"向队长丢下女婿，一路小跑到了殷家，只见殷实歪倒在竹椅上，左手按住下腹不放，右手抓住头发，痛得东倒西歪、咬牙切齿。向队长了解了一下情况，殷实主要有两个病症，一是下腹胀痛难忍，二是解不出小便，憋得难受。向队长心想，下午还好好的在上工锄草，怎么说病就病，还病得这么厉害？队长同殷勤商量，赶紧送医院。殷勤喊回还在自留地里干活的小弟殷智，两人用两根竹竿，手忙脚乱地绑上一把竹编椅，当作滑竿使。队长考虑抬着滑竿走小道不安全，又要赶时间救人，马上喊王三娃和赵黑子也来当帮手，抓紧时间送病人。谁知正要动身，殷勤突然问殷实："家里有钱没有？"殷实勉强回答："没有，家里的钱用光了！"

原来，殷家的房子是瓦房草房参半，中间正房是原来的瓦房，两边的是茅草房，已分家立户的老大殷勤住左边，右边住着没分家的父母和老三老四，前次火灾烧毁了两间房子，修复还是东拼西借的钱，哪里还有闲钱放在家里。殷勤说，他家里也没钱。向安隆想到自己是一队之主，救人一命胜造七级浮屠，他赶紧跑回家里，向刚回娘家的大女儿借了点钱，以解殷实的住院之急。

川东的盛夏，热得要命，气温经常超过四十度，石板路晒得像烧热铁锅。殷勤和殷智光着膀子，穿着短裤，抬着殷实，王三娃和赵黑子一个抱着衣服，一个提着简单的用具，一路小跑奔医院。谁知，出门不远，便碰上殷实老婆罗琼从娘家回来。罗琼问了问病状，问殷实是不是同上次差不多，殷实微微点了点头。罗琼似乎明白了什么，反而变得不慌不忙，叫殷家兄弟往回抬。几个人都不晓得罗琼要搞什么名堂，都劝说道："不行，不行。肚子痛一下倒问题不太大。但屙不出尿就是大问题，俗话说'活人会被尿憋死'，弄得不好转成尿毒症，那可就危险了。"

罗琼被逼得没办法，回答说："什么病不病，能吃能喝，有什么病，还不是一泡尿舍不得拉在外面，硬要夹回自留地里屙，憋得屙不出来了，不怕丢人现眼的，一泡尿能让自留地多产好多菜！"

听了罗琼发火，王三娃慢条斯理地说："把尿夹回自家地里屙，这有什么稀奇的，我也经常这样，这叫'肥水不流外人田'。但你殷实也太'实'了，你实在夹不住了，就屙在集体地里，又有多大损失嘛，活人非得让尿憋死。实在不行了，还可以屙一半留一半，也比憋出病、憋出人命强嘛。"他回头对罗琼说："罗妹子，殷实不该这么做，可有病还得医，起码要让他先把尿排出来呀！"

"你们别管，老娘自有办法。"罗琼回答了王三娃，又冲着殷实吼道："你以为我真想让你死，再去嫁人啦。恐怕再嫁三个四个，也难得找到个像你这样顾家的。只要你今后再不出洋相，我就再救你一回。"随后，罗琼用土方法帮殷实把尿吸了出来。

第二天上午，生产队锄草，殷实和罗琼照例出了工。社员们一边生产劳动，一边闲聊，然后话题又转向了殷实。赵黑子问殷实："一泡尿能多产好多粮食，值得你这样去拼吗？"

这时的殷实，大概是受到老婆的鼓舞，也答得理直气壮："这次是不值得，今后我再也不会这样了。不过大话谁都会说，只要涉及个人利益，哪个没有私心？土地老爷何必装正神，你赵黑子如果没有私心，你家自留地旁边就是公家的地，庄稼为什么是天壤之别。没有私心的人，没有。城里人没有私心，就不会为买根葱子蒜苗，也同农民讨价还价；干部没有私心，就不会为调五元钱的工资，闹得面红耳赤，吵架打架，听说还有人想不通，上吊自杀的。还有，最近有的地方悄悄搞土地包产到户，判刑坐牢都不怕，事先还把妻儿老小拜托给兄弟伙，希望得到关照。"

殷实顺口说出一句"土地包产到户"，只有仅仅六个字，却比他昨天制造的新闻的反响还大，全部人的注意力一下转向队长，于是队长被当成了进攻对象。牛懒汉问："队长，你有没有胆量搞包产到户？"王三娃问队长："我们什么时候也搞包产到户？包产到户后，免得你一天都为生产队派工吹破哨子，喊破嗓子呀！"向安隆回应说："我又何尝不愿意搞包产到户啊，只是政策不允许啊！"

谈到包产到户，向安隆有些紧张，赶快转移话题，"大家还是讨论刚才的问题，比较现实。"

大家赶紧又把话题转移到一泡尿差点憋死大活人的事情上，就在这种穷开心中，打发时光。唯有梦功、吴明两个人，对这个热闹场景一点也不感兴趣。他们远离喧闹的现场，坐在远处的一块大石上，嘀嘀咕咕地讨论着什么，时不时还在掰着指头算什么，直到队长的收工哨子吹响——开心当然不能当饭吃，大伙扛起锄头就往家里走。上午半天的集体劳动，就这样在穷开心中结束。

10

自从前几次运土豆到重庆，赚了一千多元钱后，梦功、吴明都猛然体会到："种土豆，不如卖土豆；种庄稼，不如做买卖"。一个姓"农"不爱农，姓"农"不想务农的思想悄然产生，逐步使他们踏上不务"正业"的路子。

从那以后，梦功和吴明就形影不离。劳动时，他俩总是避开其他人，要离大部队几丈远。两人总是嘀嘀咕咕，比比画画，虽然在劳动，但出工不出力，有时除草还铲断禾苗。社员们对此很有意见，但因梦功是队长家的"小少爷"，大家不敢说，只有私下议论，"两人简直像穿了连裆裤，成天就像掉了魂似的"，"成天就在想这想那，总有一天要给队长大人闯祸"。

梦功和吴明最初商量，还是运土豆赚钱，轻车熟路，但又考虑长途奔波，收土豆数量大，工作量大，很麻烦。运土豆的当初，他们同在集体生产队干活比较，觉得贩运土豆赚钱很可观。可当他们深入去了解赚钱门路后，又觉得贩运土豆，仍然是笨办法，基本上是干体力活。随后，他们又考虑在当地转手买卖粮食，但又担心违反统购统销的粮食政策，不敢轻举妄动"闯红灯"。最后他俩确定，到大山里去买羊子，杀了卖肉比较赚钱。他们算了一笔细账，大山里买活山羊，每斤八角钱，一只羊按一百斤算，就是八十元。宰杀后，羊肉每斤两元钱，按每斤活羊可产七两肉算，羊肉就可卖一百四十元，再把羊皮卖给供销社，每张皮可卖二十元，稳稳当当赚个对本。

梦功和吴明相伴而行，向离川主公社半坡村相距四五十里的桃溪河出发。桃溪河，发源于大巴山支脉，流程数百里，千百年来河水把完整的大山切成九龙山和大慈山。两山并肩对峙，山底是湍急的桃溪河，山势陡峭，多为六七十度的岩石坡地，偶有少量平台。这里，水路无船行，陆上无公路，人员进出靠两条腿，物资来去靠双肩，政府官员难见影，当地土产难出山，多为自产自销。这桃溪河两岸俨然就是个"世外桃源"。交通不便是极大的劣势，但自生自灭的原始状态，也显示出了不少优势。这里，虽然也属人民公社集体管辖，但实际上有不少人是单干户。这里没有成片的土地，也无法丈量它的准确面积，土地零星地点缀在石缝之中。只要当地的农民愿意出力流汗，刀耕火种，劈山种粮，不愁红苕、苞谷填不饱肚皮。这"天高皇帝远"的桃溪河，也给当地社员带来了"无法无天"的可乘机遇。公社规定一家一户最多只能养两头猪、两只羊，否则就是走资本主义道路。但当地农民都知道，规定归规定，难得有干部脚踏实地来检查。割资本主义尾巴的"手术队"，也很难光顾这"鸟不生蛋，屙屎不生蛆"的地方。何况，多养山羊是最容易躲避割资本主义尾巴的——上有政策，下有对策，当偶尔有干部来检查时，他们早把羊赶上了山，到干部走后，才把羊牵回家。这样，山羊都成了农民暗藏的"羊"财。梦功和吴明看准这一点，每人怀揣三百元钱，沿着桃溪河山路，走了五十多里，到了涌泉大队，串了三户人家，很快就买了四只山羊，最大的一只竟然有一百二十斤，总共化了三百八十多元。吴明主张再买两只，说要做就做"大买卖"。梦功不同意，一是买多了，目标太大，太显眼；二是万一遭到"割尾巴"，"鸡飞蛋打"，损失大。他认为还是要稳当一点，走一步看一步。

把四只山羊往山外赶，在当时也够打眼的。他们担心遭人怀疑，决定傍晚才从涌泉大队出山，两人一前一后，赶着四只山羊，来了个"夜行军"。两个人四条腿，四只山羊十六个脚，借着朦胧的月光，脚步声伴着桃溪河的涛声，深一脚浅一脚，高一步低一步地往山外走。

梦功和吴明为的是挣钱，无论怎么苦怎么累，都是自讨的，无可奈何。可从没想过要走出大山的山羊为什么要长途夜行军，它们似乎很想不通，不肯走。起初，梦功和吴明由着山羊的性子慢慢行，也时不时跟着坐在路边歇歇。后来，由于害怕天亮前还赶回不到家，他们只好在路边折了两根树条，驱赶山羊加快速度，谁知遭到"领头羊"的反抗，这几只羊差点儿逃跑掉。梦功和吴明只好把四只羊拴在一起，吴明在前面拼命拉，梦功在后边用树枝条使劲抽赶，一路拉拉扯扯，整整花了十个多小时，终于在天亮前回到家。他们把羊关在吴明家的猪圈里，等到当天晚上，夜深人静的时候再处置。也许是真累了，这四只羊在吴明家特别老实，不叫不闹，没有给梦功和吴明找麻烦。

这一趟，梦功和吴明，花了三天两夜，净挣近四百元钱。梦功得意地说："咱俩的收入，肯定超过了县大老爷了！"

尝到了甜头，吴明要梦功接着干。梦功说："人累垮了，今后还干不干？好事不在忙上。再说，现在是人民公社集体经济，我们总得要应付，不然说不过去，隔几天就应该到生产队里去晃一晃，参加队里集体劳动，做到集体生产、个人赚钱两不误。"

梦功、吴明进山收山羊的消息，在桃溪不胫而走。几户想卖羊的农民，天天盼着这两个买羊的年轻人到来。见到这两个年轻人后，一位高个子老头对梦功、吴明说，总算把你们盼过来了。梦功回答说："我们也是人民公社社员，还得热爱集体，参加生产队的劳动呀。再说，你们桃溪公社信用社，不是也在收购活羊吗？"老头说："谁愿意卖给他们，他们是奸商，还要等我们送上门去，再说价格每斤要比你们少二角，一只山羊就要少卖一二十块钱啦。我们欢迎你们上门来做买卖，上一次我不知道你们来了，这几天我天天在盼，今天我在山梁上看到两个东看西看的年轻人，就猜想就是你们，果然是你们，今天我可以卖给你们两只羊。"

老头很健谈，边走边聊，还热情地作自我介绍："我姓张，叫张天高，张是弓长'张'，天是天上的'天'，高是高矮的'高'，合起来就是不知道'天高地厚'的意思。我年轻的时候，真有点不知天高地厚的，简直就不知道自己姓什么，能吃几碗干饭。我是这里生产队的队长，管的只有十一户四十三个人，但地盘很大，走完每家每户，要整整花一天。"随后，张天高打听两个年轻人的姓名、住址，梦功自我介绍："我叫梦功，姓孟子的'孟'，宫是龙宫的'宫'，我们俩都是正东公社的人。"吴明接着介绍："我姓乌，是乌鸦的'乌'，名是姓名的'名'，跟他是一个生产队的人。"

张天高把二人领到家里，端出两条长板凳请他们坐下，指着两边的山一一介绍，说这里几乎每家每户都有羊子卖。梦功、吴明急着看山羊，张天高说："哪能白天把羊关在家里等着你们啦，天刚亮就把它们赶到山上去了。"说完，他就喊女儿："春香，去把那两条大的羊子吆喝回来，注意别搞错了，那头怀了仔的母羊不要赶回来，卖给他们就亏了。"

梦功回答说："怀仔的母羊你不卖，我们还不要呢，买了非赔本不可！"

张天高的两只山羊，总共卖了一百五十六元五角。随后，张天高又叫女儿春香通知另外两家牵了两只羊来。闻讯赶来还有两家，也想卖羊，因梦功他们一次不敢多买，答应下次再来，让这两个社员有点失望。

交接完后面的两只羊的钱后，已近傍晚时候，梦功、吴明就准备赶羊出山。

张天高说："上次你们就是晚上回去的，现在天色还早，不如在我家吃了夜饭再走，算我张老汉招待两位小兄弟。我家好柴好火，满锅好灶，个把钟头就可以吃饭。"

"恭敬不如从命，但我们吃了要付钱。"梦功这么说。

张天高说："好，好，吃了再说。"

张天高进屋去吩咐老婆煮这煮那，还要让女儿当助手，好抓紧时间。他老婆有点不高兴，说："不就是两个做羊子生意的嘛，用得着比招待公社书记还好吗？"

张天高说："你们女人家，头发长、见识短，有些事搞不懂，你只管按我说的办就是了。"

张天高安排好后出来，继续坐在院坝同两个年轻人神吹，随后又领他们在房屋前后参观，带二人看了简易烤酒作坊，最后领他们走进家里的猪圈，一下惊呆了两个小年轻：圈里的猪总共只有四头，两头架子猪，一头大约一百多斤，两头肥猪，一头至少有五六百斤。梦功说："我现在长了二十多岁，还从来没见过这么大的猪，这头猪简直像头小牯牛，怎么喂到这么大、这么肥的？卖给供销社，至少要卖四五百元钱。"

张天高马上接过话题说："我才不会卖给供销社呢，谁舍得把这么好的东西卖给公家？再说，这么大的家伙，哪个能把它抬下山。现在公社的政策是：交一留一。你家里只喂了一头肥猪，只能是先交半边给公家，然后才能留半边。如果想自己吃一头，必须是先交一头给供销社，供销社给你发个返还证，才能杀自己留下的。那头一百多斤的猪，就是准备卖给公社供销社的。"

梦功问："长这么大的肥猪，要养几年，是不是有点不合算？"

张天高说："怎么不合算，它一头顶了三头的返还证。再说，山上的红苕、洋芋不少，挑出山去也困难，卖也只值个人工钱，我们用它来把红苕、洋芋转换成肥料，就当它是个肥料加工厂。嘿嘿，你以为只有你们年轻人会算账，我们老家伙就没头没脑哇？"

几句话，说得两个人心里佩服，同时也感到真是天外有天，山外有山。

张天高同两个年轻人神吹，老婆启动四口锅做饭，一口煮饭，一口煮老腊肉，一口炖猪蹄，一口炒菜，不一会儿，一大桌菜摆在四方桌上。张天高用竹抽在玻璃缸中打了两抽自制的苞谷烧，说这是用杜仲泡的药酒，可以强身健体。他边说边给两人倒酒，夹菜，不停地介绍：这是腌腊猪肝，特别香，是下酒的好菜；这是用柏树枝熏烧烤过的圆尾猪肉，半肥半瘦，红中透亮，肥而不腻，瘦而化渣，冷吃都不会跑肚；这是风吹萝卜干炖腊猪脚，别有风味。

梦功和吴明本来就不胜酒力，但在张天高一家人的轮番敦劝下，加上酒好、菜好、主人好，不一会儿吴明就喝得二高二高的。梦功心中有数，打死不敢贪杯。趁两人喝得差不多的时候，张天高开始向二人打探实情。

"你二人跟我说实话，你们真实的名字叫什么，是哪个地方的人？"张天高问。

吴明抢答到："我真的姓乌，乌鸦的'乌'，名字的'名'，我行不改名，坐不改姓。"

张天高说："我从来没听说姓乌鸦的'乌'，你这姓是不是子虚乌有？"

梦功不正面回答张天高的提问，转守为攻反问张天高："你张大伯为什么就认定，这不是我们的真名真姓？"

张天高回答也直接："这些年头，跑江湖的有几个敢报真名真姓，那不是自找苦吃？"

梦功马上抢答说："张大伯，有句话叫英雄不问出处。我们先不说姓名的真假，就凭您老人家今天的热情招待，我们也不敢欺骗您老人家嘛。今天，您卖给我们的山羊是真的。我也敢保证，今天付给您的钱，也不是假的。按质论价，公平买卖，货真价实，都一点没有掺假嘛。"

张天高回答："这倒是真的。不过话得说回来，这个年代，学会点真真假假，也有利无害。但我相信，我会搞清楚你小子的真实姓名，会了解到你从哪儿来的，愿同你这个机灵的小子做个忘年之交。"

梦功连声说："谢谢，谢谢，谢谢张大伯的夸奖和教诲。"

天色渐晚，梦功拿出十元钱交伙食费。张天高说："照理说来，今天收你们生意人二十元钱的伙食费都不多。但是，要是开馆子，做生意，给我四十元一个人，我都不会做。你知道吗？我们公社书记到我家来，都没有受到今天这种招待。为什么？我就是想交个真朋友！"

待梦功和吴明牵着羊走后，张天高对老婆说："这两个人，对我们生产队，对我们家，都比公社王书记管用，以后你就会知道。"张天高回头又问在一旁的女儿春香："你认为这两个小伙子如何？"

"两个都不错，但我觉得那个姓孟的更机灵，脑壳更好用。"春香说完，不好意思地一笑，父亲张天高也会心地笑了笑，向女儿使了个鬼脸。

酒足饭饱肉吃够的梦功、吴明，心里有说不出的感觉，他们没想到出门做生意，还有人办招待。他俩根据上次的经验，出门就把四只羊连在一起，仍然是吴明在前边牵，梦功在后面赶。吴明喝得多一点，走路开始打起飘飘来，后来就有点儿腾云驾雾，迈着秧歌步，最后竟提不起脚，一屁股瘫坐在路边，很快发出了鼾声。梦功心里在骂，这个钱真不好挣，上次遇到买的羊子不肯走，这次又遇到爱酒贪杯的人走不动，真倒霉。他耐着性子，守着羊，等吴明睡一会儿酒醒后再赶路。半个小时过去，梦功叫醒吴明在后边赶，他自己主动换到前边去拉。

为了赶时间，也为了醒酒提神，吴明拿着竹条，有意无意、有事无事地往羊身上抽。不知领头羊是被抽毛了，进行无声的反抗，还是觉得早死晚死都是死，它挣断绳子纵身一跳，居然在黑乎乎的夜色中摔下十多米高的悬崖。这一跳似乎把吴明惊醒了，也把梦功气毛了："吴明，你给我听着，出门做生意是为了挣钱，遇事都要有个把管，管不住自己就别出家门。要是见到一个漂亮妹子就流口水，见到好酒好菜就贪杯狂饮，不知道自己姓什么，还有什么出息？"吴明觉得被骂得太重，也回敬梦功："你知道我不聪明，为什么要几次约我。你不要我来，我也不会受这份罪。"梦功突然冷静下来，心想这个时候吵和骂都没用，关键是怎样不受损失。

梦功叫吴明把剩下的三只羊，牵到离路十多米的小树林里拴住，看护着。他自己打着小手电筒，绕道沿着灌木丛，手脚并用，下到了山羊身边。梦功发现，羊还活着，但是右前腿摔断了，根本无法行走，这让梦功顿时产生一种怜悯之情。梦功把吴明叫下来，试着把羊抬到路上去，可是一百多斤的羊子，怎么能在山崖上往上抬？而且就是能抬上去，又怎么能把它弄出山。如果放弃这只羊，损失近一百元钱，整趟买卖就白干了。

这个时候，梦功忽然觉得因为今天太顺，太高兴了，所以导致乐极生悲。

随后，他俩商量，用绳子先将山羊勒死。死羊肯定比活羊听话、好弄走。

但是，仍然存在如何把一只整羊搬出山的问题。如果行人看到他们抬着死羊往外走，肯定会觉得他们不是偷羊贼，至少也是神经病。

最后，二人决定，由吴明守这只瘫山羊，同时时刻关注另外三只羊的动静——因为是夜里，想必不会出多大问题。梦功回到张天高家去求援，去借刀具，"就地法办"，提前送山羊上"西天"，碎尸分割，挑肉出山！

出事的地方离张天高家不太远，梦功只走了一个多钟头就到了张家。张天高两口子刚刚熄灯躺在床上，就被狗吠声叫起。张天高打开门，见梦功手拿打狗棍站在院坝边。张天高一边迎梦功进屋，一边用火柴点灯。他接连划了三根火柴，才将含油脂的松树枝丫点燃照明，同时急切地问："出了什么事？是不是我们桃溪地盘的人为难你们了？如果是，你尽管先放心，我去给你们摆平。"

梦功首先道了声谢谢，然后讲了出事的经过，说想借刀杀羊。

张天高问："你杀过羊吗？""没有，在家里哪里轮得到我做这些事，我连鸡都没杀过。不过，只要你能借刀，我肯定能把羊捅死，砍成几大块弄回去。"梦功回答。就在梦功同张天高对话之间，春香也起来了，她和梦功四眼相对，两人都突然产生出莫名其妙的好感。梦功发现春香长得漂亮，春香发现梦功长得英俊。梦功不好意思地赶快转过眼去看着松明灯，无话找话地说："你们这里没有点电灯啦，你家旁边那股碗口粗的水，没有用来发电真有点可惜。"

张天高有些不好意思地说："就是，就是。我们平时都是点的煤油灯，这几天没去打煤油，就用松树枝代替。不过，松树枝还有股清香味，不像煤油味那么让人难受。"接着张天高又说："谁叫我认识了你，帮忙就帮到底。今天我就去跟你当凶手，你就当我的徒弟。"说完就去取了一把尖刀、一把砍刀准备出门。

春香说："爸，晚上你一个人回来很冷清，我陪你去。"

"一个女孩子家，晚上出什么家门嘛，把你哥哥喊醒陪我去，他还可以做个帮手。"走到院坝边，张天高若有所思，又回头拿了两条尿素口袋，取了一根扁担，说是好让梦功他们挑肉回去。梦功心里赞叹，这老人竟想得如此周到。

三人边走边闲聊，不一会儿就到了现场。张天高当操刀手，他儿子和梦功当助手，从杀羊、扒皮、卸成五大块，到分装到两个口袋里，总共花了不到半小时。张天高想让儿子帮他们赶羊、挑肉出山，梦功打死都不同意，说这样麻烦张大伯就让他们非常不安了，哪敢还劳驾张大哥。

随后梦功说："张大伯，我有个想法，不知你同意不同意？"

"你说给我听听呢？"张天高回答。

梦功说："我们初出茅庐的年轻人，能遇到你这么好的长辈，简直三生有幸。我想，如果今后再来桃溪买羊子，就不用再赶活羊出山，就借你家宝地，请你帮忙杀了再打理好出山，不外乎请人送，给点工钱，自然也有您老的辛苦费。"

张天高马上回答："嘿嘿，我就看出你的脑瓜好使，这果然不错。看起来，赶羊子出山比挑肉出山更不容易。羊子哪有人听使唤，何况赶着羊群长途行走，还容易被发觉，当成倒买倒卖被打击。今后弄到我家来杀也可以，我又不怕犯'窝藏罪'，但我不会每次亲自动手，我可以教你们，谁要你的辛苦费。你们年轻人要不怕吃苦，多学点本事有好处。不过，我也给你们建议，天下的钱是挣不完的，你们做羊子生意，又要买，又要卖，不但辛苦，而且还有风险，不如每斤羊肉少卖两角钱，搞地下活动，打批发，让真正的'二道贩子'去赚几个钱。他们去出头露面，你既轻松，又比较安全。"

梦功犹如醍醐灌顶，猛然惊醒。他双手合一，俏皮地做出叩拜姿势，"感谢师傅教诲，请受徒儿一拜。"然后又回过头去，感谢张家大哥的帮助。

梦功和吴明，一个挑着担，一个赶着羊，借着月色，上了路……

在生产队参加了三天集体劳动，梦功和吴明又进山了。他们现在不需要在桃溪去到处瞎闯，而是直奔张家。

一到张家，梦功就感谢张大伯的指点，"现在将羊肉批发给二道贩子，再不去当游击队员了，免得整天提心吊胆，同市管会的人捉迷藏，躲猫猫，一会儿躲在桥头下，一会儿往厕所钻，总担心哪一天被抓住。虽然这不犯大法，但经济上要受损失呀。如今，买的问题解决了，运的问题解决了，今天我们准备多买一只羊，你看怎么样？"

张天高说："没问题，我已给你们联系好了五只，我叫他们两兄妹直接领你们去。"随后，他叫儿子领着吴明到他老丈人家，叫春香领梦功到她姐姐春桃家，她家也有一只羊要卖。

"张大伯，怎么你们家的亲戚都集中在这一块呀？"梦功问。

"是呀，我们就生活在这么大个圈子里，跳不出桃溪河啊，所以要穷大家一起穷。不过也好，一家有个什么事，也容易得到大家的照应。"张天高回答。说话间，春香催梦功上路了。

到春桃家还要顺着山往上爬。春香走在前面，一路不停地说这说那，还主动介绍她姐姐一家的情况。姐姐现在才二十二岁，已经是两个孩子的妈了，大的是女儿，小的是儿子。姐姐读到小学毕业就不想读书了，十八岁就嫁人，姐夫跟着他老爹学木匠，除了在队里劳动，有时外出做木活，还可以挣点油盐钱，比纯粹修地球的强一点。看到这乖巧热情的春香，梦功问：

"你今年多大了?"

"十九!"

"你姐姐十八岁就嫁了,你已经十九岁啦?"

"姐姐是姐姐,我是我,我姐姐才二十二岁,成天陪男人,带小孩,连桃溪河都没走出去过,只见过簸箕大的一块天,我好歹还跟爸进过一次县城,开过眼界。我想跳出桃溪河。"

春香似乎觉得自己总是被动回答,有点亏了。于是她主动出击,向梦功发起进攻:"我爸那么真诚地对你,你却不真诚地对待我爸,真有点不够意思,就连你的真实姓名、真实身份都不肯告诉我爸。"

"我真的叫孟宫啦!"

"你别急,你是叫梦功,可是梦功也不是你说的那两个字呀,梦是美梦的梦,功是功劳的功,但这只是你的名字啦。你姓什么?不姓孟,是姓向,你叫向梦功。"

"这,这,这太恐怖了。你简直就像个女特务!"

"就凭你骂我是女特务,就说明我的情报是真的,不是假的,是不是?我还可以告诉你,你的搭档叫吴明……"

"你别说了,真的像个女特务,我算是服了你!"

"只要你没干什么坏事,你紧张什么?"

"那你为什么要这么做?"

"是我爸对你有点感兴趣。"

"为什么?"

"你慢慢会知道,这里没有恶意。"

听了这话,梦功感到,春香的这些问话,虽然语气咄咄逼人,但除了有几分调侃,几分稚气,还有几分得意,的确看不出有恶意。

梦功决定换个话题说:"你们家的亲戚怎么全都在桃溪河山上啦,外面还有没有亲戚?"梦功是想侧面了解春香的情报从何而来,春香却以为梦功对他们家感兴趣,一口气介绍了全家情况——"我们家在山外面一个亲戚都没有,我们祖祖辈辈都住在这个山上,外公家是九龙山的人,他们家全部都在山上,我么姑给我哥介绍了嫂子,我嫂子又给我姐介绍了姐夫。本来,我姐姐想逃出这个桃溪河,想嫁到山外去,但山外又没个熟人帮忙介绍,结果,还是没有逃出这座大山。"春香说完，叹了一口气，"唉，这也许是命里注定。"

梦功听完春香的介绍后，开玩笑地问她："那你今后也要在这山上找个婆家么？"

"如果我要嫁在桃溪山上，我早已当妈妈了，三四年前，就有媒婆上门。"

"你不想找婆家？"

"不，我想嫁出去"。

"有了对象吗"？

"目前还没有"。

"有了目标吗"？

"目前还没有"。

"有熟人愿当你的介绍人吗？"

"目前还没有。不过，我认识了个熟人，希望他给我当媒人。"

"那好，那好！"

"你知道这个人是谁吗？"

"是谁？"

"向梦功！"

"你开什么玩笑，哪有一个男人去当媒婆的。媒婆、媒婆，生就是女人干的事。"

"也有男媒婆呀！"

"再说，当媒婆，嘴要会说。媒婆、媒婆，死的要说得活。我的嘴，又笨又不会说。"

"给我当媒人，用不着胡吹、花费很大力气。人嘛，我觉得自己不算漂亮，但还是长得有点乖，家务也样样会，我还是有点自信。你梦功做羊肉生意就很有本事，相信也能把我推销出去。"

"谢谢你的信任，那我就来学着当一次男媒婆。你们家这么支持我，招待我，我不欢迎你，说得过去吗？来而不往非礼也！"

"一言为定！"

"一言为定！"

二人边走边聊，不知不觉便到了春香姐姐家。姐姐看到妹妹带来了客人，也听到过父亲的介绍，特别热情，要他们吃过午饭才肯过秤卖羊。春香还到她幺姑家办了点事，事毕已是下午了。已先回张大伯家的吴明，在张大伯的指导下，正在处理购回的两只羊。梦功不好意思，赶快加入了宰羊行动队。直到天黑，他们才把活干完吃晚饭，照例是喝酒吃肉摆龙门阵。

用口袋装着羊肉往外运，不需要赶着活羊夜行军，他们当晚就住在张天高家。第二天张天高帮忙雇了两个社员，挑山羊肉出山，五张羊皮就晾晒在张家，待干后卖给供销社，下次交钱给梦功。

晚上，张大妈给梦功他们换上了干净被盖，可两个人躺在床上怎么也以难入眠，梦功将春香说出的信息告诉吴明，两人一直在寻找身份姓名失密的原因。

11

梦功他们走后，春香天天都在算日子，盘算着梦功他们在第四天又会进山。可等到第五六天仍然不见人影时，她就在父亲面前念叨，是不是梦功他们出了什么事。十天后仍不见影，就连张天高也在猜测是不是出什么事了。

半个月后，仍不见梦功他们的踪影，春香催促父亲出去看看。父亲说："我们既无亲，又无戚，无缘无故往不沾亲带故的人家闯，有什么理由？"

"有理由。"春香说。

"什么理由？"

"把羊皮卖了，给他们送钱去，说是有事要进趟县城，顺道给他们送钱的。"春香似乎是早就想好了借口。

"这倒是说得过去哇，是不是你也想去呀？"父亲故意问。

"你如果带我去，我当然愿意陪你，给你做个伴。"春香高兴地回答。

"我又不是小孩子，还要人陪吗？你的心思我知道，我替你编理由，就说你陪我进城，要买点女孩子需要的东西。"父亲高兴地说。

"还是爸爸了解女儿。"春香更高兴。

一趟山外行，与其说是父亲理解女儿，不如说是父亲老谋深算、父女心照不宣演的一场双簧。而这场双簧，从梦功、吴明第二次到桃溪，已经就开始了。

张天高早就了解小女儿想飞出大山的心思，所以媒婆盈门他也无动于衷。梦功他们来桃溪买羊，他发现两位年轻人敢走出家闯江湖，觉得他们应该是有点出息。尤其是山羊摔崖出事后，他发现梦功更老练沉稳，又能吃苦，便把他作为准女婿的考察对象。因而愿意亲自出马，当杀羊"凶手"，帮助两位无经验的年轻人渡过难关。眼看二人一个挑着羊肉担，一个赶着三只活羊，他陡然产生了长辈们容易产生的同情、赞许和不放心的情绪。张天高决定一不做，二不休，帮忙帮到底，他独自一人，悄悄跟在二人后面，暗中护送梦功、吴明出山回家。

待梦功、吴明安全到家后，张天高就在向家周围，以闲聊的方式，了解了向家和吴家。

有了上次的跟踪侦查，这次张天高带着女儿出发前往半坡村，已是轻车熟路。到向家时已经快到中午。刚从队里收工回来的梦功，突然见到张家父女出现在自己的家门口，非常惊讶。梦功还没来得及说话，春香便先开口："梦功，说过欢迎我们到你家做客，今天就真的来了，欢不欢迎？"

"当然欢迎！"梦功马上应答。

"是这样的，"张天高赶快抢着说，"你们整整半个月没有进山来，估计你们这一天两天不会来了，我们父女俩到县城办事，顺道给你们把羊皮钱送来。"

梦功说："谢谢，谢谢。太谢谢张大伯了。"

"谢什么谢。"张天高边说边报账，"你们留下的五张羊皮，我帮你们卖到供销社，两张一等品，两张二等品，一张三等品，共计卖了九十五元八角。"随后把钱递给梦功。

梦功再次谢谢张大伯，随即向爸妈介绍了张天高和春香。

向安隆非常热情地说："欢迎欢迎，简直是请都请不来的稀客、贵客呀。我那不大务正业的儿子，多亏了张队长的指点和全家人的关照，谢谢你们全家了。"

张天高说："不能说不务正业，能给家里挣钱就是正业。"

春香说："向伯伯是队长，你也是队长，你俩是一样大的官啦。"

张天高看了女儿一眼，暗示她少说话。春香很机灵，马上说："向伯伯，你跟我爸聊，我去帮大妈煮饭。"春香心想，一个女孩要想进入这个家庭，首先必须得讨女主人的喜欢。她马上钻到厨房里，添柴烧火，帮助大妈做起饭来。她俩边做边拉家常，春香那甜甜的话语，清脆的声音，文静的举止，很快赢得了大妈的喜欢，同时也博得了梦功的认可。

礼尚往来，人之常情。张天高父女，在向家同样受到盛情的招待，只不过杯中的酒，是万县太白酒厂产的诗仙太白，而不是无名的自制苞谷烧。

午饭后，向安隆领张天高和春香参观了住房和房前屋后的环境，张天高连声赞扬。向安隆说："现在能好到哪里去嘛？只能说比上不足，比下有余吧。"

随后，张天高提出要到吴明家去看看。梦功说陪他们去，张天高坚决不同意，并告诉梦功，"我知道吴明的家，就在你们生产队的保管室旁边。"

梦功问："你是怎么知道的？"

"我早就知道了。现在实话跟你说吧，就是我帮你们杀羊子的那天晚上，我害怕再发生什么事情，便跟在你们后边走，在暗中保护你们，当然也就顺便了解了一下你们的家门。"张天高说完哈哈大笑起来。

梦功说："原来是这样啊，那天我还冤枉了春香，说她是女特务，实际是女特务后面，还有个福尔摩斯哦！"在场的所有人都笑了，春香的笑中还显出几分得意。

梦功见张天高识路，他也就不再坚持。

张天高坚持不让梦功送他们到吴明家，是想避开梦功好同女儿说话，征求春香对梦功一家子的看法，问女儿愿不愿意嫁到向家。春香也很坦诚，"本来爸爸早就看上了梦功，你还问我。我也觉得可以，一切听爸的。"

张天高父女走出家门后，向安隆和老婆、梦功、梦响议论起来。

向安隆说："今天的事来得有点突然。一是一个父亲带着个闺女，突然闯到从没去过的人家，让人意外。二是这个老张支持梦功、吴明做生意，似乎有点热情过分。三是他凭什么舍得花整天整夜，跟踪梦功吴明，暗中调查他俩的情况，不会是为了向上级告密举报吧？这里面肯定有点什么意图。"

梦响马上抢着说："是不是她家春香，看上了梦功哥了。"

"可能不是。如果是，那他们为什么不要梦功陪他们去吴明家，说不定是对吴明有意思。"向安隆说。

老妈说："我倒看上了这个女孩子，长相乖，嘴巴甜，能做事，有礼貌。"

梦响说："我也觉得可以，不知梦功哥觉得怎么样？"

梦功说："我几次到她们家，觉得她人还不错，在家里也勤快。她陪我到她亲戚家去买羊子，非常热情开朗。她揭穿我和吴明的真实姓名和家庭住址，我还骂她是个女特务，她也不在乎。最后还想让我帮她做媒、当介绍人，帮助她走出大山。"

梦响突然拍起手来，"哥，你别说了，春香就是看上你啦。你完全不懂女孩子的心，难道她要直接给你说，我想嫁给你呀？"

梦功抓了抓脑袋，似乎找不出理由反驳妹妹。父亲接着说："是这样的话，那他们又为什么要到吴家去呢？"

母亲接着说："这孩子，我还看得上。我们家里还需要这么个儿媳，来接下这个家。三个儿子，大儿子接个媳妇随了军，他有他们的家。二儿梦学已经考上大学，不可能再回半坡村，也不可能再找个农村媳妇，何况还有个重庆知青宁静，盯着他的。现在就看你梦功了，你一个初中毕业生，参军超过了年龄，考学没有希望，就老老实实待在农村，接你爸的班。如果春香有意，凭我观察，她完全可以顶替我，把向家打理好。再说，大山里的人老实，没有那么多心眼。和气能生财，忍气家不败，这是向家的传统。何况，张队长也是会家教的。"

向安隆同意老伴的看法，梦响也点头，梦功起身说："各自去做自己的事情，别在这里单相思了。"

张天高父女到了吴家，寒暄了一会儿，就开门见山地对吴明的妈妈刘婶说："我们进县城，一则办点儿事，二则顺便看梦功和吴明，把羊皮钱给他们带来。他们到桃溪河，来去四五趟了，我们已经是熟人，成了朋友。这两个小青年，很不错。我们先去看了梦功，现在又来看看吴明。现在还想请你刘婶当个媒人，我看上了梦功那小子，女儿也没意见，我又不好意思直接说，愿把女儿许配给向家梦功，想请你到向家帮助撮合，牵个线，不知可不可以？"

刘婶听了，马上说："成人之美，是积善积德的事儿，没有问题。我们都是养儿养女的人，都希望儿女好，我也希望有人给我的儿女做媒呀。不过，我还从没当过媒人，不知能不能成功。但我觉得梦功同你女儿早就熟识，我想这个'顺水推舟'的媒，肯定没问题。我马上就去，去了回来再做饭，招待你俩，也算还你们的人情。"

张天高听到刘婶希望给儿女做媒的话外音，马上就说："吴明也是个好孩子，如果还没有订婚的话，我可以介绍一个，这个女孩也很不错。"

刘婶马上抢着说："他还没有订婚，岁数也不大，同梦功同年生，还比梦功小三个月，今年才二十二岁。吴明回来经常叨念，说你是个热心人，真是名不虚传。不过，我们家的条件没有向家的条件好，介绍个比你女儿条件差点儿的都可以。"

张天高答说："吴明这孩子也不错，能吃苦，能实干，就凭他能出去做生意这点，今后会有出息。我想介绍的这女孩，其实也不错，也很能干。论长相，能见公婆，也能见客人。这孩子与我女儿同岁，也是小三个月。只是我们生活在大山里，圈子太小了，没法选择人家。"

春香高兴起来，马上接话说："刘婶，我爸准是说的我幺姑的女儿，翠翠。如果翠翠也能出山，简直太好了。我们在娘家是一个生产队，婆家又是一个生产队，吴明同梦功不但是好朋友，今后又是亲戚了，我们可以相互往来，还可以一同回娘家。"

刘婶说："向吴两家，本来早就是亲戚了。我女儿吴欢嫁给梦功的大哥梦军，在部队里是个团级干部，女儿现在随军到部队。如果你幺姑的女儿能来我家，我们同向家就算是青菜加菠菜，青（亲）上加青（亲）了。"说完，刘婶就起身往向家走去。

向家人还在议论张家父女，突听到狗叫声骤起。向安隆的老伴出门看，见是刘婶，赶忙迎上去说："亲家母，是哪股风今天把你吹来了，你好久都没来过我们家了。"

"无事不登三宝殿，我是来给你道喜来了。"刘婶说。

"我家平白无故的，有什么喜可道的。"向婶说。

"张队长父女看上了你们家和你们家的梦功了，请我当个挂名媒人，我当然乐意成全你们两家啊，绝不是想收谢媒礼呀！"刘婶说。

"你说哪里话，你哪里是成天东家长、西家短的媒婆嘛。不过话得说回来，真的事情成了，该谢你的还得要谢，不能不懂规矩啊。"向婶回答。

刘婶一五一十地说明情况，还说："张队长还同意把他妹妹的女儿介绍给吴明，但是吴明还没见过那个女孩子，如果同春香差不多，那就好了。"

梦功听后抢着说："张队长的外甥女叫翠翠，吴明是没见过，我见过，也很不错。可以，可以。哈，世界上怎么有这么巧合的事？"

梦功妈说："我也该给你亲家母道喜啰。"

接着，梦功妈喊梦功一同到吴家。梦响说："我也要去拜见未来的嫂子！"

果然，"顺水推舟"的媒人一出马，就马到成功。梦功、梦功的妈、梦响，马上同刘婶一起到吴家，邀请张天高和春香以及吴正业全家，到向家吃夜饭。刘婶也要留张家父女。梦功的妈妈说："我家里中午还多煮了好多菜，酒菜都是现成的，再说我们两亲家好久没在一起吃过饭了，今天加上张队长，我们就是三个亲家相聚了。"说完，引来一阵笑声。

从来不甘寂寞的梦响发话了："没想到梦功哥和吴明哥，出门做生意，赚了票子，还赚了媳妇，既有财运，又走桃花运！"

第二年秋天，四家人都紧张忙碌着孩子们的婚事。

张天高处处显示出了当哥哥、当舅舅的高姿态。他在考虑女儿春香的婚姻时，没有忘记妹妹的女儿翠翠。当他考虑两个女孩儿同天出嫁、同天出山时，没有忘记让妹妹的女儿先选好日子。妹夫请人为翠翠和吴明合好生辰八字，定为九月初八。张天高说，"只要春香和梦功两个情投意合，我们觉得哪天结婚都是好日子。"

同一个生产队，同一天两家接媳妇，每一家需要送两家的情，派出两个代表，分头吃喜酒。两家的条件有差异，有人判断，向家的酒席档次会高些。于是，谁走谁家，又引起家庭成员的分歧。殷世富想走向家，他觉得他同向安隆有老交情，便让儿子殷智到吴家。可殷智想去向家，想多一次机会接近梦响。但他最后没有拗过父亲，只好到吴家。殷世富很高兴儿子听从了自己的安排，还特地教了殷智赴宴的秘诀："手稳心莫慌，菜来八方望，人多莫啃骨，啃骨就上当！"听了父亲的秘诀，殷智笑着说："我明天一定按你教的方法去抢酒席！"

九月初八清晨，涌泉山上，嫁女儿的两家同时点响三眼炮和鞭炮，两拨送亲队伍准时出发。新娘、新郎、接亲的、送亲的、抬嫁妆的、吹唢呐的，一路浩浩荡荡，足足拉了半里路长。两家的嫁妆，尤其是木制家具，同样的品种，同样的件数，还有同样的鲜红颜色——山区哪来那么多好的细软做陪嫁，唯有多年积存下来的木料，做成床铺、衣柜、梳妆台，甚至是木制洗脸盆、洗澡盆，大大小小，排成长龙，婆家高兴，娘家高兴，大家喜庆。途中，驻足观看的，看到这两套嫁妆，如此气派，不停赞美。听到这些，唢呐队越吹越带劲，代表各自的迎亲队伍，似乎在进行比赛。一曲曲《大海航行靠舵手》《社会主义好》《公社是棵常青藤》，轮番登场，回荡在桃溪河山谷，像是新娘在向父母告别，在向大山告别，在向封闭告别。

12

就在梦功结婚前一周，家里分别收到梦军、梦成的祝贺来信和贺礼，表达哥姐对弟弟、弟媳结婚的热烈祝贺。梦军的信里还顺便告诉父母和家人，可能组织上要安排他复员转业，他的意向是回老家开州县，但具体安排一切听从组织的。

向安隆看信后，既遗憾又高兴，心情比较复杂。他遗憾的是，这说明梦军的职业军人生涯已经走到尽头，没有再提拔升迁的可能，"铁打的营盘流水的兵"，再在部队久待也没太大意思；高兴的是，梦军能回老家县城工作，不再需要三四年才同家人团聚一次。

向安隆马上回信，表明态度。不久后，梦军转业到开州县县委农村工作部，担任副部长。

梦军一家三口回到开州县，爱人安排在城关粮站，当售粮员。刚上小学的向未来，插班进城关小学读书。一家人被安排在县委职工住的筒子楼，有两个相邻的单间，没有单独的厕所、厨房。煮饭的蜂窝煤炉子，就放在人人都可以看到的通道走廊上，吃好吃孬大家都可以一览无余。他们多数时间在机关集体食堂搭伙，省下时间投入工作。

安顿好简单的家后，梦军一家人才回去看望父母，在家只住了一夜就回到各自的岗位。梦军在机关里熟悉了几天情况后，就急切地往区乡跑，调查研究。他有的时候是跟着贺副书记，坐着北京吉普下基层，但更多的时候是搭乘公共汽车，独行独往。半年时间，全县一百〇二个公社，梦军就跑了六十个。

向安隆和老伴原来以为梦军一家回了县城，他们能经常见到儿子和孙子。可半年时间过去了，都不见儿孙的踪影。向妈叫梦响提着一只老母鸡，代她去看望儿孙。刚进县委大门，梦响就碰到哥哥搭坐贺书记的吉普车从外面回来，两人一同下车，同她打招呼。

梦响说："今天怎么这么巧呀，碰上贺书记。虽然你离开川主公社时说过，有事到县委来找你，但哪个有胆量，敢随便来打扰你这县大老爷哟。"

梦军马上制止梦响开玩笑。

贺书记说："没关系，何必搞得那么严肃嘛。"回头他问梦响："你现在在干什么？"

"还能做什么，还不是老本行，天天修地球！"梦响俏皮地回答。

贺书记若有所思，对着梦军说："你上次不是说，希望给农工部配个打字员吗，能不能考虑她？"

"那怎么行，她是农村户口。"梦军回答。

"不能进正式编制，这是政策，但能不能搞成临时工。梦响比较聪明，当个打字员她是能够胜任的。"贺书记继续说。

梦军说："她肯定学得会。但我怕违反政策，没敢这么想。"

"搞个临时工，应该问题不大。"贺书记说。

三人对六面，贺书记亲口许的愿，弄得梦军骑虎难下——难道县委副书记开了金口你还不办？梦军只好硬着头皮去办这事，但是提出了先决条件，一是离开半坡村时不准张扬，二是到了农工部认真学习技术、认真工作，虚心低调。

梦响下决心要以出色的工作，感谢贺书记的举荐，也为当部长的哥哥争气。来到农工部后，前半个月她白天到县委办公室文秘室，跟机关打字员学习，晚上回到农工部的打印室刻苦地练，三顿饭都在机关伙食团吃，深夜才溜到哥嫂家休息。不到一个月，梦响就背熟了字根，记住了打字机键盘上近两千个常用字的组合，得心应手地将一颗颗单体字钉调遣得服服帖帖，组成完整的句子、完整的段落、整体的文件和通知，得到大家的一致肯定和赞扬。

三个月后，梦响才第一次回家。尽管只有二三十里路，她还是头天去，第二天就回。她回家向父母汇报了自己的表现和工作情况，父母很高兴，临走时还叮嘱她要珍惜自己的工作岗位。

回到县城的当晚，梦响又做了一个梦：她被提拔为人秘科的副科长，高兴得唱起歌来。唱着唱着，把自己唱醒了，发觉原来又是一场美梦。

大概又过了一个多月，殷智突然来到梦响的办公室，引起了梦响的好奇和不安。心想：这个人脸皮真厚，追到这里来了。她询问殷智是如何知道自己的办公室的，来这里有什么事？

殷智有些吞吞吐吐，显然言不达意地说："你又不是在天涯海角，不就是在开州县县城，难道我连这点本事都没有，还找不到你梦响的去向？"

梦响说："我相信你既有这点本事，又有这么厚的脸皮。殷智，你来看现在的技术，现在的打字机，比我们当红小兵时，在钢板上刻蜡纸、印小报先进多了，也快多了。这个打字机，就像鸡啄米一样快，啄一下就是一个字，不需要一笔一画地刻，而且打的蜡纸不容易坏，最多可以油印上千份。"梦响一边说一边表演给殷智看。

"打字机是好，可我觉得你成天关在小屋里打字太闷，还不如我们半坡村的环境好。"殷智说。

"殷智，你好像有点吃不到葡萄说葡萄酸一样，今天你不是来为我高兴，为我鼓励，好像是专门来给我泼冷水的。"梦响有点不高兴。

殷智犹豫了很久，最后终于说："今天，我是受人之托，不但来给你泼冷水，而且还想接你回半坡村。"

"怎么，怎么，你说说是怎么回事？我不是工作得很好吗，又不是不称职？"梦响说。

"不是不称职，而是不符合政策！"

"那没听到我哥说呢，这应该不是真的。"

"你哥肯定要告诉你。他希望我先来陪陪你，想到我俩是好同学，害怕你突然承受不了。"

"我来当打字员是贺书记同意了的，又不是我哥就能定的呀！"

"当然是这样。这事上级纪委已调查清楚了，不然，你哥哥还会受处分。贺书记也在领导会上做了检查，还给上级写了书面检讨，说当初考虑不周到，盲目表态违反了相关政策。"

"一个临时工打字员，有这么严重？"

"如果不是临时工，问题更严重，性质就是违法乱纪、私招乱雇，非法农转非，违反国家政策。还有，擅自把亲人安排在文秘机要室工作这个重要岗位。"

"有这么严重？"

"已经有十来天了，有人检举你哥，我是今天才知道的。"

"贺书记现在是什么态度，他也溜了吗？"

"这事，就算贺书记信口开河送了个人情，现在出了问题，他可以自我批评两句，把屁股一拍就溜之大吉。可你哥既是主持工作的领导，又是为自己的亲妹妹谋私，怎么说得过去？现在听你说，新给农工部派了一个部长来，没有给你哥撤职或降职，还算卖了贺书记的面子。"殷智说。

梦响听了殷智的分析，觉得他说得有些道理，才感觉到殷智还有点智慧，请他来安慰、说服自己，是比较恰当的。梦响说："你分析得有道理，可我想不通，这么大个县城，就容不下我这个梦响啊？难道农民就不是人，就永远是农民，就只能永远待在农村？"

"想不通有什么办法？城乡这道坎谁能冲得破，我们就摊上了这个命了。不过话得说回来，千千万万的农民都能听天由命，他们都能活出来，我们为什么就活不出来。俗话说：'天生一人，必给一路'，我就不相信活不出人样来！"

"你打算怎么样？"

"我想同你好，今后一切都听你的，我们两个商商量量过日子，闹响半坡村。"

梦响对殷智的"我想同你好"这句话，没有正面回答，她也没有心思去想。殷智也在想，梦响这"响鼓"，真的不用重锤，如果逼急了，那就是乘人之危，适得其反。

自从梦成同殷勤悔婚后，向家父母就一直觉得对不起殷家。后来殷智追梦响，向家老两口觉得殷智这小伙子很不错，同女儿挺般配的。但他们吸取大女儿的教训，不敢再擅自做主。同时，他们也希望满足女儿的愿望，让她尽量往更高处走——能够进城当然是天大的好事。他们也知道，除了殷智是农民，生在农村而外，论人的长相、头脑，他各方面都不错。这次梦军专程回家，同父母商量给梦响做工作的事，大家几乎都同时想到了殷智，觉得他是最好的人选——殷智当然乐于领这件差事。

梦响回到家里已到傍晚，全家人都从生产队收工回家。向妈对梦响说："梦响，你这次不像你姐，她是跟人私奔，那是丑事。你是想出去工作，我们不怪你，也不怪你哥哥。你哥哥想为你好，你也很争气，工作也干得不错。要怪，只怪我们的命苦、命薄，'生就只有八斗命，走遍天下不满升'，这是我一辈子相信的，这话不假。这命，我们认了。修地球没有那么多的条件，只要有劳力，愿意勤扒苦做，饿不死！"

向妈说完，就同春香进屋煮饭去了，走了几步又回头对殷智说："你辛苦了，今晚就在我们家吃晚饭！"

殷智还想安慰梦响，梦响反而自我安慰："其实，问题早点出来是好事。这个时候舍不得县城，仅仅还是个'短命'的临时工。如果今后真能当上正式工人被退回来，我和哥哥都更惨。这就是命啦！"

殷智接过话说："你能这么想是好事，人生说短也短，说长也长。我们的人生还有几十年，只要我们愿努力，愿挣扎，相信'东方不亮西方亮，除了南方还有北方'，就不信活不出个人样。以我俩的聪明和智慧，没有闹不响的！"

快下班的时候，向梦军回到自己的办公室，部办公室主任将梦响辞职的事向他做了汇报。梦军顿时感到一种释然，没想到比较难办的事就这么快得到解决，这梦响小妹的确是一面不用重锤的"响鼓"，是一个有志气、有骨气的好妹子。下班回到家，他看到了梦响的留言，更是放下了心结，相信梦想不会出问题。

回头是岸的梦响，不再觉得农村就是一片无边的苦海，也不觉得农民殷智这不好、那不好。她主动靠近殷智，渐渐越走越近，才发现他是一个有担当的帅哥。

殷智追了梦响四五年，终于如愿以偿。父亲殷世富更有说不出的高兴：你梦成私奔悔婚，让我们殷家特别没有面子，而今我殷家的儿子，仍然娶到向家姑娘当媳妇，为我争了一口气，说明我"殷实富"仍然是在当地踩着地皮就发响的人。他慷慨地拿出一百元钱给梦响，作为老人公老人婆的赏钱。他还表示，为了捞回丢失的面子，要把殷智和梦响的婚礼，办得比殷勤、殷实的还好，一定要超过向家梦功结婚的热闹排场。

殷智、梦响顺理成章地进入了谈婚论嫁的程序，梦响只提出了唯一条件：暂时不生孩子。这一条，让两家老人急了，尤其是梦响的妈妈不同意，"而今都是二十三岁的老姑娘了，再不生今后还生得出来吗？"殷智倒是点头同意——并非殷智特别开通，而是他刚刚从报纸上得知新政策。他告诉梦响："国家刚刚发下通知，号召党员和团员要实行计划生育，生孩子不但要有计划，经过批准，而且一对夫妻只能生一个孩子。"

梦响马上回答："我拥护，坚决拥护，少生孩子少花精力，我们可以多办其他事情。"

这个政策得到了梦响的拥护，可引起了婆婆的埋怨，"就是你俩拖、拖、拖，现在拖得好，只准生一个。不说都生四个五个，至少应该生两个，才够本啦。"

殷世富提出，"赶快去把结婚证办了，包产到户到处都在搞，谁也挡不住，我们这里也只是早晚的事。办了结婚证后，梦响的责任地，理所当然都要划到我们殷家来。"——殷世富真不愧是个精打细算的"殷实富"。

得知梦响快结婚了，哥哥梦军和姐姐梦成，又分别写了祝贺信和送了贺礼，都不约而同地寄了两百元钱。他们担心梦功和春香怄气，还特地做解释，说一是因为现在的条件稍好了点，二是因为这是最小的妹妹成家，理应送重礼。

梦响拿到哥姐的礼金，加上公公给的钱，高兴得很。她说，现在我什么也不买，准备将来做大用。

13

就在包产到户搞得如火如荼的 1980 年夏天，梦学从北京广播学院毕业，被分配到省电台记者部工作。台里考虑梦学是学新闻的科班出身，既需要到基层锻炼，又适应改革开放形势的迫切需求，便派他到万县地区当驻站记者。

开初，梦学考虑自己是新闻新兵，希望单位派个老记者以老带新，自己好好学习。不想各地各条战线飞速发展，新闻事件如雨后春笋，新闻记者供不应求，梦学只好独立出征。一到记者站，梦学就扎进农村搞调查研究，采写报道。谁知到站不到十天，梦学就收到列席地委全县书记大会（简称"县书会"）的邀请通知。

梦学收到邀请通知，十分紧张。

离开会时间还有足足半个小时，梦学就早早来到会场。他观察会场，共分三层座位，中间是长方形的大会议桌，有二十来把靠背座椅，第二层是长条桌拼成的参会圈，坐三十来号人，第三层没有桌子，有四十来把椅子紧靠四面墙。梦学选择了第三层，在两墙相交的角落的位置坐下，老老实实的像个刚入学的小学生，非常拘谨地坐在那里。他，非常明白自己的身份：一是自己还是刚"脱帽"的普通农民；二是就算自己是科员，也只是个起步科员；三是虽说自己是个党员，但也是个刚入党不久的新党员。梦学还在忐忑不安时，地委阳书记宣布开会了。

阳书记宣布："同志们，现在正式开会了。这次会议，是贯彻三中全会精神的又一次重要的会议。参加会议的有地委、行署领导和全地区各县县委书记、县长以及地委、行署部门的主要负责同志，加上列席会议人员共八十多人参加。会期初定四天。会议有三大议程，一是汇报上次会议以来，各县的贯彻情况及工作现状；二是继续'以实践为检验真理的唯一标准'开展讨论。大家畅所欲言，厘清我们的思路，确定全区下一步工作重点，尤其是农村工作重点及主要目标。三是集中大家的主要意见，形成统一的工作部署。"阳书记最后强调："党的三中全会和以实践为检验真理的唯一标准讨论以来，一个畅所欲言的风气形成，希望大家在发言讨论的时候，知无不言，言无不尽，充分发表自己的意见。我们在此次会上不抓辫子，不打棍子，通过争论使真理越辩越明，通过讨论达到最终意见的基本统一。"

阳书记宣布"现在开始汇报发言"的话音刚落，开州县的张书记第一个抢先发言：

"上次会议到现在这半年来，开州县的情况非常好，从整体到每个公社大队以及各生产队，人民群众的干劲空前高涨，积极性得到充分调动。现在，我从五个方面进行汇报。第一，当前的春种夏收，具体看，今年春耕动手早，田土耕作细，肥料农药准备充分，真正是人勤春早。人们干劲大，加上管理到位，今年夏收作物增产百分之三十，已有百分之百的把握。包产到户责任制的确是一服'治懒治穷致富'的'灵丹妙药'。第二，人民群众，尤其是农民群众，对包产到户举双手拥护，从心眼到骨子里拥护，还编了许多赞美责任制的顺口溜，县委宣传部已经收集了几十条。因时间关系，这里就不一一列举，我们已将此打印出来，送给各位领导阅读。第三，不少地方出现了许多新生事物。东坝公社一个社员还递交了申请书，希望买一辆北泉牌汽车搞运输；桃溪公社还有几户农民集资办起了小水电站，除了发电照明，还办起了加工厂，让千百年来白白向东流的河水，造福于群众。第四，汇报一下全县各级干部对责任制的充分认识以及他们的精神面貌和工作状态。第五，我们要用一分为二的态度，分析当前工作中存在的不足和问题，以及解决的办法和打算。"

张书记的发言，层次清晰，有理论有观点，还有实际案例，整整汇报了一个半小时。概括起来，他的主要观点是："包"字下乡，一切皆活，人活、地活、思想活，形势大好，再接再厉，继续前进。

开州县张书记发言的话音刚落，忠县的武书记马上接过话头。他说："我实话实说，上次县书会后，我们县委的态度是，既没有花大力气去动员搞包产到户，也没有刻意去制止，而是充分尊重群众的意愿，没有搞一哄而起。我们让两种生产模式进行对比，然后得出最终结论。盲目下结论，往往容易出问题。盲目下结论，往往容易犯片面错误，从一个极端走向另一个极端。我们不能说责任制一好就是百好，好到了极点。我本人亲自到新立区的白家公社一线天去考察过，那个大队有两户吊远户社员，虽说他们是人民公社社员，但从来就没有让他们交过公粮和集体提留，山上的土地也由他们随便种，比包产到户还自由，是实际上的单干户。可是，这个包产到户多年的两家人，可以说还是家徒四壁，一张饭桌都只有三条腿，五个人只有五个碗，连个招待客人的多余的碗都没有。当然，这样的人家可能也没有客人上门。看到这样的家庭，我这个共产党的县委书记就无地自容，心里很难过。我想，这样的人户，别说吃包产到户的'灵丹妙药'，就是神仙的'神药'，也无济于事。所以，我们不能把包产到户吹到顶，吹上了天。当然，我也不是全面否定包产到户。从局部地方，从当前情况看，包产到户的确调动了群众的积极性，眼前也增产增收，但我们从长远来看，究竟它是'灵丹妙药'，还是'救急药水'，还有待实践的检验，不能武断下结论。我个人认为，说包产到户是'救急药水'，更为恰当。这是我想说的第一点，也是我担心的第一点。我最担心的是第二点。那就是包产到户，冲击了'三级所有，队为基础'的经济体制，那是要解体社会主义，尤其是人民公社的集体经济。我们之所以叫'共产党'，就是要走集体道路，实现共同富裕。集体经济的基础都没有了，根基都没有了，还能共产富裕吗？我也是受党多年的教育和培养的人，对党对社会主义非常有感情，就像有顺口溜说的'辛辛苦苦几十年，一下退到解放前'，这一下又回到一家一户的小生产者的模式，跟解放前有什么区别？叫我真担心，真苦闷，真痛心啦！"说着说着，武书记的声音有些沙哑，有些颤抖，眼眶里已渗出泪光。

武书记停顿下来，稍微稳定一下激动的情绪，接着谈他的第三个问题，那就是一些地方无序承包，显得乱糟糟的，村民们争耕牛，分大型农具，自主过了头，不听区社领导的指挥，出现无政府状态。"我可能说得严重了一点，但我们要看它的发展苗头，预测到它的危险性，这是我们领导干部的责任。"

接下来的发言，基本上都是张书记和武书记这两种主要观点，只是表述的方式不同，所列举的例证、材料不同，都是有概括，有典型，有观点，有论据。两种观点截然相反，针锋相对，似乎公说公有理，婆说婆有理，但总体还是支持包产到户者占上风，而且是在"和平"论战、友好讨论的气氛中进行的。

全地区九县一市，共十位书记，白天发言的时间不够，晚上加班汇报，会议一直开到晚上十一点。

第二天，会议进入深入讨论阶段，当阳书记宣布会议开始，自由讨论开始时，又是开州县的张书记第一个冲锋陷阵。他说：

"各位领导，各位同人：地委领导花如此大的精力来开这次会，给我带来了强大的动力和压力，迫使我结合这两年的工作实际和体会，谈谈自己的思考、认识和打算。有的观点可能尖锐和偏颇，好在我们都是为了党的事业，为了人民群众的利益，对事不对人。我想谈的关键问题是，党的十一届三中全会是伟大的历史转折点，是历史发展的机遇，'实践是检验真理的唯一标准'的讨论，给了我们强大的思想武器和工作指导方针，用这个思想武器来检验我们的工作，判断是非，才不至于迷失方向；用这个武器来分析，我们过去许多观点是站不住脚的。

"首先，有人说包产到户责任制，破坏了'三级所有，队为基础'的集体所有制，这个观点是去年《人民日报》登了张浩来信后，反响最大、影响最广最深的。但是，张浩的文章只是泛泛而谈，完全没有充分的事实来证明他的观点，更没有用事例来说明现状。'三级所有，队为基础'，指的是人民公社、生产大队、生产队这三级。请问，这三级所有，他们有什么？公社所有，实际上公社是一无所有；大队所有，有吗？徒有其名；队为基础，队里有吗？许多生产队穷得连买根拴牛绳都没有钱，这个基础牢固、扎实吗？多年来强调的'一大二公'，怎么样？实际上是'一穷二空'，老百姓穷，集体财产空，财政入不敷出。'一平二调'、'平均主义'的结果是，'均'走的是有形物质财富，调走和抹杀的是无形的精神力量。几十年奋斗的现状就是如此，那我们为什么非要抱着'三级所有、队为基础'这个僵尸，捧着有名无实的'空牌位'不放，还一个劲地为它'守灵'、唱'挽歌'呢？

"按照实践是检验真理的唯一标准的原则，对'文化大革命'，我们党都有勇气和魄力，大胆纠正，彻底拨乱反正，难道已被证明走不通的'大锅饭'，就不能动、不能改吗？当年农村人民公社大办公共食堂，到处砸锅灭火，消灭一家一户的小锅小灶，'大锅汤'灌得不少人患水肿病，结果办了不到一年，就果断悬崖勒马。如果一意孤行办下去，会是一种什么样的后果，是不言而喻的。我们党是为人民服务的，为了人民，知错就改，才是彻底的马克思唯物主义者。

"其次，我想顺便说一说，在改革大潮中遇到一些细节问题，个别语言文字问题，没有必要争论和纠缠，强调百分之百的精确。比如，包产到户究竟是'灵丹妙药'，还是'救急药水'，这是群众的创造发明、生动的比喻。不管叫什么，包产到户就是目前广大农民的一条活路，是真正出路。我看，无论是叫'救急药水'，还是叫'灵丹妙药'，只要是能治好群众的饥饿病，就是好药，就是良药。管他黑猫、白猫，抓得住耗子的就是好猫。也许，我们现在称的'灵丹妙药'，将来只能称它为'救急药水'。任何一项重要决策，在历史发展的过程中，都只能发挥阶段作用，但其功绩是不灭的。至于反面例子和典型，任何地方和任何时候都有，哪里都找得到，关键要看是少数，还是多数？是主流，还是支流？谁是主要矛盾，谁是次要矛盾？同样是去年，《人民日报》登了张浩反对包产到户的来信不久，又登了范敬宜的新闻述评，题目叫'分清主流和支流，莫把开头当光头'，就给了我们极为深刻的启示。

"最后，谢谢大家，我说得不对的地方，请各位领导批评指正。"

张书记整整讲了九十分钟，有观点有事实，深入浅出，很有针对性，很有杀伤力，不少到会人员点头认可，认为他不愧是当过理论教员的。

随后，各参会的县委书记、县长和地属部门的领导都争先恐后地发了言，还提出了不少合理化建议。

会议最后一天，先由地委和行署的各位领导发言，最后由地委阳书记做了总结，充分肯定大家思考问题深刻、思想活跃，能解放思想畅所欲言，各抒己见。与会人员基本上统一了思想，认为责任制是当前推动农村经济发展的一种最好形式，应该放手让群众去试验，去探索。会后，地委将大家的意见集中形成一个《进一步解放思想，进一步推动全区工作》的文件，下发全区各级贯彻落实。

第一次参加这样重要会议的梦学，既高度紧张，又特别亢奋。很多第一次听到的名词术语、政策提法，他需要全方位吸收、理解和消化；许多重要的观点、立场，他需要尽量不漏记、遗忘。四天会议，他克制自己少吃东西不喝水，免得上厕所耽误时间，漏听了领导们的高水平发言。

会议结束的第二天，梦学就向台里发回了两篇稿件。一篇是《畅所欲言解放思想，坚持实践标准进一步搞好全区工作》的消息，作为公开报道；另一篇是《一些县委书记对包产到户的认识和态度》，作为内参报送上级领导。

除此外，梦学还写下工作后的第一篇个人日记。

梦学本打算参加完这次会议，完成这次报道任务，就回家看看父母，没想到很快就接到记者部领导打来的电话，转达了台长的表扬和鼓励，说他有新闻敏感，善于抓住改革开放后的新生事物，能吃苦耐劳，写的稿件质量也不错，希望他再接再厉。

领导的表扬和肯定，让向梦学有种旗开得胜的兴奋感，受到极大的鼓舞。于是，他决定推迟回家，又连续写了十多篇报道，才回到县城，邀约哥嫂和侄儿，利用星期天，陪他一起回老家看望父母。

回到家里，向妈左看右看，觉得儿子除了老成了些外，其他没有什么变化。脚上穿的解放胶鞋，下身穿的蓝布裤，上身穿着灰色涤卡做的四个包的干部装，那是宁静送给他的。那对比一般人阔大一点的"招风耳"，好像更肥大了一些。诚然，这对"招风耳"，与他的职业十分匹配，而今他成了记者，他需要广集信息，倾听多种声音。这对"招风耳"，很像无线电接收天线，这正合广播记者的要求。这一番打量之后，老妈对儿子的抱怨早已飞得无影无踪，一会儿问他住在哪儿，一会儿问他当记者到处跑辛不辛苦，一会儿问他大学毕业的工资是多少？梦学最害怕老妈问个人问题，但还是逃避不了。老妈问："你同宁静的事到底有没有结果？你看，你的同学汪三毛的大孩子都在读小学了。你的弟弟梦功，孩子都是一岁多了。你的妹妹梦响，很快也要当妈妈了。你都快满三十岁了，还是一个人，好不让人省心。"

向安隆不急着同梦学多谈，只先打了个招呼就去同梦军交谈了。他是一家之主，自信一切都在自己的掌控之中，何况梦学从小就是他最喜欢也倾注了最多心血的儿子。待梦学应付完其他家人后，他才把梦学喊到自己身边坐下，询问了解梦学这四年的学习和这次毕业工作的分配情况。他从谈吐交流中发现，梦学爱学爱思考的习惯不但没有变，而且看问题比以往更加沉着老练和深刻。于是，他把梦功、梦军又叫到后堂坐下，父子四人开启了无主题的家庭讨论会，聊起当前的土地承包责任制的状况，以及当地出现的大好形势。父亲说："中央为什么迟迟没有一个文件表态，也没有一个中央领导明确站出来表态支持，来统一全国干部群众的思想，免得下面争论来，争论去。"

梦学说："其实，中央早就表态了。在全国开展'实践是检验真理的唯一标准'的大讨论，就是最有力的间接表态，就是强调不唯书、不唯上，要唯实，一切从实际出发。这次讨论就是从理论入手，从思想发动，达成'解放思想，实事求是'的共识。这就是说，是对是错在实践中检验；是对是错用事实说话。包产到户，明明白白增产增收，调动了人民群众的积极性，铁的事实证明是对的，难道还用怀疑吗？我看，有了真理标准的讨论，有了实事求是的思想路线，中央迟早会为包产到户责任制正名，下发文件肯定和鼓励。"

梦军也接着说："我们党的路线、方针、政策的制定，从来都是从群众中来到群众中去。包产到户责任制，经过几年的实践检验，效果相当好，条件已经成熟了，相信中央很快会下发文件，给它盖棺定论了，用不着顾虑这，顾虑那，不会犯错误的。"

父亲说："那好，我也用不着担心犯错误给你们后辈找麻烦了。现在我们向家就这么定型了，梦军和梦学只要好好工作，将来会有前途。尤其是梦学，有大学文凭，人年轻，更应该为农家子弟争口气。梦成虽然过得平淡，但衣食无忧，现在终于有了自己的孩子，将来也无后顾之忧。梦功就只有扎根包产地，继承向家祖业，接过这向家老屋，支撑起这个家。梦响已结婚安定下来，殷家是个靠得住的人家。原来，她总想跳出农村，总是东想西想。她被清退回来以后，断了她的梦想，再不东想西想了。但从她骨子里来讲，她是个比较泼辣的妹子，同殷智组成家庭，两个人今后可能会在农村搞出点什么名堂来。"

梦军和梦学都希望父亲注意身体，要多休息，不要过分劳累。

午饭过后，梦学要去拜望他的儿时朋友汪三毛。汪三毛同梦学同年生，从穿开裆裤起，在一起玩，一起上学，一起进滚凼戏水，一起读到初中。汪三毛没有再读高中，回家劳动，不久结婚。梦学读高中遇"文革"没升学，回家参加集体劳动，两人又天天在生产队劳动相会、吹牛谈天。梦学考上大学向他告辞，汪三毛说："从今以后我们两个就是两个天地的人，你就走好你的阳关道，我就过我的独木桥了。"梦学回答："岂敢，岂敢，你我永远是朋友！"

梦学这次去看汪三毛，老远就看见他正在屋前的皂角树上，准备去掏鸟窝，两个一高一矮的孩子，两眼直愣愣地看着，等待着"战利品"。梦学看到汪三毛爬树时的身手，说："你爬树的童子功依然不错嘛！"

"不行了，现在老了，已经爬不动了。"汪三毛回答，接着就问："你是什么时候回来的，我现在该喊你叫老爷呢，还是叫你迅哥儿呢？"

"我是迅哥儿，难道你就成了闰土，现在还有闰土？"梦学反问。

"时代虽然不同了，但闰土依然活着，而且还不少。"汪三毛说。

"看来你对鲁迅的《故乡》一直念念不忘，对他笔下的迅哥和闰土念念不忘，才有情趣同孩子一起掏鸟窝。"梦学说。

"我俩读中学的时候，不是都很喜欢《故乡》，都有一起捉蟋蟀、捕知了的经历吗？可今天，不是真的一个成了城里的老爷，一个还是苦苦挣扎的闰土吗？你我两个现在真的是一个在天上，一个在地下哦。掏鸟窝，不也是一种苦中寻乐的打发吗？"

走到县城、省城，走到京城，《故乡》、闰土、汪三毛，始终在梦学脑海中浮现，一直挥之不去，与他一生的记者生涯，始终形影不离！

梦学更加坚定了他搞好"三农"报道的信心和决心！

14

尽管包产到户到处搞得轰轰烈烈，梦军和梦学也一再说没有问题，但向安隆心里还是不踏实，担心政策会变，总盼望中央出个红头子文件，好让他们手头有个尚方宝剑。

一九八二年元旦早晨，向安隆在收音机里听到播报的新华社消息，中共中央批转《全国农村工作会议纪要》。文件中指出，目前农村实现的多种责任制，都是社会主义集体经济的生产责任制。听到这里，向安隆高兴得叫起来，他把梦功喊来一起听，可惜广播一晃而过，有的地方还没听清楚——即使听清楚了，他还想多听几遍，加深印象。他有些遗憾，觉得广播不如报纸。报纸纸写笔载，可以反复阅读，还可以保存查阅。于是，他当场就决定，马上要订一份《人民日报》。《人民日报》传达的是中央的声音，权威可靠。

向安隆感到广播是"耳边风"，听后记不住。他急于弄清责任制的条条款款，又苦于没有办法。梦功安慰他说，这样重大的消息，中央台肯定要重播。于是他叫梦功马上把梦响、殷智喊到家中，每个人准备一套纸和笔，守在收音机旁等候重播。他要求三个年轻人，都各自认真把有关责任制的几段主要文字记录下来，然后认真核对。后来，他一个人又认真听了三次重播，逐字逐句核对，觉得已经准确无误了，才恭恭敬敬抄录下来：

> 农村实行的多种责任制，包括小段包工、定额计酬、专业承包联产计酬、联产到劳，包产到户、到组，包干到户、到组，等等，都是社会主义集体经济的生产责任制。

重播听完，向安隆深深地喘了一口气："中央终于给我们发了定心丸，发话了，让我们的心里也踏实了。虽然包产到户到处都在搞，但中央没发话，我心里一直在打鼓。开初，周围都在搞，我不干，社员们都骂我说，'上面放，下面望，中间有根抵门杠'。意思是上级领导思想解放，下面的群众强烈盼望，就是你向安隆在中间牢牢地抵抗，不肯搞，怕丢官。其实生产队长是个什么官嘛？我丢了官是个黄泥巴脚杆，不丢官也是个黄泥巴脚杆，老农民一个，难道还有什么野心？我只是害怕对梦军、梦学他们造成不好的影响。现在好了，中央给我们吃了定心丸了，大家都应该放手去干，各奔前程，去发家致富，也给周围起个带头作用，让其他人看看我们向家人是不服输的。"

梦响和殷智听完老爸的话，马上说出了他们的打算，请父亲和梦功出出主意，帮忙参谋参谋。

梦响说："我结婚前殷智的爸爸和哥哥嫂嫂都打发了钱，我当时就说过，我不置嫁妆，留着将来有大用。现在，我想把这些钱全部用来办个养鸡场。这钱肯定不够，我争取再凑一点再贷一点。为什么我想到办养鸡场，不搞养猪场呢？养鸡场投资小，见效快，几分钱一个鸡苗，几个月就养成成鸡。然后鸡生蛋，蛋孵鸡。打滚发家，鸡粪还可以肥包产地。"

父亲表态："是个好主意。办养鸡场投资小，见效快。养鸡的技术也不复杂、不高深，容易成功。搭棚修鸡舍，我可以帮忙、出主意，大力支持你们。过去社员们骂我不敢做，现在我希望你们后辈放开手脚干。"

梦响请梦功发表意见。梦功说："我在想，办养鸡场不如办鹌鹑场。养鸡，家家户户都会，比较传统，不新鲜。既然搞养殖场，何不搞个新鲜玩意。虽然要重新学技术，但'和尚都是人当的'，有什么难的？"

父亲马上说："我没见过鹌鹑，听说只比麻雀大一点，肉和蛋都很小，'全是花椒也不麻'，能卖多少钱？"

"你以为像卖红苕、洋芋，像卖鸡卖鸭论斤数，那卖黄金还是依克算账呢。鹌鹑被称为动物人参，别看麻雀大的鹌鹑，一只要卖三元，指头大的鹌鹑蛋一个要值两三角，而且饲料消耗少，成本也不大。我要有本钱，我就愿搞。"梦功说。

殷智问："三哥，在你掌握的信息中，搞得很成功的典型有哪些？"

"近的，万县五桥公社有一家就搞得很红火。远的，成都附近的新津县，一个叫陈育新的，就形成了相当大的规模，现在他开始发了，还有不少人去参观学习。"

"看来，你对这方面还有兴趣，不如请三哥也加入进来，我们联合办鹌鹑场，怎么样？"梦响发出邀请。

"自家人的事，我肯定要多个心眼关注，加入进来就没有多大必要了。我还可以考虑干点别的事情，何必窝在一起浪费人才呢？我建议你们先到万县五桥公社去考察一下，不要贪大求快，要稳步发展，逐步积累。"梦功说。

四个人都比较统一，说干就干。第二天上午，梦响和殷智就从县城搭上了去万县五桥公社的班车。

向安隆对老伴说："我要到城里去一趟，买个砚台买条墨，还要买两支毛笔回来，重新练习毛笔字。"老伴取笑他："书没读几天，也从没看你写过毛笔字，老了还想当师爷吗？"向安隆说："我小时候读书，全是用毛笔写字，只是'三天不摸针，巧手也会生'，但是基本功还没忘。"

向安隆买回纸墨笔砚后，一有空就在家里练，在废报纸上写。一天，他向老伴和梦功、春香展示自己的作品，这是用两张宣纸拼接而成的中堂，抄录的是《人民日报》登载的一位农民赞美责任制的文字，他还在前面加了几句：

河南商丘一农民作者写下赞美责任制的文字，表达了
所有农民的心愿，现收录于此，借作我家中堂，以示认同。

依山傍水，瓦屋几间，朝也安然，暮也安然；耕种几亩责任田，种也由俺，管也由俺，丰收靠俺不靠天；大米白面日三餐，早也香甜，晚也香甜；的凉的卡身上穿，长也称心，短也如愿；人间邪恶我不干，坐也心闲，行也心闲；晚归妻女话灯前，古也交谈，今也交谈，安民政策喜心田；如今欢乐在人间，不是神仙，胜似神仙。

核桃楷书，一笔一画，工工整整，一点不偷工取巧，让一家人刮目相看。因老伴不识字，向安隆还特别给她念了一遍。

随后，向安隆用一张竹席，把抄录的中堂精心地裱糊上，固定在堂屋正中。

堂屋上面的神龛供的祖宗牌位，下面是向安隆抄写的中堂。

一新一旧，形成了鲜明的对照。

实行土地承包责任制，打破"大锅饭"，尊重农民自主权，解放和激活农村生产力，人换精神地换貌，粮增产，"包"字一个解饥寒，打下基础奔小康。

温饱靠粮袋，小康靠钱袋。稳粮增收奔小康，迫切需要跳出"土圈子"，突围大山，叩开城门，摆脱自给自足的生活状态。城门农门双开门，对接互开，优势互补天地宽。"包"字进城，推动了城市的工业"松绑""放权"，打破了"大锅饭"，促进了改革发展；惠农、服务下乡，为城市发展开辟了新天地。

父母虽然生了五兄妹，到现在走的走，嫁的嫁，而今就只剩下梦功一个，守住老家。他不是不想飞出半坡村，无奈没有强壮的翅膀；不是不想跳出"农门"，是因为没长一双善跳的腿。他不可能再事事依赖年过五十的父亲，何况他也已经做了父亲，应该成为顶天立地的男人。他，除了重要事情同父亲禀报商量，该做的他主动去干，该操的心他会认真操心。继承向家没有多少财产的家业，全靠他了。

自从最后一次家庭会后，梦功就全力承担了向家这副担子。

15

第二个农业文件下发后，开州县召开了规模空前的"两户"经验交流会暨表彰大会。全县一百〇二个公社，每个公社根据实际情况，推选出"两户"代表。参加此次大会的人，仅是农民代表就达四百多，加上各公社的带队领导和县级机关领导，以及重点企业行业领导列席会议，总人数近七八百。

川主公社半坡四队的向梦响，成了与会者之一。梦响是通过群众投票，层层筛选出来的，不但是表彰奖励对象，同时还是十个大会发言代表之一。一个月前，她在公社的"两户"大会上的发言，受到大家称赞。

大会正式召开的头天晚上，分管农业的县委贺书记来到县委招待所，一是看望受表彰的会议代表，二是叮嘱十位上主席台交流经验的发言人，"不要紧张，只需要实话实说，有啥说啥就行。说出我们农民的喜悦，说出我们农民的经验，也说出我们农民的志气"。然后，贺书记问大家有没有信心？问到梦响的时候，梦响说："反正我有些紧张，害怕整砸了锅辜负大家的希望。"贺书记说："我相信你梦响没问题。"然后同代表们告辞。走了几步，贺书记又折回来对梦响说："你是川主公社有名的'百灵鸟'、'小郭兰英'，在明天晚上的文艺晚会上，你也应该献上一首歌，也表达一下农民的心声嘛！"

"唱就唱，如果我唱得不好，把观众赶跑了，你贺书记别责怪我！"梦响回答。

贺书记走后，梦响拿出文件袋，认真看了会议的议程，然后又翻了翻会议发言稿，仔细瞧了瞧会议代表证。

第二天，梦响提着文件袋，早早来到了人民大会堂。大会堂外面，挂着两条标语——"热烈欢迎农村专业户、冒尖户的代表传经送宝"、"祝全县农村专业户、冒尖户经验交流会暨表彰大会圆满成功"。主席台上方的巨大横标，写着"全县首届农村专业户、冒尖户经验交流会暨表彰大会"，台上两侧摆放着十辆披红挂彩的"永久"牌自行车。

县委县政府十位领导整齐进入会场，就座后国歌声响起，接着是县委贺书记主持会议，宣布代表大会正式开幕。

会议第一个议程，由李副县长宣布一百名"专业户、冒尖户先进个人"，每次上台十人，由台上十位领导亲手为他们披挂印有"两户"的红色绶带。

会议第二个议程，由赵县长宣布十名"专业户、冒尖户标兵"，除了给他们披挂绶带外，十名少先队员上台分别给他们献上大红花，十位礼仪小姐分别给他们推上"永久"牌自行车。

先进代表宣布完毕后，贺书记请县委一把手张书记讲话。

张书记说："从农村实行责任制以来，尤其是中央连续下发两个关于农业的第一号文件以来，全县农村的发展变化，全县的农业发展形势令人欢欣鼓舞。这个大好形势固然同党的改革开放政策，同广大干部群众共同努力分不开的，但是，今天出席大会的全体代表，更是功不可没，值得大张旗鼓地表彰和宣传，值得去学习和大力推广。所以，我们县委县政府特地召开大会，把你们请到城里来，请到人民的大会堂，为你们披红戴花，为你们鸣锣开道，为你们呐喊助威，宣传你们的事迹，号召全县人民向你们学习，这是破天荒的第一次。希望你们再接再厉，不断前进，不辜负县委和县政府的希望，真正起到带头作用。"

张书记讲了上述内容后，还布置了今后的工作。

表彰会结束后，就是组织"两户"标兵和先进个人上街游行。

鼓乐队开道，后面就是十名"标兵"，标兵后面由十个小伙子推着挂彩的自行车，再后就是一百名身披红色绶带的先进个人，最后是所有参会的代表。一路浩浩荡荡，引起街上的行人驻足观看。人们从这披红挂彩的队伍中发现，参加游行的标兵和代表们表情各异：有的脸上显然挂着兴奋和自豪；有的表情平淡平静，比如像梦响这种人；有的表情紧张中带有一点不适应，甚至有种张皇失措的感觉，仿佛怎么也高兴不起来。

千百年来，农民什么时候受到过这样高规格的待遇？走在游行队伍前面的梦响，想起了几年前进城的事来。那次，她是无声无息地进城，踏踏实实做事，自卑自谦地做人，结果是被灰溜溜地赶出城。从此，她觉得这座县城已经不再属于自己，没想今天能堂堂正正、披红戴花地走在县城大街上。

下午的交流发言大会由李副县长主持。

第一个登台发言的是厚坝公社的赵子名，他是种粮专业户。在人多地少的厚坝公社，赵子名全家七口人只划到八亩包户田。但他依靠科学种田，最早学习袁隆平的杂交水稻技术，获得亩产超千斤的技术，总产水稻超万斤，被誉为"在水稻田里的绣花人"，是种田能手。

第二个发言的是岩泉公社的李小艳。岩泉公社地处大山区，长期靠刀耕火种种粮食。七年前，李小艳的丈夫干活摔下悬崖成了残疾。责任制后，李小艳获得了生产自主权，因地制宜，她不种粮食种药材。三年时间，靠黄连、党参等药材治好了"高寒山区贫困病"，实现脱贫致富，被称为"药材专业户"。发言到最后，李小艳回过头去，向坐在主席台上的领导深深地敬了个鞠躬礼。她说："我要感谢党的好政策，还要感谢各级干部。没有好政策、好干部，我李小艳就没有今天。不怕大家笑话，我虽然是个初中毕业生，现在已经三十三岁了，这还是我人生中第一次进县城，第一次见到这么多的人，见到这么大的世界。这次出来开会，来恭喜我、祝贺我的人，比当年送我嫁人的客人还多。我走了一天山路，再从区公所坐车到了县城，比较辛苦，但我非常高兴。这次会后回家，比来的时候还辛苦，因为我不但要帮邻居姐妹买一些东西，还多了一部奖励的自行车，要把它弄回家。给大家说实话，我不会骑自行车。就是会骑，目前自行车在大山上也无用武之路。但是，我要把这部奖给我的自行车，请个人帮我扛回大山。连同我的获奖证书、绶带、大红花，专门放在堂屋里的神龛下供起，做展览，让我的亲戚、乡亲来看看，让他们也分享我的幸福，让他们也大胆富起来，活出个人样来。"

听到这里，台上台下一片热烈的掌声。在掌声中，李小艳接着说，"我耽误大家了，我还想说几句，那就是如果再等七年八年，我们岩泉大山的公路通了，我会骑着这部自行车，来到县城，再见在座的领导和朋友。有个歌曲唱到要骑着毛驴上北京见毛主席，表达对毛主席的热爱。我要骑着'永久牌'自行车进县城，表达我们对党和政府的政策也期望是'永久'、'永久'！"

掌声持续了很久很久，以致第三个发言的梦响，站在话筒前，未先开口却激动得流出了眼泪。

擦干眼泪，梦响清了清嗓子，开口道：

"尊敬的各位领导，各位代表：我叫向梦响，是川主人民公社半坡大队的农民，与许多代表比，我还是晚字辈，不敢在大师面前'卖打'，只好实打实地向大家报告。本来我也写了个稿子，公社的师爷还给我改了两遍，但我念起来总觉得别扭，干脆我就想到什么说什么。我想说的第一个问题，那就是我梦响凭什么出席这样的大会，凭什么能面对千人大会说大话？

"首先，是改革开放政策，是土地承包责任制，给了我们在土地上的种植自主权，产品的支配权。土地承包给农民以后，只要你不去种鸦片，想种什么就种什么，就不存在违法。你想养猪养牛养羊，想养多少就允许养多少，再不担心被割资本主义尾巴。而今，鼓励广大农民劳动致富，再也不搞'大锅饭'、'一平二调'的平均主义。今天，能让我们出席这样的大会，还在大会上做发言，就是最好的证明。在此，我要从心底感谢党的政策，感谢各级领导的关怀。

"其次，靠勤劳才能致富。政策好了，不能坐等致富。勤劳致富，要勤劳才能致富。俗话说，'摇钱树哪里都有，幸福要靠两只手'，幸福不会从天降，好日子等不来。这两三年来，我和我爱人勤扒苦做，从来没有休息一天，从来没有睡过一晚安稳觉，既付出高强度体力，又要付出辛苦的脑力，学习鹌鹑养殖技术，同时，还要研究市场。懂得市场经济，打开销路，要走一步，看三步，不能再做寸步之光的老实农民。今天，我梦响被称为'鹌鹑养殖专业户'和年收入过万元的'冒尖'户，已连续两年纯收入超过两万元，受到人们的称赞，甚至是工人老大哥的羡慕，还来参观学习，也得到领导的肯定和表扬，算得上是名利双收。对有名有利的事，我们又有什么理由不甩开膀子大干一场呢？

"再次，正确对待自己取得的成绩，寻找差距继续前进。改革开放三四年来，农村发生了很大的变化，'万元户'成了农村富裕的代名词。其实，目前在农村超过万元纯收入的，还是极少数，还有很多人没有找到致富的门路，整个农村还没有达到'富得流油'的水平，多数人还停留在'满了粮袋子，空着钱袋子'的状况，还没有富裕起来。我提议，我们出席会议的代表要在不断寻找自我差距、继续前进的同时，还要帮助更多的农民，带动更多的农民共同富裕起来。大家都富了，我们自己的心里才能得到安稳，才会心安理得，过得踏实。

"最后，我谈谈今后的打算。我梦响是农村姑娘，过去做梦都在跳出农门，但女孩子参军跳农门的机会几乎不大可能，考大学进城没有机会，嫁人进城也没有缘分，曾经在城里短暂打工被清退、赶回了老家，没想到在苦苦挣扎的时候遇到了改革开放，就那么两三年突然成了'专业户'和'冒尖户'。其实，'万元户'不应该是衡量农民富不富的唯一标准。对于长期缺吃少穿，甚至是无钱买油盐的农民来讲，变化是翻天覆地的。但从发展来看，我这个'万元户'也算不了什么。我要珍惜这个大好时机，不辜负政府和领导的培养和希望，回去后一方面帮助其他人致富，另一方面我要认真做好今后的长远规划，扎根农村，立足农村，争取用十年八年时间，成为一个让城里人羡慕的新型农民！"

讲完这段话，会场又是一片热烈的掌声，但梦响仍然没有马上离开讲台，待掌声停下来，她又继续大声讲道：

"刚才，小艳姐最后的话语，让我也热泪盈眶，她是发自内心感谢党的富民政策。其实，在今天没有哪一个农民没有几箩筐、几大车的话要讲，歌要唱。我爸是个老农民，解放前断断续续读过三四年书，当过二十多年的生产队长，经常写点什么，空闲时敲打竹琴，唱点《白蛇传》《梁山伯与祝英台》，责任制后农村的变化，让他很有感触。半年前，他就记下了对责任制称赞的快板词，还写下了竹琴说唱词，说要组成一个向家班文娱宣传队，排演节目到县城慰问演出，感谢党的好政策，感谢县里的好领导。没想到，在我们川主公社工作过的贺书记，他知道我平时喜欢哼哼唱唱，希望我在今晚的艺术晚会上，也唱一首歌曲。我很紧张，我这山里娃哪敢同城里的专业队伍同台登大雅之堂，我个人出洋相是小事，把晚会搞乱了责任重大。昨晚同小艳姐商量，她给我建议，'不到晚会上去搅乱，在今天发言后就唱，既完成了贺书记的任务，也表达了我们农民的感激之情，出点洋相又怕什么，千百年来就这一次。反正是政府把我们请来的，就是出洋相也不会赶你下台。农民在县城出洋相，也会成为新闻。亏你还在县城附近见过世面的，我这大山里出来的就不怕，我陪你壮胆，去滥竽充数'。"

还没等梦响说完，李小艳已站到她旁边，接过话题说："我不熟悉这首歌，我同她住一个寝室，昨晚我向她学到三点多钟，现炒现卖，请大家原谅，只要不把大家吓跑，我们就高兴。"说完，两人一起报幕，给大家献上一首《唱得幸福落满坡》：

南山岭上南山坡/南山坡上唱山歌/唱得红花朵朵开/唱得果树长满坡/唱得果树长满坡/长满坡……

歌声刚落，掌声经久不息，梦响和小艳只好第二次谢幕，第二次给台下三鞠躬，含着热泪回到自己台下的座位，抑制住内心的激动，听完了其他几位的报告发言。

会议的第二天上午，代表们就近参观学习了两个专业户。一个东坝公社的养鱼专业户，一个是富厚公社的养猪专业户。

东坝公社的养鱼专业户，叫余永忠，三十多岁，高中文化。责任制后，他到处找致富门路。他看到大队年久失修的三湾水库，多年来只有塘底能关少量的水，一百亩的库面只能是白天装太阳，晚上装月亮，坝内坝外长满青草放牛羊，长期荒废发挥不了效益。他向大队提出承包三湾水库，修好后确保原来三百亩水田的灌溉，只收十元一亩的水灌费，塘内水里养鱼的收入由他全权支配。听他一说，大队支部书记巴不得甩掉这个包袱——今后不但不再花钱请人管理，还可以承包收费，保大队的粮田用水，于是开口就答应，叫余永忠每年给大队交二万元的承包款。这个承包款是按照水面面积，每亩二十元钱收的。听说每亩水面年交二十元承包款，不少社员就目瞪口呆：每年要交二万元，还要修好来水堰渠和防水渠，这两项都要花一两万，值吗？有人说，他余永忠简直吃了"豹子胆"，合同一签就是十年，衣服裤子也当不了几个钱，除非把老婆卖了。余永忠不信邪，一签就是十年。第二年还完投资欠账，第三年获纯收入三万元，随后每年有五六万的利润。当年吓得目瞪口呆的人，而今也羡慕得眼红口馋。

梦响和李小艳听了介绍，连连点头说，承包责任制真是联产如连心，废品能成金。

随后代表们参观了富厚大队的养猪专业户罗成富家。罗成富家地处人多地少的丘陵，除了种粮就没有副业收入。过去，这里养鸡为了换油盐，养猪只是为了过年。责任制后，他听到广播里介绍安县秀水镇刘定国靠养猪致富后，专程去参观刘定国的养猪培训，学习"一根笋"快速养猪法，很快办起了养猪场。随后，每隔半年他就要到刘定国那里去一趟，学习新方法。他到刘定国的养猪研究所，见到刘定国建楼房猪舍，解决了少占土地问题，回来自己也修起了楼房猪舍。去年出栏肥猪一百头，今年能完成三百头出栏，纯收入可达十万元以上。

百闻不如一见，虽然罗成富在大会上做了介绍，但有的人没怎么在意，有的人还不相信。到现场参观，大家亲眼见到肥猪通过手动升降机上楼下楼，十分惊讶。家住满月公社的代表王大爷说："有人说，人见稀奇事，必定寿缘长，看来我可以活个百岁了，能看到更多的稀奇事、新鲜事。"

梦响对李小艳说："小艳姐，不看不知道，一看吓一跳，真是山外有山，天外有天啦，我们还得再努力呀！"李小艳不断地点头，对梦响说："从现在起，我俩就是姐妹了，你这个当妹妹的，今后要多帮忙我这个笨姐姐呀，我有事写信向你讨教，你不要不回信啊！"

中午梦响没能在招待所房间休息，被叫到小会议室，参加《"两户"倡议书》的讨论。会议由县长主持，先由县政府办公室和县农业局参与起草《倡议书》的"师爷"作说明，点名二十位代表参加修改、补充，最后形成定稿提交大会举手通过，并选派梦响宣读倡议。

下午大会第一个议程，宣读和通过《倡议书》。梦响在宣读之前，自己关在屋里朗诵了五遍，她觉得自己要带着感情，念出激情。她抑扬顿挫地读道：

开州县首届农村专业户、冒尖户经验交流大会倡议书

全县广大的农民朋友们，在改革开放的大好形势和县委、县政府的

重视下，全县农村专业户和冒尖户经验交流大会正式召开，这是我们出席大会的四百五十名农民代表的光荣，也是全县农民朋友的光荣。为珍惜农村改革的大好时光，不辜负县委、县政府领导的希望，我们特提出如下倡议：

我们有幸能参加全县首届专业户、冒尖户两户代表大会，既有我们自身的勤奋努力，更是改革开放给我们提供了良好机遇，我们一定要正确认识自己，正确对待荣誉，把成绩和荣誉当成压力和动力，再接再厉，力争更上一层楼。

我们深知，当前我们取得的一点成绩，只是在低起点上迈出的可喜的第一步，广阔农村还有无限的潜力，我们决心继续解放思想，开动脑筋，多想门路，实干巧干，继续争当勤劳致富的排头兵，站在农村改革的前列，永不掉队。

我们决心带领和帮助全县农民干起来、富起来。一花独放不是春，万花齐放春满园。一家独富难持久，共同富裕才能迈上富民大道。我们深知，荣誉和大红花的背后，承载着一份沉甸甸的责任和义务。我们庄严承诺，先富不弃后富，一定尽最大努力，从技术、门路、办法以及人力、物力、财力上帮助全县农民富起来。

我们倡议，也殷切希望全县的农民朋友，尽快动起来，解放思想，不再观望，敢于致富，善于致富，不怕冒尖，不怕出名。改革开放，给每个人都提供了用武之地。今后，没有任何理由为自己的贫困怨天尤人，寻找借口了。要知道，吃粮靠返销，是我们农民的耻辱，"穷光荣"的日子，已经一去不复返了！

为促进农村发展，我们特倡议，逐步筹建农村种植协会、运输协会，让能工巧匠当会长，带动和指导行业发展，加快专业化建设，推动农村经济发展。希望大家积极推荐，踊跃参加。

我们倡议，也殷切希望全县各级领导部门，全县各单位和服务部门继续支持和扶持全县农村建设，配套服务搞好农村改革。城乡联和，工农携手，搞好社会主义新农村建设！

开州县首届农村专业户、冒尖户代表大会全体代表

一九八三年十月

梦响刚念完，雷鸣般的掌声经久不息，全票通过《倡议书》。

会后，全体参会人员在开州县人民大会堂前的台阶上，合影留念，照了全家福。

梦响参加这次大会，心里有说不出的高兴，她感觉到了自身的价值。在旁人眼里，梦响是风光无限，风头出尽。在公社廖书记的眼里，梦响给他们川主公社挣够了脸面。会议结束时，廖书记叫住梦响说："根据你的工作能力和半坡大队的需要，公社决定让你担任大队妇女主任，做好妇女工作和抓好计划生育工作。"梦响听到廖书记要她当大队妇女主任，还要管计划生育工作，头就大了。计划生育工作被称为"天下第一难的事"，她才难得管呢。但梦响没有这么说，只对廖书记说："我家里鹌鹑场那么一大摊子事，根本忙不过来，就请你廖书记放过我吧。"谁知廖书记说："妇女主任又不是脱产干部，家里的事你们仍然可以兼顾，就让殷智多做一点事。"

"你别辜负了组织的培育和信任，这事你干也得干，不愿干也得干，由不得你了！"廖书记撂下这话，转身就走了。

正在梦响扫兴难堪的时候，大会秘书处的小王给梦响送来一封信。一看信封她便认识是二哥梦学的字迹。

梦响急切地拆开信，见信上写道：

响妹：

你好！大概你还不知道我来参加了这次大会，原想会议结束后我们兄妹见面拉拉家常，摆摆龙门阵，不想今天早上传来台领导的指示，叫我马上回记者站有重要采访任务，没能参加今天上午的参观、下午的总结和你代表宣读的《倡议书》，有点遗憾。不过，《倡议书》的初稿我已读到了，赵县长的总结报告我也提前看了，并于昨晚向台里发回了一篇报道。

说实话，开州县这次"两户"代表会，开了全省先河，不仅准备扎实，有创意，有特色，同时还把农村改革同城市改革结合起来，配套联动，必将产生重大影响，有力推动全县经济建设，其意义不可低估。这里，我不多说。现在我要说说对你的感受。

时势造英雄。我们兄妹四五年不在一起生活，真是士别三日当刮目相看，而今的响妹，今非昔比。论事业，当上了养殖场的老板；论口才，昨天下午的脱稿发言，简直让我震惊。你真不愧叫"梦响"，干事响当当；唱歌，响亮悦耳；发言，掷地有声，有回响。听了你昨天的发言，突然觉得梦"响"应该是理想的"想"。你表态要做一个让城里人羡慕的新型农民，难道不是你人生的理想吗？有梦想，有理想，才有奋斗目标。我觉得，"响"与"想"两个字是相通的，既有远大的理想，又有脚踏实地的实干精神，你的承诺就一定不会落空，就一定能够实现。到时，你就会成为我们向家最有出息、最出名的人。到时，只要你不嫌弃我笔墨乏力，当哥的愿为你"抬轿子"，"当吹鼓手"，写文章为你唱赞歌！

　　匆匆而草，不说不快，愿我们兄妹互勉！

学哥即日

听见《城门》故事
读懂 改革 开放
聚焦城乡融合变迁
展示 改革 开放

微信扫码

| 第二部 |

叩击城门　遍尝"城漂"滋味

16

梦响结束了"两户"代表大会，带着喜忧参半的心情回到了半坡村。她把行李放下，顾不得歇息，就把殷智叫上赶到娘家，迫不及待地向老爸诉说这几天的事，请老人家"把脉"拿主意。

梦响先简单地报告了参加"两户"代表会的情况，说她自己都没想到出尽了风头，第一次感受到了做农家妹子的风光，同时还拿出了二哥留下的表扬和鼓励信。介绍喜事的时候，梦响眉飞色舞，但说到后来回公社发生的事时，突然一下变得愁眉不展，皱起一张苦瓜脸。

她讲了廖书记要她当大队妇女主任，重点抓计划生育工作的经过，随后谈了自己的苦衷："我原本想和殷智好好把鹌鹑场办起来，发展好了，还可以扩展点其他事业，条件好了，可以修修新房；公路通了，还想买辆汽车，结束肩挑背驮的日子。没想到半路杀出个程咬金，把妇女主任的帽子盖在我头上，这个工作官不官，民不民，费力不讨好。有一点报酬，要靠每家每户收起来的提留款，有点像讨饭吃的叫花子。收不起来提留，就等于白干。更要命的是，计划生育工作号称'天下第一难事'，是得罪千家万户的事，被人骂成'做断子绝孙的事'。不说别的，我原来也讨厌前任妇女主任，一天到晚就上门来问这问那，生怕没有计划就怀上孩子，给他摆麻烦事。我是因为自己的原因才未要孩子，都快三十岁了还被他们盯住不放。当时我烦死他们了，如果我当了这个主任，又会成为让全村最讨厌的人。"

梦响讲完叹了一口气，请她爸拿主意。

向安隆听了梦响的述说，并没像梦响想的那样急起来，而是不紧不慢地说："我以为是什么大不了的事，快要大祸临头了，原来是这么个事，应该是个好事呀：你们想想，我向安隆当了二十多年干部，始终是个生产队长，而今你们一起步，就当了大队干部，超过了老爸。将来步步高升，说不定升到县里去呢，说明我们向家开始出人才啦！"

梦响急了，求爸别开玩笑，别讽刺了。

向安隆说："这既是玩笑，也是实话。过去有句民间说法，叫'福不双降，祸不单行'，'是福不是祸，是祸躲不脱'，这两天怎么啦，我向家居然来了个'双喜临门'，突然时来运转，掉下来两顶'官帽子'。看来，你妈经常念叨的'生就只有八斗命，走遍天下不满升'的说法，已经过时了。命运，是可以改变的。"

见梦响不知"双喜临门"，向安隆接着说："你开会刚走，公社姜主任派人来叫你梦功哥到公社去。让你梦功哥去担任公社社队企业副主任。"向安隆说，梦功是真心不愿干，但姜主任把条条理由都堵死了，有什么办法，所以昨天今天都在外面跑，昨晚连家都没回。"有什么办法，你生活在他们管辖的地盘，孙猴子能逃得出如来佛的手心，胳膊扭得过大腿？不过，说起来还是领导的信任，一下家里就出了两个干部，还让人羡慕哩，你们就好好干吧！"

"爸，我原来一心想跳出农村，老大不结婚，结婚后又忙于办鹌鹑场，迟迟不要孩子，现在养殖场刚刚上路，我缓过气来，人也快三十岁了，加上现在也怀上自己的孩子了，人的精力哪能顾得过来呀，有三头六臂也难啦！"梦响动情地说。

正在梦响诉苦的时候，梦功一回家就瘫在躺椅上，一听梦响的诉苦，囔地站起来说，"怎么我们两兄妹就这么倒霉，难办的事都被我们向家摊上了。搞计划生育工作，接触的事联系家家户户，严了就等于挖人家的祖坟，不严又违反国家政策。我呢，去搞什么社队企业，从盘古王开天地，农民就是脸朝黄土背朝天，拿锄头种粮食，哪里有个办厂矿、做生意的？这两天，我同姜主任跑了三个大队搞调查，还钻进'大跃进'年代办的废弃小煤窑。'大跃进'年代大办钢铁，需要煤炭，花了很大精力打煤窑，打洞两百多米深不见煤影，三寸厚的煤层夹在坚硬的岩石之中，越挖越亏才被迫停下来。我们这次进去，无异于是一次探险。前面几位农民拿着钢钎故意敲得震天响，好吓跑蛇兽，还用三把大扫帚破'蜘蛛阵'，花了近两个钟头才走到终点，可以想象，在那儿挖煤就像用牙签剔牙，经济效益肯定渺茫。我看是'病急乱投医'，到时羊肉没吃到，惹人一身骚，还会倒贴一坨。"

向安隆见梦响气还没消，梦功也越讲越激动，就打断话说："别越说越起劲了，说得再多也无用。现在唯一的态度是老老实实的干，认认真真的干，走一步看一步，'水来便开沟'，当个事后诸葛亮也不晚。今后见机行事，能脱身时再脱身。现在推脱说不过去，万一能搞好不是皆大欢喜？今后需要我敲点边鼓的时候，我可以帮忙出点主意。现在需要你们各就各位，守好自己的摊。"

听了老爸的话，梦响虽然仍然感到有压力，但心情好多了。梦功也静下来，写下这两天的一些想法，准备写成报告交领导审核、讨论。

吃过晚饭，梦功就趴在堂屋的饭桌上，一边思考，一边写写停停，停停写写，记下自己的想法和建议——

尊敬的公社领导，承蒙错爱，这次给我"封"了个社办企业副主任的官职，我心惊胆战，深感力不从心。就文化水平、人生阅历和工作能力讲，我实在是无能力胜任，肯定会辜负领导希望，再请领导认真考虑。

这两天，我出于尊重领导决定，随姜主任下队去考察和学习，听了领导和其他人的讨论和发言，尤其是被姜主任的吃苦耐劳精神和改变川主面貌的决心感动。现在，我谈点很不成熟的个人想法，供领导参考。

办社队企业这个事非常好，但要量力而行，要吸取"大跃进"时期的教训，成熟一个办一个，避免大起大落。

公社小煤矿虽是经过正式勘测后决定开挖的，但那是"大跃进"时代搞的，有必要再请专家重新论证和决定，如果一直是三四寸厚的煤层，要考虑有无开采价值。

建议把停业多年的榨油坊修复用起来，夏天可以榨菜籽油，冬秋可以榨桐油，就地加工既可得加工费，又便于菜饼、桐饼返回做有机肥料——川主公社境内每年的油菜籽和油桐籽产量达五六十万斤。

再增加一套打米机和一台磨面机及面条加工机，既增收加工费又方便群众。

建议在社队企业中建立一支劳务输出队，走出去打工挣钱，开阔眼界学技术。人们赞扬劳务输出是"空手出门，抱财归家"，既为多余劳动力找了出路，又为家乡挣回了票子，还可以少量提留作为社队企业的管理基金，积少成多办大事。如果公社领导同意这一条，我向梦功愿意当个领队，带领农民兄弟走南闯北，去闯荡江湖，把川主公社上下都闹腾起来，让农民富起来，让川主的名声响起来。

一个小小的青年农民给领导说这些，显然有点狂妄，有点不切实际。但我的心是热的，出发点是好的，请领导原谅。

　　　　　　　　　　　　　　　　　　　　　向梦功呈上

　　梦功没想到，就在他递交建议的第二天，公社廖书记和姜主任便一起找他约谈。约谈没有涉及梦功建议的其他内容，仅就组织劳务输出一事，询问他的想法和打算，尤其是做什么？可以到什么地方？怎样管理好这批"散兵游勇"？如何做到既挣钱又安全！？

　　梦功很坦诚。他说："我把建议递给姜主任后，突然觉得有点后怕，人说：'有多大的腿，才敢穿多大的裤'，我梦功手里没有金刚钻，怎敢去揽瓷器活？现在，你们二位领导找我约谈，我更感到问题的严重。我实话实说，我只觉得农民应该走出去，走出去才有出路。城市的改革也在全面铺开，各条战线和各个城市都需要人，正是农民挣钱的好机会。但有组织的批量带出去，到哪里？干什么？怎么管？我还没考虑得很细，我更没有实际经验。如果你们领导觉得不妥，就否定我的建议，我听你们二位领导的，决定权在你们领导。"

　　廖书记和姜主任互相交换了个眼神，都笑了起来。廖书记笑着说："建议是你梦功小子提出来的，想不到你今天想溜，想打退堂鼓，反而把球踢给了我们。我们两个找你谈，正说明你的建议好，引起了我们的重视。从当前的形势看，农村改革推动了城市改革，城市需要更多的农村剩余劳动力支援，农村人也需要到城里打工挣票子。今天找你来，就是讨论可行性，把问题考虑细一点，不盲目行动，不打无准备之仗，不打无把握之仗。你梦功回去，再好好思考思考，找些已出去打过工的人调查调查，讨论讨论，三天过后再给我们交个细一点的方案，我们再研究。"

　　梦功离开廖书记的办公室后，公社召开全体领导人员会议，专题研究社队企业和组织劳务输出的事，内外一起抓，促进经济发展。大家异口同声赞成组成川主公社劳务输出领导班子，由公社姜主任担任领导小组组长，并带队尽快从南北方向选择几个点，对劳务需求大的地方进行考察、联系，签订合作合同。

　　梦功回到队里，他第一个去找的人就是吴明——他做生意时的老搭档。吴明听说梦功邀约他出去打工，高兴得很，说自己早就想出去了，只是他没有梦功的胆子大，不敢贸然去闯，听说城里的"水很深"，他怕"淹死"。

"前怕狼，后怕虎，哪能有出息？我俩做土豆生意，做羊子羊肉生意，不就是大着胆子闯出来的嘛。现在改革开放的大环境，给人民群众带来了机遇，特别是给我们年轻人创造了淘金的机会，我们何不出去闯荡一番，赌上一把。现在我俩商量，做什么？到哪个地方？"梦功说。

"我觉得到重庆好。既是大城市，又在本省，离家也较近，有什么事，政府也可以为农民说话、撑腰，保护我们。"

"到重庆去干什么？关键是我们既要能挣钱，又要干得了。"

"当棒棒。山城棒棒军很出名。重庆是山城，爬坡上坎很艰辛，只有靠棒棒才能解决问题，需求量很大，担一次少则挣三五块，多则十块八块，只要能吃苦，一天就可以挣八九十块，百来块，月收入可以超过十级干部。"

"不行，不行。棒棒军既辛苦，又是'散兵游勇'的个体作战，只凭下苦力，没有技术含量，一辈子就只能当棒棒。我们出去，既要挣钱，又要学技术、手艺，有了技术，不单靠体力挣钱，才能老来无忧，受用终生。"梦功说。

"那你说干什么？到哪去？"

"我是想让你我一起，带一帮人出去闯，团结起来就是力量，城里人也不敢轻易欺负我们。搞好了，既可以为家乡扬名，又可以为家乡建设出力、挣钱。"

"你是在讲神话故事，还是在做梦？"

"神话故事也好，做梦也好，只要敢作敢为，梦想也会变成现实。敢做梦的人，才有现实。梦都不做的人，哪能有理想的未来。"

"你我两个凭什么，人家就愿意跟着走？"

"就凭你我乐于助人的热心，帮助农民活出个人样的决心，以及公社领导的支持。"

"公社也同意？"

"当然。最近，公社领导要我当社队企业的副主任，主任是公社姜主任兼任。我和姜主任下队去调查了两天，还去考察了停办的公社煤窑，想恢复开采。我有不同看法，但不便明说，就提出了组织剩余劳动力输出的建议，得到认可，并叫我进一步调查和思考。我想，如果我担任了领队队长，就想让你作为副队长，当我帮手。"

"我当你的帮手最恰当，你我知根知底，彼此最放心，也最贴心。你想，我俩一起长大，一起读书，一班同学，一起参加集体生产劳动，形影不离。后来一起做土豆生意，一起做羊子生意，一个地方找到老婆，同一天结婚，后来又是在同一个月当父亲，所以有人说我俩穿了连裆裤，不是兄弟胜似兄弟。到哪儿去找这样的搭档？我跟你走！"

随后两人讨论了半天，在四个大的方面达成了共识。

一是农民进城，需要群体进行。无形的城门很严，单兵难叩。责任制后，不少农民独门独路闯城市，职难求，足难立，有的落荒而逃，打道回府，不再敢想那不属于他们的城市。只有有组织领导的输出，输入地才敢接收，才用得放心。

二是输出向南方是最佳选择。农村土地承包责任制，发端于安徽小岗村和四川广汉的向阳公社，很快吹遍祖国大江南北，"包"字进城，推动全国改革。而城市改革，起源于"南国风"。深圳特区的信息风，源源不断向北吹。"时间就是金钱，效率就是生命"的口号，"三天长高一层楼"的速度，令人惊叹，令人神往，也是一种无形的召唤。打工向南，是最普遍的选择。

三是人员要选择，最好是有点文化，相对年轻的人。有文化出门少吃亏，能学东西，回农村有用。

四是岗前培训，由公社统一进行。要学习政策，强调纪律，进城守规矩，服从统一领导。

这四点，由梦功写成文字，送给姜主任交领导审定。

公社综合各方面意见，形成了川主人民公社农民外出务工管理办法的试行方案，随后组成了以姜主任为组长，由县劳动局人员、公社民政干部和梦功为组员的考察队，先后到北京、广州、深圳、珠海进行考察。十天时间，同五个地方签订了劳务输出意向合作书，形成了四千多字的书面报告，正式成立了公社劳务输出领导小组，由姜主任担任组长，梦功任副组长兼任首批输出队领队队长，同时，还给吴明委任了一个领队副队长的官职。

为有组织地搞好劳务输出，公社专门召开了半天三级干部会，打印了两百份宣传公告，发给各大队和各生产队队长，让他们带回去宣传动员。公告上白纸黑字，明文写着：

　　为支援城市建设，带动农村经济发展，川主人民公社正式开展首批
有领导、有组织、有计划、有服务的劳务输出，拟从自愿报名者中选出
八十人，开赴广州、深圳两市打工，经过短期集中学习培训后，于十二

月前后出发，今年春节不返家过年。

春节前就出发，基于两种考虑。一是避开春运高峰，避免交通影响。二是大多数民工回家过年了，用人岗位空位以待，我们以逸待劳，乘虚而入，取而代之，能以较短的时间站稳脚跟。

首批选拔的条件是：一原则二暂缓三优先。首要的原则是必须是富余的劳动力，不影响土地承包制的生产，不影响家庭的正常生活。两个暂缓是四十五岁以上的人暂不考虑，女同志暂不考虑。三优先是初中以上文化程度优先；有技术、有一技之长的优先；有外出打工经历和正在打工的个体者优先。

报名时间：十二月十日至十一日

报名地点：川主人民公社社队企业办公室

"文化大革命"后，川主公社再也没有过的热闹场面出现了，黑压压的人群，挤进挤出，问这问那。有老婆陪老公来的，有爸爸妈妈陪儿子来的，还有爷爷奶奶陪孙子来的；真有点"送郎参军，送子赶考"的场面。廖书记、姜主任、梦功等现场解答问题，嗓子都说哑了。

第一天报名的就有二百一十多人，有的还等着回家跟家人商量一下，第二天再报名。

头天报名，梦功的老婆春香也来了。她没有去找梦功，也没去拿报名表，只是东瞧瞧，西听听。梦功见到了她，忙得顾不上同她交谈，觉得她来看看热闹也好，让她懂得自己工作的重要意义。

吴延和王燕也到报名处来了，他们观察，听人议论。但看了大半天，都没有报名。晚上回到家里，温柔的王燕第一次向吴延发火了。

"我过去一直想，一个有志气的男子汉，倒插门来我家当了上门女婿，有失尊严，所以我事事都依着你，宠着你，让你成了一家的主心骨，让你高兴、开心，让你过得舒适温暖。可是，舒适温暖的小家，让你产生了安于温暖小家的现状，成天围着老婆孩子，舍不得离开这个温暖的窝。今天，我看到一些男人高高兴兴报名出去打工，我既羡慕又十分怄气。羡慕别的男人舍得打工吃苦，空手出门，抱财归家，让家人过上好日子。我怄气的是，我的男人才三十多岁，不知死守在家里做什么？过去是没有机会出去挣钱，无可奈何，而今有了机会出去挣钱，又舍不得什么？担心老丈人？他是我的亲爸。担心儿女？我是他们的亲妈。担心老婆？老婆又不会跑，跑了也无人要。所有家务事，包括责任田，我一概全包，你还担心什么？还想什么？"

王燕越说越生气，禁不住哭出声来："你还想什么？那就是你的瘾大，想老婆，想女人！现在我给你表个态，你要是不出去挣钱，你就莫挨到我，我不得理睬你。"

听到王燕哭诉，吴延也在王燕面前流下了眼泪，他低声说："你莫生气了，我决定了，出去打工，挣钱养家。"

随后，吴延推起王燕低着的头说："我吴延向王燕发誓，我明天就去报名打工，保证多挣钱，不乱花，钱如数全交婆娘老大人。"

吴延的话换来王燕扑哧的一笑，外加一记轻轻的小拳头。

半坡四队，被老婆赶出家门的还有股实——罗琼用的是软办法，她让股实回顾了一下"一泡尿"的辛酸往事。

一个个男人，就这样被一个个女人软硬兼施地赶出了家门，踏上了漫漫打工路。

谁知，这几家的内乱刚刚平息，梦功的后院又"着火"了。白天在公社一言不发的张春香，摆开架势向深夜才回家的梦功摊牌："我也要出去打工。咱俩要去一起去，要留一起留，谁也别想单飞。"

"你明明知道这次不要女的，你这不是成心捣乱出难题吗？"

"那我不管，当初我追你到半坡村，就是为了走出桃溪河大山，现在我要跟你到南方，想见见外面的世界！"

"你以为出门是享福，那是去吃苦、受罪。"

"我能吃苦，也能受罪！"

"你去了能干什么？"

"我可以打杂扫地，给你们当伙夫做饭！"

"家里的包产地你管不管，总不能甩给两位老人？再说，包产地你不愿管，咱俩的孩子你总得管，没有理由把两岁多的孩子甩给两位老人呀！"

"孩子是你向家的种，是他们的孙儿，他们该带呀！"

"你怎么这么不讲道理？"

"那我不管，我说得出，做得出。要走一块走，要留一块留，到时才知道我春香的厉害！"

见无法说服，梦功只好来个缓兵之计，答应把队伍安顿好了，三个月后春香再来。

"你别把我当成三岁小孩，哄过之后就不管。口说无凭，纸写笔载，签字画押，不准抵赖。"

梦功和春香终于在签字画押后，才平息这场战火。

第二天，又有五十多人报名参加。最后从二百七十多人中，挑选出了八十个作为首批人员。培训班上，廖书记作了动员报告。廖书记说："社员同志们，你们是我们川主人民公社第一批正式组织出去务工的队伍，是地地道道的'川军'，你们出去打出了名声，对我们农村的发展具有重要意义，对我们今后再组织第二批、第三批有很重要的影响，希望大家好好努力，既多挣票子回家，又提高我们川军的影响。"接着，姜主任提了要求，县劳动局的同志介绍了南方劳务市场的情况和需求，原来打过工的代表现身谈体会和经验教训。梦功最后按民兵建制的方式，给这支队伍作了班、排、连的安排。

按照预定的时间，务工队十二月二十五日准时从川主出发。公社包了两辆客车，直接开往深圳。由于是公社出面组织的打工，各家各户都寄予了很大希望：有父母送儿子、妻子送丈夫的；有希望打工者"空手出门、抱财归家"，回来改变家庭面貌的；有希望通过打工，在城里去见世面，混出个人样，改变命运的。

公社廖书记也来到现场，一则要送送姜主任，二则要送务工人员，为他们壮行，以示重视。廖书记看看这批打工者，他们有的提着麻布口袋，有的扛着编织袋，还有几个民工背着竹编背篓，顿时产生一种莫名其妙的心酸：谁知道他们能不能平安的"抱财归家"啊？但转而一想，不管怎么说，这些祖祖辈辈纯而又纯的农民，他们今天能够走出大山、挺进城市，就迈出了历史上的第一步。

廖书记回头喊住梦功说："你要把眼前这样一支农民'游击队'带去叩城门，闯城市，实在是光荣而又艰巨啊，拜托你了！"

"别这么说，我是毛遂自荐，是自找苦吃的。我自己也是农民，我们一定珍惜进城机会，争取多挣票子、抱财归家，还争取带回新的信息、新的观念、新技术返乡！"回答完廖书记的话，梦功马上从前车跑到后车，又从后车跑到前车，再仔细清点一下人数，观察一下状态后，向司机挥手，示意出发。

随着车子的启动，车上车下的人一起挥手，再见声连连。尤其是车上的年轻人特别兴奋，再见声喊得特别响亮，似乎是在向大山告别，向农村告别，向历史告别！

为了节省中途住宿费，每辆车都由两个驾驶员轮流开，行程尽管只有一千三百来公里，由于路况差，车子开了一天一夜，才抵达深圳。深圳外来劳务办将这八十人分到两个地方，三十人分到深圳灯具厂，五十人被分到深圳建筑三公司的一个重点项目建筑工地。梦功考虑灯具厂人数少，劳动强度也要轻一些，就叫吴明去带队；他自己则到建筑工地带队摸爬滚打，挤时间两头跑，兼顾双方。梦功带队驻扎的建筑工地，条件相当艰苦，住的是简易工棚，吃的是送到工地的桶装饭，端着搪瓷盆排着队去领，大锅玻璃汤随便舀。为了起好带头作用，在家里都少于干重活的梦功，七八十斤的水泥袋照样扛，砖头混凝土照样挑。他看到大家为每天能挣几十来块钱，感到比较满足，他也就干得很开心。打工一月能有上千元的收入，胜过在家里种田一年的报酬，都很开心。

打工比务农挣钱，只要不是傻子，都会算这个账。由于劳动报酬的区别，这批"川军"非常珍惜这打工机会，也非常听梦功的指挥和安排，梦功也能挤出时间学习。

梦功白天同大家一起劳动，晚上他去报了一个建筑施工的培训班，他决心要从头学起，从建筑施工的基本术语和基础知识、操作规程学起，争取考取合格的初级施工员证，然后考取中级施工员证。他深知，不懂技术，永远都没有发言权，永远没有工地的指挥权，永远只是一个指东打东、指西打西的派工员。没有技术，这支队伍也永远上不了档次。其实，他有很大的"野心"——条件成熟后，他要自己建立一支独立作战的队伍，不再过"寄人篱下"的生活。

梦功每天晚上来回要转三次车，学完回来往往是午夜之后。怕影响到工友休息，他不洗脸，不洗脚，轻脚轻手钻进工棚连枷铺，还要打着手电在被窝里看一阵书。他常常把书上、培训学校学的东西，在工地上进行实践，对照人家的方法实际应用。他还经常提醒工友，如何学会用脑子干体力活，巧干活。不到一个月，深建三司发现这五十个人的队伍，干活效率很高，便直接向梦功提出，能不能请梦功在老家再组织一批队伍来工地，一百人两百人都可以，多多益善。他们还说，"像你们这样的'川军'，的确吃苦耐劳，能打硬仗。"

春节期间，梦功的队伍只休息了大年初一、初二、初三三天。大年三十晚上，每个人凑二十元钱，去奢侈了一顿，算是过大年。剩下的时间，大伙儿邀邀约约到罗浮桥、海边去玩。有人问梦功："听说有不少人偷渡到香港去，是不是这个海边？"梦功听了这样问，马上警觉地说："怎么啦，你想去香港，想去那个花花世界？"

"我是随便问问，我怎么会呢？你借我个胆也不敢啦，我既没有那个胆量，更没有那个本事！"

"我们每个人都不要胡思乱想，偷逃香港那是过去的事，改革开放的深圳，今后会比香港还好！"

正月初四一上班，深建三司的副总经理又找到梦功，请他抓紧时间在老家再组织一批"川军"来深圳。梦功回答："开年过后，会有大批的农民工出来打工，不愁招不到人。再说，我们刚来一个来月，地皮都没踩热，工人们也还有个熟悉工作和环境的过程，管理上也需要磨合适应，我肯定不敢离开我的人马。"

深建三司方说："春节过后肯定有大批人马拥入广州、深圳，只是我们不敢随便雇请，一是大多数人是'三无'人员，我们不敢私招乱雇。不经过外来务工办批准，要遭查处和制裁。二是在社会上招来的个体人员，都是散兵游勇，既无技术，又难以管理，弄得不好还会成为社会治安的隐患。如果你愿意替我们去组织一批人来，往返路费我们报销，工资照发。"

梦功不愿贸然行动——招兵买马肯定不成问题，但谁来管理？要把一个游击队带成正规军，不是他梦功这点本事就能成的。

果然，春节还没过完，大批农民工南下，仅在深建三司门前，就聚集了不少应聘人员，老老少少、男男女女，操着不同的地方口音，闹闹嚷嚷，叩击着公司的大门，叩击着深圳这座新兴城市。深建三司，一方面建筑工地面临停工停建的局面，另一方面又面对庞大的应聘队伍，不敢随意出手招聘，担心违反招工法，担心扰乱了社会秩序。

一九八四年春节后，农民工大兵压境，深圳首先告急。随后传出，广州、珠海、佛山、东莞告急，厦门告急，几百万甚至上千万民工聚集在企业单位、车站、码头，求职困难，无事可干，城市的公共秩序、社会生活遇到严重挑战。

随后，长沙、成都、郑州、济南发出呼声：铁路公路水路交通困难，民工出行困难，许多人聚集在车站、码头、广场，人山人海，无法疏散。这种告急呼声，从南向北，从沿海城市向内陆城市，不断延伸。告急的不只是大城市的火车站、汽车站、水陆码头，凡是有交通的地方，以及交通沿线，人潮汹涌澎湃，势不可当，人们由此创造了独特新的名词——"民工潮"、"盲流"。

一时间，南方喊招架不住，各级领导茫然，引起了国务院领导的重视。一时间，刹车叫停呼声不绝，认为再不堵就会引起全国混乱，会影响改革开放的成果。但在一些农村基层，仍在为这种民工潮拍手叫好，认为农民终于有勇气走出大山，敢于改变自己的命运了，还在继续鼓动农民迈向城市。

17

处在两种呼声、两种认识夹击之中的向梦学，接到电台领导的指示，要求他深入前沿，深入民工的输出地和输入地，深入用工单位，倾听了解各方面意见，了解务工人员的心声，了解解决民工潮的典型和经验，总结和思考问题，客观公正地写出报道，为领导提供有参考价值的内参。

在给梦学布置任务的最后，台领导还不忘特别提醒："向梦学同志，你来自农村基层，有吃苦耐劳的精神，过去的报道任务都完成得很好，这是你的优势。但这也有可能成为你的劣势——注意不要感情用事，一味同情农民。我们媒体人，一定要坚持正确的舆论导向，做到疏导不点火，帮忙不添乱，鼓励不泄气，为时代的大潮鼓与呼。"

领导的希望，让梦学感到沉重的压力，觉得自己也被推进了这汹涌的潮水之中，害怕完不成这重大的采访任务，更害怕写出导向不准确的报道，造成负面影响。但他转而回头想，压力就是动力，何况采写的报道或内参，还要经过台领导审查把关，不会出大娄子，更何况领导没有给自己下定额任务，让自己有认真调查采访和学习思考的时间——他对完成任务又有了几分把握。

梦学接到新任务后，马上开始做南下的准备工作。他首先做的就是查阅资料。当时查阅资料有两个重要途径，一是翻阅各种报刊登载的新闻报道——记者站的报纸不齐全，他专门到地委宣传阅览室去查找。第二个途径是到地区劳动局、农委和劳务输出办去查找资料，采访"活材料"。从统计已遣返的"盲流"数量中，分析农村剩余劳动力继续外出的务工情况，作为新闻背景的材料运用，努力写出实实在在的报道。

出发前，梦学对新闻报道和社会上流传的"盲流"一词，不甚了解，特地向劳务部门请教，弄清了它的内涵和形成过程、原因。

"盲流"，是才冒出来的新名词，是专门针对农村剩余劳动力外出打工，盲目行动而出现的。它一是指部分外出务工人员，不知道去什么地方，不知道自己干什么、能干什么，盲目从众，盲目地无序流动。第二是指那些外出务工的人员缺乏必备的证件。他们有的不是没有外出务工证，就是没有计划生育证，甚至没有身份证。三证不齐的、外出目的不明确的外来务工人员，就被称为"盲流"。梦学还了解到，从去年开始，沿海地区已经陆续劝退和遣送了一批又一批的盲流回乡务农。

资料准备好后，梦学联系到响水公社劳务办，希望同这批民工同行，体验民工出门的艰辛，了解民工们的生活状况、内心想法和今后打算。第二天清晨，八十个民工，加公社带队的武装部长郑明和梦学，共乘两辆包车，从响水公社向南进发。一路上，有的人比较兴奋，东张西望看沿途风景；有的一上车就昏睡，显得很疲乏；有的半睁半闭双眼，陷入沉思，似乎在思考如何能抱财归家，打工挣回的一笔钱怎么用……车行三个小时，到了湖北恩施的齐岳山上，公路旁有一家小店，南来北往的车辆都要在此稍作停留，以让司机乘客解便松包袱。恰在此时，梦学他们遇到了三辆从南方送返回乡人员回乡的车。

世上的事，往往就这么巧，这五辆车的司机都是省汽车五十队的人。五辆车的乘客，许多是互相认识的，他们聚在一起，七嘴八舌地拉起了家常。往北开的是被遣返回家的，是"三证"不全的或者是找不到活干的，是地地道道的盲流人员。往南走的是刚出发，有组织的，证件也齐全的新军，且个个都信心十足。无论被遣返者怎样的诅咒，怎么的声讨，都动摇不了南下这批人的决心。

这些，无疑都被梦学看在眼里，听进耳里，记在心里。

一到广州，梦学在广州火车站停留了一下，他看见，车站候车大厅里外那黑压压的人群，乱哄哄的秩序，人们喊的喊，吼的吼。细心观察，这里聚集着两股主要的人流：一股是"三无"人员或"三证"不全的人员，是要被当作盲流遣送回乡的。还有一批人，"三证"齐全，各种手续都无漏洞可挑。但他们要么暂时没有找到工作，要么不是自己喜欢或者能胜任的工作。因此，他们来到火车站等公共场所，这些地方人多相对安全，既能遮风避雨，晚上还能免费落脚，省去住宿钱。

梦学到了深圳，发现这里的公共场所也是人山人海，同广州大同小异。

随后，梦学一头扎进用工单位，倾听他们的需求，征询他们对民工的有序流动的意见和建议，探讨解决眼下这丛生乱象的办法。梦学还到施工现场，同民工一起蹲在搅拌机旁吃午饭，他还同民工一起，钻进路边录像放映室，花一两元钱买张票，同民工一起看香港片《霍元甲》《陈真传》《李小龙》。还同民工一起摸扑克牌，打百分，成为民工的朋友。尤其是他同家乡川主公社和响水公社的川军民工，混得烂熟。响水公社的民工称赞梦学不愧是农民出身的记者，不嫌弃农民工，所有的农民工都能成为他的朋友。民工还风趣地说，除了女厕所、女宿舍，只要有农民工的地方，梦学都去过。

梦学没日没夜地采访了十来天，都比较顺。轮到爬格子、写稿子时，内心却有些翻江倒海，难以平静，难以理出个头绪。他心里始终觉得，这么一场伟大的历史变革，不是他这一个毛头小伙子能够讲清楚，讲准确的。最后，他反复考虑，认为他的报道既要写出民工潮的现状、贡献和遇到的问题，也要有个人的思考。这个思考，也可能正确，也可能片面，但能够引起人们重视就算达到了一些目的。他决定写出一组"民工潮"的现状与思考的系列报道，共五篇，反映这一历史大变革。

于是梦学整理好思路，写出《民工潮的现状与思考》深度系列报道：

之一：

《开放改革逐浪高　不见头尾民工潮》

之二：

《农门难锁富余工　走出夔门天地宽》

之三：

《城门何须拒农门　工农携手利城乡》

之四：

《抽刀断水水更流　有序流动社会安》

之五：

《流动大潮关不住　城乡联姻万事兴》

写完稿子，他总算松了一口气。然后又花了一天多的时间，把报道抄写在电报稿纸上，在深圳邮局通过电报把稿子传回去。回到旅馆，梦学又写下南下采访日记。

没想到当记者不久，就摊上了采访民工潮这样重要的任务。

这场民工潮，来得汹涌澎湃，前不见头，后不见尾，难以见到潮起潮落。

包产到户的农村土地责任制的起火点、发源地，全国公认始于安徽小岗村和四川广汉向阳人民公社。然而，以农村责任制后的剩余劳动力外出务工的民工潮，却很难找到发源地、着火点，但它却很快形成燎原之势，挡不住，扑不灭。

是什么力量这样巨大？

民工们说得质朴：责任制后农民有了自主权，积极性和效率都提高了，空闲时间多得很，一年是"三个月种田，七个月休闲，两个月过年"，不如把休闲时间用来挣钱。有了大量的剩余时间，加上开放政策允许流动，就像打开的水闸，一泻千里，再也关不住。

农门锁不住剩余劳动力，走出夔门天地宽。走出四川盆地的农民工，不但凭着劳力"空手出门，抱财归家"，挣了票子，还能见到外面的精彩世界，丰富自己的思想。

农门锁不住，城门关不住。民工潮席卷全国，公路、铁路、空中路、水上路，条条道路拥堵，四方八面告急，惊动各级，乃至国务院。一时间，输入地堵，输出地堵，四面八方设关卡，上上下下忙于遣返盲流。但是，开弓没有回头箭，大江东流不复返。

城门何须拒农门，工农携手利城乡。农村富余劳动力进入城市，不仅支援了城市建设，也为城市居民提供了全面服务，城市已经离不开农民工。农民在为城市提供服务中实现了自身价值，也为自己获得了应有的报酬。在民工潮的流动中，农村、城市，各得其所，谁也离不开谁，实现了双赢。靠堵，是无法堵得住的。

开弓没有回头箭，抽刀断水水更流。合理疏导，有序流动，才是上策。就像万县响水公社的周春春一样，不少人是被堵、被遣返过的，然而依然要往城里走。后来，当地领导提出响亮的口号："盲流不可取，流动大有益"，采取有组织、有秩序的分期分批流动，得到了输入地欢迎，也有效地克服了流动的盲目性。响水公社、川主公社的有益经验，得到了广泛的推广和学习，所以整个民工流动大潮正在平稳回落，而不是大起大落，也有利于城乡的发展。

在采访中发现，有的农民外出务工的目的和目标在慢慢改变，一些人由开初的"挣票子，饱肚子，然后回家盖房子，办厂子"，渐渐地变为想在城里租铺子，做生意，赚票子，买房子，争取当个城里人……

从整个民工潮的流动声中，我似乎听到了城市化的脚步声，但我说不准，能不能变成现实。但愿成为现实。

18

梦功早上刚刚同来采访民工潮的梦学哥告别，没想到当天下午春香就出现在他的眼前。梦功又惊讶又有些生气。

"你怎么说来就来了，也不同我商量，看是不是时机。"

"我怎么就不能来，我又不是三岁小孩，要人背、要人抱。脚在我的身上，怎么就不能来。我来找自己的男人，光明正大，又不是跟别的男人私奔。"

"你有点不讲道理，来也要经我同意。"

"要经你同意，我就只有一辈子守在家里，给你带孩子，伺候你的父母。我已经上了你的当了，开始你说三个月就同意我来，单方撕毁双方签的协议，一拖再拖，现在已经拖了这么久，我只好不请自到。"

"不说家里有十来亩包产地，也不说父母需要照顾，就是自己的孩子也该照顾哇，刚刚两岁的孩子，丢下孩子你这当妈的也忍心，也真狠心。"

"那我不管，孩子姓向不姓张，他是你们向家的种，你们向家的后代，就该他们养。"

"你讲不讲道理了？父母养了我们，还有义务养我们的孩子？老人们有哪点错?"

"你简直孤陋寡闻，现在年轻夫妇外出打工的多得很，都是把孩子甩给父母。我们在外挣了钱回去孝敬他们，也算对父母的报答。"

"你没听到过儿歌唱的'有妈的孩子是个宝，无妈的孩子像根草'吗?"

"你以为你的儿子是天生的富贵种吗? 还不照样是农民!"

梦功见说不过她，只好换口气，稍微平静一点问："你真的想来这里打工吗?"

"你以为我是开玩笑的呀，还有那么多女人出来打工的呀?"

"你能干什么?"

"我原来就说过，给你们做饭，当伙夫"。

"那也要三证齐全"。

"我早就准备好了。身份证本来就有，计划生育措施也采取了，走前专门到公社计生办做了安环手术，公社证明可以经得起盘查，又不会出问题，你就尽管放心睡觉吧!"

梦功露出一丝微笑，接着说："那你有外出务工证吗?"

"当然有。我去找公社姜主任办务工证，他只给我开了一句玩笑，说我想你了，就给我办了。"

"这个姜主任，只管送顺水人情，也不管我们家里那十来亩包产地和老人孩子死活。"

"姜主任也是好心，成人之美嘛。"

"真拿你没办法，当年在桃溪山上，就看出你有犟脾气。现在有什么办法，来就来了，就只能是走一步看一步了。最近我正忙，白天我在工地上忙得不停手脚，晚上还要看书复习培训班的课，离初级施工员证的考试时间，只有十天了。"

"你就好好复习吧，我不会天天晚上缠住你的。"

"如果能顺利考上初级施工员证，我准备回家处理一些事情，趁机也向公社汇报一下这边的情况。"梦功说。

随后，梦功请殷实和吴延两个人帮忙，用一些建筑废弃材料在通铺的最边上，隔出一个小天地，作为晚上他和春香睡觉的窝。

十天过后，梦功顺利地考完初级施工员资格考试。他自我感觉良好，觉得能拿到合格证书，就准备回家处理家务。他征求春香的意见，"要不要一同回家，还可以看看儿子?"

春香说:"我刚来十多天,凭什么要我回去。我回去后,你又想把我关在老家。既然我已经出来了,就休想我再回去。"

梦功到吴明带队的灯具厂去了解了一些情况,同吴明一起商量需要向公社汇报的事宜。他直接带的建筑工地,请殷实和吴延代他看管和照顾。临走,梦功还叮嘱春香,同工友们搞好关系,紧开口,慢开言,少说为佳,不要以"诰命夫人"自居,"我梦功不是什么官,只不过是个跑腿做事的带工头"。

回到家里的第二天,梦功就到公社去向廖书记和姜主任汇报了川主川军在深圳的务工情况和收入情况。最后,他还向廖书记和姜主任报告,通过半年的学习,他拿到初级施工员合格证书没问题,"回到深圳后,我还将进入中级学习和考试,如果能考上建筑中级施工员合格证,我就可以独立地带领施工队伍,为我们川主公社将来组建独立的建筑施工队伍,或者是建立川主建筑公司,打下基础。"

廖书记、姜主任听了梦功的想法和打算,非常欣喜,表扬梦功有远见,有目标,希望他大胆地管理好民工队伍,严格要求,为家乡带出一批能工巧匠,为建设家乡服务。随后,廖书记告诉梦功,全国人民代表大会通过决议,全国农村实行撤社建乡,取消政企不分的人民公社,普遍建立乡政府,告别"一大二公"的历史。由于人民公社已改为乡人民政府,领导的称呼也相应改了。廖书记叫乡党委书记,姜主任也改为姜乡长。因此,公社过去的社队企业的名字,现在改为"乡镇企业",梦功仍然是川主乡乡镇企业办公室的副主任。

姜乡长告诉梦功:"你走这大半年,为发展乡里集体经济,大家也做了许多事情。首先是煤厂已经投产出煤,产量虽然不高,但细水长流。打米、磨面、榨油的工坊都在正常运转,同时还办起了砖瓦厂。罐头厂今年底也将正式投产,今年就可以就地消化当地农民的红橘。这些,应该向你这个副主任通报通报。"

梦功说:"其实我这个副主任只是挂个名而已,又没给社里乡里做多少事,有没有这个'官'都没多大意思。"

接着,梦功又说:"我还有件个人的私事,最近一直在思考,一直在进行激烈的思想斗争,就是拿不准,想请你们当参谋也好,请你们领导作指示也行——你们当领导的见得多,对政策吃得透,对今后发展看得清。"

廖书记有些急了,"你说了这么多,绕了这么多弯,说得这么认真严肃,有这么重要吗？你就开门见山地说出来，我们听听！"

姜乡长也望着梦功，等待他明言。

"这次我回来，我想交出我们家的承包土地。"

"什么哇？什么哇？"不知廖书记是以为自己没听清楚，还是不敢相信梦功这话的意思。

姜乡长也望着梦功，似乎也在等待梦功重复一遍。

"我想交出我们家的承包土地。"梦功不但一字一字地说，而且声音也比较大。

廖书记和姜乡长两个互相递了一下眼神，一时不知该怎么回答。停了好一会儿，廖书记终于找到了话题，以反问的方式，又把球抛给了梦功。

"你先说说，为什么会有这种想法？"

梦功说："从现在我家情况看，春香也以为外面好玩，强行跑出去打工，靠两个老人根本顾不上种好承包地，再加上把孩子也丢给老人。有人形容，现在农村只剩下妇女儿童和老人了，靠妇女、儿童、老人能搞好包产地，搞好农业生产吗？与其种不好，或者撂荒，不如交出来。这是首要的一条。第二是，我和爱人已经走出了第一步，绝不愿意再走回头路。再说，工地的事情我要管，根本无法脱身，与其一心挂多处，不如放弃一头。"

"你们父母要吃饭，要粮食，今后从哪里来，今后喝西北风，吃什么？"

"我说的是交出包产地，不包括原来的自留地。自留地里除了种蔬菜，还可以种点粮食，缺的部分可以到市场上去买，也给多余产粮户找点出路，反正我们在外打工挣钱，各得其所。"梦功回答。

"土地交给谁？"廖书记问。

"这个问题我没考虑好。交给生产队集体吗？现在集体已不集中管理土地，这不可能。我们公社也是人多地少，有的家庭土地不够种，还想多要承包土地呢。我想，肯定有人愿意多种地，特别是劳动力多的家庭。"

"谁来交国家税收和公共集体的提留？"

"比较公平的话，可以采取一家一半分摊。种我家拿出的土地的家庭承担一半，我们自家负责一半，完全可以既不影响国家税收，也不影响集体提留。如果不行，我们家全部承担所有的税收和提留也行，等于把包产地送给人家种。"

"看来你是各种问题都考虑到了，想清楚了，还想得比较细致了。说明你的决心很大。你们家的老人，特别是你爸这个老农民，世代以农为生的老农民，会同意吗？"

"我还没敢跟他讲，先向你们汇报一下，看这条路走不走得通。如果走得通，我再给他们讲。交了土地一身轻松，免得心里多一种牵挂，既怕老人种地累着，又怕种不好土地撂荒浪费。交出来后可以无牵无挂地在外面大干一场，还可以为我们川主的乡镇企业做点贡献。"梦功进一步阐明了自己的决心。

"你们生产队谁有这个能力种两份包产地？"

"肯定会有。过去有的想承包想起了病，现在白种地又不承担额外负担，肯定有人愿意。"梦功说。

廖书记、姜乡长又沉默了好一会儿，二人都没再说话。最后，还是姜乡长先开口。他说："廖书记，这次可是老革命遇到了新问题，三四年前，农民想地简直想得发疯，得到了包产地高兴得发狂，没想到就这么短的时间，农民又想交出包产地，这的确是新鲜事。说不定，有梦功这种想法和打算的，不只是一个两个，这可是农村当前出现的一种新现象、新趋势。"

廖书记接过话题说："这肯定是责任制后出现的一种新动向、新事物、新苗头，甚至是带有点趋势。尤其是允许农民走出农门，外出务工经商后，有梦功这种想法的人为数不会少，这就整个农民群体和农村来讲，肯定是件好事。但是，但是，我要连用两个'但是'，就说明这个转折太大了，太突然了。前几年，农民想土地想起病，甚至像小岗村那样'不要命'，现在突然来个一百八十度大转变，南辕北辙，走到另一个极端。农民不要土地，将来以什么为依靠？吃不上饭不又成为社会问题。中央文件表态说，农村土地承包责任制，十五年不变，现在谁敢去变？这是中央政策，谁敢表态去踩这个政策的红线，这是大是大非问题，不但我们公社无权表这个态，恐怕就连县委张书记那样思想解放的领导，也不敢表这个态。这是中央的大政方针。"

姜乡长接着说："廖书记从政策的硬杠子上，说得很透彻了，我们这一级怎么敢表态？"

"不是现在强调实事求是，说实践是检验真理的唯一标准吗？既然现在冒出了新问题、新情况，为什么就不可探索呢？"梦功据理力争。

"别为难廖书记了，不是怕丢官帽子的问题，是真的不敢去踩政策红线。"姜乡长说。

"那我就只好向你二位领导申请辞职，回家种我的包产地了。如果把包产地荒废了，要遭到众人的谴责，因为凡是农民都会珍惜土地。"梦功这话说得半真半假。

廖书记最后发话了："我相信你不是用辞职的话来威胁我们，我们也不怕威胁。我相信你是用激将法来激我们支持你，但这也激不起来我们。我们的确不能明白表态，是支持还是反对，是点头还是摇头，都不妥。不过，有一点值得肯定，你思考的问题带有某种超前性，可以作为一种新事物进行探索。改革开放的路子不就是这样探索出来的吗？你别把我俩当成领导，我们就是你的朋友，给你一个建议，只要你首先在家里取得同意的前提下，找准接管你家土地的对象，就说是土地转包。只做不说，更不能登报、广播去宣传。"

梦功抬起头，使劲在自己的脑袋上拍了三下："我明白了，我明白了，叫土地转包！"

谁知，梦功的一句"我明白了"，打响了向安隆家庭的一场恶战。从乡政府回到家里，梦功给老妈提出，晚上多弄两个菜，把妹妹梦响和妹夫殷智叫回家，大家一块吃顿热闹饭，好久没有聚到一起了。老妈当然高兴，提前把梦响叫回来当帮手。

晚饭时，桌子上摆了八个菜，难得的丰盛。向安隆到他的大玻璃瓶前，正准备用竹抽取自制的中药泡酒，梦功马上说他有好酒，边说边到行李箱里去取。见梦功用手一层一层地去掉保护层，向安隆说："是什么好酒哇，搞得里三层外三层的，弄得这么金贵。"

"五粮液！"

"现在卖多少钱一瓶？"向安隆问。

"十三块零八角！"

"好像你出去是真的捡到个金娃娃了，敢买这么贵的酒，敢这么奢侈。"

"你虽然每次喝得不多，但就是喜欢喝点酒。到现在人都老了，还没尝过五粮液，你辛苦一辈子，算我离家半年回来孝敬你，慰劳你。"

"太贵了。"向安隆边说太贵了边端起杯子，轻轻品了一口，接着说："味道真的不一样，好酒就是好酒，名不虚传。"

梦功给老爸满上一杯后，又给老妈倒了半杯。老妈有时操持家务太累了，也陪父亲喝小半杯。梦响平时也可以喝一点，但现在怀孕在身，只给她倒了几滴，让她尝尝五粮液。殷智和梦功都不是喝酒的料，只是不停端酒杯敬父亲。

边喝酒边拉家常。梦功问梦响："你这个村妇女主任当得怎么样，当出味道来没有？"

梦响说："太有味道了，妇女主任的职责就是抓计划生育，成天围着女人、大肚子转，苦口婆心做工作，还处处挨骂。背着骂我，当着我也骂，还有人甚至说，既然你搞计划生育工作，为什么自己还要怀孩子，生孩子。好像搞计划生育工作的就不是人，不应该生孩子。但有什么办法，甩又甩不掉这份差事。"

听了这话，梦功马上把话题拉回："好，今天不说这些不顺心的事。来，大家喝酒。"随即又马上给父亲斟酒，不停地劝父亲喝。

向安隆知道，自己的五个儿女都很孝顺，但他总觉得今天的梦功表现得有点不正常，他几次想问，又被劝酒声挡回去了。他看了梦功几次，梦功也不在乎，装着没看见。终于，向安隆把酒杯重重地往桌上一搁，开始向梦功提问了。

"梦功，你虽然一直很孝顺，但我总觉得今天有点不正常，开始我觉得五粮液真的好喝，可我现在总觉得是在喝砒霜、吃毒药。你是不是有什么事，想说又不敢说，是不是你们两口子想分家，想去过你们的小日子。有话你就明说，用不着转弯抹角的。你说，是不是，要分家，我不怕，我成全你们！"

"爸，我若有想分家的想法，不光是该得到众兄弟姐妹的咒骂，还该遭到天打雷劈。谁都知道，大树下面好乘凉，有父母关照的家庭是天大的福分，我还敢身在福中不知福，难道我脑子有毛病？"梦功带着委屈地说。

"那你今天是怎么回事？"

"我想，我想，我想，"梦功连说三个"我想"，就是没说出来想做什么。

"既然不是想分家，那你一定是想上天，不然哪有什么难？"

"这件事，可能比上天还难，关键是怕你不同意。你同意，这事很也容易。你不同意，比登天还难，因为你是一家之主。"

"既然你知道我不同意，那就不要说，不如留下口水养牙齿，何必浪费口舌。"

"但是，根据我们家目前的情况，我又不得不说。"

"那你有话就说，有屁就放！"

"那我就说嘛，你和妈生下我们五兄妹，辛苦了一辈子，而今五个子女，走的走，嫁的嫁，只剩下我一个在你们身边。原来春香在家里还稍微好些，现在她也离你们而去，你们两个老人既要做包产地，又要替我们看孩子，我于心不忍。我想同你们商量，把原来划的自留地留下来，把后来分的承包责任地交出去，你们也稍微轻松点度晚年。"

"什么哇，什么？你再说一遍！"

"我想把包产地交出来！"

"放你妈的狗屁！"向安隆举起酒杯，就准备朝梦功摔去，但他犹豫了一下，举起酒杯，包括那杯盛满的五粮液，重重地摔在地上。杯片四溅，五粮液满屋飘香。向安隆站起来，指着梦功说："没有了土地，一家人吃什么？去喝西北风？"

梦功小声地回答："我们挣的钱拿回来，去买粮吃。"

"说得轻巧，像拿灯草。要是农民都不种粮了，到哪儿去买？再说，历朝历代，从盘古王开天地，土地就是农民的命根子，哪里有没有土地的农民。土地都没有了，还叫农民吗？"

接着，向安隆指着堂屋正中的神龛说："你看，家家户户的神龛，哪家哪户不是供着'天地君亲师'的牌位，人人都知道，除了'天'，老天爷在上，就算'地'，地算是老二，天地合起来叫皇天后土。没有天哪有地，没有地哪有天？其次，才有皇帝老倌，然后才是亲情、师道。农民连土地都不要了，连根都不要了，还叫什么农民，还怎么生存？社员都说我向安隆比较开明，但在这个问题上，我比较保守顽固，你要我的老命可以，要我出交土地，坚决不行！"

梦功一心想攻下这座顽固的堡垒，于是也变得有些理直气壮起来，他回答道："城里那么多人都没有土地，怎么生存的？国外许多国家，大多数人也没有土地，是怎么生存的？"

"你这个狗杂种，你还给我讲城里人，讲外国人，那你就给我滚出这向家门，滚到城里去，滚到外国去，我眼不见、心不烦。"说着就要去打梦功，殷智把梦功拉出了堂屋，向安隆顿时哭出声来，用全身力气，掀翻饭桌，碗筷、菜饭、杯子调羹，一起稀里哗啦，滚了一地，吓得孩子哇哇惊叫，梦响赶紧抱起他抢出了家门，老妈也跟着哭起来。她边哭边说："我嫁到向家快四十年了，从来没有见到过你发这么大的火，有话好好说，好好商量，用得着要发疯吗？"

"这家伙连老祖宗的祖业都要抛弃，难道还不可恶吗？"向安隆边说边瘫在地上，喘着粗气，不一会儿竟慢慢地打出鼾声来。

殷智和梦功，费了很大的劲，才把他弄到床上去。

把向安隆安排睡了以后，殷智建议要不要把大哥梦军喊回来，商量一个比较统一的意见，寻找解决问题办法。母亲、梦功和梦响都表示同意。

梦军现在已经是县农工部部长了，以他所处的位置和工作性质，对政策熟悉一些，对今后也会有个较准确的分析和判断。

第二天，天未亮殷智就从家里出发，赶到梦军家说明了情况。梦军给单位打了个招呼，就同殷智一块往家里赶。回到家里，父亲还没起床，只听到父亲似醒非醒、似梦非梦地说"土地、命根子、败家子"，时断时续。

母亲说，这一夜，他就重复地说这几句话，"土地"、"命根子"、"败家子"，就像念经一样。可见，这土地已经成你老汉的命心肝。

向安隆醒来时已快到中午，他见到梦军坐在床前便说："你怎么突然跑回来了？"

梦军笑着说："听说梦功回家来闹'地震'，把你气病了，我回来看看你。"

"昨天晚上，我差一点换不过气来了，气得我半死不活，今天稍好一点了。梦军，你想想，我们祖祖辈辈都是农民，不靠土地靠什么。土地是我们农民的命根子啊。你爷爷当了半辈子长工，积累了半辈子血汗钱，当年才买了三亩多坡地，给家人挣来点依靠，他把那三亩多坡地的地契，看得比命都重要，卷着放在一个竹筒里，放在堂屋的神龛上，像敬奉祖先人一样。解放后，政府对土地重新分配，我家共得七亩八分地，开州县人民政府给我家颁发了土地证，你爷爷又把它放在那个竹筒里，还说一定要保存好，土地证是无价宝，一定要保管好。没有土地证就没有了凭证；没有土地，我们向家就没有根。"

说完，他搭着板凳，站上去取神龛上的竹筒里的土地证。梦军、梦功和殷智忙扶着他，害怕他摔下来。父亲用颤抖的手取出两张发黄变脆的地契，深情地说："这不但是你们爷爷留下的遗产，更是他留下来的遗嘱，要我们农民要珍惜土地呀！"

听到父亲的诉说和见到他的表情，梦军忙说："爸，我们明白爷爷和你的一片苦心。但是，时代不同了，你也不要过于遵从我们的老祖宗，其实你是一个当过多年干部，思想又比较开通的人，何必想得那么深远呢？"

"梦军，你听我说，几年前各地搞包产到户，社员逼我，我不干，不是我不想搞包产到户，是怕犯错误影响你们当干部的子女，其实我心头想得很。不想才几年，包产地都没做热，连承包证都没发下来，就突然要把包产地交出去，我们将来到哪里去生根，难道悬挂在半空中？有土地，才有粮食吃；有土地，才有安身之地，才有安全感。"

"爸，你把问题看得太严重了。现在责任制后，吃饭问题早就解决了。至于安身之地，向家老屋依然是向家的，没有人会赶你呀。梦功想动员你交出包产地，主要是想到你们辛苦了几十年，不希望你们继续累，想让你们轻松一点度晚年。"

"你怎么也同梦功打成一板腔呢？"

"不是打成一板腔，这是实实在在的道理。再说，现在有梦功这种想法的农民，不是一个两个，只不过梦功说出来、干起来早了一点，突然了一点。我的工作就是同农村和农民打交道，碰到不少同梦功一样想法的人。因为责任制后，农民的积极性调动起来，不再需要那么多人都挤在田地里，于是就有人出去打工、做生意去，还有一些农民，种田种地能干，可以多种一些，成为种田能手。那些出去打工的、进城做生意的，哪能顾得上两头呀？种田种地的任务就会落到少数能干人的身上，哪能用得着六七亿农民都去种粮哇？与其耕种不好怠慢了土地，不如给它找个好婆家。今后的农民只会慢慢减少，这是个大的趋势。现在不是已经出现了一批'进厂不进城，离土不离乡'的农民吗？下一步会有'离土又离乡'的农民。至于谈到你两老的生活，难道你们对我们五兄妹就没有信心吗？至于谈到舍不得向家老屋，它永远都是向家的老屋，没有哪个赶你走，也永远赶不走。这叫离土不离乡，保留自己的祖业。你可以永远居住，永远所有，直到养老归山。"

梦军说完，父亲笑了。殷智和梦功也笑了。梦功接着说："看来还是向政委、向部长的水平高，比高家庄还高。早晓得如此，该把你一起约回来做工作，老爸也不会掀翻满桌饭菜，今天也省得重新再来做。不过，那半瓶五粮液很幸运，没有摔坏，今天中午还可以慰劳向部长了。"

一家人边喝酒又边聊了一点细节。首先，包产地交出来，怎么交，交给谁？因为生产队是虚的，它不是实体，它不可能把十亩田地再分摊承包到每户去。第二，又不能无偿转让。送给人家种，太不严肃，对不起这神圣的土地。

他们边喝边聊，边聊边喝，居然探讨出了带有一定典型性的问题。一是稳定土地承包秩序，不宜随意随时变更土地承包人，而转包和转让则是稳定农村责任制的有效办法。二是有偿转包或转让符合农村政策。

总结出这两点办法，是向梦军回家处理家务矛盾的意外收获。他说："前段时间遇到这样的问题，我一概回避，今后我在工作中遇到这类问题，心中有了一点底气了。"

梦军走后，梦功就到生产队去宣传，说自家的承包地需要交出来，以分摊税收和公共提留的方式转让。

梦功特地强调，这是转让而不是转包出租。因为，出租是要收"地租金"，相当于二次榨取利润。消息一放出，就有八户报名争取。

选择承包地接受户，向安隆似乎比选女婿还重视。他对愿意转包的人家情况了如指掌，但他还是要逐户逐户地分析，他跟梦功说："王三娃劳动力强，老婆也能干，完全有精力种好这十亩八分地，但他全靠一张嘴，自己的要心又大，心思不在土地上；赵黑子倒是可以，但不是老庄稼把式，缺乏技术；余忠家倒是既有劳动力又有技术，可他对土地没有感情。"最后，向安隆选定汪三毛。他说："三毛的父亲是犁耙水响的老把式，他本人既有劳力又有技术，还能吃苦，更重要的是对土地特别有感情，长期泡在承包地，翻来覆去地折腾，仿佛一心想在地里挖个金娃娃似的。"

父子都认识统一，决定找汪三毛商量。三毛问要不要向大队报告？

梦功说："不用报告了，这事公社廖书记、姜乡长都默认，可以尝试，但要求只做不说不宣传。"

"原来你们早就串通好了，让我来钻你们的圈套。"向安隆说。

"不管是不是圈套，总是件好事，也松了你劳累一生的套子嘛。"梦功回答。

"那还是要签个协议，免得口说无凭。"三毛说。

"那当然，哪怕都是君子，也应该有个君子协定。"

协议过后，形成书面意见，比较简单，只有四条主要内容：

一、经甲乙双方协议，自愿转让转包十亩八分田地，每年应上缴所转包地的国家公粮，由乙方承担。

二、十亩八分地应承担的公共提留，按每年应缴数的多少，由甲乙双方对半承担。

三、经甲乙双方商定，转让转包时间不得少于十年。若双方认可，可以延期续签。

四、开始转让转包时间，从一九八四年夏收结束开始。十亩八分地里原来种植的粮食、蔬菜、水果由甲方收获，乙方从秋种开始全面接管整理后的田地。

甲方签字：向安隆

乙方签字：汪三毛

一九八四年六月十日

签字结束后，汪三毛提出："想请向叔和梦功，再请几个好朋友，吃个便饭喝顿酒，放几挂鞭炮，让大家知晓，为我们两家庆贺庆贺，高兴高兴。"

很明显，汪三毛希望把事情闹大，让人人都知道，让向安隆日后难以反悔。其实，梦功何尝不想闹出个响动，闹得老爸没有退路呢？

第二天上午，梦功陪父亲到汪三毛家去如约喝酒。他们去时，其他的几位客人早到了，人家互相招呼问候。

快正午了，三毛把鞭炮拿出来，准备在院坝里放。梦功说："不如到承包地去放，反正没有几步路，请各位长辈去见证我们两家的交接。"

"这个主意好，请各位长辈动个步，劳驾了。"

走出汪三毛家不远，就来到向安隆家的承包地边。梦功和三毛走在前面，走到转拐处，三毛惊呼起来，只见前面突然立了一块石碑，大家凑拢一看，都笑了起来，随后向安隆淡淡地说："一定是梦功偷偷摸摸搞的鬼，不然他前几天就不会说推迟几天喝酒也不晚。"

这时的梦功，只在一边站着微笑，不作任何申辩，陪大家读碑文的内容。

上方是横排的五个大字——告别土地碑。再往下看，写着：

向家世代居住在半坡村。往上查，十代二十代都是没掺过假、纯而又纯的资格农民，可谓对得起皇天后土。到而今，吾辈膝下虽有五个子女，然各奔东西，老牌农家面临解体。眼下只余老幼三人，对承包田地已力不从心，但不忍心荒芜荒废，乃"择良婿而嫁"。现立碑对十亩八分责任地送别，并祝它们年年丰收，岁岁好运。

向安隆　敬立

一九八四年仲夏

在场的老农民有的不识字，听了殷世富念碑文，也似懂非懂地说："写得好，有意思。"

向安隆指着梦功说："你龟儿子背叛了土地，为什么不立你的名字，要拿老子的名字来当挡箭牌、出洋相。"

"我是想署我的名字，但我不是资格的老农民，没有你的名气大、影响大。"梦功说完，引来阵阵笑声。

梦功示意三毛，点燃了鞭炮。

笑声、鞭炮声，噼噼啪啪在半坡作响，传开。

一向平静的半坡村，突然响起了阵阵鞭炮，自然引起人们的关注。一些人赶到现场，研读碑文内容。关于这石碑的来历，很快传扬开去，使它成了一座不起眼的"名碑"。

人们说"蚂蟥听不得水响，叫花子听不得炮响"，其实还有一句话人们没敢直言，那就是"记者见不得新闻"。他们说，记者无孔不入，没有新闻要千方百计寻找新闻，有了新闻绝对不会放过新闻。漏掉了这样的大新闻，肯定是记者的失职。

退出承包地这件事，本来廖书记和姜乡长希望只做不说不宣传。但新闻出来了，哪里由得了他们，更由不得梦功。

告别土地碑刚刚竖起三天，地区电视台和地区报社的记者，一齐奔到半坡村，对"立碑"事情进行了立体"轰炸"。广播电台、电视台发了新闻，又采访制作了电视专题。地区报纸，以"告别土地告别历史的老农民"为标题，以消息、通讯、图片、短评等多种体裁进行立体报道。

在各新闻媒体全方位报道后，让川主乡政府的领导承受了不少的压力，无形中又给了一些农民新启示。一时之间，上门参观学习，观看告别土地碑的人流，牵长不断。前来采访的记者也络绎不绝。向安隆和汪三毛只好躲起来，避而不见。

19

梦功返回深圳，选择先由万县乘船出三峡，然后在武汉坐火车南下。

他从没坐过轮船，更没有见过三峡。改革开放后，他经常听到官员们口里念叨"走出夔门天地宽",新闻报道中也常常用到这个词。他也想去看看这个夔门,究竟是个什么门?

一路上,梦功带着一种从未有过的轻松感——退出包产地,解脱了他的长期牵挂。他打心底里承认,自己虽出身农民,但对土地缺乏深厚的感情。改革开放后,别人都渴望土地包产到户,他却害怕土地落到自己头上。责任制后,他千方百计地想摆脱土地的束缚。这次春香也外出打工,给他找到了退出土地的借口,但万万没想到,遭到了父亲如此强烈的反对,差一点挨了有生以来的第一次打。其实,一辈子爱子女的父亲,不到伤心处,是绝不会动如此大的肝火,绝不会挥泪痛哭的。

一个视土地为累赘,一个视土地为命根子,反差是如此的强烈。这是时代的发展,引起的新旧观念的较量。

在边看沿途风光、边思考这一幕幕的时候,梦功也产生了一些不安。他心想:如果真是在城里混不下去后,将来我又怎么立足?在什么地方去生根?难道要成为无根的浮萍?我现在是自断后路,开弓没有回头箭,只有孤注一掷,在城里混出个人样来。他下定决心,继续参加建筑施工队伍的培训学习,攻下中级施工员职称,凭工程技术的合格证本本,转战南北,打工挣钱,不愁没有稀饭喝。于是,梦功又重新充满了信心。

梦功兴冲冲地回到施工队,准备放下行李就去工地看兄弟伙。他一进那单间住房,就发现春香,马上就问:"你怎么不去上班,待在屋里干什么?"

"我在等你,有重要的事跟你说。吴延为民工讨工资,爬上吊塔以自杀相威胁,被拘留了!"

然后春香详细说:"你走的第五天,就该给民工们发工钱了,可一直拖到第八天,仍然没领到钱。去找原来发钱的老板,结果人跑得无影无踪,又不知道上面负责的是谁。后来才知道,我们干的活已被转包三次了,承包人已卷款失踪。五十多号人拿不到血汗钱,喊天喊地都没用。临时替你带队的吴延、殷实很着急,也找不到任何人来处理,就动员民工们罢工,想让管事的人出来解决问题。罢工两天后仍没人管。第三天,吴延见无处说理,他索性爬上工地铁塔架的横梁上,以自杀相逼讨薪。"

吴延讨了三天工钱无人理,谁知他往施工起降塔上一坐一抗议,四方八面的人都跑来了。一直没人认养的无娘儿,突然有人出来认养了——这个自说是二级承包商，那个承认是这个工地的主管部门，还有人说是法院主持公道的。总之，有的承诺尽快解决问题，有的威胁要严肃处理，还有劝说吴延有话好好说，好说好商量。

等到聚集的人轮番喊话，说得口干舌燥过后，吴延才开始回话："你们各位当官的请听着，我们农民的命贱，不值钱，自己跳塔死了，你们当官的最多是写个检讨赔副棺材。我们的家人，是希望我们到深圳这样开放的前沿，凭劳力挣钱，没想到拼了命还拿不到应该的报酬。我们几天来到处诉苦无人过问、无人解决，喊天天不应，叫地地不灵。出于万般无奈，我不得不爬上这个高塔，当个'现世活宝'，让大家当熊猫参观，让众人评评理，让新闻单位曝曝光，让社会评评公道，我这个临时带队的才对得起打工的兄弟伙。

"至于你们说工钱已发放，被包工头卷走了，那是你们的事情，我管不了。冤有头，债有主，和尚走了有庙在，我们干活拿钱天经地义。什么时候给大家发了工钱，我什么时候下来。只要给大家兑现了血汗钱，你们要把我个人怎么样，我都认账。"

"说话算数"！

"绝不赖账，男子汉说话，驷马难追。"

果然，在当天下午三点多钟，有四五个人来到工地，开始给民工发工资。吴延在花名册上是第二，当喊到他时，他说："我就等大家领完后，最后一个下来领吧。"言下之意，他要亲眼看到其他人领完了，才下铁塔来。

喊名字的人，故意放大声音，让吴延在空中听得真真切切。吴延看到，不少工友领到了钱，不断向他挥手，他有一种说不出的高兴。待其他人都领到钱后，吴延才慢慢地下塔来。

吴延在工资册上签了字，领了钱，马上交给殷实，请他保管。他说："我知道我自己将有什么样的后果，我将要去到什么地方。"

果然，待吴延把钱交给殷实后，两名警察前来宣布："吴延以恐吓、威胁和危险的方式讨薪，造成工地停工损失和社会不良影响，破坏安定、团结，将被处以十天治安拘留。"吴延听了宣布，笑着说："我这是罪有应得，十天拘留，换来了伙计们几万元的工资，值，我也乐意。"说完，主动把双手伸进了"双手表"中。

工友们为吴延的安全担心，希望警察文明执法，吴延说："你们要相信深圳是改革开放的试验田，警察同志一定会文明执法的。"说完，大步流星地跟着民警走了。

看到这情景，不禁让殷实想起当年吴延到王燕家当上门女婿时唱的样板戏："明知征途有艰险，越是艰险越向前"的歌词来，佩服吴延的胆量和骨气。

梦功听了春香的叙述，马上赶到拘留所去看望吴延。

吴延对梦功说："我在他们当地出了这么大的洋相，也要让他们出口气，他们的心里也才好受一点。不然，人家怎么下台阶？其实，通过这件事，他们已经知道，我们'川军'是能干的，同时知道'川军'也是不好欺负的。"吴延还告诉梦功，他在拘留所没有受到皮肉之苦。吴延还有四天就出来了，他希望梦功不要来接他，说他不是什么英雄，用不着搞得那么悲壮和隆重。

梦功随后到吴明带队的灯具厂去看了看。吴明告诉他，厂里最近给大家增加了一小时劳动时间，每天要上班十一个小时，增加劳动量不增加工资，工人们很有意见。有人同老板交涉，说这是严重的剥削压榨行为。老板强硬地说："企业就是要讲效益、讲利润，无论你说剥削也好，压榨也好，愿者上钩，受不了的请自便，反正中国有的是人。"随后，老板真的辞退了一个带头闹事的工人，现在大多数工友只有忍气吞声。

"有什么办法呢，谁叫我们就只有这个命？谁叫你要想空手出门，抱财归家呢？"梦功说。梦功接着又说，"有的城里人，压根就瞧不起我们乡下人，他只把我们当成劳动工具，我们要学会同他们周旋、斗争，争取我们的权利，但要注意方式，要敢于斗还要善于斗。像你哥哥吴延，这次同包工头斗，看准了火候，斗得有礼有节，就干得十分漂亮，值得我们学习。"

梦功停了一下，又说："我们不说这些不开心的事了。这些都是咸吃萝卜淡操心，与自己没有多大关系。这次回去，知道我们川主镇企业办得很有起色，我这个挂名的副主任，也还是有点高兴。"

20

改革开放一段时间以来，各地新生事物层出不穷，正面报道、负面消息也不少。新闻单位不断收到农民的各种投诉，反映干部的作风问题、农民的负担问题。身为记者的梦学，一向强调"收支两条线"——既要不遗余力地搞好正面宣传，也要搞好舆论监督。梦学写了不少有价值的广播内参，有的引起省里的重视，有的甚至得到中央领导的批示。特别是关于金竹县干部作风的内参，省委领导批示后，又作为省委工作会议参阅文件下发全省，要求引起全省干部的高度重视。

梦学的大哥向梦军，既读到了省委领导的批示，又看到了随参阅文件下发的广播内参。他有点佩服弟弟梦学的胆识和勇气，觉得弟弟冲破阻力，写出农村的真实现状，供领导参考，没有忘记农民的"本"。他看到省委领导批示的金竹问题的内参后，还觉得应该学习弟弟的敬业精神。梦军向县委领导提出，申请到最边远的满月乡去，蹲点工作半年，扎扎实实为改变山区面貌多做点事。

分管县农工部的贺书记满口支持，但对梦军提出几点要求："第一，别忘记自己农工部长的职责，对单位的事不能撒手不管。满月乡的交通不便，不可能经常往县里跑，但至少一个月要回来一次，每周给部里来一次电话。当然，县里有什么事，可以打电话到乡里转告。第二，希望你通过认真调查和思考，能够摸索出一些改变贫困山区面貌的经验，供全县借鉴推广。第三，注意身体和安全。"

得到领导批准，梦军开始积极准备，计划一周后就出发。

恰在这时，梦学从电台回到了驻地记者站，又巡回各县开展正常的采访工作。到了开州县，他去拜望兄嫂，得知哥哥要去边远山区蹲点工作时，他马上提出随兄进行一次山区采访。

"你可以随便自己选择呀？"哥哥问他。

"当然啰。当记者的，就有这点自由，可以根据自己掌握的新闻线索作出判断，选择采访对象和确定新闻报道，这叫记者的'自选动作'。如果自选动作有特点，就可以避免成为人云亦云的大路货。新闻报道特别讲究出新，拿出有特点的报道来，形成自己的独特的报道。当然，自选动作是在完成单位和上级指定指派的规定动作的前提下，发挥积极性创造性完成的。"

"看来，每个行业都有每个行业的行道。"哥哥说。

"那当然。不过，这里面还有说法，那就是规定动作要上水平，自选动作要有特色。"

"那你先后采写的万县春荒的内参和金竹基层干部违法乱纪的内参，就属于特色的自选动作哦?"

"可以这样说吧。不过,自选问题要抓准,不能去抓些鸡毛蒜皮的事,要抓带有倾向性的,带有意义的。这就需要记者有宏观意识、大局意识和全局观念,要站得高一点,看得远一点,想得深一点。"

"真是士别三日,哥哥当刮目相看你梦学小弟啦,大学生的水平就是不一样哇。"

"不敢,不敢。我得向哥哥好好学习。这次进山,希望你好好带我这个学徒!"

"现在应该叫互相学习了。还有一点,我想问问你,一个农家子弟,动辄就去采访县委书记、地委书记,尤其是采访调查当地的问题,难道你就理直气壮,不怕、不虚吗?"

"肯定心里有点虚。过去在农村,我见到最大的官就是乡长、乡党委书记。开初见到那些地委书记、县委书记,心里总是怦怦跳,讲话有时语无伦次,好在他们能体谅我是初出茅庐。采访问题时,我应该有信心和底气。这种底气来自新闻记者的职责,来自有新闻单位做后盾。还有,只要是出以公心,又能把事情弄得扎实可靠,就有底气。我之所以敢于把调查的情况毫无保留地同当地领导交流,一方面是为了防止偏差、片面,另一方面也说明记者是为了工作,不是为了整人告刁状。这是我从来没有遇到一起麻烦事情的最主要的原因。"梦学说。

嫂子吴欢在一边听了兄弟俩的交谈,高兴地插话说:"梦学,你过去总是佩服你哥,现在他该虚心向你这个弟弟学习了。看来,你们这对农民兄弟,今后要经常交流学习,欢迎你多给哥哥吹些新东西!"

几天后,兄弟俩坐上客车向满月乡进发。梦学看着沿途的大山、峡谷、蜿蜒曲折的山路,一边想象满月乡是个什么样子。满月又叫狗儿坪,是开州县最边远的山村,同城口县接壤,地处大巴山深处,有"鸡鸣三省"之称。1960 年,这里还闹过小股土匪,但很快被平息。从县城去满月,要经过丰乐区、温泉区、大进区,虽然通了公路,但无异于在机耕道上前行。一路风烟滚滚,一路摇摇晃晃,五个多钟头才到满月乡政府。

满月乡党委书记王仁和接过向梦军的行李,热情地说:"听说你这部长大人要常住我们'沙家浜',我们特别喜欢。你们至少休息一两天,先听我们的汇报,再谈下乡的事。"

"不，我们明天就出发，先到你经常说到的燕子岩去看看。同我一起来的这位记者，也想到最苦最穷的地方，去看看穷到什么样子。"向部长说。

"这么远，路也难走，单是去就差不多要走一天。你向部长长期在乡下跑，没问题，记者同志吃得消不？"王书记说。

"别看他一介书生，他也是农村出来的，相信他应该没问题。"

"那我提前给食堂炊事员打招呼，明天多做点馒头，带到路上当午饭。"

第二天，他们一行三人向燕子岩进发，王书记边走边给梦军、梦学讲当地的情况，一路的地名就让梦学觉得新鲜而好奇，什么"七十二道脚不干"、"歇一脚"、"一线天"、"野猪峡"、"猴子洞"、"手板岩"，等等。这些地名，耳朵听起来名字浪漫，但脚板走起来却吃力，直到快下午五点，才来到他们准备落脚的鲁家。

王书记大声喊："鲁永贵，鲁永贵。"听到里面有答应的声音，王书记又继续说："县里的领导来看你们来了，你赶快去准备一下。"

三人站着等的时候，梦学和梦军都在观察：这里明明就只有一个岩洞口，哪能看到有住户人家的迹象？还有，来客人还需要准备什么？

差不多十分钟后，一个男子才从岩洞里出来说："请进，怎么来看我？我这儿哪里像个家。我太不能干了，让县上的领导见笑了。"

王书记说："这是县里的向部长，这位是记者同志，上次你们得到的救济粮、救济款，就是这位记者呼吁后的结果。"

鲁永贵紧张地说："不光是钱粮，还有衣服。你看，我身上穿的这件皮夹克，还是大半新的，就是城里人捐的，我应该谢谢记者，谢谢政府了。"

当鲁永贵说到捐衣服的事，三位才同时注意到，鲁永贵的爱人身上，穿着一件极不合体的男式中山装，而他十四五岁的女儿，穿着一件肥大的衣服，显然是她妈妈的。

鲁永贵介绍了老婆、女儿后，才马上意识到请客人坐。他指着几个没有经过打磨的石墩说："我这里就只有硬坐了，让你们领导受委屈了。"

向梦军问："你家前次共得了多少救济粮、救济款？"

"全家四个人，每个人三十斤粮食指标，共一百二十斤，还有每个人五元救济款，刚刚可以把粮食买回来。还有三件捐赠的衣服，可惜全是男人穿的，没有她们女人的份！"

"你家有多少包产地?"梦军接着问。

"说是十亩,实际有多少,我也不知道,因为没办法准确丈量——地成不了整块,大块小块夹在石缝里。在我们这个山上,只要你舍得劳力,在石缝里去挖土,地就有的是。"

"主要产什么?"

"主要产三大砣:红苕、洋芋、玉米。"

"没有水稻?"

"一是没有成整块的平地。二是有平地也关不上水,因为这里是石灰岩山,就像漏斗。"

"种不上水稻也可以种小麦嘛。"

"小麦也比玉米娇气,产量很低。"

"那玉米、红苕、洋芋就是你们的主食啰?"

"现在能有三大砣吃,不断炊,已经是不错了。过去,三大砣都是吃了上顿没下顿。"

"要想吃大米饭,就只有到山外去买?"

"那有什么办法?在我们这个山上,吃大米饭比吃天麻、党参还困难。因为天麻、党参就产在山上。我老婆生这个女儿的时候,说想喝点米汤下红苕吃。我就赶快去挖些党参、天麻下山卖了,买回十斤大米,她高兴得不得了。"

"能用药材换钱买大米,也不错嘛。党参、天麻都是很好的中药材,又是很好的滋补品,运出去很受欢迎。"

"问题是渠道不畅通,供销社也不是长期收购哇。在外面很珍贵,在我们这只比红苕、洋芋好点。我家的盐油钱就指望它。"

"现在就是缺钱用,缺细粮吃。你们在这里住了多少年了?"

"我记不清楚,反正我是在这个洞里出生的,今年我三十九岁了。"

"还想继续这样住下去吗?"

"哪里有钱修房子。不过,这里也很好,既不担心风吹雨淋、垮塌,又不需要维修,冬暖夏凉。"

"这是真心话了,还是自我安慰?"

"两样心情都有!"

"如果,我是说如果。如果今后在政府的支持下,有机会下山居住,你愿意吗?"

鲁永贵一时不知道该怎么答,女儿便抢着说:"当然愿意啊,我们如果是在山下住,我也可以读书了。"

梦军问:"她没有读过书?"

"太远了,下山读书来回要走四个小时,又是女孩子,我不放心。她的弟弟在读书,每天早出晚归,天黑了才回来。"

"那你女儿没上过学,不认识字啰?"

"认识一些字,是我教她的。我把我小学四年的课本完整地保留下来,从一册教起,她现在认的字,写的字不比我差。我女儿比较聪明,就是不幸生在我这样的家。"说完鲁永贵停顿了一下,又接着说:"我父亲给我取名叫'永贵',希望我永远富贵。现在看来,不但我富贵不了,可能我女儿都只有永远贫困。"

"你怎么没有想到出去打工?"

"我出去能干什么?再说,我这个家庭,我走了会是个什么样?"

梦军说:"现在说说今后,还是我刚才的话,如果有机会下山,你愿意不?"

鲁永贵回头看看女儿,斩钉截铁地说:"当然愿意啊,但天下哪儿有那么好的事情。"

"那好,老鲁,咱们便争取把这件事办成,我们拉个钩,一言为定!"

"一言为定!"——向梦军和鲁永贵两个人的小拇指,紧紧勾在一起,久久没有松开。

女儿见此情景,哇地哭出声来:"谢谢向部长,谢谢向部长!如果有这一天,我就可以上学读书了。"

梦学见状心里一酸,眼里噙满了泪花。

"关于这事,我初步有些想法,应该办得到。看看满月还有没有类似的情况,争取集中起来解决几户特殊的人家,改变他们命运。到时请你王书记支持哟。"梦军说。

"本来就是你支持我们的工作,我应该谢谢你才是!"

王书记见谈得差不多了,就吩咐鲁永贵准备晚饭,并说"让部长和记者参观参观你的家"。

听说要他们准备晚饭,鲁永贵有些为难:"家里的细粮吃完了,那苞谷沙沙煮的饭,满口钻,很难咽下。"

"不要紧，弄你们平时吃的'手拿饭'就可以，向部长能吃苦，只是记者同志可能吃不惯，不过吃后能留下永远难忘的印象。"王书记说完后又吩咐鲁家女儿到洞前去掰了几个鲜玉米棒，叫不要剥去外面的壳，埋在火堆里包着烧。

鲁永贵的爱人端着半盆洋芋准备刨皮。王书记说："不用剥皮了，洗干净后，煮熟自己剥皮，省事又卫生，这才叫名副其实的'手拿饭'嘛。"

在王书记同主人张罗煮饭的时候，梦军和梦学才对这个家进行了系统的参观。

洞的外口大约有四五十米宽，四五米高，比较深，弯曲难见底。洞的左边，有一股山泉往下流，地上有一股小小喷泉往外涌。两泉相遇相合，形成一个十多平方米大小的池塘，有一米多深。塘里漂着一个用半个葫芦瓜挖成的瓢，显然那是取水之具。池塘的旁边，放着一个大木盆，是用来淘菜洗东西的。这清水塘，既是他们的天然水缸，又是夏天的天然澡堂。反正流水不腐嘛。就在梦学观察的时候，女主人把半盆洋芋往大木盆里一倒，用葫芦瓢哗哗掺上水，拿木杵嘭嘭地冲洗起来。

梦学再往洞里面看，什么家具都没有。人说家徒四壁，他家连家徒四壁都说不上——墙壁都没有一面，完全是岩石。再看吃饭的餐桌，是一个石墩上放了一块四方形的石板，还算比较平展。餐桌旁边有一副手推石磨，是用来磨玉米面用的。再往里走，是用石头砌成的三个石围子，一个里面堆着洋芋，一个里面堆着玉米棒子，还有一个是空着的，大概是用来装红薯的。三个石围子就是他们的粮仓，只不过红薯还没有收获。梦学再往里走，寻找睡觉的床铺，只找到一张床，而且只有一米二三宽。床是石墩和原木头搭成，一床补巴被盖罩着，看不清真面目。梦学寻找着装东西的柜子，始终没有发现。后来他发现一根粗木棒搁在两个木桩之间，上面乱七八糟搭着些破烂东西。梦学明白了，这就是他们家的衣柜和全部衣被。再往里面走，又有一个石头砌成的围子，里面堆着一层玉米棒子的衣壳，显然不是做柴火用。洞子还很深，再往里走就没有光线，什么也看不见了。

梦学往回走，参观主人煮饭。

梦学第一次看见：煮饭居然没有灶台。灶是用三根木棒搭成的三脚架，三脚架中间有一根能升能降的铁环，铁环上挂着鼎锅，有的叫鼎罐，下面就对准鼎罐烧火煮饭。这种煮饭方法，在高寒山区既煮饭，又取暖。梦学知道，这鼎罐里面煮的是今天的主食洋芋。根据王书记的要求，说客人肯定吃不惯这"手拿饭"，要烧点玻璃汤，免得噎着客人。主人只好架起三个石头，在石头上放一个瓦钵烧开水。水烧开后，撒上一把盐，加点葱花，就算大功告成。这玻璃汤，除了水、盐巴、葱花，其实还有一样不得不说，那就是飘到锅里的柴火烟尘，它们使这汤更加有了一番风味，成了名副其实的"三鲜汤"。

"三鲜汤"烧好了，鲁家的小儿子也放学回到家。鲁永贵发现了新的问题：家里四个人，只有四个碗。他感到非常不好意思。他灵机一动说："我有办法，三个客人一人一个碗，她们娘儿仨共用一个，我就喝那个大碗。"他边说边指着那个葫芦瓢。

鲁永贵用湿帕子擦了擦石板桌，然后取下鼎罐打开盖，那柴火清水煮的嫩洋芋，顿时飘出一股清香。鲁永贵将煮好的洋芋摆放在石桌上散热，请客人吃起了这顿"手拿饭"。随即，鲁永贵给客人碗里放了两个不同的"洋芋"——个儿小些，又难剥皮。

看到新来的两位客人不解其意，他马上说："这就是天麻。如果你们愿意多待几天，我顿顿有天麻招待你们。天麻在外面很不得了，能健脑、治头晕。在我们大山里，就那么回事。"

梦学最先吃完离桌。这顿饭以每人吃两斤洋芋算，每斤洋芋最多两角钱，每人不过只花了四五角钱，使他想起了一些养尊处优的干部，想起了一些挥金如土的腐败官员，想起一些土豪、暴发户，也想起民间流传的一个顺口溜："一杯茶一包烟，一张报纸混一天；一顿饭一头牛，一辆小车一栋楼；一支香烟二两油！"

梦学写出这段民间顺口溜，先递给哥哥看，哥哥又递给王书记看，三人都陷入了深深的沉默。

过了一会儿，梦军说："你们可能不知道我在想什么。我看过一个内部电视纪录片，叫《穷山在呼唤》，是几年前三峡省筹备组组长李伯宁组织拍摄的，当时我看了非常震撼，没想到这里比片子里反映的情况还严重！"

这时，鲁家女儿给三位客人每人送来一支烧烤玉米棒子。王书记说："这是没有去壳，埋在炭灰底下用暗火烤的，不温不火又不焦，原生态的，安逸。"

三人用手掰烤玉米吃的时间，燕子岩的燕子归巢了。成千上万的燕子，在外辛劳一天，傍晚归来，形成巨大的燕子天幕。在这儿，人燕共居，倒也和谐。偶尔有飞进飞出的燕子从空中撒下"流星雨"粪便来，主人也并不觉得特别讨厌。只是梦学暗暗庆幸：吃晚饭时，躲过了燕子屎"添菜添味"这一幕。晚上，还有蝙蝠飞进飞出，给偌大的燕子洞平添了几分恐怖。

直到夜幕降临，王书记还不提起告别的事，仍然同向梦军谈论着满月乡的发展设想。梦学想，其实今晚往哪儿走，都是无路可走，因为这里走很远都没人烟；不走，哪儿有床睡觉？难道我们要练一夜"坐功"？

听收音机是梦学每天早晚的必修课。他不单是要听自己写的新闻报道，尤其要听国内外的大事，了解时事政治政策，好指导自己的新闻采写——在这燕子洞，第一次响起了收音机的声音。等梦学听完新闻，姐弟俩围着收音机不走，一直听广播，直到把电池耗尽——两人还舍不得离开，又向梦学问了许多许多城里的故事。

这时，王书记发话了："你们家四个人怎么睡觉，我管不着，你家那张'苞谷绒'床铺，我们三个人承包了。"边说边打着手电，把两位客人往那玉米壳石围里带。

王书记指着石围子说："这恐怕是世界上最特别、最稀罕、最珍贵的床了，享受一夜，会终生不忘。它是苞谷棒子最里面那一层、最细软的壳，不像表层壳又硬又蜇人，睡上去比较舒软、暖和。如果你怕冷，你可以钻深一点；如果你希望凉快一点，就可以睡在上面一点。这个床，就地取材，不花成本，可以申报专利了！"

王书记的冷幽默，并没有让向梦军感到轻松，他微微露出一丝苦笑，自言自语说："人说一方水土养一方人，这里的水土，真难养活一方人啊！"

梦学试着不脱衣裤，不脱袜子，但是仍觉得全身都有毛毛虫在叮咬，一夜都是迷迷糊糊的。他心想，王书记说的"苞谷绒"，怎么也改变不了"苞谷壳"床的本质，如果不是不得已，只愿自己这一辈子，不会再有第二次这样的"享受"了。王书记的"苞谷绒"床的幽默，说明他是一位能同山区农民打成一片的好书记。于是，梦学决定写下一篇"王书记夜宿燕子岩"的新闻特写。他要告诉听众朋友，基层干部中虽有个别害群之马，但还有不少的王仁和。

想到王书记不止一次同鲁永贵这样的贫困户打交道，想到哥哥要想办法让他们搬出大山，梦学觉得自己今后很难再来到这里，应该留下点什么作为纪念。他犹豫很久，终于下决心把随身携带的"熊猫"牌收音机、两对备用电池，留下来送给鲁家小姐弟，送给这几乎是与世隔绝的一家人。这个礼物，也许能改变小姐弟俩的一生！

要知道，这收音机不仅是梦功的工作武器，更是他离不开的战斗阵地！

送出了收音机，梦学感到做了件有意义的事，一脸高兴，一身轻松。告别主人，离开燕子洞，梦学驻足远眺，觉得昨天这满月还是穷山恶水，今天就突然变成了秀山秀水。他希望并相信，在不久的将来，这里一定会变得怡人宜居。回头再看燕子洞，他突然觉得这里是世界上最好最值得纪念的宾馆，梦学举起相机，按下快门……

向梦军虽然没有用相机照下燕子岩，但心中的印象永远无法磨灭。他暗暗下决心，燕子洞，燕子岩，今后我向梦军还会来！

告别燕子洞，王书记领着两位客人往高坪村进发。王书记介绍了高坪村的简要情况。

高坪村算是高山上的台地、浅丘。爬坡上山，就是一片缓冲地带，绵延起伏的小山丘，条件相对比燕子岩好，但海拔在两千米以上，属于高寒地带，每年的无霜期不到六个月，能种粮食但产量低，交通困难，导致当地呈自给自足的生活状态。三人边走边聊，王书记希望向梦军帮助"把脉"出主意，说："向部长是个见过世面又有水平，同时也能开拓实干的人，我万万没想到你这尊神，能突然降临我满月乡，我希望能沾沾你的光，指导我工作。"

"没有调查研究，就没有发言权。我先看看，听听群众的意见，我们大家一起讨论了再说。"向梦军说。

梦学马上说："听你向部长这个口气，没有调查研究就没有发言权，那让鲁永贵迁下山，你一定是心中有了底，不然你是不会放空炮的。"

"有点谱，但还没有底。"梦军说。

王书记听了心中暗喜。

"怎么，你们两个都想刺探军情？"梦军又说。

"当然嘛。你要知道，当时我听到你讲这个事，心里是多么的兴奋啊。"王书记说。

"那你能拿得出钱来吗？"

"我哪能拿得出钱来，我就百来斤肉，冒充神仙也卖不出几个钱。现在乡政府欠债就好几万。你部长大人肯定不是开空头支票，是不是你下来之前，县委领导表过态，要支持你？"

"你想得倒美。县里哪有那个钱来搞超前建设，眼下的吃饭问题都还没完全解决，这可能吗？再说，要搞这么大的动作，总不是三千五千、一万两万就能解决的。你们也不想一想，我一个小小的部长，下乡蹲点就要向县里要一坨钱，那书记副书记、县长副县长都去要一坨钱，各顾各的点，五马分尸，县里受得了、摆得平吗？"

"那我就不知道你向部长有什么锦囊妙计了，肯定你不是画饼充饥，让我空欢喜一场吧？"王书记说。

"你就别吊我们的胃口了，就给我们透露一点吧。"梦学也插嘴帮腔。

"既然你们这么想知道，那我就向你们透露一点吧，只准我们三人知道，绝对保密。说出去早了，人家会说老虎还未打就把皮卖了，透支信息。这是第一点。第二，其他工作还没搞起来，扶贫还没有见成效，经济发展还没有变化，就去搞'花架子'，搞'形象工程'，会遭到各方面议论，很可能胎死腹中，蛋打鸡飞，半途夭折。三是所需资金还只是意向，毕竟还没拿到手。拿到手后，才算稳妥。"

"那是那是，向部长是看得长远些，说得深刻。"王仁和说。

"我给向部长保证，绝对保密，而且还得保证很好把各项工作抓起来。我跟在你的鞍前马后，你向部长指向哪去，我就打到哪去，绝不后退。"王仁和又说。

"我也给向部长保证，保守秘密，绝不背叛向部长。"梦学幽默地说。

"你别说，你们记者的天性就是抢新闻，赶时效，这次可千万别抢先报道，让这件好事泡汤，我拜托拜托你这些见官大一级的记者了，千万千万拜托拜托！"王书记说。

听了王书记的"拜托"，梦军和梦学都会心地笑了——王书记不知他们是兄弟俩，他俩也不想把关系挑明，免得生出一些多余的话题。

"好，你俩都愿意保密，我现在向你俩透露。我有一个战友，是我的团副，人也很能干，我们相处多年，关系一直很好。他是正儿八经的高中生，脑瓜好使，很有经济头脑，他拿就业安置费作为本钱，进入电子产品生产行业，现在已经发展得很好。用他自己的话说，'抓住了机遇，一不小心就稀里糊涂地发了'。他自己承认有个几百万，我估计还有点保守。我俩经常在信中交流，我赞扬他钱多，他羡慕我在政界做事有成就感。我就同他开玩笑，说我们来个政商、政企'勾结'，办点有益于社会的事情，也不辜负人民军队这所大学校培养我们十多年，结果一拍即合。随后我俩讨论，是投资办厂、办企业呢，还是无偿支援搞点公益性的事业。他说，投资办企业，钱投少了成不了气候，钱投多点规模大些，但又怕管理跟不上，就干点公益事情吧！"

还没等向部长讲完，王书记就高兴地跳起来："这事肯定能办成，我们满月人民就托你的福啦！"

梦学也马上说："这事肯定能办成！"

"移迁吊远户的事，肯定是件好事，但好事一定要办好。当务之急，你王书记就要再次调查摸底，类似鲁永贵这样的人家有多少，这些人愿不愿意易地搬迁，愿不愿意离开老屋？还有，下山后他们的生活出路、经济来源靠什么？不能是住的房子是新的，全家人的肚子是空的。要考虑一劳永逸，彻底告别贫困，不能在搬迁后又成为新的贫困户。二是搬迁的新址既要具备一定的交通条件，还要有利于今后的发展。三是要有充足的水源，有水才有灵气，有水才能生活。"

王书记马上询问："向部长，你觉得这样的搬迁有多大的规模，将来向什么方向发展？"

"近期考虑可能搬迁四五十户人家，将来可以考虑向小场镇发展，能够有农副产品交易，有商品经济的发展，再发展就是我们当地的小城镇。"

"你考虑这么远？"

"我们要有超前意识，国家的发展就是这个方向。"梦军说。

"那你那个战友，估计能支持多少？"

"不能把人家吓跑了，我想他开初拿个三五十万元，应该不成问题。待他看到了成绩，看到了希望，我们再争取请他加大投入。我们为他树碑立传，让他扬名，我们满月人民落个实惠。"

王书记马上插话说，"到时候碑上也应该刻上你向梦军部长的名字！"

"那就不用了。你我都是农民出身的，知道农民的辛酸，能让他们过好日子、不饿饭，就是我们心中的快乐。"向梦军接着说，"按以前的造价，不到一万元可以修一套住房，如果我向他要到五十万元，修个四十套房子，应该不成问题。"

"你看给它取个什么名字好。这种飞来户，既不能冒出一个村民组，又不能叫一个实体村，总得有个名字。"王仁和问。

"现在想这个可能有点为时过早，毕竟八字还没一撇，钱还没有讨到手。不过，我起初考虑，可以叫它'满月新村'，或者叫'满意新村'，农民满意大家都满意。后来我又想，小平同志提出要实现小康社会，可以取个'小康新村'，你们两个也帮忙想一下。另外，现在全国上下都在时兴冠名，如果出钱老板对这个感兴趣，我们就尊重人家意见，可以共同商量，取个双方都满意的名字。"梦军说。

"向部长考虑问题简直是环环紧扣，滴水不漏哇。"王书记说，梦学也点头表示赞同。

"不能这样说。我们现在还是纸上谈兵，真的操作起来，还有许多问题和困难。你王书记要有充分的思想准备，你我想办好这件大事，要准备掉一身肉，脱几层皮！"梦军说。

"你放心，过去是没有机会。现在有了用武之地，我绝不会偷懒！"王仁和答得坚决而坚定。

"好。我们大家都把前期准备工作抓紧。我回去后马上给我战友联系，应该问题不大。"梦军说。

他们就这个问题，边走边讨论，不知不觉就走了二十多里地，来到了高坪村。王仁和指着不远处的一个农家小院说："前边就是高坪村吴书记的家。"

向梦军说："现在我们就应该改变话题，专门讨论高坪村的工作，别再考虑那个小康新村的事了。"

"那当然，在部长面前，工作要认真，思想不能开小差。"王仁和边说边喊，"吴书记，吴书记，你家来贵宾了。"

一个快五十岁的男人，头上缠着几圈白帕，小跑着过来。

王仁和向他介绍："这位是县委农工部的向部长，专门来到我们乡指导工作。"吴书记边同向梦军握手边表示欢迎，边抢先对着梦学说："那你一定是向部长的秘书，部长出门，肯定要带秘书。"

梦学也抢着说："是，我就是部长的秘书，是一个不太合格的秘书。"

梦军也赶快申辩："我哪里受用得起这样的秘书啊，他是有名的大记者。"

"啊，我们这个山区见领导很难，能见到大记者，那就更难了。欢迎欢迎，请多指导。"吴书记说。

刚见面的三言两语，就让梦军和梦学感到这个吴书记与鲁永贵的不同，是一个老基层干部。梦军问他："看来你已经当了很多年干部了，是老资格了吧?"

"唉，混了十多年，工作没有搞好，全村人都还很穷。"吴书记回答。

王书记接着说："哪些地方没搞好，你就实话实说，'真神面前不要烧假香'，让高师看病才好对症下药。"

"总的来讲，穷病难医，穷根难挖。说具体一点就是粮食产量低，一日三餐全靠红薯洋芋玉米三大砣当家。加上高山高寒，天无三日晴，无雨霜湿衣，因此这儿历来无水稻，玉米唱主角。但发的苗只有尺来高，许多都得了'不育症'，即使结籽也没有搞，苞谷只有麻雀脑壳大，典型的广种薄收。"

"这里不是盛产药材吗？中药材就是钱啦。"梦军说。

"是有药材，天麻、党参、杜仲、当归、黄连，样样都有，但零星分散。这里的气候最适宜黄连生长，而且质量很好，药商特欢迎，就是产量上不去，没法满足市场需求。"

"为什么不重点抓好黄连生产种植？"梦军问。

"黄连市场需要量大，价格又好，产量上不去主要是种植技术不高，加上又是多年生药材，当年不出效益，农民缺乏长远观念，只想现过现，只顾眼前利益。再加上还要有专门的种植技术，从种植、管理到收获，都需要技术。所以推广起来很困难。"

"黄连是几年生药材？"部长问。

"三年生药材，第三年收获，必须经过两个年头的霜打雪泡，黄连才会更苦，药质才会更好。"

"技术复不复杂，深不深奥？"

"不复杂，也不算深奥，主要是耗时间，要专人管理。"

"能请到技术员吗？"

"能！"

"那好。我现在就给你答复，以你们高坪村为基地，先把黄连种植搞起来，雇请技术员的费用，我和你们王书记负责解决。只要规模上去了，产量上去了，请个专业技术员也很合算。"梦军说道。

接着，梦军又说："看来你们的情况比燕子岩村好，地势平缓些，土质好一些。依我看，你们高坪村就根据'稳粮增收调结构'的指导意见，抓住调结构不放，宜粮则粮，宜药种药。不适宜种粮的坚决改变路子。还有我想再加一句，那就是一定要重视科学技术。你们要扩大黄连种植，提高产量和质量，要把黄连的'苦'变黄连的'甜'。你们的苞谷棒子只有麻雀脑壳一样大，也是一个要不要科学种植的问题。你的邻近的岩水区白泉乡，也是高寒山区，他们用地膜覆盖种植苞谷，提高地温，培养优质苗，母壮儿肥，单产量一下提高一倍以上。"

"种田一定要依靠科学技术，年后播种玉米，我来参加和督促，"梦军说着，回过头去对王书记说，"你也别想溜，咱俩绑在一条船上了。"

"那好，我们欢迎你俩亲自指导和示范。"吴支书恳切地说，然后对王书记说，"请你领两位客人随便看看，我去安排一下中饭。"

高坪地处山顶的一块台地，有点像小平原，路边空地上开着各种各样的高原小花，不时还有蜜蜂飞舞。

一会儿吴书记跟上来，充当向导，他用手指着介绍：这边是巫溪县，那边是城口县，山下那一坨黑乎乎的建筑，就是我们王书记的地盘，满月乡政府。别看不远，可算是"看到屋，走得哭"，要走大半天啦，我就害怕书记通知我去开会。

在聊天的过程中，王书记没忘记向吴记书调查了解高坪村的吊远困难户情况，梦军和梦学同时会意地笑了：看来王书记时时向往着"小康新村"。

几人边聊边往回走，准备吃午饭。

饭桌上，大伙儿谈笑之余，吴支书介绍道："向部长，我们高坪还处在自给自足的半封闭状态。今天，我们除了吃的盐巴，喝的酒是外来的，其余全是山上产的。我老婆原想用天麻、党参燉猪脚，我嫌党参、天麻药味重，破坏了腊猪脚的香味。她要煮上大米饭，我说你们天天在城里吃大米饭，而我们的大米又极少，不如还是请你们吃大山里的三大砣。洋芋你们都吃过，但是'穿衣洋芋'肯定是没吃过。'穿衣洋芋'是我给取的名字，就是用煮熟剥皮后的洋芋，去裹着蜂蜜吃。边吃边裹，边裹边吃。这蜂蜜也是自家产的，而且是山上的各种药材的花蜜酿成，是难得的养颜健身品。"他边说边示范，将一个裹好蜂蜜的洋芋递给梦军。然后喊："我敬部长一杯！"

梦学不喝酒，吃得快，不一会儿就吃完离席。他站在院坝上观山望水，突然就惊喜起来，问吴支书，"我刚才发现你家几头猪从外面追逐嬉戏归来，里面还有一头嘴巴特长的野猪，一块进去出来，这是怎么回事？"

吴支书兴趣一下来了，他幽默地说："说起这野猪，它也有一段风流韵事。几个月前，我从山下买了一头三十多斤的小架子猪回来，也没注意它是公的还是母的，是阉了的还是没阉。没过多久，随着猪的个子长大，它的肚皮也在长大，再过一段时间，我们发现一头野猪也跟它一块儿进进出出。我们也没有太在意，谁知四个月后，买的这头猪竟然生出六个猪仔出来。一看，好家伙，全是长着长嘴巴的小野猪。一家人又好气又好笑，家猪和野猪缠在一起谈恋爱，没经过主人允许，就招了一个上门女婿，还生儿育女，成天一起出入。这野猪，还成保镖了，担负着保护它们娘儿母子的责任，尽职尽责，形影不离。家猪群里多了一个野女婿，家野不分，既是笑话，也不像话，总不能任凭野的改造家的吧。等小猪满双月后，我把母猪劁了，看它还有没有兴趣来？听说野猪也有报复心理，如果发现它有撒野的迹象，我就采取断然措施。"

梦学听后说："人与自然和谐，人与动物和谐，都应有个度。高坪村这个的美丽富饶的原生态地域，还可以做更多的文章。"

告别吴书记家，一行三人又向灵泉村进发。一路上，摆工作，也摆笑话。"家猪群里的野女婿"的故事，让梦学回味了很久，他想写下来，告诉给外面的人分享。

第四天傍晚，一行三人回到满月乡政府。梦军知道，梦学没有了收音机，心神不安。他要他回县城去买收音机，说这既是梦学的武器，也是梦学的工作阵地。

王书记想让梦学多待一天，约梦学、梦军一起去暗中考察"小康新村"的选址。梦学说："这次就不去了，反正建成后我一定会再来搞祝贺报道。"

王书记说："说话算话，说来就一定要来。"

"一言为定。不但我肯定要来，我还要约上电视台、报社的记者一起来，这么好的新生事物，不报道、不宣扬，肯定是新闻记者和新闻单位的失职。"

晚饭后梦学见没有其他人后喊："哥，我俩到河边去走走。"梦军说："我也有这个想法。"

两人来到乡政府前的河边，找了个大石头坐下来，梦学便先开口。

"哥，我真高兴有这次机会能跟你一块儿出来，而且这么长的时间。更高兴又有今天这样的机会，同你摆摆心里话。过去我们是心心相印的，但你参军后的这么多年来，我们很难有长谈的机会。说真心话，我真佩服你，你尽管当初是个初中毕业生，但在部队能入党、提干，最后当上团级干部，非常不容易。转到县里工作以后，又很快适应了新的工作，而且干出了让人公认的成绩，你尽管只比我大四岁，尽管是个初中毕业生，这次跟你同行亲眼所见，我这个大学毕业生，哪能同你比。你看问题、分析问题和考虑问题，都有自己独特的思路，而且有创新意识和超前意识。特别是你这次主动请缨下到最边远、最艰苦的地方，而且仅仅几天的调查思考，就有了一些新的工作思路，相信很快会见效。现在到处都缺有水平又能务实肯干的人，相信你一定会成功，我也提前祝你成功。"

梦军说："对于升不升官，提不提拔，我并不看重。说真话，你我能成为今天这个样子，对于一个世代农民子弟，已经够幸运的了，算是对得起向家的老祖宗了。

"我们五兄妹，你从小成绩最好，立志要考大学跳出农门，终于如愿。现在工作也不错，搞记者工作不久，就在全省闹出了响动，写的内参受到省领导和中央领导的批示以及表扬，当哥的打心眼里高兴，也向你祝贺。尤其是你写的春荒和金竹县的内参，不但表现出你的胆识，也体现出你的水平。没有胆识和水平，是写不出这么好的东西的。这里需要政策水平、理论水平，以及对现实的调查研究，这就是水平和责任。为做好工作，哥希望你今后看问题，仍然要坚持一分为二的原则：大家一边倒地说好的时候，我们一定不能忽略其中存在的问题；当存在问题的时候，一定要看到其中好的一面。这次从金竹的干部作风来看，是出了不少问题。但是就金竹县来说，还是县人大、县纪委、县检察院给你提供了不少材料，说明整体干部是好的、有正义感的，是坚持原则的。在金竹，既有陈久鸿这样乱冲乱闯的年轻人，肯定也有王仁和这样的好干部。

"再说，内参送到省委，谭启龙书记就作了批示，现在发到全省，你看这个决心多大，作用多大。现在中央也已了解，也会重视起来。我们要有信心，不然就会悲观不前。我们要看到主流，看到前景。小时候，我们都想跳出农村，不想当农民。我们有了工作后，总想到用我的工作，为农民说话，为农村说话，你我都是这样做了，应该说做得不错，对得起我们的祖宗。现在农村农民都发生了很大的变化，需要更进一步向前发展，你我都是共产党员，应该站在更高的高度看问题和讨论问题。

"我们兄弟俩都有幸处在一个好时代，但也是问题比较多的年代，应该为时代多做一点事，但愿我们哥弟共勉。有时间，我们尽量多交流。"

正当梦军梦学为干部作风担忧的时候，中共中央召开了十三届六中全会，通过了《中共中央关于加强党同人民群众联系的决定》，使梦学感到无比幸福。他读了一遍又一遍，半年后写下了学习心得体会：

没有理由永远悲观

六中全会通过的《决定》在报上一公布，我很兴奋，还摘抄了许多重要观点和条例，觉得中央对全国基层存在的情况了如指掌，分析深刻，从"能否始终保持和发展同人民群众的血肉联系，直接关系到党和国家的盛衰兴亡"的高度，敲响警钟，并对如何改进党群关系制订了切实可行的措施。我从心底里认为，我们的党是勇于面对现实，敢于承认缺点错误，善于不断进行自我修正和自我完善的党，是无愧于人民的伟大的党。有了这样的党的领导，我们的改革开放又能大踏步地向前发展了。

我万万没想到，在《决定》下发才半年多的时间，我们的社会就发生了如此深刻的变化。想当初，自己一度把问题看得相当严重，认为当前的党群关系、干群关系处在了"文化大革命"以来最严峻、最糟糕的时期。"文革"中，是少数干部挨整，多数群众观望。而农村责任制后的几年，是少数干部官僚主义滋生，侵犯多数人的权利，甚至发展到欺压老百姓，使干群关系到了水火不容的地步，问题到了积重难返的程度，我甚至悲观地认为要恢复党群关系"鱼水情"，重树党的良好形象，几乎不大可能。

然而，在短短的时间里，无数的事实教育了我向梦学：停止发展的论点，悲观的情绪，无所作为的观点，都是错的。只要我们党登高一招，群众就会积极响应。

- 听见《城门》故事
- 读懂改革开放
- 聚焦城乡融合变迁
- 展示改革开放

微信扫码

| 第三部 |

城乡联动　走在富民路上

21

　　梦响作为半坡村的党支部书记，每次参加乡党委组织的学习和会议，都有新的体会和收获，每次都感觉到新的变化。首先，是乡党委、乡政府的领导和其他干部，恢复了住队帮村的工作，而且不再是挂名住村——姜乡长被分配到半坡村。没过多久，乡里又宣布停止收修建乡镇公路和扩建罐头厂的集资款——梦响简直谢天谢地。因为几个月来，总是有人以各种理由不交钱，至今仍还有三十多户未交。过一段时间，乡政府又宣布小煤矿停采。什么原因，领导没有讲明，但梦响这些村干部都知道，这个小煤矿三年亏损了三十多万元，全靠银行贷款支撑。而今银行停贷，无力维持，只好搁浅。这些调整，或因尊重客观条件，量力而行，或因尊重民意，不强加于民搞集资摊派。梦响明白，这些都与党的十三届六中全会精神有关，不能随意摊派增加人民群众的负担。梦响还明显感觉到，虽然仍是紧抓计划生育工作，但在一些违规无计划生育和超生罚款处理上，既讲究原则性，又有一定的灵活性。所有这些转变，都在很大程度上缓解了农村基层的矛盾和干群关系。干部在变，群众对干部的态度也在变。

　　尤其让梦响高兴的是，六中全会后，农村村组干部的务工补贴，由原来的农民负担，改为财政补贴——这每月一百多元的补贴，体现了政府对基层干部的关怀，她觉得自己更应该努力工作。

　　梦响一心扑在工作上，成天这家进、那家出，帮助规划生财之道，早出晚归，完全顾不上两个孩子，小家伙成天叽里呱啦地哭着要找妈妈，婆婆拿这两个小孙子简直没办法——她几次想痛痛快快地骂梦响一场，但转念一想，梦响也很辛苦，工作上的压力也大。再说，这个幺儿媳妇虽然只是个村支部书记，毕竟也是个官，而且她给殷家带来了财运和好名声。想来想去，婆婆终于忍下了，没有朝梦响发火。

　　谁知，一段时间以来，梦响因为养殖场和村里的事，基本上在外面忙到两头黑，差不多有十来天都没跟孩子和公婆打过照面——大家同住在一个屋檐下，还出现这样的情况，实在是太过分了。婆婆终于忍不住，在一天晚上，等梦响回来后，开始发火，对着梦响一顿"炮轰"。

梦响自知对这个家实在是关心太少，心里也对公婆的付出感到感激和亏欠，因此只是低头听婆婆的责骂，没敢搭一句言。

"梦响啊，不是我说得难听，你把两个孩子丢给我们两个老人，自己成天往外跑，就一点都不觉得有什么不对吗？还有，我听别人说，你还要答应把孙明礼家的两个孩子和胡邦国家的孩子，接到我们家里来帮忙养。他们外出打工挣钱，家里没人照顾孩子，关你屁事，简直是'咸吃萝卜淡操心'，'自己的屁股上还在流鲜血，去给别人医痔疮'，简直是'狗咬耗子，多管闲事'。我现在问你，有没有这回事？如果有这回事，你趁早死心，我们殷家不是幼儿园，不是孤儿所。要搞，你出去搞，要在政府面前挣表现，你就离开这个家去挣。我们老了，你没有必要拖着我去帮你挣表现。你就是去挣个乡党委书记、县委书记，我们殷家都不稀罕，也不想沾这个光，我只想这个家过得清静，过得安宁。"

殷智听了，赶忙出来打圆场，劝说母亲。谁知他这样一来，更是惹得母亲火冒三丈。

"你给我把嘴巴闭着。你从来就是耳根子软，怕老婆，是全乡有名的炮耳朵，老婆说圆的就是圆的，老婆说扁的就是扁的，总是百依百顺。是母鸡就要下蛋，是女人就该生儿育女当好娘。女人不想认真养孩子，那还结什么婚？还嫁什么人？"

婆婆的吼声吓得两个孩子从睡梦中惊醒，开始大哭，梦响听到孩子的哭喊，也开始号啕大哭起来。她觉得婆婆说得在理，自己没有理由申辩，确实是她对这个家关心太少，是自己对不起老人，也对不起这个家。但是她想，如果不把工作搞好，不但对不起乡党委的信任，也对不起半坡村人的期望——手心手背都是肉，是要大家还是要小家？这个问题折磨着梦响，她越想越哭得厉害。

见梦响只哭不说话，越哭越伤心，婆婆更加生气："哭、哭、哭，家里又没死人，哭什么丧？如果我们两个老东西真的死了，你会不会这样伤心？难道我说的不是事实，冤枉了你？还有……"

这时，一直坐在旁边抽叶子烟的殷世富，左手在桌子上狠狠地拍，右手举着长烟杆在地上重重地敲，口里发出怒吼。谁知用力过猛，竟将那传了几代人的竹烟杆敲断了，他更加生气，发疯似的冲着老婆狂骂："你今晚是哪股神经病发了，越闹越起劲。要闹个什么结果？闹得出个什么结果？闹能解决什么问题？有理不在言高，不在声音大。你不同意就不同意，难道还会翻天，他俩能把我们怎么样，这个家还是老子的家，还是老子说了算，难道他们还敢造反？就不怕殷家的老祖宗惩罚？"

见父亲发怒，殷智也流下了眼泪，他边哭边说："我如果是不孝之子，对父母有二心，不得好死。"

梦响也哭着申辩："我从来就认为你俩是天底下最好的公婆。"

见两位开口表态，母亲搭了一句："希望你们不是口是心非。"

父亲听了，也是觉得两个孩子说的是真心话，火气一下消了一大半。但他没有马上讲话，只是一直用眼睛瞧着那敲断了的烟杆。

屋里出现了短暂的沉默，四个人或气得难言，或进行快速的回忆，或在做破局的思考，最终还是殷世富先开口说话。他说："看来，我们殷家，从现在开始，就要走向破败了。这根经历了几代人的烟杆，突然断裂，就是一个征兆，是个不好的兆头。它经过爷爷、父亲的手，然后又传到我的手里，多年来，行路当拐杖它不断，凶狠恶狗狂咬它不脱，今晚敲了几下就成两截。看来，这是天意，再用传统办法强行绑住年轻人已经不得行了。现在时代变了，可以说是年轻人想背叛传统家庭，也可以说是我们这些老家伙跟不上现在的形势，大家都互相看不惯。你们在外面风风火火，我们眼不见、心不烦，也就算了。可梦响答应把别人的孩子弄到家里来吃住，成什么体统，家还像个家吗？还有，梦响没精力做家务，把两个孩子丢给婆婆，已经够她劳累了，还想帮别人养孩子，说得过去吗？你们自己好好想一想。"

停了一下，他接着说："我想了一个两全其美的办法，既能实现梦响的愿望，又能让我俩过安静的生活。那就是你俩离开这个家，出去过日子，大家都高兴。"

"你的意思是要把我俩分出去？"殷智急切地反问。

"对，就是分家。俗话说得好，人多要分家，树大要发丫，各立门户，各奔前程，让你们去自由发展，为何不可？"

"我们从来就没有想到过离开二老，单独去过日子！"

"我相信你俩没有这个想法。农村人都知道，'家里有一老，胜过有一宝'，有依靠，哪里不好？现在是我想通了，传统就是守旧，想守也守不住的。一代人有一代人的想法，一代人有一代人的活法。你看，你老丈人向安隆不准梦功退出承包地，是从农民的本分来看，土地是农民的命根子，守住土地是对的，要死要活，打死都不愿交出土地，父子俩闹得不可开交。现在从结果来看，梦功小两口在外面发展得不错，向安隆老两口的日子也过得舒适、清闲。后来，向安隆自己也承认，他已经跟不上形势。看看向安隆，我觉得现在不能再妨碍你们的手脚，你们就安安心心地出去干事业吧。走到哪里，你们仍然是殷家人！

"过去，有人叫我殷世富是'阴倒富'，其实名不副实。不过我承认，在这半坡山，以至在南山上，我们殷家是比上不足，比下有余；不在人前，也不在人后。现在你俩出去，把挣的钱拿出来好好修座房子，修得又宽又大又气派，让二十里外的县城都看得见，让城里人也羡慕。你们不着急，慢慢修，我们不会赶你们出门。"

最后，殷世富还不忘要殷智赶快去把叶子烟杆修好。他说："这传家宝从你爷爷传给我都有三十年了，没有它，我像掉了魂似的，很不习惯。原来想把这传家宝传给你，看来你也不稀罕，但我希望殷家勤劳、节俭、和睦、善良的家风，永远不要丢！"

殷智和梦响万万没想到，一场突如其来的家庭风波，就这样快的得到平息，更没想到的是还带来意想不到的收获：在众人眼中一贯守旧传统的殷家太爷，居然不再要求后辈永守"天地君亲师"殷家神主牌位，而顺应了因时而变的发展。他俩都不约而同地认为，需要重新认识父亲。现在，家庭内外都支持，天时、地利、人和齐备，就该大干一场了。

梦响同殷智思考了四天，考虑了三种方案，最后定了一个综合性的规划，几经修改形成报告，请川主乡党委和政府审批。报告主要涉及以下内容：一、申请批准荒地一点二亩，用于修建村委会办公室、留守儿童住宿、会堂及自家住宅。二、由殷智、梦响私人出资承担建设，计划投资二十万元，修好后免费供村里办公使用，产权属殷智所有。三、留守儿童集中食宿，专为外出务工人员提供帮助，入住儿童，其家庭只承担本人生活费，免除其他费用。四、初步计划选址在黄角桠。

在报告的主要内容后面，还写了文字说明，大意是：长期以来，村委会没有一个集中开会、研究工作的场所。过去开会都在队保管室，而今开会都是临时选点打游击，来了客人和上级领导也没个落脚的地方。另外，村里动员社员外出务工，但其中一个问题是，子女没法安置，当家长的就不能放心外出挣钱。如能集中解决留守儿童的问题，农民无后顾之忧，外出务工挣钱的农民会明显增多。还有，半坡村是万开老路的必经之道，来往人多可以成为形象工程。眼下村里的蘑菇菌类种植业已粗具规模，发展势头良好，来往参观学习的人不断增多，接待和宣传工作也需要个专门的场所。

报告交到乡政府，廖书记看后马上拿给姜乡长过目，姜乡长看完后，两人高兴地议论起来。廖书记说道："看来，我们选梦响当村支书，完全看准了，你看，修村委会办公室，这是必要的。村干部虽然不是脱产干部，不需要成天在办公室办公，但总得有个落脚开会的窝啊！"

姜乡长说："我最看重的还是收留留守儿童的问题。现在农民外出务工，最大的后顾之忧是留在家里的孩子，这也是让我们这些基层干部最头疼的问题，梦响看到了，也想到了，而且在行动了。这件事无疑是件新生事物，如果能办好，说不定会成为先进典型，在全国农村推广。"

廖书记说："这的确是件新生事物，我们支持她把这件事办好，办得有影响，让农民体会到，现在的政府是真正在为他们办实事。"

"对，对，对。现在看来，当初你认准梦响，真是认准了。她不仅敢想敢干，而且愿意干，愿意自家投入干。"姜乡长说。

"我看，梦响只要了一亩二分地，不敢向政府多申请土地，是怕批不准。其实，还要有点户外活动场所，将来村里搞个什么活动，群众也有个凑热闹的地方。"廖书记说。

"我们干脆给她批一亩五分地，反正荒坡荒地也产不出粮食。"姜乡长提议。

"干脆我俩胆子再大一点，要干就干出个样子，向上级申报两亩地，为今后的发展打点提前量。"廖书记最后拍板。

申请一亩二分地，批准了两亩地，让梦响和殷智非常欣喜。殷智说："看来领导对我们要做的事是寄予厚望啊，这副担子重，我们今后的任务还很艰巨。"

不久后，廖书记同姜乡长一同来到半坡四组，帮助梦响考察选址，指导她立足半坡村的今后发展来做规划。

廖书记给梦响说："如果现在把今后的新农村建设因素考虑进去，我们就占了先机。"

梦响说："没想到，我同廖书记想到一块去了。我选择黄角垭，就是考虑到有利于今后的发展。黄角垭地处全村中心，目前是万开老路的必经之道，顺风顺水，还可以居高临下看县城，是个好地方。"

"没想到你梦响妹子还深藏不露呀，你的心中也另有算盘啊，差一点迈过了我们的手板心，真有点鬼。"廖书记说。

梦响马上回答："不敢，不敢。我敢背着领导搞事，难道我不想活了？我没敢说出来，是因为八字还没有一撇呢，不知今后有没有这个能力把事做好。凡事不首先过你们书记、乡长这一关，干得成吗？你的地盘你做主，我这个放牛娃，还敢卖掉主人的牛哇？"

"好，好，好。现在我们只做不说，希望今后你做的事能一鸣惊人"！廖书记说。

随后，廖书记、姜乡长还询问了资金来源，准备修建的项目和用场，以及困难。

梦响告诉廖书记、姜乡长："这次准备投入二十万元钱搞修建。其中十万元是这几年搞养殖积累起来的，再申请十万元贷款，还请领导给我担保。现在的蘑菇种植业，一年十万元的纯收入，没有一点问题，我保证按时还清。"

"这没问题，我们给你担保贷款。"廖书记说。

"还有，二位领导，你们能不能请人帮我设计，把房子设计得显眼、漂亮一点，既好看实用又省钱，今后还能成为川主乡的一个形象代表呀。"梦响说。

"这件事，包在我身上，我的一个朋友就是搞设计的，让他认真设计，不收设计费。修好后，请他来剪彩放鞭炮，也免费喝酒吃你梦响一顿！"姜乡长说。

"现在没有什么问题了嘛？"廖书记问。

"还有一个重要问题，需要你们同意，我梦响才敢开工！"梦响说。

"什么问题！"

"土地使用费！"

"这真还是个大问题呀，是值得认真考虑。过去，乡里还没遇到过。在大集体的时候，反正田地都是公家的，想用就用了，谁还想到要钱，去向谁要钱啦。既然你主动提出来了，那就说说你的考虑。"廖书记反问梦响。

"改革开放后，进入市场经济时代，用土地不给钱这说不过去。再则，我一个村党支部书记，用地不给钱，就是以权谋私，怎么给村民们交代？有偿用地，天经地义，我也才心安理得。"梦响说。

"怎么有偿？"

"我到了坝下的文峰乡做了调查，当地把它叫作土地租用金，不叫土地买卖，而是叫租用土地。根据田土等级的好坏，估算出年产谷物的产量，再根据市场价折合成现金，可以比实际产值略高一点，出租人才有积极性。有人戏称这是'不劳而获，坐收地租'。目前我调查的三处，都是坝下的良田好地，每年每户算好八百斤稻谷，折合成现金四百元。我这里要用的是不产粮食的荒坡地，按五百元交租金，不知你们两位领导，觉得合理不合理？"

"荒坡地也给这么高，那不亏了你梦响？"

"肉煮烂了在汤里，肥水没流外人田，谁叫我是支部书记，就算我吃点亏，好了大家也值得，当干部就是个吃亏的买卖。俗话说'吃得了亏，打得拢堆'。当干部的如果光想占便宜，谁还拥护你？"

"你准备租用多少年？"

"从坝下看，有租用搞种植业和养殖业的，这个转向快一些，恢复地力也容易些，可以三年五年，七年八年。搞企业办厂子的，至少也是五年八年。我修房居住，不可能刚刚修好又拔掉还原原貌，我准备签租四十年。"

"那就是每年一千，总共四万元。"

"四万元我准备一次付清。"

"钱准备怎么处理？"

"钱交给村民组，作为集体经济收入。尽管不多，但多年来集体没有一分钱，现在有这四万元，算是集体的第一笔钱，我们一定管好，用好，力争集体经济也较快发展！"梦响说。

听了梦响的打算，廖书记对梦响说："依我看没有什么问题，就按这个方案办，到时你召开个全村干部会，给大家讲清楚，免得节外生枝。另外，你也转达我和姜乡长的意见。我看这样，姜乡长在你们半坡村驻队蹲点，也来参加会议，表示对你的支持。"

梦响送走廖书记和姜乡长后，感到一身轻松，觉得这是个新的起点，今后能让村里有个办公开会的地方，能安顿外出务工人员的子女，也算为全村办了件实事。但是，她突然想起，修房子怎么也得要一年半载，自己答应马上帮助安顿孙明礼和胡邦国的孩子，他们还等着把孩子安顿好后外出打工。

梦响此时非常为难，家里闹了这么大一场风波，显然不能再提这件事。何况自己的两个孩子已经够折腾两位老人了，不能再拿其他人的娃娃折磨他们了。梦响开始想推迟解决三个孩子的事，但又怕人家责怪她堂堂书记说话不算数，开空头支票。于是，她咬咬牙关，准备回娘家去求自己的父母——她内心也很忐忑——父母虽然已经没有包产地，只有一点种蔬菜的自留地，但哪个愿意去帮别人带孩子啊！

没有其他办法，梦响只好厚着脸皮去找爸妈。

妈妈说："我带了你们五姊妹，现在又带你三哥的孩子，难道你觉得我们那么愿意带孩子？自己的孩子说不得了，外人的孩子，大的大，小的小，又有男又有女，不闹翻这个家才怪。再说，吃好吃孬，热了冷了，都难伺候。"

"我就求你二老支持我半年，房子修好了，我们马上接过去，不会多待一天。"

向安隆说："家里来一群外人的孩子，的确是给我们出难题了，你要理解我们。"

"你不是支持我当干部吗？就帮助我解决难题嘛。就半年，最多半年。"

妈妈很不情愿地说："没当过干部的不知道味道，不但是干部难当，就连家属也跟着遭殃。你既然都这样说了，那我们还有什么话说，只有帮你这个芝麻官一把嘛。"

"谢谢爸妈。这几个娃娃每个人每个月付八十元生活费，我负责收好给你们送来。"梦响说。

"谁知道你会不会去收人家的钱，希望你不要去做赔钱买卖！"母亲回答。

22

梦响安排了孙明礼和胡邦国的三个孩子，在半坡村引起了很大反响，还有几家想出去打工的，也想把孩子送到向家。梦响非常遗憾地拒绝了，表示尽快把自己的房子修好后，再考虑，请他们原谅。另一方面，梦响抓紧时间办理贷款，催促设计图纸，挤时间去选建筑材料，还在全村干部会上，把自己修房子、同时解决村委会办公用房和安置留守儿童的事，向大家做了报告。

接着，梦响给梦功去信，希望他请三个月假，回家帮她修房子。她还特地强调，修好这个房子对半坡村、川主乡和向家的意义。

梦功回来后，看了图纸，了解了梦响的意图和资金情况，到现场查勘了修建地址，建议妹妹、妹夫把眼光放长远一点，要干就大干一场——今后把果园作为后花园，搞农家乐经营。梦功还建议，房屋在风格上中西式结合，会格外引人注目。同时，梦功还承诺借给梦响十万元，支持她把房子修得更好。另外，梦功赞扬梦响的地址选在荒坡上，选得好。梦功说，选在崖边，可以充分利用空间，以钢筋水泥立起十来根主柱，然后打横梁、浇灌水泥预制板，可以增加三百来个平方米的面积，成为一个露台，再浇注一米二高的护栏，既安全美观，又成了居高临下的漂亮观景台。

"这样会不会太张扬了，会引起人们的议论。"梦响反问三哥。

"不遭议论不可能，肯定会遭议论。一不偷，二不抢，三不贪污，你怕什么？你刚当支部书记不久，贪污也没有这么快，过去一贫如洗的半坡村，有什么可贪的。谁都知道，党的政策是一样的，你只不过抓住了允许一部分人先富起来这个机遇。深圳的发展，令全国人羡慕和称赞，但是也有个别人发杂音，甚至责问：现在到底姓'社'还是姓'资'？大有要走回头路之势。但邓小平同志来深圳后，发表了重要谈话，这股杂音很快消失。就是在杂音较强的时间，深圳也照样在大干快上。如果深圳在众多怀疑和指责之中瞻前顾后，停滞不前，哪有现在这样的大好形势？这几年在深圳混，我最大的体会是，'胆大的擒龙擒虎，胆小的捉麻雀'。你要大胆往前走，任凭人家去评说，他走他的阳关道，你走你的独木桥！"

梦响采纳了三哥的建议，把三哥借给她的十万元投入之后，又增加了十万元贷款，修一栋很洋气，过个二三十年都不过时的小洋楼。

除了梦功，工地上还经常有两个老头跑来旁观，他们有时一坐就是半天，甚至是整天整天地坐着、看着。后来施工人员才知道，他们一个是主人家的公公殷世富，一个是主人家的父亲向安隆。他们的脸上，挂着欣喜与自豪，也带着热切的期盼。他们帮忙搬砖递瓦，希望楼房早点从这山上"长"出来。老人来到工地，手里总要提点自家产的蔬菜，偶尔也会提一小块烟熏腊肉，对工人表达慰问。

殷智和梦响，那就更不用说。殷智除了在菌棚，就是泡在工地。很多时候，成了工地"万金油"、勤杂工，哪里缺人手就往哪里上。梦响工作回来，哪怕是晚上，她也要拿着手电筒，到工地去，这里照一照，那里看一看。可以说，楼房是在梦响夫妇和两家老人的期盼中长起来的。

只花了三个月，土建全部完工。又花了二个月，内外装饰全部完成，比原来计划的半年时间，还提前了一个月。

花五个月建的这座楼房，在半坡村，以至整个南山，算得上鹤立鸡群，格外扎眼。但走进屋里看，还算不上高档，更称不上豪华。内装修不精致，家具不多，没有豪华大件，不少物件还是从向家、殷家老屋搬来的不值钱的老古董——毕竟实力有限，"寅吃卯粮"，消费有些超前。梦响觉得，超前一点也好，可以给乡亲们起个"抛砖引玉"的带头作用，让大家敢于致富，用勤劳双手奔向小康，创造幸福生活。

梦响"三合一"的新居的确引起许多人的羡慕。在修建过程中，不少村民闲着无事时来参观，还有不少儿童来到露台上，打牛儿、放纸风筝、捉迷藏、滚铁环，玩得不亦乐乎。

随后，梦响在这新修的村委会办公室，召开了第一次全村干部大会。全村干部都参加了会议。他们围着长条形的会议桌而坐，个个笑逐颜开，都有一种新鲜感、自豪感和搞好工作的责任感。还有人欣喜地赞扬说，梦响这个新官的三把火，烧得大家都很高兴，开会有了"窝"，不再打游击。

梦响和殷智一起，专门回娘家去接孙明礼和胡邦国的三个孩子到新家。殷智还特地给老丈人买了一瓶"诗仙太白"酒，给丈母娘买了一顶平绒帽，感谢和慰劳爸妈半年的辛劳。三个孩子挺懂事，离开的时候，站成一排，毕恭毕敬地给两位老人，连敬三个鞠躬礼，然后随梦响和殷智到新家。

梦响也没想到，过去踏破门坎去劝说村民外出打工，成效不是很大，而今他们看到生龙活虎的八个孩子快乐地来去在上学和回梦响家的路上，动心了，主动要把孩子送到留守儿童之家，下决心出去打工挣钱。有的家庭，本来有爷爷奶奶可以照顾孩子，可他们也要把孩子往梦响这里送，说孩子在梦响这里，既能安全生活，又能健康快乐成长。

一个月内，全村送来二十一个孩子，全村五百余户，外出打工竟达到四百多人，几乎是户平一人，成了名副其实的劳务输出村。

梦响还没想到，"留守儿童之家"引起了县里著名书法家流云的注意，他认认真真地用隶书书写"留守儿童之家"六个大字，用两米长、四十公分宽的上等木料刻好，亲自送来挂在门上，气派精致。

梦响更没想到的是，县委贺书记也亲自上门来。一见面，贺书记就抢先说："两户代表大会后的这些年，我很少听到你梦响的消息，以为你就消失了啦。没想到一封告状信，才发现了你这个老典型又有新事迹。要不是被告状，你肯定还是愿意默默地实干，不愿意张扬。看来，现在不想当先进，也由不得你了，这也不是你向梦响个人的事！"

不久，梦响被选为县党代表。

23

川主乡党委和人民政府，先后打了两次书面报告，申请撤乡建镇，建设川主小城镇，均因其原来没有场镇基础，又没有产业依托，条件不具备，没被批准。眼看一次又一次失去了发展机会，廖书记如坐针毡。

面对全省"百镇试点工程"，廖书记摩拳擦掌，决心要大干一场。他关起门来召开了三天的全体干部会议，与会者一起分析形势，群策群力想办法，出主意，力争挤进"百镇试点工程"。

大家一致认为，撤乡建镇、建设小城镇和开发区，是国家城市化进程的需要，是川主乡经济发展的需要，也是广大农民群众的迫切愿望和梦想。

这次全省要找一百个小城镇试点，每个小城镇批准可以用三百亩土地，两千个城镇户口，目的是加快城镇化建设。如果把小城镇建设同开发区结合起来，川主镇的经济定会快速发展。

功夫不负有心人，川主镇果然挤进了试点行列，拿到了小城镇建设的通行证。

川主撤乡建镇两个月后，廖书记带着乡镇企业办公室的会计，来到深圳。他的公开旗号是，看望和慰问在深圳务工的农民工。这个旗号当然名正言顺，但他还有一个不对外明言的任务，那就是动员一批打工人员回故乡，参加刚刚批准的小城镇和开发区建设。

廖书记算了一笔账，全乡有四五百人在外打工，能有十分之一的人回乡搞建设，就是很大的一股力量。当初鼓励村民出来打工，他们不但挣了票子，还换了脑子，学了技术，会成为家乡建设的骨干。

廖书记分点召开了七八个座谈会。听说要请一批人回去建设家乡，而且还可能转为城镇户口，大家纷纷议论起来。

"深圳这个现代化城市固然很好，但毕竟不是我们的家，别看我们干活时热火朝天，但我们的内心还是不踏实，就像无根的浮萍，漂浮着，不知在哪里生根。"

"没有地方生根还不说，关键是我们在大城市里下苦力，有些城里人却不尊重我们的人格。一些人既离不开我们农村人，又讨厌我们农村人，鄙视我们农村人。睁眼看看，现在城里的哪样重活、脏活、危险活不是我们农村人在干，啃骨头的事全是我们，喝汤吃肉轮不到我们，看病吃药没份，孩子入托、上学没门，说你是农村人，没有城市户口。"

"说穿了，在一些城里人眼里，农村人不过就是一批靠卖体力活挣钱的'城漂'。"

"对！对！就是一些'城漂'！"

"就是'城漂'，永远的漂！"

"漂到何时，漂到何处，有何结局，都不知道。"

"还是《蜀道难》里说得好，'锦城虽云乐，不如早还乡'。与其长期流浪在外当'城漂'，不如跟廖书记早点回家，建设自己的小城镇，陪陪孩子，还免得老婆长期守空房。"

还有人问廖书记："建设川主镇，还要给两千个城镇户口，这算不算城镇的指标。"

"当然算，这就是城镇化的开始，城镇化就是这样一步一步来的呀，你也有可能就是这两千人中的一个呀。"

"一个镇才两千个城镇户口，还是太少了。"

"慢慢来呀，能够一下走出这么大一步，已经就不错了，今后还会有第二批第三批。城镇化要一步一步来，逐步减少农村人口。据我所知，三峡工程实际已经开工建设，只是没有正式对外公布，这给我们家乡发展带来极大的机遇。"

廖书记话音刚落，梦功急切地问："三峡工程与川主镇有什么关系？川主镇怎么会跟修三峡电站有关联？"

廖书记说："开始我们也是一知半解，说不清楚。后来因为对修三峡电站的争议大了，我才慢慢了解一些大概过程。

"修三峡电站，是孙中山先生在《建国方略》中构思的宏伟蓝图。几十年来，这项工程一直存在争议，最早主要是从学术、技术、防洪上和国防安全上争论。后来，又从土地淹没、人口搬迁等方面争论。改革开放后，国家的财力、物力和技术实力很快提升，修三峡工程的事又提上国家议事日程。1984年，为了保障这个世纪工程，国家还专门从四川和湖北两省，划出淹没库区，准备建立三峡省，并在湖北宜昌市建立了三峡省筹备小组。四川湖北两省的干部，是筹建组的主力。你梦功也知道，三峡省筹备组的组织组，就向四川省发过商调函，要调你二哥梦学到三峡报社工作。谁知，一年多后，三峡省筹备组撤了，抽调的人也就各归各位了。"

"为什么要撤销呢，成立个三峡省不是挺好吗？国家怎么出了这么大的洋相？"

"什么洋相不洋相，这正说明国家的伟大——共产党的伟大，当发现有更好的方案后，敢于自我纠正、自我完善。'一大二公'的人民公社不是就撤销了吗？三峡省为什么撤销？开初成立三峡省时，把万县、涪陵、黔江地区几十个'穷哥们'凑到一起，组成了一个'穷家'，何时才能富起来？四川的一些干部认为，单从发电来讲，多在四川的雅砻江、金沙江上搞梯级水电开发，总发电量就可以超过三峡电站，而且淹没面积小，搬迁人口少，因此不希望修三峡电站。有的还说三峡省像个怪胎：库民百分之八十以上在四川，淹没的好田好土，也都在四川。搬迁人口一百一十多万，有一百零三万在四川，四川的损失最大。而且，三峡省的省会宜昌，不能直接带动经济的发展。所以，许多人对成立三峡省，不但不积极，而且还反对。开州县地处三峡水库的重要淹没区，许多工作、重点建设项目投放较长时间处在不三不四的境地——三峡省一直顾不上管，也没有合适的身份正式接管，四川省也不便插手管，我们就有点像爹不管、妈不管的无娘儿，影响了许多工作，也影响了城镇化建设的进程。正式撤销了三峡省筹备组后，才结束了这种不三不四的尴尬局面，开州县的城市化进程才又迈开了步伐。现在，三峡工程已经开工，我们应该放开手脚大胆干一场。今天我来告诉大家，家乡要建小城镇，要搞开发区，想请大家回乡创业，回乡建设家乡，有钱出钱，有力出力，有智慧出智慧，共同改变家乡面貌。"

"三峡工程建设，肯定能带动家乡发展。"

"那是必然的。凡是国家的重大建设，都会带动一方的发展。"

廖书记刚把话说完，吴延马上说："廖书记，我愿意回去干，我当了快十年的'城漂'了，该回去过点稳定的日子了。我回去一定好好出力，挣表现。如果我表现得好，你廖书记就从那两千个城镇户口中，挤出一个奖励我，让我那宝贝儿子成为城里人。"

随后，通过摸底统计，有五十五人愿意跟廖书记"打"回老家去。

廖书记心中有了底，最后才给梦功摊牌，希望他回去组建川主建筑公司，担任总经理，搞好小城镇建设。

川主镇的建设启动仪式，于 1993 年国庆节举行。

在此之前，乡里花了半年时间，将原来的十公里乡村机耕道，扩建成了六米宽的硬化水泥道。要致富，先修路。道路通，一通百通。

梦功在建设川主镇的过程中，深切感到现在的党委、政府领导的思想是空前的解放，政策也是空前的开放，这次川主镇的建设采取了"政府投资、政策聚资、社会集资、企业出资、群众带资、招商引资、全面开发、滚动发展"的多渠道、多层次、多形式、多元化的集资方式，非常有吸引力。但是，他觉得还有一种力量，胜过许多其他力量的号召力，那就是"乡愁"。

梦功想，川主乡有四五百名老乡在广东、深圳、珠海、东莞等地打工、做生意，若能有百分之二十的人回乡投资，就会聚集很大一部分资金，就是一股了不起的力量。

梦功把这个设想向党委和政府领导做了详细汇报，得到充分肯定和大力支持。梦功首先在同去深圳打工的工友中，去动员那些准备回家修房子的人，把钱拿到镇上去修"故乡城"——既可以享受政府的一些优惠政策，还可以居住在小城镇，享受居民的待遇。梦功没有费多大的精力，就动员到了二十八家报名投建，平均每户投资七万多元。最高的一户准备投资二十万元，打算开一家像样的餐馆。

初战告捷，镇领导满意，梦功受到鼓舞。他向镇领导提出，准备再到南方去一趟，去重点拜望和劝说他所熟悉的一些"大款"，多动员几个有实力的人回乡投资建厂创业。他还向镇上申请了五万元的宣传费，准备在广州、深圳、珠海的报纸媒体上打广告，诚邀家乡人回乡创业发展。这些想法和打算，一一得到领导的支持。

梦功自知自己不是舞文弄墨的高手，他特地向正在开州县采访的二哥梦学求援，请他帮忙写一封情真意切的诚邀函，动员家乡人出资出力。为了支持弟弟，为了家乡，梦学自然是没有说半个"不"字。

随后，梦功将邀请函送廖书记审查，定了稿。

"故乡城"诚招书

美不美，家乡水；亲不亲，故乡人。月是故乡明，情是乡愁深。他乡故乡情相连，代代不变故园情。忽如一夜春风劲，神农后裔跳农门。走出农门天地宽，穷人变富人。成功不忘桑梓地，诚邀共建"故乡城"。故乡城啊，农民心中的城。撤乡建镇换新颜，乡村长出新型"城"。城乡壁垒坚冰破，"城盼"、"城漂"皆国民。盘古开天地，农民变居民。众手书写新时代，丰碑永铸川主镇。事迹传后代，英名留华夏。光耀列祖列宗，荣归故乡城。

开州县川主镇人民政府

一九九三年宣

梦功跑遍广州、深圳、珠海等地，把邀请函送到家乡人手中。最后，他集中精力，去主攻几个有实力的"大款"，希望说服他们回乡参加集镇建设，投资办企业。

选准目标"点杀"，梦功在大老板陈实处就赢得开门红，增加了梦功的信心。

梦功登门造访的第二人，是皮鞋厂的老板李扬。他对梦功说："皮鞋厂是个劳动密集型企业，可以安排更多的劳动力，正好可以为家乡办点事。只要政府承诺的优惠政策、优惠服务兑现，我就表态先投资两百万元。如果我回家乡考察可行，不排除再增加投资。"

梦功拜访的第三个人，是他经过一番激烈的思想斗争，最后想到自己此行的目的就是南下引资，才鼓足勇气去的。此人叫王云富，财大气粗，极不好打交道。

梦功前两次去，都被他的秘书挡在门外。梦功第三次硬闯过关，才将川主镇政府的"故乡城"邀请函递到王云富的手上。

王云富接过邀请函，认认真真看了三遍，然后说："你们还是非常重视哇，故乡城这个名字就够扬名了，还要专门树碑立传，流芳百世。不过，这川主山上，世世代代都是农村，从来就没个什么城镇，这的确也是做了件前无古人的大事。"

"这样看来，你王总还有点兴趣？"

"当然有兴趣。你希望我投多少？"

"至少投个一二百万嘛？是不是小瞧你啦？"

"当然小瞧我啦！据我所知，目前在外打拼的人，川主乡还有哪一个能超过我王云富的。在现实生活中，我坐在第一把交椅，今后在故乡城的功碑上，我王云富也应该排在第一名，才有脸面啦！"

"川主镇的第一大款，非你王云富莫属！"

"所以，要投，要争，我就要争这个第一！"

"那你打算投多少，干什么？"

"要投就投个千把万，搞个什么宾馆大厦吧。你们选的这个地方，正好比县城高一个台阶，可以居高临下观县城，看河谷。有一个像样的宾馆，才能让川主镇上档次，也算是川主镇的一块招牌。

"再说，钱多了，不知怎么用。过去有人说，钱对有的人的意义只是个数字概念，我不信。现在，我信了。我家一千平方米的别墅，除了刚修建时有种新鲜感，后来许多屋子连脚都没去踏过，睡觉就只需一张床。钱，生不带来，死不带去。我比较现实，并不是多么高尚、多么伟大！"

梦功站起身来，双手抱拳，俏皮而又调侃的给王总敬了个鞠躬礼，然后紧紧地握住王总的手说："请接受两万多川主人民的一拜，我也代表廖书记和全镇两万多人民，谢谢你了，同时也邀请你挤出时间回乡考察，谈规划，签协议。"

"故乡城的碑文上，我王云富要的就是第一名！"

24

梦响一直有读报纸、看新闻的习惯，因为信息也是财富。这天的中央电视台《新闻联播》的头条新闻，猛然让她兴奋起来。中央电视台报道："三峡工程正式开工！"这条新闻尽管时间不长、字数不多，但对梦响这些三峡库区的人来说，无疑是一条重大消息。

报道没有具体介绍是低坝方案还是高坝方案。第二天、第三天，梦响专门跑到乡政府，到处找报纸、听广播，打听三峡工程的坝高情况。廖书记、姜镇长还取笑她："你关心坝高坝低，是不是你想去谋一份事做，要投资参股哇？"

梦响神神秘秘地说："现在我不跟你们说，将来你们自然会知道的。"最终，梦响弄清楚了，三峡工程坝高一百八十米，最高蓄水位为一百七十五米。这就明白无误地告诉梦响，开州县县城要淹没，大部分的坝下耕地要淹没，绝大部分的蔬菜基地也要淹没；也明白无误地告诉梦响，搬迁后的开州县新县城，十多万人口的蔬菜基地将面临重新规划、重新调整，而临城而居的半坡村，完全可以近水楼台先得月，大打果蔬牌。

梦响越想越觉得这是三峡工程给半坡村带来的机遇。其实，老百姓都知道，凡是国家搞一项重大工程，都要带活一方，带富一方。但是，被动搭车与主动抓时机赶车，完全是两码车。梦响决定未雨绸缪，提前出击，趁三峡水库还没淹没之前，去县城的蔬菜基地，提前去考察品种，熟悉种植技术，学习管理经验。她知道，农民虽然都是与土地打交道的，也会种些白菜、南瓜、茄子、豇豆的，但都是少量生产、自给自足，哪能批量生产闯荡市场，形成气候。农民不会种菜，不是笑话吗？当然不是。但种什么样的菜才符合城里人的胃口，适销对路，这些都需要去学习。

梦响带了几个人先到城里调查了大大小小十一个菜市场，然后到了三个蔬菜基地去实地学习考察，回来又召开了全村村民大会。村民们一听说梦响召集大伙儿开会，都很积极。大家都知道，一旦梦响要开大会，要么就有好事，要么就有大事。村民们到会场一看，不但扩音器已搬到室外摆好，而且姜镇长也提前来到会场。

大家坐定后，梦响开始讲话。

"同志们、长辈们：大家好！

"今天的会议很重要，我讲过后还要请姜镇长作指示。

"上次乡里的干部扩大会后，我们对全村的粮食生产作了认真检查。对撂荒的土地逐一进行登记处理，采取加强力量管理和土地流转等办法，基本上消灭了撂荒状况，粮食生产肯定会稳定上升。希望大家继续按照镇上的要求，坚定地走好稳粮增收调结构的路子。

"今天，我要给大家讲一下根据三峡工程，发展半坡经济的三个问题。按照目前公布的一百八十米的坝高方案，开州县县城要搬迁。这么多的居民要迁新居、迁新城，还有一些单位、企业需要大量的建设劳动力，我们每个家庭可以合理安排劳动力，就地打工，就地挣钱，种地挣钱两不误。这是第一个问题。第二，开州县的农田农地要淹没十余万亩，大部分是好田好地，县城的蔬菜基地几乎全部淹没，几十万居民今后的蔬菜来源，基本上成了空档。我们半坡村就是今后新县城的城郊村了，同县城成了邻居，我们就可以当好蔬菜基地的替补队员，能够大有作为，能发家致富。蔬菜生产周期短，可以人歇地不歇，一年四季都能种。我们一定要瞄准这个时机，抓住这个时机。我认为，瞄准县城居民的需求，这是最好的调结构，比我们成天好高骛远地空想，现实得多。第三，搬迁后的县城，就在我们半坡村脚下，发展农家乐是一个非常有前景的项目……"

梦响侃侃而谈，整整讲了两个钟头，然后发动大家讨论。

过了一会儿，梦响又用手轻轻拍了拍麦克风，说："我很高兴，从刚才乡亲们的讨论中，基本上都觉得这条路子可行，但也有个别同志认为，县城的搬迁，三峡水库蓄水还早，可能还要十年八年，那现在我就要谈谈早与不早的问题。我给大家说，国家不会等三峡大坝修好后再搞城市搬迁，再搞移民安置，一定会是坝上坝下、坝内坝外，工程建设和移民搬迁同步进行。如果等到大坝修好，新的县城修好，我们才动手调结构，那肯定会为时已晚。抓不住主动必然会退居被动。我们打了提前量，占领了先机，就掌握了主动权。我们就是要在别人还没有想到、没有看到的时候，就干起来，才叫捷足先登，抢先一步。大家可能会担心，现在的蔬菜基地还未被淹，我们就去种菜卖，会不会烂市、卖不掉？大家放心，多一个村的蔬菜冲击不了市场。再说，我们需要提前学技术，提前闯市场，提前研究市场，提前积累经验。前几天，我专门去看了城里的蔬菜市场，调查哪些蔬菜最受市民欢迎。还去考察学习了几个地方种植蔬菜的经验，初步看出了一些门道。

"老乡们，你们不要以为种蔬菜家家户户都会。我看了人家，才觉得我们过去那种栽种方法简直是小儿科。其实，种蔬菜也有学问，哪些品种最受欢迎，怎样做到优质高产，怎样种反季节蔬菜，怎样种生态时鲜蔬菜，怎样种大棚高产蔬菜等，都有讲究。我刚才说这么多，会不会把大家吓住了？其实我就是希望大家多看、多想、多学习，没有什么特别深奥的内容。

"我讲完了，谢谢大家，下面请姜镇长批评、指正、作指示！"

"指示说不上。但作为政府的驻村干部，应该有个明确的态度，"姜镇长接过话题，然后继续讲，"刚才你们向书记的讲话，我非常赞成。她讲得有理有节，分析下一步发展趋势，尤其对三峡水电站的建设，对三峡大坝坝高坝低对我们开州县的影响，对开州县的发展带来的变化，以及对我们川主镇带来的连锁反应、间接影响，做了恰如其分的分析，很深刻很有道理。说实话，李鹏总理宣布三峡工程正式开工的新闻，我也看了。但我是从国家的大事方面去看的，并没有把三峡工程同我们开州县，同我们川主镇的关系联系起来。而你们的梦响书记，就能够把三峡工程同川主镇联系起来。把国家的大事同地方的小事紧密联系起来，这说明她的水平比我高，比许多人都有远见。这正如俗话说的'外行看热闹，内行看门道'，而梦响是个有心人，就从中发现了机遇，提出了调整生产结构思路。说实话，我佩服你们的梦响书记，她不但是我们全镇最有超前意识的书记，也是一个雷厉风行的书记。这样的农村基层干部，恐怕在全县都很少。她希望大家致富，并不是纸上谈兵——她带头致富，致富后不忘支持帮助大家。你们看，她家养鹌鹑、发展食用菌生产，带动村民致富，现在全村有一百二十户靠种蘑菇致富了。为了支持村里农民致富，她还自己贴钱贴物办起了留守儿童之家。现在，她提出抓住三峡工程建设、开州县县城搬迁的机遇，调整种植结构，大力发展蔬菜生产，就是把眼光看得远，认真研究市场，研究城市，才取得这样的思路。如果我们永远把眼光盯在一亩三分地上，永远难致富。希望大家听梦响书记的，没错！

"我作为镇长，也作为一个驻村干部，我的工作就是支持大家致富。我会同大家一道，让半坡村尽快富起来，让全镇的人都向半坡村人学习！"

姜镇长话音刚落，梦响带头热烈鼓掌，台下的掌声持续了好几十秒。

回到家里，梦响马上同殷智商量，辟出两亩土地种蔬菜——老百姓最讲现实，百闻不如一见，有了效益，他们自然会跟风。同时，她还提出针对县城搬迁，抓住城郊优势，搞农家乐。修建新房的时候，梦功本来就考虑了经营农家乐的用房。

殷智同梦响讨论办农家乐的可行性，梦响说："听说成都的郫县和温江的农家乐搞得好，特别是郫县的农科村，责任制后不久就搞起来了，很有名气，要不是太远了，怕影响村里的工作，我真想去考察学习一下。"

"你要离开五六天，显然不现实，镇领导也不一定同意，那我就去一趟嘛。"殷智说。

"那当然好啰，还有谁能代替我呢？只有辛苦你跑一趟。你在外面多待一两天都值得，争取取点真经回来。"梦响说。

一周以后，殷智回来，给梦响讲考察农家乐的情况，讲得眉飞色舞。

他对梦响说："我们要干就大干，再投入一点，增加一点设备，更换餐具。要么搞得洋气雅致，要么让它土得掉渣，反正要搞得来客意想不到，让客人惊呼，叫出奇制胜。还有，要给农家乐取个'拉风'的名字，要么骇人听闻、哗众取宠，要么古里古怪，吸引好奇的客人，平平淡淡没有吸引力。改革开放后，人们的思想解放了，求新追异也是一种趋势。比如雅的有'益园'、'雅乐居'、'乡舍'、'乡斋'；土的叫'乡老坎'、'乡巴佬'；有的干脆叫'徐家山庄'、'刘氏庄园'，等等。简直是应有尽有，五花八门，很扯眼睛。说明这些地方的人思想解放，也说明他们脑袋好用，有智慧。这些各种各样的名字也是招牌，是响亮的招牌。"

梦响反问："这么多稀奇古怪的名字，有没有孙二娘的黑店？"

"那还是没有这么离谱的。"

"那你觉得给我们家这个农家乐，取个什么名字好，因为你已经出去参观考察过，肯定有所考虑。"

"我想叫个'梦响山庄'。"

"为什么不取你的名字，把我推出去当挡箭牌？"

"我殷智要有老婆的名气大，我还舍得让给你。"

"太招摇过市了，再说我是党支部书记，镇领导不一定同意呀。弄得不好，还会遭到群众说三道四，挨批评。"

"现在的政策是干部应该带头致富嘛。"

"那也太张扬了。再说，'山庄'这个名字，我觉得不说有点匪气，至少说它有点'侠气'，有点像精武馆要培养武林高手，那还要不要借金庸来当顾问？像是人们来消遣的旅游地吗？"

"反弹琵琶又为何不可？"

"反正不准打我的名字，我怕惹事遭议论。"

"那就叫个'农家乐'嘛。"

"就叫个农家乐，又像没名没姓，没头没脑。"

"这也不行，那也不行，就干脆不搞，反正食用菌场摊子越来越大，忙得我够呛。"

"不搞，就失去了这么好的机遇，也可惜了我们以前打的这些基础。"

"你又不可能陷进农家乐，大量的事还是我来干。你要我干，就得依我的，就要允许我用你梦响的招牌，否则我就不干。而且，这块招牌有意思，今后还可以继续做文章。"

梦响思考好一阵不答话，最后她才说："我拗不过你。我同意你暂用'梦响山庄'做名字，先看看各方面的反响。如果有反映，就赶快撤下来，免得去招惹是非。"

"我同意。如果没有反对意见，我们就一直把这个招牌打下去。其实，我第一步还不想打'梦响山庄'的招牌，先打'梦响农家乐'的招牌，'农家乐'大家都听得懂，直截了当，容易招揽客人。客人多起来，有影响后再升格为'梦响山庄'，我们就一步一个脚印地走。"

"既然我同意了用这个名字，你就大胆地干，相信你不会把你老婆往笼子里送，也不会弄得我狼狈下台！"

经过三个月的筹备，一切就绪。开业前，殷智又到县城广告公司，定制了一百面红黄相间的锦旗。每面锦旗一米高，六十公分宽，中央印着五个黑色大字，有点像《水浒传》的杏黄旗，只不过五个大字是"梦响农家乐"，而不是"替天行道"。百面杏黄旗从黄角垭一直沿路伸到"梦响农家乐"，真有点拉风。十米高、两米宽的红布幕上，"梦响农家乐"五个白色大字，格外醒目。尤其是那一百面杏黄旗，引起不少过路行人注意，纷纷驻足打听究竟。

梦响农家乐选择在一个星期天开业。上午十点，半坡村响起一阵鞭炮声，此后每隔五分钟是一次"三眼炮"闷响。这闷响声，虽然不如开山炸石的巨响，却是响得有点深沉、有点味道。邀请的客人陆续到来，有的送来祝贺花篮，有的进场就点响一串鞭炮，想方设法给这里带来点喜庆。还有一些乡邻，在一旁看热闹，要看看这农家乐怎么乐起来，闹起来。

席间，梦响把老公喊出来站在自己的身边，她在开场白中首先感谢各位嘉宾的支持捧场，接着请廖书记讲话。廖书记首先表示祝贺，然后说："农家乐就是要乐！我们大家都知道梦响是川主镇的百灵鸟，欢迎她唱首歌好不好？"

一阵掌声后，梦响不得不登台说："既然廖书记点了我的将，那恭敬不如从命，何况大家都是为支持我们而来，我就献上一首我特别喜欢的《春天的故事》，既感谢各位来宾，又感谢这个时代！"

梦响刚刚唱完《春天的故事》，贺书记领着梦军突然来到现场。惊讶的梦响顿时不知说什么好，贺书记先开口："你梦响农家乐的开场锣鼓敲得这么响，邀请了那么多客人，就不请我，就舍不得多摆一双碗筷，多请一个人，真不够朋友呀！"

"这么一件区区小事，哪儿敢惊动你这县委书记、县老太爷呀？"

"单凭我能知道你今天这事，就说明我不是做官当老爷的人。"

"那是因为你有内线。肯定是我哥告诉你的，不然你怎么会知道的？"

梦军抢着回答："我可是守口如瓶啦，可别冤枉我。他还批评我不主动告诉他，也好早点来赶个热闹场，祝贺祝贺，说我失职呢。"

"什么大不了的事，还值得县委书记来祝贺。"

"什么大不了的事？这是农村中的大事，新鲜事。过去都是农村人向往城市，现在城里人要往乡下走，把钱往农村送。在发达地区，农家乐早就有了，可在我们开州县，你还是第一家，值得肯定，值得宣传学习呀。"

"我们刚刚才起步，八字还没有一撇哩。"

"这是可贵的第一步。迈出了可贵的第一步，就有第二步，第三步，就有一花迎来万花开的结果。"

"你贺书记给我这么大的压力。"

"压力就是动力，我相信你梦响的潜力和能力。你们向家子弟都有这种潜能。你知道吗？你哥已不是农工部长了，前几天地委已经下文，任命他为开州县的副县长了。他一向低调，没有把升职的好消息告诉你们，你也该向你哥祝贺祝贺。"

"那好。我就在这农家乐招待你俩。我哥的提拔升迁也应该感谢你的培养和信任。

"我们会相互配合，互相支持，一定努力为开州县人民多办实事。我也希望你梦响不断创新，为我们农村建设闯出一些新路子出来，带动其他地方。"

"一定不辜负贺书记的希望。我梦响难得攀上你们这些大人物，今晚你们就屈尊这农家乐喝两杯。这是在你的同僚家里，不存在侵占群众利益的问题，一定要多吃多喝点。"

梦响农家乐正式开业后，每天至少有三四桌客人到此游玩。尤其是县委书记亲临梦响农家乐的消息出来以后，农家乐的生意就更加火爆，每天来客七八十人，有个星期天，居然来了近二百人。

客人一天天增加，自然也让向、殷两家的老人高兴。向安隆和殷世富两亲家，基本上是天天要来农家乐看一看。他俩看到有不周全的地方，就会提出改进建议。比如他们看到来的客人带着小孩，就给梦响建议购些儿童玩具，增加不同年龄层次的游玩项目，并说只有留得住孩子，才会留得住客人。一些好的建议，得到梦响两口子的采纳，取得了好的成效，使两位老人越发高兴，义务充当起这农家乐的顾问和监事，帮忙弥补一些管理上的疏忽和漏洞。梦响看在眼里，喜在心里，叫殷智去买了两个大红聘书，请向安隆用毛笔字写上"向安隆"、"殷世富"的名字，盖上"梦响农家乐"的红印，梦响、殷智亲笔签名，当着客人的面，恭恭敬敬地递在两位老人的手上。

两位老人拿着大红聘书，开始有点不好意思，涨红的脸被大红聘书映得更加红，两人同时嘿嘿嘿地笑，但又觉得这个聘书是沉甸甸的，不是在开玩笑，而是有着说不清的分量。一向在儿子、媳妇面前不苟言笑的殷世富，此时使劲咳了两声，然后大声地发表起"就职演说"：

"各位客官，各位朋友，大家好：现在我想打扰大家一下，就刚受聘梦响农家乐的监事和顾问的事，讲几句心里话，希望大家边吃饭边听。

"站在我旁边的向安隆是我的亲家，向梦响的父亲。向梦响是我的儿媳、殷智是我的儿子。我们这一对老亲家，刚才收到他们的聘书。我有感而发，说得不对的地方，请大家原谅。

"常言说，'人逢喜事精神爽，人遇奇事寿缘长'。今天，喜事奇事都被我遇上了。

"我殷世富祖祖辈辈、土生土长在这半坡村。这村子虽然离县城不远，可我爷爷连城里是什么样子都没见过。我的父亲曾走出过半坡村，可县城也没去过几次。我殷世富虽然羡慕城市和城里人，但命中注定我一辈子脸朝黄土背朝天，不敢有非分之想。到殷智梦响这一代遇到好时光，农村已经够吃够穿了，但他们还想更好，成天又讲什么要缩小差别，要搞乡村城市化。前段时间，小两口在家里商量要搞农家乐，要让城里人走出城门，到乡下来享受青山绿水。年轻人的事，我不便多插话，但心中极力反对，认为他们是异想天开。没想到，你们这些城里的贵客，居然真的来了。开业那天，来的还有镇长、书记、县长、县委书记，这不是盘古王开天地的稀奇事、大喜事吗？这里我要感谢你们的到来，还要欢迎你们经常来，把你们亲戚、朋友一起带来。

"各位客官，今天我拿到这本大红聘书，开始心里也不是滋味——堂堂父辈，历来在儿女面前就是叫儿女做什么，他们就做什么，难道今天就要颠倒，当父亲的还要看儿女的脸色，凭着一本聘书讨生活、过日子？但我很快回头想，的确觉得年轻人的想法做法，让我不得不服。他们请我当监事，当顾问，无非是看到我们闲不住，常动动脑子、动动嘴，帮忙补补接待漏洞，更好地为你们客人服务。

"这些事，是我们力所能及的，又是我们乐于做的，我们乐于当这个监事、顾问。现在，我俩以梦响农家乐监事加顾问的双重身份，欢迎你下次再来、经常来。祝居民农民、城市农村，越来越近，越走越亲！"

殷世富的讲话不但获得客人的热烈掌声，也获得了殷智梦响的热烈鼓掌。因为，在他俩的记忆中，父亲从没讲过这么多的话，讲过这么有分量的话，这些话无疑也是老人的心里话。

梦响农家乐的人气越来越旺，生意越来越火。这让梦响看到了前景。她决定在扩大自家的规模同时，带动村里发展农家乐。

25

梦响农家乐很快红红火火，让梦响看到了前景。她决定在扩大自家的规模同时，带动村里发展农家乐。

殷智同梦响商量，他认为"梦响农家乐"的名字太直白，有点土气，不如"梦响山庄"，既有点洋气、时髦，还带有点神秘色彩。"我还打算把梦响的'响'，改为理想的'想'。"殷智说。

听到这里，梦响一下高兴起来："没想到，我一直认为你不爱动脑筋，而今你的脑子也好用起来。"殷智说："我是被你盖住了，我殷智的名字里就表明我有智慧，有聪明才智，只是你没发现而已。"

梦响接着说："其实，我也一直在想，这名称要有味道一点，有文化一点，要让人产生联想。"

"我还想一不做，二不休，干脆再立个碑，还写篇碑文。"殷智说。

梦响回答说："反正不要搞得太张扬，引起群众反感。现在我的主要任务，就是要把半坡村的人带动起来，把半坡村搞成果树村、蔬菜村、休闲旅游村，让大家都富起来。这，也许就是我下半辈子的梦想和追求，家庭的事主要就依靠你了。"

梦响为此专门到镇政府，约请了廖书记、姜镇长听取自己的汇报，希望得到领导的肯定和支持。

梦响从自家农家乐开办半年来的收益、客流量情况进行分析，有理有据地说明，开办农家乐的广阔前景。尤其是前不久国家宣布实行双休日工作制，她敏锐地感到，这将会引发城里人出城游的趋势，给农家乐的发展带来机遇，是农村农民挣钱致富的好机会。

因此当梦响汇报到实行双休日是城市农村双赢的时候，两位领导互相交换了一下眼神，表示非常赞许。廖书记便打断梦响的话，说："你梦响的嗅觉还真灵啦。我们也看到了双休日这条新闻，当时只想到国家干部每周就可以多休息一天了，多办点自己的事情，就没有从职工的需求延伸到农家乐的发展和农民致富的机遇上。你嗅觉灵敏，善于'捕风捉影'，我从心底佩服你。我给你加上一条：搞好农家乐，实际是一场城乡对接，城乡联姻，这是实实在在的双赢。"

梦响回到村里，先召开干部大会。梦响没想到，刚开完村干部会，动员村干部带头搞农家乐的当天晚上，罗琼同爱人殷实来到她家里，让她有点意外，慌忙边端板凳让坐，边说："三嫂三哥你们平时都很忙，很难得到我们家来坐一坐，肯定是有事。大家都是殷家人，有事尽管说，只要我和殷智能办到的，我们当会尽力而为。"罗琼和殷实二人你看看我，我看看你，都等对方开口，梦响见状，心里已猜出八九分，便先开口打破僵局。

"罗姐，你是不是想同三哥开农家乐了?"

"梦响妹子真不愧是有水平的村干部，还真猜透了我们的心，我俩看到你们搞得那么好，早就羡慕了。"

"那为什么不早说?"

"我们怎么好意思向你开口，那不是存心要抢你们的生意，同你们争饭碗吗?其实我在你家打工帮忙的时候就在想，我家办农家乐肯定也能挣钱，就因为怕抢了你们的生意，才不好意思开口。你殷实哥是个旧脑筋人，他封建得很，觉得大伯子哥哥不好意思求弟媳妇。"

"殷实哥，你也太实在了吧。现在是哪个时代了，还那么封建?殷家几兄弟，从二哥殷勤、你到殷智，都是实实在在的能干人。"

"我罗琼也能干呀。你看我在你家农家乐打工帮忙，不是能吃苦耐劳，除了掌勺外，样样都会呀!"

"你的能干岂止在吃苦耐劳、样样都会啦。其实你那一张嘴，也相当厉害呀!你那张嘴能说会道，待人接物不亚于公关小姐。俗话说'话好水也甜'，你开农家乐，肯定把客人逗得开开心心的!"

"那还是要实打实的服务，光靠耍嘴皮子还不能饱客人的肚皮呀。这点，我要向你学习，其实我已经在你家偷师学艺了。不单是学手艺，还在学你们家的管理。"

"没想到，我们家花钱请了一个内奸，我吃亏了。"梦响说完，在场的四个人，都哈哈大笑，然后梦响又补充了一句:"做人，就应该处处当有心人。"接着梦响问:"你们家现在能拿得出多少现钱?准备搞好大的规模?我帮你测算一下。"

坐在一旁一直不开腔的殷实终于说话了:"家里只有三万多元，我也不想一口吃出个胖子。想搞个平时能接待四五十人吃饭，二十来个人住宿的就行了。可能需要贷十来万元，还想请你们当弟妹的担保，真有点不好意思开口。同样生长在一个家庭，兄弟之间差距这么大。"

罗琼抢着说:"怪就怪你殷实的老婆没找好，殷智有福气，找了个梦响妹子这样的好老婆。"

"别这么说，我们这个家没有殷智还不知道是个什么样子。其实，你们两个也不错，凭种粮种菜，能积攒三万多元现金，实在是太不容易了。你们非常勤奋，主要的问题是太崇拜土地，太忠实于土地了。"说到这里，大家都不约而同地笑起来，殷实不好意思地低下头去——梦响突然意识到自己说漏了嘴，似乎是在取笑殷实当年一泡尿还要夹回自留地里屙，差点整出人命的事，于是赶快补上几句，"真的，单是靠几颗粮食，能卖几个钱？现在好了，你们能抽出一些劳力来搞农家乐，我肯定大力支持。"

罗琼马上说："那就谢谢梦响妹子了。"

梦响说："我话还没说完。刚才我在考虑一个问题，你们贷十万元，我们来担保没有问题，租一亩地搞修建还可以就在我们这个农农乐附近，这儿人气旺一些，你们今后经营起来也没问题。我临时想到一个思路：你们把现在这三万元作为股金，投到我们梦响农家乐来入股，作为一种责任承担，我们分出百分之二十股份给你们。你们也可以算算账，三万元当然远抵不上百分之二十股金。你们也用不着去单独承担债务和风险，你二人参与管理照样享受基本工资，利润按股份分红。三哥负责外购，罗姐当个材料和资金监理。这样一来，对你们有好处，对我们也有好处——我的精力顾不过来，殷智也还要管理菌场。殷家向来团结，俗话说'打虎离不开亲兄弟，上阵要靠父子兵'，'肥水不流外人田'。"

听到这里，殷智马上表态："我同意，还可以考虑细一点，签个协议，亲兄弟，明算账，先小人后君子。"

梦响接着说："殷智表态同意，现在就看你们的了。当然这里还有一个问题：独立门户，完全有自主权；合伙经营，就要相互尊重，自我约束——也包括我和殷智。一切尊重你们的选择，这是我的真心话。"

罗琼抢先说："你们两口子辛辛苦苦地搞起来一个农家乐，已经上了路，让我们来入股沾光，当然是好事。俗话说万事开头难，我们肯定乐意参股，就是怕拖累了你们。我们回去再商量商量，然后给你们回个准确的话，不管是入股也好，单独搞也好，我们都要感谢你梦响妹子。"

梦响也没想到，她送罗琼殷实出门的时候，王三娃正坐在她屋前的凉椅上等候。

王三娃见到罗琼两口子就说："我以为我就是最早来找梦响的，没想到你们比我还早，肯定是说搞农家乐的事。"

"好歹我们姓殷的是一家人，哪能让肥水流入外人田，等我们殷家有多余的名额才有你外人的份，你王三娃来凑什么热闹呀。"罗琼说。

王三娃听罗琼这样一说，一时不知该怎么搭话，愣住了。

罗琼见状，哈哈大笑，说：

"你赶快去找梦响嘛，我刚才是给你开玩笑的，她怎么会不帮你嘛？"

大家一下子都笑了起来。梦响说："来来来，到屋里来谈。"

"梦响就是梦响，不愧是响当当的。有话直说，我就是想搞农家乐，看到你们办得那么好，我就心痒手痒的。"

"你目前拿得出好多钱？我想你现在手头的钱不会多，你没出去打工，光靠卖菜积累了一些钱，没有更多的收入。"

"目前我手头只有两万多元，的确不多。但我有一个想法，想同你书记请教一下，可不可以再找一个人出钱，我同他合伙搞，我出地盘出一部分现金，合伙经营。"

"当然可以嘛，为什么不行。从目前村里的情况看，能靠自己的存款，不需要贷款的人，真正还不多。合伙出资合伙经营是一条路子。"梦响说。

"问题是，想同我合伙的人，不是我们队里，也不是我们村里的。"

"是哪里的？"

"是县城里的，是我的一个远房亲戚。"

"哦，县城里的。"

"这个亲戚也不是很有钱，主要是他有搞餐饮业的技术，是个掌勺师傅，是个二级厨师。"

"他怎么想到要到乡下来投资？"

"他说，你梦响书记有眼光，看到了县城搬迁的下一步，看到了城乡发展的下一步，这个地方今后一定有前景。"

"他来过了？"

"我们是亲戚，当然来过。而且你开业后，还来'侦察'过。"

王三娃看到梦响没有马上点头，以为她不同意，就接着说："实在不行，我就是贷款也要搞。我估计贷十万元钱，三年可以还清，今后就是净赚啦。"

梦响说："不是不行。听了你讲的，我觉得多了一条思路，我们为什么不可以多渠道想办法，只想到贷款这一条路呢？"

"这么说，你同意找人同我联合办啦？"

"光我同意还不算。问题没那么简单，我还要向镇里报告，免得有人心里不平衡，又去告状。只要行得端，坐得正，我不怕告状，问题是告起状来使人烦。但从政策上讲，这种引资联办企业是没有问题的，还算得上是一种城乡合作，支持农村的经济发展。如果你亲戚是个二级厨师，今后还可以聘为我们全村农家乐的厨艺指导，就地搞些业务培训。"

"你梦响真不愧是书记，看得比我远，作为人才和资金的引进，就以这个名义去打报告，肯定搞得成。"

"希望搞得成。"

"有了你这句话，我就吃了定心丸了，我马上回去告诉我那婆娘，因为那个合伙人是我老婆的亲戚。"王三娃起身开门告辞。

送走了王三娃，殷智对梦响说："房间扩建能准时完成，设备也能准时到位。现在我想立一块石碑，要等你点头同意，我才好领旨办事。"

"什么石碑？"

"梦想山庄。"

"有这个必要吗？"

"当然有这个必要。这既是一个记录，历史记录，也是现实的一种昭示和宣传。你看当年梦功哥立的那块告别土地碑，不仅引来许多人参观，还引起多家新闻单位的报道。"

"我不想招蜂引蝶的，引来多余的事，花费更多精力。"

"既然你想做事，而且想做成事，那就需要传扬，需要宣传，需要借事造势，这也是一种间接的动员，发动。"

"石碑做多大的尺寸？"

"我想一不做，二不休，要做就做好，准备花几百元钱，买一块两米四高，一米二宽，二十公分厚的花岗石，漂亮又气派。"

"为什么要那么大？"

"一是漂亮气派，二是要刻的字多。"

"不就是'梦想山庄'四个字吗？"

"正面是只有'梦想山庄'四个字，背面的字还多呢！"

"背面还刻字，刻什么？"

"刻你的发迹史。"

"我发迹了吗？别自我标榜。"

"说发迹史是夸张了一点，但说是成长史，或者叫个其他什么的也可以，反正就是反映你的变化过程。"

"那总得有个题目嘛。你正面叫梦想山庄，一听就知道是个名字，是招牌，总不能没头没尾的没个名称。"

"那么既然名字叫梦想山庄，后面的文字题目能不能就叫'梦想山庄赋'？"

"你的胆子真不小哇，就凭你我这点文化，还敢赋呀正啊的，不要让人笑掉牙齿，还敢刻出来献丑。"

"你也太不自信了，读完小学就算扫了盲，后来又读了初中，加上这些年的认真学习，在社会上闯荡，怎么也得算个专科生嘛。"

"既然你提出这个事情，我现在也觉得有点意思。'梦想山庄赋'，你我写出来四不像，请人写，可以搞得高雅，但显然不适合我们的身份。我看不如完全用我们的口水话写出来，记录下来，朴朴实实，让人信服，让人佩服。我们高雅不起来，真真实实讲经过是做得到的。"

"那总得安个题目哇。"

"咦，可不可以叫'梦想山庄记'？"

"你怎么想到这个题目的？"

"我从范仲淹的《岳阳楼记》突然想到的。"

"中学时候读的古文，过去二十来年啦，你还记得？"

"不但记得，我还全文背得，有人说，年轻时候练的童子功，可以管终生，带进棺材都不会忘。"

"这篇古文的确太好了，我虽背不下全文，但能背百分之七八十。其他的段落、句子可能会忘，但'先天下之忧而忧，后天下之乐而乐'这句名言，是无法忘掉的。"

"好。就以'梦想山庄记'来记录，轻松多了，我先打个初稿，然后你来修改。刚才我也突然想到一件事情，既然梦想山庄记是真真实实的记录农村、记录你梦响的变化，那'梦想山庄'的碑名就用不着请书法家写。"

"不请书法家写，请谁写？"

"你父亲！"

"他写？他既不出名，也未成'家'，而且断断续续只读过两三年书，是地地

174

道道的农民。"

"就是要他这个地地道道的老农民，为自己女儿这个现代新农民写碑名，其意义会超过名书法家，会让众人传扬。"

"这不是为难他吗，他会接受吗?"

"我认为他会接受的，就写'梦想山庄'这四个大字，碑背后的文字就不麻烦他写了，字太多了，就请石刻匠刻成小楷就行了。"

"好嘛。你说得有道理，你又倔赢了。"

"那我俩分头做事，我来写《梦想山庄记》的初稿，你去请爸题碑名。你给你爸说，不要有太大压力，关键是要'向安隆'这个名字作为落款，这个名字非常值钱，可以流芳百世!"

向安隆领受了女儿女婿的任务后，开初有点坐立不安，几天都没动手。他过去只练过核桃小楷，现在要写三十公分左右的大字，越练越感觉不像。向安隆在五天时间里，写了又撕，撕了又写，总共写了不下一百张，最后留下了十张让女儿女婿挑选。

"梦想山庄"的碑名写好了。

《梦想山庄记》的初稿也完成。殷智和梦响两人一起改了八遍，才最后敲定。

梦想山庄记

向氏家族，世代居住在半坡村，祖祖辈辈都是农民。

父亲向安隆，一生"安"分守土，一心盼望兴"隆"。向梦响，向安隆之幺女，生性倔强，坠地就爱哭爱闹，声音既"响"又亮，故被父亲起名为"梦响"。"梦"字原本是自己轮到的辈分，不想带来的是自幼多梦——好梦、痴梦、噩梦、美梦，不梦不休。

梦里当过小公主，家中掌上明珠;梦里大学毕业当上了城里人，成了衣食无忧的国家干部;梦里当过军官太太，随夫南北走天涯，等等。什么梦都有，唯独没有梦想当一辈子农民。但往往总是事与愿违:想什么，没什么;怕什么，来什么。想考大学跳农门，遇"文革"辍学，走完初中道路中断;随军太太固然美，独木桥上没挤上;偶遇机会当上机关临时工，又被清理发配回原籍。此时方知农民"改嫁"难。闪念花钱买个户口当城里人，深知那不过是画饼充饥，仍是梦。从此，梦响连梦也不敢做！

改革开放，梦响有了舞台，做梦的习惯又死灰复燃。心不死，梦就在。梦响做着致富梦，办起了鹌鹑养殖场、食用菌生产企业，自己开始致富也带领乡亲们致富。梦响当上半坡村党支部书记后，带领大家办果园，调结构，建蔬菜基地，办留守儿童之家，支持乡亲们外出务工致富，带领和发动搞农家乐，取得公认的成绩，先后获得全县农村发展专业户和冒尖户的先进称号，当选县党代会和省人民代表大会代表。

荣誉催生更大的梦想。而今，梦响决定把"梦响农家乐"改名为"梦想山庄"，做大做强农家乐，带动全村发展。"想"和"响"，同音不同字，同音不同义，意在追梦逐梦，奋斗不止！且梦想山庄碑名，由梦响父亲向安隆这个地地道道的农民题写，不同凡响。

梦响永远需要逐梦。梦响的下一个新目标，办好自己的梦想山庄，带动和发展全村的农家乐乡村休闲旅游，结合搞好半坡村的新农村建设，让半坡村的农区变成景区，田园变公园，空气变人气，劳动变运动，让半坡村的所有"原住民"，过上让城里人羡慕的幸福生活。

梦想无止境，梦响的追求无止境。立此碑文，记录过去，宣誓未来。

向梦响　立
一九九五年国庆

《梦想山庄记》定稿以后，连同父亲写的碑名，由殷智一块儿交给石刻高手篆刻，约定十天完成，以便在国庆节那天立起来。

梦响把家里的农家乐这摊子事交给殷智后，把主要精力都投入发动村民办农家乐的事情中。她觉得至少要搞到十户左右，才能形成气候。她走组串户，了解已登记报名的人家的各种信息，分析各家的实力和可行性，然后再综合考评，再确定首批人选。

在梦响抓紧筹办扩大农家乐规模的同时，殷智的梦想山庄的花岗石石碑已刻好，用汽车拖回，准备第二天就立起来。

第二天清早，立碑工人还没到场，殷世富、向安隆这对亲家一早就到了。两人都反复用手去摸石碑，都赞叹这意大利产的红色花岗石真漂亮。向安隆说："这些年轻人舍得花钱，九百元买块石头眼睛都不眨，山上开块石头一样的刻字，钱都不花。"

殷世富说："管他们的，他们年轻人就爱漂亮，你我这些吃闲饭的老人别管这么多。"

"你说别管这么多，你为什么这么早就跑来了？"

"这是我们家的事，我怎么不来？你这么早也来了，关你什么事呀？"

"这叫梦想山庄，梦响是我的女儿，我是名正言顺该来呀。"

"梦响是你的女儿这是事实，但梦响是我们家的媳妇儿不假嘛。俗话说，泼出去的水，嫁出去的女，嫁鸡随鸡，嫁狗随狗，嫁到殷家就是我殷家的人啦，就该是我们殷家人的骄傲啦。"

"算你们殷家有福气，但娶的是我的女儿，这没错嘛？"

"那也不能从碑上认定就是你的女儿啦。"

"明明是梦响啦。"

"梦响是响当当的'响'，这里是想什么的'想'，与你们女儿梦响有什么关系？"

听了这话，向安隆一拳打在殷世富的胸前——举得重，落得轻，边打边说："呵呵呵，这是亲家你钻牛角尖，不管是女儿也好，媳妇也好，儿子也好，女婿也好，半斤对八两，门当户对，都是我两亲家的骄傲。"

"嘿嘿，这嘛还差不多。"

一旁看到这情景的梦响，高兴地上前去说，"两位老爸清早跑到这儿来，我不知道你们想干什么，原来是两位老亲家在这儿打擂来了，谁打赢了？"

向安隆说："我略占上风。"

殷世富说："打了个平手。"

"我占上风。请你殷亲家看下面四个字：'向安隆书'，说明上面'梦想山庄'那四个字，是我书写的。"

"啊。你那几个字还能拜客呀，就不怕可惜了这么好一块花岗石。"

"哈哈哈，你嫉妒了嘛，这是我的女婿、你的儿子求我写的。他就是要我这土里土气的字，说是比领导人物、比书法家写的，还有意思得多。"

殷世富说："我打嘴仗打不赢你向亲家，现在算是你占了上风，但过会儿要看我的表现。"他边说边指旁边放的两大挂鞭炮。

上午十点，一阵轰鸣的鞭炮声响后，向安隆、殷世富这对亲家，站在石碑的两旁，一人拉下红绸的一角，正式为梦想山庄揭了幕。

梦想山庄更名后，客人明显增加，村里报名参加搞农家乐的人家激增，总数达到三十五家，成了梦响的新难题。

最初，她给廖书记和姜镇长只报告了五户左右，现在突然多了三十家申请，别说土地不好解决，就是设计规划、布局、整体风格把控都相当麻烦。如果搞得乱糟糟的，没有一点美感，谁还有情趣到这儿来休闲，谁还愿意把钱从城里送到乡下来？开初，梦响担心村民不积极，现在太积极了，也让她难以决策。她只好到镇上去搬救兵，申请扩大规模，请教给半坡村的农家乐区取个什么名字。

廖书记说："突如其来给我们出题目，哪能马上就答出来。既然你提出这个问题，肯定你们有所考虑，先说说你的想法，我们尽量当好参谋。"

"我们一拨人讨论了三个名字，一是'半坡新村'，一个是'小康新村'，再一个就是'观澜旅游新村'。"

"'半坡新村'太直白，同原来的名字没有区别，没有新鲜感。'小康新村'不错，表现了农村发展的目标和前景。要从我个人意见来讲，我更欣赏'观澜旅游新村'，它既包含了新村的发展内涵，又点明了旅游的方向，更主要的是突出了这里的景观，可以看新县城，可以看潮起潮落的三峡水库的湖中湖。"

"得到你们的首肯，那就叫'观澜旅游新村'吧。它是半坡村的村中村。今后，我们给每家每户的农家乐取个好听的名字。说不定，建设好后，我们也给这观澜旅游新村刻名树碑。"

"好，你那块梦想山庄碑就够扯客人眼球的。"

"如果二位领导没有指示，我就告辞了。按照你们的'教唆'，我厚着脸皮去找贺书记讨要钢材去了。"

回到村里，梦响用村务公开、民主评议的这个法宝，来决定首批成员，防止不公平、不公正。除了村委会的七个干部外，每个村民组选两名代表，采取投票的办法，以票数多少确定此次开办农家乐的人家。

投票之前，梦响给三十五户报名农户开了预备会，要他们准备在会上阐述对农家乐的认识，对农家乐的打算、做法及目前具备的条件，需要贷款的还要拟出还款计划。

最后，有二十二家获得开办农家乐的许可。

一片掌声过后，半坡村拉开了建设观澜旅游新村的大幕。

26

半年后，二十二栋农家乐拔地而起，很快进入了修饰美化阶段。错落有致的别墅似的小楼房，清一色的灰瓦白墙，外加以红色勾勒出的漂亮棱角，显得清新醒目。远远望去，万绿丛中点点白，格外耀眼。整个新村，一条四米宽的水泥公路贯通其中，两旁是七十厘米宽的石板路，连接着各家各户。大伙儿都忙着扫尾配套工作，准备接待客人的设备和用具，还有，就是忙于给自己的农家乐取一个既有意味，又能招引客人的名字。

别看这些平时不注意咬文嚼字的农民，到了这个时候，突然讲究起来，反复思考，推敲自己的店名，都想有块响亮的招牌。一周过后，各家各户把想好的名字交给村委会过目。这样做，一是为了防止重名，二是为了防止店名取得过于生猛、过于土俗。一开始有人觉得没有这个必要，后来才觉得必不可少。交上来的名字中，有三家的名字都叫"黄角山庄"，他们都想借助出名多年的黄角垭这块老招牌。梦响把三家人请来协商，但大家都互不相让，最后只有采取抓阄的办法，竟然被运气好的王三娃获得。还有的名字取得特别，想用另类的方式吸引客人，如"山寨王酒家"，"孙二娘黑店"，"鬼见愁客栈"等，村委会都建议其改掉。最后，二十二家店名，以梦响的"梦想山庄"打头阵，"山庄"这个既传统，又带时尚的名称占了上风，什么黄角山庄，湖畔山庄，长寿山庄，候鸟山庄，橘园山庄，梅花山庄……一时间，山庄林立。也有比较雅一点的"鸟语林"、"村上人家"、"茅草人家"；还有比较通俗的"乡巴佬乐"、"幺妹客栈"、"回头客舍"，等等。

梦响带领村民们一边完善最后工序、取名挂牌，一边对农家乐的厨师、服务员进行培训。梦响把培训点选在自己的梦想山庄，利用接待客人的机会，现场培训，现场操作，让客人现场品评，现场研讨，收到特别好的效果。有的人嫌集中培训的时间不够，担心手艺不到家，还在开业之前买回原材料，在自家练手艺，请邻居试吃，品头评足提意见，下决心开业后要一炮打响。

梦响善于打组合拳，工作上注重下连环棋，走第一步，想到第二步，计划到第三步——在进行厨师、服务员的培训期间，她又策划起宣传广告的事。开初他们想在县城的东南西北四个方向的主要进出口，搞四个大型广告牌，但考虑到审批程序麻烦，投入宣传费较高，每块少不了一万元，因此放弃了这个方案。后来想了个简单易行、投入也少的办法，花了两千元钱，印制了四万张广告小传单，专门利用星期六、星期天，到县城里的主要农贸市场去散发。

散发宣传广告单之前，梦响特地给二十名宣传员进行了分工与培训，她强调："要观察市场上购买蔬菜的对象，不要见个人就发一份。你发给不识字的老太婆有什么用？发给卖菜的农民有什么用？农民还用得着去农家乐消费吗？你们要见机行事，发给那些像干部、像职工的人，才能起作用。"

就一个星期六、星期天，四万张小广告全部散发完毕。小广告上赫然印着：

观澜旅游新村开业　七天大酬宾

十一国庆节，观澜旅游新村正式开业。国庆七天，全村农家乐食宿五折大酬宾（酒水除外），热忱欢迎大家光临。

这里，有名目繁多的山庄，有各种各样的客栈，有不一样的人家。这里，农区正在变景区，林山正在变花果山，田园正在变公园。

百闻不如一见，百见不如一试。观澜旅游新村欢迎您的光临！

观澜旅游新村

人们拿着宣传广告，有的露出惊讶的笑容，有的还互相交谈几句，说想不到如今的农村广告，居然打到城里来了，今天的农民已经不是过去的农民了。

"百闻不如一见，百见不如一试。"国庆那天，不少人真的拿着小广告，半信半疑地来到观澜旅游新村。许多人是初次到来，摸不到底细，显得有些茫然。开初担心没有客人来的农家乐主人，见突然一下子来了这么多人，更显得忙乱，慌了手脚。

幸好梦响事先做了预案——在人员培训期间，梦响就成立了观澜旅游新村农家乐协会。开初梦响想让当能说会道的王三娃当协会会长，但她征求意见的时候，发现王三娃因为过去的事，让人不服，只好自己担任会长，让王三娃当了副会长。国庆这天，客人多得如大兵压境，王三娃一手拿着本子，一手拿着笔，不停地记，一直协助梦响安顿客人，花了两个多小时，终于让所有客人各就各位。梦响长长地舒了一口气，心里暗自承认，王三娃毕竟在外闯荡过多年，是个有能力的人。启用和发挥他的作用，不但为自己分忧，更重要的是有利于全村农家乐旅游的发展。

梦响歇了一会儿后，又带着王三娃去新开业的二十二家农家乐挨家挨户登门拜访，代表旅游协会和村委会，欢迎客人，还诚恳地请客人多提宝贵意见和建议。

梦响请客人多提宝贵意见和建议的客气话，却让王三娃受到启发。他给梦响建议："我们干脆搞个书面意见书，在试营业的七天优惠大酬宾期间，凡新来的客人，就请他们留下宝贵的意见和建议。凡是被采纳、能改进我们工作的，奖励百元消费券。"

梦响说："这个主意不错，不仅有利于提高农家乐的接待水平，还可以让客人看到我们的诚意，一定会留住更多的回头客。"

国庆三天假，客人有进有出。平均下来，每天接待客人量超过原计划的百分之七十。按照原计划，梦想山庄日接待量是一百人，新建的二十二家农家乐每户接待量是五十人。尽管劳累辛苦，尽管是五折优惠，仍然家家获利，户户高兴，客人也满意。然而，梦响喜中带忧。

梦响喜的是，观澜新村农家乐，一炮打响，旗开得胜。忧的是，客人过度饱和的问题如不能尽快解决，就是走下坡路的开始。于是，一个增量扩容的计划又在梦响心中萌发。

她先召开村委干部会议，接着召开村组干部会议，决定除了在原有农家乐的基础上扩容外，再新建二十户农家乐，让观澜旅游新村，变成既有影响力又能形成规模的旅游村，成为名副其实的社会主义新村。

梦响忙完了旅游新村农家乐开业七天大酬宾活动，马上又着手父亲六十大寿的生日宴来。虽然父亲一再反对，还亲自给远在重庆的梦成和成都的梦学写信，不愿他们耽误工作，天远地远地赶回来。而且还说，"过去的人活到六十岁就称为花甲老人，好像不得了了。而今六十岁算不了什么，只能算个小弟弟，说不定还逗人笑话。现在不做生，等我满八十、九十岁的时候再做也不晚，我有这个信心活到八九十岁。"

梦响对父亲说："这不仅是为了你，我们也想找个借口，弟兄姊妹团聚团聚，何况家里有个农家乐，厨师服务员都是现有的，不需要你老操半点心，到时候你只管坐在上面喝酒，接受儿孙们的祝贺就是了，又不要你掏一分钱。"

向安隆拗不过梦响，只好退而求其次，说："没办法，我一个人哪拗得过你们五兄妹。但有一点必须依我的，只是自家人打堆，一律拒绝其他人。你不知道，还在一年以前，村里就有人说要喝我的六十大寿酒，那王三娃还自告奋勇要当提口袋的发起人。这件事坚决不能搞，搞了影响不好。虽然说我一生人缘好，但有不少人是看在你当村支部书记的分上，难免出于趋炎附势来祝贺，说你梦响借为做寿敛财。"

梦响马上回答："肯定不请客，不收礼，这个原则必须坚持。但是，我的公公婆婆不能不请吧？我是你的女儿，又是股家的媳妇，不请说不过去呀。请了我的公婆，不请大嫂吴欢的爸爸妈妈，说得过去吗？不请亲家爷，大嫂大哥的脸面往哪搁？三哥的老丈可以去掉，其他的亲戚也可以不请，你们这早不看见晚看见的三亲家，得聚一聚呀。"

"这样一来，办四五桌席都还可能坐不下，花费太大了。"

"这个小事一桩，不用你操心。"

何良、梦成夫妇提前两天回到半坡村。梦响安排他们就住在梦想山庄，梦成不同意，要住向家老屋，说过去陪爸妈的时间少了，该补补课。老妈打心眼里高兴，忙这忙那，检查了一遍又一遍，生怕怠慢了这两个城里人。

梦成第二天参观了梦想山庄。她上上下下打量，每一个客房都不放过。接着，她去参观那二十二家新建的农家乐，跟老乡们拉家常。梦成说得最多的话，就是："没想到，万万没想到，半坡村变成了今天这个样子。早知如此，我当年何必拼死拼活往城里跑，千方百计当城里人。"

身为高级记者的梦学，肯定十分忙碌。按照过去的工作范围，他完全可以带着采访任务，公私兼顾返回老家为父亲祝寿。但在刚刚结束的四川省级机关干部会上，宣布重庆升格为国务院直辖市，涪陵、黔江、万县地区由重庆直辖市代管，重庆已不属于四川的领地了，梦学当然不能带着任务两兼顾。为了节约时间，他和宁静请了四天假，坐成都到开州县的卧铺大巴回到半坡村。梦学二人一进半坡村就兴奋起来，尤其是宁静，把包一放下来，给爸妈和姐姐梦成打了个招呼，拉着梦学就往外跑，还不时惊叫："这是我插队落户的半坡村吗？我们的知青公馆到哪儿去了？"梦学说："你们的知青公馆已经变成山庄，接待城里的客人了。"

宁静转过头去，一眼看见了黄桷树，高兴地说："唯有这两棵黄桷树仍然挺立着，它们可不能倒哇，它们是我俩的月老啦。它们见证了我第一次亲你，你那惊恐万状的狼狈相，简直像害怕引燃了我这炸药包。当时我就说过，你躲也躲不过，逃也逃不掉。二十年啦，故地重游，兑现了我的承诺，真让人感慨万千。"

"算你脸皮厚，跟踪追击，我走到哪儿你也跟踪到哪儿，像个幽灵。"

"这不叫脸皮厚，这叫爱情的坚贞、执着，这叫目标如一。"

"说实话，豆蔻年华，哪个的青春不汹涌澎湃，何况你宁静人也长得好看，我是尽了最大的克制力，强烈的压抑自己，告诫自己：女知青这个'地雷'不能踩，要时刻铭记自己的农民身份，癞蛤蟆吃天鹅肉的事不要想。"

"我就敢想，我不终于吃到天鹅肉了？"

"谁知道是块天鹅肉，还是一块死猫肉？"

"你怎么这么没有自信心。你不是事业一帆风顺，三十多岁就被评为高级记者了吗？"

"这是徒有其表。我表面身份是脱了农皮，当了干部，但骨子里仍然是农民基因，已经根深蒂固了，没法改变。所以，你经常脱口而出'农民'、'农民'地叫我，我也不生气。我反问自己，你梦学承认也罢，不承认也罢，难道你进了城就成了资格的城里人了吗？不管是缺点还是优点，你不是仍然保留着农民的品质和习性吗？进了城就能够脱胎换骨地变成城里人了吗？有这个可能性吗？有这个必要性吗？但是，我口里没反驳你，其实心里一直在反抗你。当初你追我的时候，一再表态不在乎我是农民，而今又嫌我是农民。你说我是农民，其实你爸不也是从农村走出去的呀，你爸也不是农民吗？而你宁静也不就是个'城二代'吗？你也算不上正统的城里人呢。正统的城里人究竟又有多少？"

"那你当初为什么不反驳我呢，让你闷在心里受委屈。"宁静说。

"不反驳，是因为我知道人的本性难移，不是吗？我走到哪儿都会联想起川主乡、半坡村，农业、农民。我写的稍有影响的新闻报道，大都是关于农村的。我这一生本性难移，于是把自己的书房取名为'山客居'，意思是说我乃一个夹皮山沟走出来的山里娃，农村才是我的家，而今有幸来到城里，也不过是身躯借居在此，而我灵魂的最佳归宿，还是那生我养我的半坡村。也许这是一种乡愁吧。"

"今后我再也不说你是农民了，我保证，对毛主席发誓。我理解了，今天算是我俩在黄桷树下，第二次谈恋爱，是心灵上的城乡融合。"

两人谈兴正浓，却被梦响打断了，"听说二哥二嫂坐夜班大巴早就到了，我四处找不到人，谁知道你们不同爸妈摆龙门阵，跑到这儿来怀旧抒情来了。你们还是要留点时间同我们摆点家常话，带给我一点新信息呀。"

三人一起边说笑边往梦想山庄走。突然，他们身后响起一串急促的自行车铃声。三人一起回头看，发现是大哥梦军一家子推着自行车在给他们用铃声打招呼。

宁静打趣地说："哥哥是县大老爷了，不骑马坐轿也得坐个四个轮子的小车呀，怎么骑辆只有两个轮子的自行车呀？"

梦军接上宁静的话："两个轮子比四个轮子的好哇，既节省了油钱又锻炼了身体，还落得廉洁自律的好名声啦。"

梦学点头表示赞成地说："这样的干部才不会被群众戳脊梁骨。"

谈笑间，几人就走到了梦想山庄。梦响见客人都已到齐，便宣布开席。

向安隆端起酒杯站起来讲："各位亲朋好友，欢迎你们来参加我的生日宴。本来按照我的个人想法，只想平平淡淡过个生日，但是儿女们的盛情难却，非要借我的六十岁生日大做文章，创造个让大家相聚的机会，我也只有欣然领受。谢谢我的儿女们！他们的孝顺懂事，让我向安隆脸上有光！听梦军梦学讲，中央已经正式批准重庆为直辖市了。来，我们一起，为直辖市干杯！"

接着，向安隆端起了第二杯酒，说："过去六十岁的人被称为花甲老人，被认为是老态龙钟了；现在这个世道，六十岁了还生龙活虎的人到处都是。跟各位亲朋摆老实龙门阵，我从来就没有觉得我现在有六十岁，我始终觉得自己最多只有四五十岁。这次孩子们再三说要给我做个六十大寿，我才猛然发现，人生很短，我怎么不知不觉、稀里糊涂就混到六十岁了？这才深感岁月不饶人。来，为我们的相聚干杯。"

向安隆一饮而尽，然后拿起酒瓶，亲自给坐在他旁边的殷世富、吴正业两位亲家满上，说："我们三亲家虽然住在一个村，常相见，却不常相聚。这次我过六十岁生日，终归把两位亲家凑到一块，让我十分高兴。感谢吴亲家把梦军当成儿子待，感谢殷亲家待梦响比亲女儿还亲。来，请二位亲家干杯。"

梦军看到今天的这个架势，估计这三亲家在酒席上肯定有一场恶战，想赶快撤离。他拉着吴欢站起身来，同时举起酒杯，说："祝父亲六十岁生日快乐，祝爸爸妈妈健康长寿！"随后再一同举杯向殷世富、吴正业敬酒，祝他们快乐安康！

殷世富看到梦军喝酒不尽力，马上就说："你是久经考验的，大家知道你的酒量，今天喝酒的姿势虽然挺猛，就是出工不出力，不见酒杯里的酒减。"

梦军赶快辩解："我承认，我有点酒量，但今晚还要开会，加之又是骑自行车，两件事就促使我不能贪杯，请长辈原谅我不能奉陪。"

"好干部就应该是这样，那我就放你一马。"殷世富边说便竖起大拇指，接着说，"我听梦响说，你在干部群众中口碑不错，肯定还会提拔，还有长势。不过，尽管你是县太爷，可今天在这个酒席上你是晚辈，不喝酒可以，但我希望你老老实实坐下来，听听我们三亲家摆龙门阵，喝酒说说酒话。"

"在你们面前，我永远是晚辈，我应该洗耳恭听。"梦军回答。

"好。那我问你，你今年多少岁？"

"已经过四十了。"

"那你肯定知道有段顺口溜，叫什么'十七十八，大好年华；二十七八，连跑带爬；三十七八，等待提拔；四十七八，干也白搭'。你现在正当时机，肯定还有长势。来，亲家爷祝你步步高升，我干杯，你随意。"说完他一饮而尽。

梦军马上回答："不敢奢想，我也没有那个水平和实力，能干好这个副县长就谢天谢地了。"

"别说到顶的话。水往低处流，人往高处走，这才正常。"殷世富边说边转过头去对向安隆说，"我有时就在傻想，为什么我家也是五个孩子，你家也是五个孩子，刚生下的时候人都差不多，可你家五个就比我家五个有出息。"

"你殷亲家也太抬举我了。"

"不是抬举奉承，这是事实。你听我数嘛，你家老大梦军官至副县长，是名副其实的县太爷。梦成当年悔婚，我家有些舍不得，现在平心而论，她嫁到我们殷家有点委屈，听说她现在是居委会的书记兼主任，跟梦军的官差不多大小。老三梦学在北京读了大学，毕业后当上了见官大一级的无冕之王，听说现在是高级记者，同大学教授一样的级别，高级知识分子。梦功虽然是个初中毕业生，现在已经是镇里建筑公司的总经理，听说还有可能被选成镇政府的副镇长；最小的幺女梦响是村支部书记，大小也是个官，挣钱致富也是响当当的。"

"梦响还不是你家的人，你家的媳妇?"向安隆反问道。

"那还是你们从小培养得好哇。照我看来，是你们家的祖坟埋得好，祖宗还选择了一个好姓。"

"这与姓什么有什么关系?"

"有关系。你们姓向的，就是向阳，旺向，向上，注定人丁兴旺，注定要升官发财。我们家没有升官的，我认为除了祖宗没积德，就是这个姓不好，殷的谐音是阴，阴暗不显眼，注定只有在阴山背后，永远不向阳，永远不显眼，永远出不了人才。有人说'殷'是殷实、富有，是小康人家，其实我这个殷实户是徒有虚名。"

吴正业听他这么一讲，也接着话题说："我也觉得殷亲家说得有点道理。我姓吴，它的谐音是有无的'无'，我们这一家在这个世上，就是有我不多，无我不少，可有可无。我们本来是城里人，可城里无容身之地，硬把我下放到农村来当农民。我明明叫吴正业，可有人说我'不务正业'。我一辈子都老老实实，安分守己，却还要受到生活的惩罚，女儿差点被弄去换亲，大儿子被迫去当上门女婿，后代还要跟人家姓，真丢人啦，让人耻笑一辈子，我吴家人八辈子都撑不起腰。"

看到吴正业越说越伤感，吴欢差点流泪。向安隆马上转移话题，"今天是我的生日宴，不是忆苦饭，不说这些不高兴的话。来，来，来，我们喝酒，干杯!"

"过去有人说，'话有千说，理有百端'，意思是公说公有理，婆说婆有理，我还不相信。刚才听二位亲家讲，家庭兴不兴旺，与姓氏有关，好像有些道理，但我又感到这个理由不存在。如果姓氏与命运有关，那姓史的人，那不生下来就该死?你的大儿照样姓吴，你的大孙女吴大燕不是考上了名牌大学清华了吗?你那二孙女又是一根好苗子，肯定将来有出息。所以，我们不能是鬼穷怪地基，人穷怪屋基，钻进牛角尖爬不出来。我们要怪就怪过去的时代。过去，我们姓向、姓殷、姓吴的三家人为什么都不好?现在，我们三亲家，家家户户，老老少少的变化都非常大，就因为我们都遇到一个好的时代。"说到这里，向安隆看了看梦军和吴欢，然后对着两位亲家说：

"你们两亲家如果觉得我说得对，就接受我的敬酒，就收回你们刚才的说法；

如果觉得我说得不对，你俩就罚我喝酒。"

吴、殷二人闻言，一起端起酒杯齐声道："我们赞成你的说法，个人命运好不好，关键在社会，在世道，我们接受你的启发，愿陪你一起喝酒。"

听了两位长辈的话，梦军赶快端起酒杯站起来说："我也赞成父亲的说法，当晚辈的买个'马'，陪敬长辈们一杯。"

全桌人一起举杯，一饮而尽。旁边响起一阵热烈的掌声。原来，另外三桌人早已放筷收席，站到主桌来观战助酒兴。他们为向安隆的精彩讲话，为几位老人的开心，从心底高兴而鼓掌。

殷、吴、向三位老人看到大伙儿都已下席，也不再恋战，干了最后一杯酒，开开心心结束了战斗。

殷、吴二人有些醉意，大伙儿把他俩扶到客房休息。梦军、梦学劝父亲也去休息一会儿。向安隆说："我没醉，我留了一手的。酒席上有个原则，要让客人尽兴，主人一定不能贪杯先醉。主人先醉了那还像话？起码也不礼貌。再说，我们家过年过节都没有今天这么整齐，五个子女全都到场，儿孙绕膝，我不同大家摆摆家常话，我舍得去睡大觉吗？好难得聚到一起，走，到院坝里去坐着，摆点家长里短。"

向家几代人一起去到院坝，坐成里外两个大圆圈，把向安隆和老伴围在中间。梦军的儿子开来问："爷爷，奶奶，你们今天高兴不？"

奶奶说："高兴，高兴。一百个高兴，一千个高兴！"

梦学说："今天爸爸在酒席上讲的那些话，不但让两个亲家爷口服心服，我们听了也很过瘾。贫富贵贱与姓氏有什么关系？你用事例讲出的道理，恐怕理论家也难讲这么精彩。"

梦军也接着说："爸爸的确讲得很深刻，说实话，我这个号称县官的人都讲不到这么精彩，真是言语不多道理深。"

"你们兄弟俩别把我捧到天上去了。我只不过像邓小平要求的那样，实事求是，讲实话，说真话。实话实说摆事实，谁能推得翻？只要不是睁起眼睛说瞎话，都不得不承认，是世道，是时代决定个人命运，改变人的命运。今天，你们就生活在一个好的时代。我们一家也要感谢这个时代。"

说到这里，向安隆若有所思，端起茶杯喝了两口茶，然后用茶杯盖敲了两下茶几，说："其实，我今天在酒席桌上当着两位亲家，有些话不方便讲。我认为，你们几兄妹能有今天，除了你们生活在好时代外，跟你们自己的努力奋斗也分不开。这么多年来，我一直没有当着面表扬过你们，今天说的是心里话。你们走到今天，能有一些成绩，我和你们妈妈都很高兴，也感到幸福。希望你们继续努力。还有，你们兄弟姊妹要多交流，互相鼓励；有成绩，也不要骄傲。梦军，你是老大，现在家中就数你职位最高，家里家外盯着你的人也多。尤其是在外，全县人民都在盯着你，看着你——老百姓的心中有杆秤，你表演得好坏他们都有数。过去，你当农工部长，跑农村，后来当分管农业的副县长，也是跑农村，很辛苦，好在你出生在农村，能吃苦，也干得可以。现在，又派你去抓三峡移民工作，这是一个艰巨的任务，希望你既要执行国家政策，又要多为老百姓说话，党和国家的政策都是为老百姓的，不要亏待群众。任务重，工作艰巨，你要注意方法，注意身体。"

听到父亲讲梦军被调去分管三峡移民工作，梦响不解地问："怎么把你调去搞这个工作？移民工作不仅涉及利益补偿，而且涉及故土难离的乡土观念，群众的思想工作相当不好做哟。"

"没办法，我知道难搞，但我也没讲价钱。不是说共产党员是块砖，哪里需要往哪里搬吗？我一辈子都没跟组织讲过价钱，我不会向组织讨价还价。要说难，样样工作都难，除非你不认真，敷衍了事。比如说，搞县城搬迁，建新县城就不难啦？而且随着重庆成为中央直辖市，万县由重庆代管，既给开州县带来发展机遇，也给新县城的搬迁带来新的压力。"

梦响问梦成："你们重庆人听到变成中央直辖市，可能都高兴惨了吧？"

"那当然高兴啰！虽然同北京、上海、天津三个直辖市比，重庆还有差距，但是，重庆曾经直辖过，而且是中央西南局政府的所在地，抗战时期还是国民政府的陪都，能够再次直辖，既是实至名归，又是中央的英明决定。重庆可以跟四川平起平坐了。"

"这样的好事为什么突然落到了重庆头上？"梦响问。

"这可不是天上掉馅饼，好处突然落到重庆头上。这次把重庆定为直辖，是经过实践调查和论证，经过深思熟虑才定调的。不像十几年前的三峡省筹备组，来也匆匆，去也匆匆，只存活了一年多。从我个人的角度看，成立三峡省的决定有点盲目。它把三峡库区的万县、涪陵、黔江和宜昌部分县凑合起来，全是些穷哥们拼在一起，没有一个龙头牵引。而三峡省省会选址湖北宜昌，宜昌本来就是一个中小城市，哪来那么大的牵引力。所以，一段时期，三峡库区的干部群众，忧心忡忡，形成新领导无力管，老领导不便管的'不三不四'、'不上不下'、'不死不活'的局面。现在三峡工程正式启动，重庆直辖，大城市带大农村，更有利于库区的建设和发展，这比起几个穷哥们自己苦熬苦斗自然更有发展前途。"

"千百年来我们都习惯了巴蜀是一家，我们当然宁当重庆人，也不愿当三峡人。这是非常自然的事。二哥，我们开州县确定无疑划给重庆市管吗？"

"这是准确无误的。前不久，四川省已经召开了厅局干部会，正式宣布了这个决定。"

"无论是划归四川还是划归重庆，不是一直都有人管我们吗？为什么重庆直辖后更有利呢？"

"重庆直辖后，它的管理体制就是一竿子插到底，减少中间环节，面对面地直接管到县，我们可以直接受益。"

"二哥，那从现在起，你就是外省人啰，不是我们重庆人啰。"

"无论四川人，重庆人，都是中国人，有什么不同？"梦学说。

梦响问梦军："整个开州县要搬迁，移民有多少人？这个工作好难做哦。"

"开州县的外迁移民比较多，共总达四五万人。"

"这些人迁到什么地方？"

"全国有十一个省安置。我们开州县的外迁移民，省内安排在广安、南充、绵阳等地。外省的有安徽的长丰、上海的崇明，等等，还有山东。国家一声号令，各地都支援响应，积极配合。让移民拎包入住新家，有一种他乡也是故乡的感觉。在这一点上，任何一个国家，都难以做到。这就是我们社会制度的优越性。"

"移民工程大概什么时候才能全部完成？"

"要求 2005 年前全部完成。现在看来，农村的移民外迁安置工作还相对比较容易做，城镇移民外迁安置工作的难度还很大。开州县新县城涉及十来万人口以及政府机关、学校、企事业单位，要求两年后要逐步有单位迁入新县城办公。最近，重庆直辖后，又提出了提高建设标准，加快建设速度，广招建筑大军的要求，现在已有三四万人聚集在新县城建设的工地。"

梦响接过梦军的话说："我们明显地感觉到，我们村进城打工的人猛然增加起来；还有，蔬菜也一天天贵起来，这给我们种菜的农民增加收入，又带来了致富的机会。现在看来，我们半坡村，提前调整农业生产结构，由种粮食，向种果蔬调整，抢占蔬菜市场的先机，是正确的。还有，我们村搞农家乐，搞观澜旅游新村，也对路了。如果今后发展得好，我们还可以成立旅游公司，同县城的旅游公司合作，为他们承接一些想亲山观水的游客的生意。"

正当梦军梦学表态说可以的时候，坐在一旁的母亲不高兴地抗议起来："原来你们说趁你爸生日的时候，一家人摆摆龙门阵，说说家常话，没想到好不容易聚到一起来，又是工作，工作，工作，把会场搬到家里来了。"

"好，好，我们接受你的批评。那么，就让老妈出个题目，我们围绕你的话题讨论。"梦响马上表示改正。

"那好，现在轮到我们老家伙说话了，那我就一个一个地问你们，我先从老大梦军家问起。向未来明年就要考大学了，现在准备得怎么样，准备往哪儿考。不好好学习，就考不上。你爸爸这一辈就只有你二爸是个大学生，希望你们这一辈，你带个好头，考个好大学，今后弟弟妹妹都向你学习，个个都成为大学生。"

"今后大学生也不是什么了不起的。我读了大学，还要准备考研究生，还要准备出国深造。"未来高兴而又满怀信心地告诉奶奶。

未来说完，在座的给出了一阵掌声。爷爷高兴地说："好，现在一是要好好读书，将来才有出息，你向未来才会有好的未来。"

接着老妈又问："吴欢，听说你们粮食门市现在生意秋得很，很少有人来买粮食，你们会不会下岗啊？"

向安隆也接着说："真是此一时，彼一时啊。粮食统购统销时，城市居民凭国家发的粮食供应证，每人每月定量发放，粮食部门定量填证销售，还有人托关系求人情要求搭粗粮多配大米，卖粮人坐在门市里面多神气，让人羡慕。没想到，改革开放才十多年，粮食就退出了统购统销行业，粮食门市卖粮的工作快成了下岗职业。"

吴欢说："爸妈你们不用为我担心。天生一人，必给一路。政府不会眼睁睁地轻易让职工下岗，会想办法寻找新的出路。现在粮食丰收了，市民可以不需要粮食供应证，直接到自由市场去购买，等于宣判了购粮证的死刑，取消统购统销势在必行。粮食取消了统购统销，给粮食经营部门带来了困难，但对全国人民来讲，是件好事，是件大好事。我们粮食部门也在积极想办法，改变经营作风，改变服务态度，由原来的卖粮服务改为加工粮食产品销售，正在闯出一条新路。我们现在基本上不坐门市了，推着蒸好的白馒头和加工好了的抄手皮、饺子皮到处转大街，转农贸市场，既为自己寻找出路，又方便了群众，工资还不比过去少。这说明，只要坚持改革，任何人都会有出路。"

"你从门市里走出来，推着车子到处叫卖，见到熟人好意思吗？"

"开始是有点不好意思，不到一周就慢慢习惯了，见到熟人，付之一笑，大家都比较理解。结果这事传开了，被地区报纸报道出去，说向县长的爱人顺应改革大潮，推着白面馒头串大街，县委书记在大会上还表扬了梦军。结果，我去卖力气讨生活，却为他挣脸面得表扬，说向县长不谋私。"吴欢说着，对着梦军发问道，"你说是不是？"

"这是事实。不过，你也不是专门为我挣脸面，你首先是为了自己的工作和生活，顺便为我赢得了好名声。"

"好。不说梦军了，梦成你说说你们家。"

"既然老妈点到我了，我只有如实交代。我们家嘛，儿子何畏正在读初中，这小子有点鬼聪明，成绩一直比较好，今后考个好重点高中、好大学不成问题。但是，我们发现他的思维有些跳跃，有些逆反。他知道我当年是千方百计跳农门，吃尽苦头逃离农村后，他说他不相信农村就那么可怕，生在农村就活不出来。还说考大学就考中国农业大学，毕业后就到农村工作，更希望回到开州县，为家乡做贡献。我和何良的工作，他在安置办，我在街道办事处，每天是按部就班。不过，有件事得向大家报告，我们已经搬了新家，电梯房，住在十二楼，有一百〇八个平方米，三室一厅一厨。"

"买那么贵的房，你们哪有那么多钱？"老妈赶紧追问。

"才花几万块钱，不到五万元。这是房改房，单位要补贴，我和何良都是副处级干部，政府补贴大部分。如果按照市场价，要十多万，我们哪里买得起呀。装修花了两三万元，还比较漂亮。这次我们回老家来，一是为父亲祝寿，二是我俩想请两位老人到重庆去耍几个月。你俩辛苦一辈子，把我们五个孩子养大，很不容易，请你们出去走一走，玩一玩，看看外面的世界。"

听到梦成这么一说，宁静抢着说："我们也搬新房了，面积比梦成姐的房还稍大一点，有一百一十多平方米，也是三室二厅一厨双卫，很方便。我们这次回来之前就商量好了，要把爸妈请去耍几个月。如果二老住得习惯，还可以多耍一段时间。"

梦学也插话："就是，就是！"

梦成接着说："好呀，爸妈先到重庆我们家住上几个月再去成都，我送你们去。"

"哪个到你重庆要那么久哦。重庆尽是坡坡，出门就爬坡上坎的，难道我们一辈子住在山里，坡还没爬够？"

"哪个叫你天天去爬坡上坎嘛。出门可以坐公共汽车，上下楼有电梯，方便得很。"梦成再三强调。

宁静也不服输："我生在重庆，长在重庆，过去总认为重庆有山，有水，有大江，雄伟有气势。其实我到成都生活十来年后，才觉得成都一马平川，生活起来比较淡雅、闲适，是个居家过日子的好地方。"

听到这里，梦响抢着说："你俩用不着在这里打广告竞争，我觉得你们两家都好，都比一辈子窝在老家好。这一次，爸妈你们两人就下个决心，去检验一下他们是真心实意地邀请，还是虚情假意说代口话。"

"好，这几天我帮爸妈准备准备，过几天我们一块儿回重庆，省得以后还要专门找人来接送。"梦成说。

"说得轻巧，说到风，就是雨，哪来那么撇脱，你们敢请，我还没有那个胆量去！"老妈说。

"怎么不敢去，一不要你们给车船费，二不要你们缴伙食费，还担心什么？"

"你们就不怕我们进城后，到处都给你们出洋相哇？重庆、成都都是大城市，听说不少人瞧不起乡巴佬，说不定我们是自找没趣，哪有在家里过得自由自在。"

"别把大城市想得那么恐怖可怕，城里人，乡下人，都是人，谁能把谁怎么样？那你看我梦成究竟是城里人还是乡下人？"

"反正听说大城市里的规矩多，弄得不好还要遭罚，我惹不起总躲得起，不去就不会找事了吧。"

"你们一开始去肯定是人生地不熟，我和何良会陪着你们的。"

"反正我现在不去，不能说走就走，总得准备两三套好一点的衣服，免得城里人怀疑我们是逃难进城的。"

在一旁听了很久的向安隆终于发话了："谢谢女儿女婿、媳妇儿子的心意。

我们其实已经有个计划了，也不忙着现在就去，等我们准备好了，早一天晚一天都可以。"

听了梦成和宁静的邀请，吴欢坐不住了，说："你们两家都请了爸妈，我们离爸妈这么近，他们都没进城去住过。我看这样比较好，爸妈到成都重庆去之前，先到我们家去住十天半月，算是对城里的生活先适应一下。"

"这个主意不错，就让吴欢给爸妈当个适应城市生活的培训师吧。待你们觉得可以了，借我出差到重庆开会的机会，顺道送他们到梦成家，省得专门派人接送。"梦军这样定调，大家都比较同意，建议尽早成行。

梦成再次强调，大家下了这么大的决心，希望父母不要开空头支票，并希望大哥大嫂马上就接父母去城里去住一段时间，适应适应。回头梦成又对梦响说："今后我退休了，到你梦想山庄来打工，你要不要？"

"我当然愿意要哦，但要不起，留不住。"梦响说。

"为什么？"

"庙小了，哪里供得下你这尊大菩萨呀。堂堂的县处级干部，哪能到一个农家乐来打工，你不怕人家笑话，我还开不起高工资哩。"

"当然，不给工资白干我不会来，但只是为了钱我也不会来。你放心，我不会漫天要价。"

"不是为了钱，那是为了什么？"

"为了结一个心愿。"

"什么心愿？"

"补一补当农民的课。"

"还想补当农民这一课？"

"我当农民那阵子，简直就把农村当地狱，把当农民当苦役，所以千方百计想跳出农门。没想到这么一二十年来，农村变化这么大，农民变化这么大。过去，农民搜肠刮肚，千方百计想办法，恨不得一天从鸡屁股里抠出几个鸡蛋来去换油盐钱，而今竟有城里人主动把钱送到农村来。这样的农民，当出了味道，当起多有自豪感，多有成就感。我就想来当当这样的农民。"

"原来如此，我理解了。你不是为了钱而来，是为了补上当现代农民这一课而来。不过，现代农民既要有现代农民的精神，还要有现代农民的市场经济意识。你打工不要钱，我还不敢要你哩。因为经济报酬，既体现一种价值，更体现一种责任和承担。如果你能来，我是求之不得，我正缺你这样的管理人才。不过，你来之前，最好去拜师学艺，带上几个重庆名特产品来，提高我梦想山庄的品位，让这儿的餐饮服务再上一层楼！"

"好。一言为定！"

"一言为定！"

吴欢听完两姐妹的对话，接上话茬说："梦响妹子要了你姐，还愿不愿意要你嫂子来打工呢？"

"来就欢迎，不过你离退休还早着呢。"

"我可以办停薪留职，还可以离岗待退呢。"

"你走了，我哥怎么办？"

"反正他是个闲不住的人，家里对他而言就像旅馆，每个月在家里住不了几天。"

梦军听了两人的对话，马上打趣地说："她前脚来，我随后就跟上，我也解甲归田，跟着老婆回农村。"

"哥是说得轻巧！国家好不容易培养个县官，就轻易放了你，除非你犯了错误。再说，农村才刚刚开始富起来，不要以为农民已经富得流油了，一个两个都想回归农村，往农村跑。城里人都跑光了，剩下空城还有什么用？"

梦军响亮地回答："梦响，你就别操这个心了。既然有人愿意出城，也就有人愿意进城。只要农村和城市同步发展，贫富差异和文明程度的差异逐步缩小，城乡之间就能够随进随出，高度地融为一体。不过，我现在还不能走。常言道，在其位，谋其政，我现在还走不脱，尤其是三峡移民工程工作这块硬骨头，还需要去慢慢啃。现在你们好好陪爸妈摆龙门阵，我们就不陪众兄弟姐妹了，我还要回去开个会。"

向安隆在天伦之乐中度过了自己的六十岁生日。夜深人静后，他回想起自己这一生的遭际，心潮起伏。他在心里自说道：向安隆啊向安隆，你在过去可曾想过如今的日子会这样甜？

他轻轻地走到院坝，晚风带来阵阵柑橘花的清香，令人无比惬意。他抬头四望，只见晴朗的夜空中，繁星灿烂，河汉清浅。

27

时间到了二〇〇〇年，向安隆对回老家过年的梦军说："几年前梦成、梦学喊我们到重庆、成都去耍一转。当时说起风就是雨，好像应该马上起程，你梦军也说要借到重庆开会的机会，顺便送我。梦响现在也不声不响、不闻不问，不提这回事了。"

"哪里是不闻不问了。过去经常提这件事，把你吵烦了，干脆就不烦你们了。"梦响说。梦军也在一旁点头表示妹妹说得有理。

梦响接着说："几年都不提这件事，我们以为你们放弃了这个打算，现在突然想起，怎么想通了啦？"

"怎么想通的？最近的报纸广播电视，都在宣传新千年、千禧年，宣传新世纪。我想，新千年、新世纪，应该到处都有新气象、新面貌，我们也不应该老是关在屋里，还是应该出去走走，活出点新精神来。再不出去走走，说不定今后走不动了。再说，梦成梦学请了多年还不去，他们会怄气。"

"父亲说得有道理。你们出去走一转，不但能了儿女的心愿，还能为儿女挣个孝顺的好名声。"梦军说。

"那是哇。俗话说，'前人强，不如后人强'。哪个不希望一代更比一代强嘛？说实话，一个农民家庭，五个子女能够有今天的模样，既有世道的造就，也有你们自己的努力。梦功和梦响虽然没有进城，没有当国家干部，但你俩不比许多城里人混得差，我欣慰，我高兴啊。"向安隆说，母亲也在一旁不断微微点头。

梦响接着说："你两位已经想通了，姐姐、二哥终于请动了两位大人物，他们也高兴。前后说了五六年，你们走出家门比皇帝出巡还难。既然准备出门了，你们两位来出题目，我们来做准备。我明天就进城去，给你们各买两套衣服，但不能买多了。到了重庆、成都，东西更时髦，你们还可以自己挑、自己选，想买哪样买哪样。"

梦功问："爸妈需要我做点什么事，我也该跑点路呀？哦，我发现了一个问题，爸妈头上都是包的白布长帕子，进大城市怕不合时宜哦?"

"这件事也交给我，我进城去给爸买顶工人帽，给妈买顶针织羊绒帽。还有，爸爸那根叶子烟杆，显然不好意思进大城市。长烟杆进城很不方便，别人还以为是防身的武器，我们要给你换掉，绝不心软。"梦响说。

"要么就戒烟，要么就换成抽纸烟。"梦功说。

"我抽了几十年的叶子烟，现在要我一下子抽你那没味的纸烟，又贵又不过瘾，抽不惯。"父亲回答。

"慢慢就习惯了。我从今天起，就给你老人家提供纸烟，免费提供，要多少提供多少。"梦功很爽快地说。

"你就别逞能冒皮皮了。听说抽好烟差不多跟过去抽鸦片烟一样贵，一条中华烟就要六七百元。不是有个顺口溜，叫'一辆小车一栋楼，一顿饭一头牛，一支香烟二两油'吗? 你有好多钱也会让我坐抽山空。的确叶子烟进城不合适，烟味大还会遭到梦学、宁静他们反对，我看不如下个决心戒了，既省事，又利于身体健康。"

"爸，这次戒烟是你自己说的，别像过去说了不算，没过多久又复辟。如果这次真能把烟戒掉，可见这重庆、成都对你有多大吸引力呀。"

"这也是没有办法，应该入乡随俗呀。"

梦军说:"如果爸能把抽了几十年的烟戒掉，我们大家都应该向你祝贺。你们随身用的东西不需要准备太多，去了后需要什么买什么，梦成梦学他们自然会办的。但你们不要不好意思开口，自己的儿女尽管吩咐。他们也不需要你们带什么土特产，现在哪儿都能买东西。现在我想给你俩松松思想压力，你们多次谈到怕在大城市里会不适应，担心言谈举止不当遭到城里人的白眼，害怕人家骂。其实，你也别把大城市看得那么神、了不起。城市也是人待的地方，城里人并不比我们多长个鼻子耳朵，并不比我们多长个脑袋，不是所有人的素质都高。好多人也不是生来就是城里人，多数都是城二代，充其量是个城三代。"

向安隆接过话说:"开初我是担心行为举止不当，闹出笑话，让子女难堪。后来我想，凭什么农村人矮人一等。城市是国家的、大家的，我也有一份，你走你的阳关道，我过我的独木桥。"

"好好好，有这样的心态，你们自然也会开心，我们才会放心。既然决心下了，看你俩决定什么时候出发，我好准备车船票。"梦军说。

"我们无所谓，什么时候走都可以，主要依你的工作安排，一定选择你到重庆顺便的时间，不影响工作，做到两兼顾。只要提前两天告诉我们就行！"父亲最后表态。

梦军走后，向安隆对梦功、梦响叮嘱再叮嘱："向家老屋要经常回去看看，打开门通通空气，不要等他们回来以后，家里成了蛇洞、耗子窝。还有，自留地不能荒废，它可以给农家乐提供蔬菜，不要浪费了土地。农民就应该消费土地，土地就应该产生财富。"

向安隆夫妇启程的那天是星期天，吴欢来了，梦功春香带着开来，梦响殷智带着殷英、殷切一齐来送行，两位老人很高兴。客车从开州县县城到万县，只需三个小时，母亲有点晕车，但心情比较好，终无大碍。客车上大多数人都是接着要坐轮船的，因此直接开到了杨家街口码头。

梦军肩上挎着一个大包，左手提着一个小包，右手扶着母亲过浮桥，父亲一个人只顾着空着手，朝江渝客船上走。浮桥的摇晃较大，母亲有点害怕，只好慢慢往前走。

上船后，梦军把行李都放在自己的上铺上，招呼父母在下铺上坐下休息。

坐一会儿，轮船长鸣三声汽笛，起锚航行。父母提出出去看看，梦军说："这阵人多还有点乱，过会儿人少些了我陪你们去参观！"

父亲说："你提东西上船，已经累了，你歇会儿。我俩出去随便转转，去参观参观，我和你妈都是第一次见到轮船，当然更是第一次坐船。我们到处看看，反正又迷不了路，迷路了也在船上。"

梦军心里也想，"老夫老妻也有自己的龙门阵，说不定还要议论议论我们子女。给他们点自由，我也落得自在。"但他马上提醒父亲："记住，我们是十二号房间。"

"好，我记住了，十二号房间。"

"还要把楼层记住，是三楼十二号。因为这艘船一共有五层，每层都有十二号房间。"

两位老人一出去就是一个多钟头，梦军想去把他们找回来休息，上上下下走了一圈，却没找到。

又过了一会儿，两位老人回到房间，母亲给梦军提了一连串的问题："为什么有的房间大些，有的小些；有的床位多些，有些少些；有的还是小房间?"

梦军说:"船上的房间、铺位有等级,不同的等级不同的设备,也是不同的票价。一般船上没有设一等舱,除外就有二等舱、三等舱、四等舱、五等舱的区别。我们这次是住的三等舱,比两张床的二等舱差一些,也便宜一些,当然比四等、五等舱又要贵一些。"

"三等舱比四等舱,贵多少钱?"

"每张票只贵五六元钱,没有多少钱。"

"贵那么多还是有点可惜,三个人就要贵一二十元,要做好多事情啊。其实五等舱就可以了,只要把我们人装在船上,拖到重庆就行了,何必要买那么贵的票。"

梦军回答母亲:"五等舱是散舱,不但没有床位,连固定坐的地方都没有,只有自己见缝插针,找个地方坐或者是站。你们辛苦一辈子,很难得出一趟门,不要节约这点小钱。"

正说话间,听到外面传来两声汽笛,梦军说:"这是有船要过来了,在向我们这个船打招呼,一是表示友好,二是互相提醒注意安全。走,我们出去看看。"

开过来的也是一艘大客船,两船各行其道,中间隔着五六十米的距离。乘船出行比其他交通方式舒适些,外加雄奇秀美的长江风光引人入胜,不少人都在甲板上驻足赏景。此刻两船相遇,不少人都向对面的船挥手,有的还做飞吻!两艘船上的人,有的喊,有的闹,不管认识不认识,都像老熟人一样打着招呼。梦军发现,母亲也加入了那挥手的队伍之中。

梦军故意问母亲:"妈,你刚才也在向那艘船挥手,是不是见到熟人了?"

母亲不好意思地笑着说:"这一路我除了认得你和你老汉儿,我还认得到哪一个?不知道什么原因,我看到人家在挥手,心里一高兴,也跟着摆起手来了!"

梦军说:"我知道你没有见到熟人,是故意问你的。这叫触景生情,情不自禁就会高兴起来,手舞足蹈,说明你很开心。所以,你们两位老人要经常出来走走,不一定都到重庆、成都,经常到县城我家里住几天也可以。"

母亲看了一下旁边没人,便问梦军:"我先发现一个问题,好像开过去的那艘船,比我们这艘船走得快些,一会儿就开过去了?"

"不是它开得快些,两艘船都是同样的型号。他们是开的下水船,我们是开上水船。逆水行舟,我们肯定要慢些。今后三峡水库蓄水后,长江水一直淹到朝天门码头下,三峡库区就是一个特大的水库,是世界上第一大水库,这一带就成了一个大湖了，上行船和下行船就没有多大区别了。三峡工程计划二〇〇五年开始蓄水，蓄满水后连开州县县城都要淹没，你看这个工程大不大嘛？到时候，开州县连着长江，连着三峡水库，直接就可以坐船出行了，你看这个工程多宏伟呀！"

向安隆虽然没有向梦军提问，但他一边听一边在静静思考。

梦军站在船廊上，边聊边注意船尾的餐厅——快到吃晚饭的时间，他领着父母去排队等待。船上人多，餐厅较窄，很难寻到一个能坐着吃饭的位置。梦军让父母坐在一个不太当道的角落，然后买了三份套餐送去。梦军突然想起问父亲："你在家每天晚上都要喝点酒的，要不要买个小瓶装的？"父亲连连摆手。母亲则忙着打听这套餐多少钱一份，当她得知十五元一份时，有点惋惜地说："早知道一份饭这么贵，该只买两份，我们三个人也够吃了。"向安隆听到，小声地说："不要出这些洋相，三个人吃两份怎么吃嘛？人家都是县长了，又不是三岁小孩，还不知道穿衣吃饭当家啰？钱嘛，生不带来，死不带去，何况我们也不是经常外出。"

吃过晚饭，向安隆和老伴儿又站在廊道上，扶着船栏看轮船航行。他俩边看边小声议论。很难得开口说话的老伴儿说："过去没见过轮船，总在想它是个什么样子，其实就是个水上小楼房，样样齐全，要什么有什么。"向安隆听了惊讶地说："没想到你难得开金口，一开口就说到点子上，这船可不真的就是座小楼房。"

他俩还观察到，船上的两个探照灯不停地变换位置，是为了寻找引船的参照目标，以便不迷航道。不一会儿，江风习习，两位老人感觉到凉意，便回到客床上躺下休息。这船虽是内河航行，但仍需劈波斩浪，伴着有节奏的摇晃，老两口始终难以入眠。他俩似睡非睡，似梦非梦地摇了一夜。清晨起来，轮船正在缓慢而又笨拙地移向停船码头。

此时刚刚进入春天，长江处于枯水期，客船几乎是停靠在江底，下了船的人需要一步一步地攀登石梯——那是实打实的百步梯。梦成、何良和儿子何畏，早早等候在江边，伸长脖子在那儿翘首期盼。梦军很快发现梦成一家三口，招手呼喊。

梦成三人跑步下石梯，梦成说："好不容易才把你二位请动出家门啰，既然这么难得出门，就下决心多要段时间，愿意长住我们更欢迎。"何良接过梦军肩上的大挎包，梦成用手搀扶着老妈、慢慢沿着石梯向上走。边走边有民工问何良："要不要棒棒？""要不要棒棒？"何良不停地说，"不用，包包很轻！"

母亲问："要不要棒棒是什么意思，是不是说要敲我们的棒棒？"

梦成回答："哪个敢随便敲棒棒啊？棒棒是重庆挑夫的别名，这是重庆的一大特色，有几万人，被称为'山城棒棒军'，还拍成了电视剧。在爬坡上坎的山城重庆，这些棒棒确实给人们带来了极大的方便。"

一行人边走边聊，来到朝天门广场旁。梦军说："梦成，现在我把爸妈亲手交给你，我的任务已经顺利完成了，我要赶去市政府报到，晚上我再来你家看爸妈。"大伙儿知道梦军公务繁忙，况且都是自家人，也就没有过多地客套，让他兀自忙工作去。

不一会儿，梦成一家子带着向安隆老两口回到了家中。

梦成的家在重庆两路口和鹅岭公园之间，电梯房，十二层，正对着长江。

梦成指着正前方，给父母介绍说："那就是万里长江，你们刚才坐船就是从那个方向来的，今后三峡水库蓄满了水，就要淹到刚下船的那个码头边，将来这里的水面非常宽。长江和嘉陵江把重庆切成了三大块，我们住的这块叫渝中区，是城的最中心。长江隔开的右面是南岸区，第一座重庆长江大桥就建在那儿，重庆菜园坝火车站就在我们山脚下。左边是嘉陵江，嘉陵江大桥连着江北区，重庆的新机场就在那边……"向安隆随着梦成指点的方向，努力记着那些地名。

随后，梦成问父母："你们想到哪些地方去看去耍？"向安隆想了想，说："我想到有这么几个地方，如果可以去，我们想去一去。"

"哪几个地方？"

"朝天门那一带。下船时看了一下，朝天门码头的形状就像一艘巨轮的船头，两江夹击，就像是在劈浪前行。来来往往的人里有不少都在拍照，那应该是重庆市的门面、会客厅。"

"你刚到就看出来朝天门像一艘客轮，不简单哦！这是直辖后建成的。创意者就是要把直辖后的重庆作为一艘巨轮，要在新世纪乘风破浪前行！好，这里值得一看，应该是首选。有人说，来了重庆，不去看朝天门，等于没有到重庆。还有人说，朝拜天，朝拜地，不如对着长江拜我们自己！"

"除了朝天门，还有哪些地方想去？"

"第二个想去的地方就是解放碑。你也多次给我们讲过，重庆的解放碑是全国庆祝抗战胜利的唯一一座纪念碑，又是重庆最热闹的商业区。买东西我没有什么兴趣，抗战纪念碑值得去看一看。"

"没问题。这里过去不远，打的、坐公共汽车都很方便。这个地方可以玩个大半天，中午就在附近品尝有名的重庆火锅。"

"说起解放碑，我就想起了抗战时期。日本鬼子太可恶了，搞得我们国家山河破碎，人民都得不到安宁。日本鬼子搞大轰炸，连我们开州县这样的小县城都不放过。日本飞机第一次轰炸开州县县城那天，正好我父亲带我进城办事。当时我不到十岁，只见五架飞机低空飞行，在县城上空盘旋一圈后就扔下炸弹。霎时间，县城内就砖瓦横飞，四处火光冲天。人群惊呼逃窜，乱成一团。我和父亲没办完事，就赶快逃回了家。从此，我再也不敢同父亲进城了。一个小小的开州县，四年被日本鬼子炸了九次，包括开州县的南门、温泉镇，死伤几百人，财产损失无数。小日本真是丧尽天良。"

梦成听到这里，愤慨地说："你咋过去都没有给我们讲过这件事呢！没想到日本鬼子还在我们开州县犯下这滔天的罪行。如果放到现在，他日本还敢这样横行霸道吗？好，我们一定好好陪你去参观解放碑，也回顾历史，受受教育。我怎么也想不到，父亲把这些事都铭记在心啊。"

"你以为一个农民就只知道修地球，不关心大事啊？你们要知道，我好歹也读过几年私塾，大道理还是懂几条。后来也受你们几个子女的启发，不断在学习提升呢。"

"你还想参观哪里？"

"我最想去的一个地方，就是去广安邓小平的故居。但是太远了，看将来有没有机会。我一生最崇拜的伟人就两个：一个是毛主席，他让穷人翻身得解放站了起来；另一个就是邓小平，他让人们富起来。这次去不了邓小平的家乡，但我想去看看重庆人民大会堂。"

"重庆人民大会堂与邓小平有什么关系？"

"怎么没有关系？重庆人民大会堂是邓小平、刘伯承主政中央西南局时修的。刚解放的时候，毛主席就派刘邓这两个老搭档一起主政西南局，他们就修了这个大会堂，让很多省都羡慕。这两个人，都是我们老四川人，而且刘伯承元帅还是我们开州县人。现在不能见两个伟人了，看看他们留下的宏大建筑也高兴啦，你说值不值得去参观？"

"好，你点到的这些地方，我们都陪你去。你们在重庆多耍一段时间，慢慢转，慢慢看，要注意休息，不要搞得太累了。"梦成说。

"开始肯定要你们陪，过段时间我们熟悉环境了，就不需要人陪了。让我们自己出去走走，我们还自在一些。现在我们的手脚还听使唤，想到哪儿就到哪儿，哪儿累了在哪儿坐一坐，哪儿饿了就在哪儿进餐馆，早出晚归，你们不用管我们。"父亲接着说。

第二天，梦成就领父母到重庆的门面——朝天门一带玩儿。三人先沿长江江岸向嘉陵江江岸方向走，然后又走回来。他们一路停停走走，走走停停，看码头上客来客往，江上客轮货轮进进出出。南来北往的游人，或以长江为背景，或以地势起伏的山城为背景，驻足摄影留念。

向安隆夫妇忙着看景看人，对所见的一切都觉得新鲜有趣，尤其是他们突然见到一群外国人，更是觉得稀奇，眼光一直没有移开。正巧，那群外国人也看到了他们，于是一边说着"哈喽"，一边朝他们走来，脸上还带着很友好的微笑。通过翻译介绍，向安隆得知这几个老外是美国人，他们结伴而来，是为了游重庆，看三峡的。开始的时候，向安隆和老伴都有些紧张，不知怎么跟外国人交流。梦成通过翻译告诉老外，这老两口是她父母，家住开州县农村，是地地道道的农民，这是他们第一次来重庆。几个老外知道后，很是兴奋，原来他们也是第一次来重庆。于是，老外们要求同他们三人合影留念。不一会儿，那一次成像的相机里冒出了一张照片，拿给二位老人看时，向安隆提出能不能留给他做个纪念，几个老外很高兴，说："好，再来一张！"

这段经历让向安隆很兴奋，这是他第一次同"洋人"照相，也是他和老伴此次出游照的第一张相。他回到梦成家，又把照片掏出来给何良看，介绍同洋人照相的经过，最后谈自己的感慨："其实洋人同我们比，只是鼻子比我们高一点，眼睛珠儿蓝一点，其他结构都差不多。我相信，在他们的眼里，我们也是外国人啦，我要拿回半坡村，让大家看一看！"

停了一会儿，向安隆若有所思地问："梦成，你家里有没有照相机？"

"现在还没有！"梦成回答。

"都什么年代了，生活在大城市，家里连个照相机都没有？"

"我们都不喜欢照相，人就这个样子有什么照头。我连镜子都懒得照，还用得着在照片上自我欣赏？"

"照相也不单是为了自我欣赏，它可以记录回忆，尤其能够让更多的人欣赏。我这次走出家门后，才体会到这玩意儿的作用。"

"早知你现在这么喜欢照相，该提前去给你买一个。我明天就去买，让你们在重庆玩儿得高兴，也祝你成为业余摄影家。"

"你买不如我自己买。如果你们不觉得我老来还当败家子的话，我自己去买一个。我自己有钱，离开家的时候，梦军、梦功、梦响都给我们拿了钱的。"

梦成问："买了你能玩得转吗？玩不好就有点可惜。"

"怎么玩不转。在朝天门的时候，我就看到比我老的人都在照。一会儿老头儿给老太婆照，一会儿老太婆又给老头儿照。那会儿你正好陪你妈上厕所去了，我就上前向那老头讨教，问他：你玩了多长时间了，好不好学。他回答说：容易学，好学得很，我也是才学不久。这是日本产的'理光'牌相机，只要选好景，对着按快门，一按一个准。不要去买高档的，老年人玩的，儿童玩的，叫'傻瓜照相机'。听了这名字，我一下记住了，这就是专门给我这样的傻老头造的，而且才三四百块钱就可以买一个，我买得起，也有兴趣玩。"

梦成说："你那么有兴趣，明天就陪你去买一个，然后天天不离手，走到哪儿拍到哪儿，晚上睡觉也陪着你。"

"不用你掏钱！"

"哥哥他们拿了钱给你们，我也该表示表示嘛。"

"在你家包吃包住，不知道要住到哪一天呢，还不知要花你们多少钱？"

"那各是一码事呀，反正我去买。"

这时梦军也来了，他听了父亲和妹妹的对话，说："爸，既然梦成要给你买，你就卖她个面子嘛。让你看到相机就想起梦成的孝心，比起拿钱还记得住些。这次陪爸妈出来，你俩好像突然变了一个人。老妈一路还给我提一些新问题，老爸兴趣一来就要想学摄影，真是与时俱进，跟得上形势啊，说不定老来还会成为个摄影家哩。"

"现在不是到处都在喊二十一世纪是新世纪嘛。我们出来转了一圈，也该带点新鲜东西回去，给那些老朋友们看看，让大家高兴高兴，分享分享！"

果然，相机买回来后，向安隆是爱不释手，出门时更是忘不了带"傻瓜"，"傻瓜"配"傻瓜"，两个"傻瓜"形影不离——凡是他觉得有意思的就照下来。但没过多久，他发现二十元左右一个的柯达胶卷，只能"咔嚓"三四十下，这才知道玩相机是个烧钱的东西，赶快对自己来个制约——拍照片时节约再节约。但他总是心痒手痒忍不住，后来干脆拿着相机不安胶卷，只按快门，在梦成家的阳台上练习取景，在"咔嚓"声中享受按快门的节奏和乐趣，居然也大大提高了技术。

自从有了"傻瓜"，向安隆夫妇几乎天天都要出门。一是为了游玩，二是为了照相。

到渣滓洞、白公馆，他要照；到磁器口，他要照；参观西南农大，他也要照——因为外孙儿何畏刚刚考进西南农业大学，老两口要看看孙儿上的农业大学，是个什么样子。

不知不觉，向安隆和老伴儿到重庆已三个月。他对梦成说："来你们家，算得上是没见过的，见过了；没吃过的，吃过了；没玩过的，玩过了。尤其是在朝天门同高鼻子照相，引起了我对照相的兴趣，你们花钱买了这台'傻瓜'，让我学会了用相机记录生活。不要说回到半坡村那些农民打死不会相信，就是我们到了成都，连梦学宁静他们都不会相信。我要现炒现卖，把到重庆来学的手艺，到成都去显摆显摆了。你们给我俩卖两张去成都的火车票，用不着你们送，打电话通知梦学宁静，喊他们到时来车站接我们就是了。"

"硬是要走了？"梦成问。

"肯定要走了，今后再来！"

"今后再来？我都没请你再来，你们还愿意来？"

"不请我也要来，自己女儿家没有拒绝父母的道理。"

"这次不是一推再推，拖了五六年才兑现吗？"

"过去是过去，现在是现在。只要我俩身体硬朗，过三五年我们就来一趟。"

"那好，我们祝你俩身体健康，永远健康。"

"祝我们永远健康可以，但不要祝我们万寿无疆，那是不可能的！"

大家看到父亲变得幽默起来了，爆发出一阵笑声。

向安隆和老伴儿坐火车到成都，梦成坚持要送他们，说毕竟六十多岁的人了，不送放不下心。再说，梦学家她也还没去过，趁此机会也逛逛成都。

火车上，虽然是卧铺，但向安隆和老伴相对而坐，没有一点睡意，双手放在小茶几上，眼睛一直望着窗外。随着列车飞驰，伴着铿锵的声音，一排排树影倒退，星星点点的灯火时隐时现，忽明忽暗。不知两位老人在想些什么，梦成担心父母休息不好影响身体，但她不想去打扰他们，因此也没有说什么。

天刚麻麻亮，车厢里嘈杂起来，服务员开始清理卧铺，打扫车厢，旅客也各自开始收拾东西准备下车。

梦学、宁静早早来到出站口，伸长脖子搜寻，眼巴巴地看着出站的人都快散尽了，才见到父母姐姐。梦学说："我以为你们改了火车班次。"向安隆说："谁都知道赶上不赶下，我们不去挤热闹下，走到最后还清静些。"梦学接过姐姐手中的提包，说："本来儿子要来接爷爷奶奶，但车子坐不下，他只有在家里恭候了。"

一行人来到停车场，梦学和宁静招呼大家上车，然后梦学钻进驾驶室发动汽车，梦成反应迅速，问："你们买车了?"

宁静有点得意地说："就是，前天才提的车，就是为了迎接爸爸妈妈和姐姐的到来。有个车，进进出出方便些。"

"这叫什么车?"父亲说。

"这叫富康车。它的娘家在法国，本来是雪铁龙系列，法国人投机取巧，知道中国人要富强，奔小康，就取个中国人爱听的名字，投其所好，讨好中国人，我也被他们的讨好套住了。"梦学笑嘻嘻地回答。

"多少钱?"父亲又问。

"买车和办完各种手续，不到十五万元。"

"你们哪来这么多钱，又刚买了房子，肯定借了钱的。"

"不是借钱，是按揭贷款!"

"那还不是一回事。你们也真胆大，敢寅吃卯粮，超前消费。"

"现在不是时兴超前消费吗? 其实也只按揭了七万元，三年就还清。"

宁静马上接话，"爸，你放心，我们两个人的工作还贷，没问题，你就放心大胆地坐车出去玩吧。"

"我想也是，你们都三十好几的人了，知道穿衣吃饭量家底，我相信你们。这一下看来，你们家是五兄妹中，第一个买家庭小汽车的。梦响家虽然买了个五四零车，那是小货车，专门为农家乐，为蘑菇场拉货。买家庭小汽车，你们是向家的第一个，我高兴，我和你妈要同小车一起照个相，拿回去给家乡人看看。"

"好，我给你们照!"梦学说。

梦成说："还用得着劳你这高级记者的大驾，爸爸妈妈自己都会照了。"

"你不是开玩笑嘛? 他们都会照相了，太阳不从西边升起来了!"

"你不信，太阳就是会从西边起来。过会儿到家，你就可以欣赏到他们拍的照片。"

"拿了几十年锄头把的手，开始按快门了，真是件新鲜事。如果是真的，每次通电话从没听你透露一下。"

"你买车不是也没透露，想给我们一个惊喜吗？爸故意不让透露，也是想给你们一个惊喜。"梦成说。

向安隆从小挎包里拿出相机，说："你不信，这玩意儿在这里，是你姐给我买的。"

梦学边开车边用眼瞟了一眼，"哦，'傻瓜'！"

"傻瓜配傻瓜，半斤对八两，我已经知足了，谁敢跟你们年轻人打撂呀！"

"现在变化简直太快，太快了，老年也玩起时尚来了，你还觉得我们不该买小车？"

"我没说你们不该买车，是怕你们有经济压力。"

"这么多年都不愿走出门，是不是担心我们的经济压力，才不愿来？"

"那倒不是。只是前几年我们不想动而已。"

梦学知道，从小父亲就喜欢他，经常进县城都带着他，以至姐姐还问父亲，"过去说皇帝爱长子，百姓爱幺儿，弟弟既不是长子，又不是幺儿，你为什么偏爱？"父亲只是笑而不答。所以，梦学从来就觉得跟父亲很亲近，两爷子也常常打嘴仗。

这一路，几人说说笑笑，很快到了梦学家。

梦学的儿子向宇上前同爷爷奶奶、大姑热情地打招呼，奶奶同他开玩笑说："你都不来接爷爷奶奶。"

向宇马上说："小车只能坐五个人，老爸是司机不可能不来，妈妈说当儿媳妇的不去接，怕公公婆婆说不欢迎他们，当孙儿的不去不会被责怪，媳妇出不出场是一种态度。你看我妈是不是有些心虚嘛，我只好去给大家买早餐。来，请大家吃，这就是我的表现。"

梦成一放下行李就迫不及待要参观弟弟家。她看了卧室看厨房，看了厨房看书房，看了书房看阳台，然后打趣地说："高级知识分子是要金贵得多，我一个号称副处级的干部，得了一套三室一厅的房改房，还补了超标款，你却住的是三室双厅双卫，太奢侈了吧。"

向安隆马上说："宽是宽些，但我还是喜欢你那套房子。"

"为什么？"梦成问。

"他的屋子眼界不开阔。你那里居高临下，视野开阔，高高矮矮的景致，尽在眼底，一眼就见嘉陵江、长江，让人感到心胸也开阔。"

"成都是一马平川，沃野千里，是人们羡慕的天府之国啊，是全国有名的休闲之都啊。"梦成说。

"休闲之都固然好，但也有人说成都人安于现状，需要破除盆地意识。"梦学说。

向安隆笑呵呵地说："还是我来说句公道话，成都重庆各有各的优点，成都重庆两个大城市我都有子女，可以轮流享受。"

梦成最欣赏梦学的书房，钻进去就不想出来。这书房里三面环墙的书橱装得满满的。她扫描浏览，在中间的书橱中，见到印有"向梦学著"的一本专著，眼前一亮，伸手取出来，说："你梦学已经著书立说了，也舍不得给当姐姐的寄送一本，是舍不得钱呢，还是担心姐姐读不懂？你别忘了，姐姐虽然没有读过大学，但好歹也是个高中生，何况是个'文化大革命'前的老牌高中生，更何况我还在长期坚持学习哩。"

"知道你是优秀的社区党委书记兼办事处主任，是当官的，我不敢同你比，不敢在你面前卖弄。"

向安隆此时发现梦学的书房门框上有一块题名为"山客居"的木匾，便问梦学："你这是什么意思？"

"不少文人都时兴给自己的书房取雅致的名号，我也附庸风雅学一盘。"

"山客居是什么意思？"

"我本来就是夹皮山沟里出生的农村娃，阴差阳错来到城市寄居，所以自称'山客居'。"

"为什么是寄居，而不是定居？"

"在我心目中，城市仍然不是我的家。"

"哪里才是你的家？"

"心中的家，仍然是重庆开州县川主镇半坡村。"

"那为什么不叫山客斋，山客屋，山客社之类的，多大气，多有文化呀。"姐姐梦成补上来问。

梦学回答说："第一，我不是土生土长的城市人，对我而言，在城市里只能是寄居、暂居；其次还有一个更深的含义——那就是'居安思危'，居而不忘本！"

"原来还有这个意思啊！"梦成听后若有所思，向安隆也不断点头。

梦学稍微停了一下，然后有些犹豫地说："有不少朋友来，都问'山客居'的含义和来路，我都要费口舌解释一番，后来我写了一篇短文，叫《山客居记》，本来想请人用红木或楠木刻好，挂在书房内，却一直没有时间去做。这篇文章我可以拿给你们看一看，还请你们提修改意见。"

山客居记

刘禹锡《陋室铭》曰：山不在高，有仙则名。水不在深，有龙则灵。无龙无仙的蓉城斗室，唯有一名山客寄居。

何为寄居，因此地本不应该是他的归宿。

山客者，姓向名梦学，重庆开州县夹皮山沟出生的农村娃。生性自信而倔强，然亦曾因是"农民"而自卑。后有幸转世变"市民"，仍换皮换装未换心。初心良心心未变，誓做"三农"代言人。爱恨都当歌，尤为"农耕"呼。"农耕"只是"皮"，"农根"才是"柱"。没有农业稳，哪有人民富。没有"农根"深，哪有国家固。位卑怎敢忘安危，山客居城思故土，永远鼓与呼！

向梦学　乔迁书

二〇〇〇年

开初，梦学准备让父亲和姐姐自己看，但他觉得自己写的自己念，更能抒发自己的情感，便抑扬顿挫地读了一遍。

读完，梦成连连说好。然而，向安隆很长时间都没说一句话，但眼里闪着泪花。很显然，他很激动。过了好一会儿，他才说："梦学，好样的，你没有辜负我从小对你的期望。你的确有良心，有动力，没有忘记自己的老祖宗。你为这个时代写出了一些好的报道，做出了应有的成绩。希望你继续这样走下去，你还年轻，还要为社会多出力！"说完，他马上去拿相机，"我要把这个'山客居'的牌匾和这篇文章照下来，回去给认识你的长辈和朋友看，告诉他们，向梦学没有忘本！”

宁静走过来对梦学说："你们一说起来就没完没了，爸他们坐了一夜火车，也疲倦了，饿了，快让他们吃了早饭休息，今后有的是时间摆！"

梦学想请父母和姐姐补补瞌睡，休息休息。向安隆说，到了一个新的地方，有点兴奋，哪里舍得去睡觉，干脆下楼去熟悉熟悉环境。梦学说，这样也好，今天是星期六，不仅他和宁静都休息，小区的人也多，热闹得很，去认识一些人，他们今后可以一起玩。

梦学家所在的小区很大，有花园，有游泳池，有羽毛球场、网球场，还有老年健身设施、儿童游泳设施。各种设施被绿化带隔离分散，互不干扰。八栋大楼，环抱而立，每栋楼下，都有一个小广场。八栋楼房的中心，还有一个呈扇形布局的中心广场，叫"四海苑文化广场"。这个文化广场上经常有活动，有的活动是小区内居民的自娱自乐，有的活动是外来团体借地娱乐。市里老年合唱团，多次在此登台表演……宁静一边介绍，一边指着"四海苑"几个大字，说："这是一个著名书法家的手迹。这里之所以叫'四海苑'，一是因为它很大，八栋大楼共住有两千多户，近一万人居住。二是住户来自全国各地，还有老外，真正是来自五湖四海。在这里可以听到各种各样的方言乡音，还有外语。'四海苑'简直就是一个小社会，人多，但是由于是高档社区，管理到位，所以能够做到多而不乱。小区里的住户大都素质较高，大家相处也比较和谐，能够住进这样的社区，这样的房里，我这一生很满足了，也不想再搬迁了。"

老妈问宁静，"怎么不住矮一点，十六楼这么高？"

"妈，你不知道，小高层没有电梯，就要住低一点，叫作金三银四，三楼最好，四楼其次。如果是电梯房，就越高越好。"

"万一遇到停电，不就麻烦了？"

"大城市供电有保障，长时间大范围的停电，十年恐怕难得遇到一次。"宁静陪着老人走在小区里，不少人同他们打招呼，非常友好。见此情形，向安隆老两口一下子就喜欢上了这里。梦学宁静给两位老人说，希望他们没事多下来转转，选择一些喜爱的活动或健身锻炼，在成都过得愉快！

三句话不离相机的向安隆，又发话说："应该把相机带下来，照几张相。"过去梦学每次带着相机回家，向安隆看都懒得看一眼。照全家福，全家人都各就各位了，还要三请四催把他拉出场。自从有了"傻瓜"，向安隆对照相上了瘾，还说他要跟梦学切磋照相技术。

梦学取笑父亲："你那点技术还值得切磋，干脆叫我小师父好了。"

"管他小师父、大师父，能者为师，不会错！"

梦学问父亲："你现在对照相这么大的兴趣，这么大的瘾，究竟是为了什么？是为了增添游玩的乐趣，还是想当个老年业余摄影家？"

"两样都不是。我这种一辈子关在农村的老农民，而今不但走出家门玩，而且还能玩出你们想象不到的新花样。我要用照片告诉乡亲们，而今的农民已经不一样。"

"那我先看你在重庆的照片！"

回到家里，梦学一张一张地看了照片说："我真佩服老爸的勇气和精神。这些照片的整体质量说实话不怎么样，但是它们一是能说明你所照的地点景物，二是看得出来你的技术在不断提高。外行看热闹，给半坡村的乡亲看，拿得出手。"

"有儿子的鼓励，我有信心再接再厉。"

梦学挥手把自己的脑袋猛然一拍，说："爸，既然你下了这么大的决心学照相，还要拿出照片请老乡看，我给你出个主意，你和妈妈干脆回半坡村搞个摄影展，题目叫'农民业余摄影家向安隆、李桂芝作品展'，地点就选择在梦想山庄。观澜旅游新村农家乐来的客人多，你们这个事够吸引眼球，够拉风，肯定会轰动开州县城！"

"你也够胆大了。我哪有那个水平和胆量，扯这样大的场子，你别吓死我哟！"

"胆量是练出来的。你没走出开州县的时候，你想过玩照相机吗？水平嘛，你也在不断提高呀。再说，它的意义和影响，不在水平多高，而在它证明了当今的农村、农民就是与过去不一样。只要你敢干这件事，我当儿子的，全力支持你。帮你提高技术，协助你搞好在成都的拍摄。我尽量挤出一些时间，协助你拍出一些有特点的照片，还可以给你们当司机。"

"经你这么一鼓吹，又有你在后面支持，那我就大着胆子试一试。"

"你在重庆的照片中，完全可以选出十来张好的。如果在成都能拍出十来张好的，再回老家选拍个十来张好的，有三十来张照片就完全可以办个影展。我把你和妈妈摄影的画面拍下来，注明'农民业余摄影家向安隆'、'农民业余摄影家李桂芝'，多有意思啊！"

听到弟弟和老爸说得热火朝天，梦成打趣说："有人说新闻记者的脑壳烂，点子多，你梦学的脑壳的确够烂了，这个策划真不错，一不小心就让爸妈成为开州县的名人。不过，你的点子也够老爸动脑壳的了！"

"当姐的别这么抬举我。不是我的脑壳烂，瞎出点子，也不是我用个人意志绑架爸妈，而是因为爸妈已经学了照相，爱上了摄影，我只不过是顺势抬轿，再多送他们一程而已。"

"好，我举双手赞成！"

"是真赞成，还是假赞成？"

"真赞成。爸妈在家乡搞影展的那天，我肯定请假回开州县去捧场！"

"那好。既然你这么支持，我俩就一不做，二不休，干脆把爸妈抬到北京天安门！过几天我正好要到北京出差，我顺便陪爸妈去趟北京。我的路费可以报销，爸妈的路费就由我俩出。最近打折的机票才三四百元一张，出这么点'血'对你我都算不了什么。爸妈辛苦了一生，能到北京玩一次，也是我们孝顺他们的好机会。更何况有了天安门、天安门广场、毛主席纪念堂、人民大会堂、故宫博物院、万里长城的照片，这个影展会更加有分量，更加让人羡慕，更加轰动。"

向安隆听见梦学说可以带他们去北京，一下来了精神，抢着接话，说："到北京是我们过去想都不敢想的事。无论你到天上游，地上游，哪里都比不上到北京游。哪个地方都没有天安门、天安门广场在人们心目中有分量。既然你俩姐弟有这个心意，那我和你妈就领情了，接受了。但我有言在先，时间打紧一点，尽量节俭点。还有，这几天陪你姐在成都玩一下，过几天你姐走后再出发。成都的其他地方我不是特别感兴趣，但是郫县的农科村我要去一下，当年殷智就是到这里来参观考察后，才回开州县搞起农家乐的。农科村据说是全国农家乐的发源地，我也代你梦响妹和殷智去考察一下，看这里还有没有什么新板眼，能不能对他们有什么帮助。"

梦成说："真是可怜天下父母心啦，这么大的年纪了，出来玩儿都还挂着子女的事。"

几天的时间一眨眼就过去了，梦成回了重庆，梦学也带着父母登上了飞往北京的飞机。梦学特地要了两个临窗的座位，想让父母从空中眺望大地。谁知母亲害怕，选择坐在老伴儿旁边的位置，一直紧紧抓住他的手背，根本不敢睁眼睛，更别说往窗外看。待飞机飞得平稳了，她小声对老伴儿说："坐轮船我不害怕，是因为船可以在水里游起，坐火车、汽车，是在地上滚，我也不害怕。飞机这么大，这么重个家伙，悬在空中，会不会掉下来？"向安隆说："我也没坐过飞机，相信不会掉。那么多人都敢坐，你怕什么？再说，还有那么多年轻人，你我都是老家伙了，掉下去也比年轻人划算，也值！"母亲这才慢慢大胆起来，敢往窗外看了。

到了北京，梦学陪父母到天安门广场、人民大会堂、毛主席纪念堂和天安门城楼参观。在毛主席纪念堂，向安隆老两口还在毛主席塑像前深深地鞠了三个躬。

随后，梦学领父母游览了故宫和八达岭长城。

向安隆提出："我还想到你二十年前读大学的北京广播学院去看一看。"

梦学说："我都毕业整整二十年了！"

"不管毕业了多少年，那是你读大学的地方，那是你跳出农门、改变命运的地方，我们全家人一辈子都不应该忘记！"向安隆说。

"我没有忘记这里，我跟我的几位导师还有联系，前几年我还回来做过汇报演讲，我对这个学校和老师有很深的感情。最近听说，我们学校很快就要改名，由北京广播学院改名为中国传媒大学，今后会有更大的名气。本来是应该去看看，但时间紧，我们三个贸然前去，怕打扰了人家。"

向安隆坚持说："我们不去打扰任何人，就在学校转一转，看看改变我儿子命运的学校，当然也想在校门口照张相。"

向安隆说完，老伴儿又发话了："你们到处都安排看了，有个地方为什么忘了安排？"

"哪里？"

"天安门广场升国旗！"

梦学说："其实我早就想过，只是觉得早上四五点就要起来，太辛苦了，加上你们年纪又大了。再说，升旗仪式你们在电视上又不是没看过？"

母亲反驳道："天安门广场不是也在电视上看过吗，为什么还要去看？在现场看和在电视上看，心情和感觉都不一样啊。辛苦，从开州县到北京难道不辛苦？"

第二天，梦学一一了却了父母亲的心愿。

晚上回到旅馆，向安隆对梦学说："明天下午就该乘飞机回成都了，你说你出差开会，一天也没有去，你怎么去交差？"

"只要我能向父母交得了差，其他的差就好交了。当初我要不是说出差开会，你们不会轻易同意来——怕我多花钱，又怕我耽误工作。"

"哼，当时我就半信半疑，哪有那么巧，我们来了就遇到你出差到北京的机会。到了北京的第三天，还不见你去开会，我就悄悄对你妈说，我们被梦学这孩子耍了骗了，明明是专程来陪我们，偏撒谎说是出差顺便陪父母。"

"善意的谎言！"

"是善意的谎言，既骗了父母，也骗了宁静！"

"那就算美丽的谎言了，既孝敬了父母，又维护了家庭的和谐。"梦学说。

"难怪，过去有人说，朋友面前不说假话，夫妻面前不说真话。"向安隆说完自己先笑了，母亲和梦学也笑了。

在成都住了一段时间，向安隆老两口对环境也逐渐熟悉，经常赶公共汽车出去转一转，到了周末，梦学就开着车带着一家人到近郊去玩耍，日子过得其乐融融。

每天晚上，梦学都会帮着向安隆整理照片。他把洗出的照片小样进行比较分析，选出质量好的、有意义的照片，作为影展备选，然后同父亲一起给照片取名字、写说明，并且准备把选出的照片放大到二十四寸。向安隆在梦学家里，还经常练练毛笔字。他说，回去搞影展的说明文字，用中国传统的毛笔书写出来能产生更好的效果。他认为，自己摄影，自己写文字，会让人家重新认识他。

向安隆想到他要为摄影展做这么多事，想到影展还应该拍摄半坡村的东西，他在梦学家坐不住了。他给梦学说："我吃了你有钱人的饭，耽误了我无钱人的工，我要回去干我自己的大事，下决心把个人影展搞出来。我们来成都一个多月了，该回去完成心中的大事了。"

梦学宁静理解父母的心情，没有再强留，买了两张到万县的机票，把父母送上成都飞往万县的飞机，电话通知弟弟梦功到万县机场接人——万县离开州县，距离很近了。

回到半坡村，向安隆像走火入魔似的，只要一出门，他就要把那个梦学给他买的"美能达"相机挎在肩上——梦成买的那个傻瓜相机他已经淘汰给了老伴儿，经常这里取取景，那里对对焦。他举着相机，有时是为了练习，有时似乎也是在炫耀，在显摆。

他花了整整一周时间，去拍摄观澜新村的农家乐，每家每户都去拍，拍下各家各户的招牌，拍下观澜新村的每一个角度。他觉得光照些风光照，只是重庆、成都、北京的照片，不拍些本地的变化，本村本地的人不一定关心。于是，他拍下了留守儿童之家，他拍下了果园、菌棚、蔬菜大棚、早出晚归的摩托车打工队伍。有人问他拍下来干什么，做什么用，他总是说，现在保密，到时候你就知道了。他还要求老伴有时间也要去拍照。他说，既然是我们两个人的影展，两个人都要有作品才行，人家才口服心服。他还给梦功春香、梦响殷智打招呼，要他们守口如瓶，说酒要先藏在坛子里，到时候突然打开盖子，才能飘出一股浓烈的酒香味，才能吸引人——消息透漏出去早了，到时候就没有新鲜感了。

过了一段时间，半坡村的人们很少见到向安隆背着相机在村里转悠的身影了，都来打听，问："老爷子怎么啦?"谁都不知道，他把自己关在家里，从一堆照片里艰难地做着选择，把他觉得好的照片拿去放大扩印。他常常为拿不定主意苦恼，要么觉得照片质量不太高，要么觉得文字说明不能表达出自己心里的意思，没有多少味道。这个时候，向安隆才真正感觉到，拿笔不比挥锄头、扛犁头轻松。但是，他自己对有的照片和文字说明，不仅比较满意，而且还有几分得意。

他最得意的几组照片是：重庆人民大会堂的照片同北京天坛的照片编排在一组，文字说明是"一步一重天"；白公馆、渣滓洞的照片同人民英雄纪念碑的照片编排在一组，文字说明是"牺牲换来今天"；成都天府广场的毛主席雕像的照片同北京毛主席纪念堂里的照片编排在一组，文字说明是"全国各族人民永远怀念毛主席"；北京广播学院大门前的照片，说明上写着"半坡村走出的农村娃——儿子梦学读过的大学"。

向安隆最得意的，是他在天安门广场的升国旗仪式上抓拍的那张照片。当时广场上人挨人，目光注视着一个方向，每个人都激动地跟随广播唱国歌。老伴儿因个子不高，被淹没在人群之中，只好踮起脚望着升国旗的方向，也激动地唱着国歌，向安隆见此，赶紧举着相机，抓拍了两张。升旗仪式结束后，向安隆问老伴："你会唱国歌吗？我从来没有听到你唱过歌，更何况是国歌！"

李桂芝回答："国歌的音乐，哪个中国人不熟悉？不知道是为什么，在那样的场面下，我也不知不觉，不由自主地跟着唱了起来、哼起来了，我也不知道哼得对不对？"

后来照片冲洗出来，向安隆很是为自己在升旗仪式上抓拍的照片得意，他在文字说明上写下："老伴李桂芝在天安门升旗仪式上唱国歌——向安隆摄影"。

梦功梦响看了这些照片和说明，很受感动，问老爸："你怎么想到这么好的创意呢？"

"怎么想到的？我只不过是抓住了这些真实的画面，用相机做了忠实的记录！"父亲回答。

梦功说："爸从成都回来说想搞个摄影展，我当时口里不敢说，心里在想，简直是异想天开。现在看了你的作品，我真是服了你了。爸，我为你的精神感动，接下来的全套制作，我全都承包了。我请朋友帮忙设计，他们的设计制作公司就在川主镇上，是镇上招商引资引项目才进来的。你和妈妈的摄影展设计制作方面的所有费用，当儿子的全包了，不管是两千还是三千，我给得高兴啊。"

梦响说："三哥请人制作了，还承担全部费用，那我这个女儿不就靠边站了吗？肯定不行。我想了想，影展还是搞个简单的开展仪式，到时我去把廖书记、姜镇长都请来出席，给老爸助威、扎场子。廖书记已经提拔为副县长了，马上就要离开川主镇了。"

在儿女们的大力支持下，向安隆又经过一个多月的精挑细选，终于从几百张照片里理出个头绪来，选择了五十张作品，分为四个部分展出。影展的名称是："老农民向安隆、李桂芝摄影作品展"，主题是《新世纪·新农村·新农民》，四个部分为："农民大棚种蔬菜，冬天结出西瓜来"；"亦工亦农新农民，摩托大军早晚忙"；"半坡成了旅游地，千姿百态农家乐"；"农民登上天安门，升旗仪式唱国歌"。

梦功把制作好的展板弄回来后，向安隆看了一遍又一遍，一方面是检查有没有差错，另一方面也在沾沾自喜地自我陶醉，觉得这是他人生中的一件大事。

在欣赏完展板后，向安隆又花了一整天，写了一个发言稿。

一切准备就绪，影展定于二〇〇一年元旦上午十点，在梦想山庄举行。

影展当天，廖书记、姜镇长提前来到影展现场，他们在向安隆和梦响的陪同下，提前参观，还不时给以点评，还询问向安隆的创作理念。廖书记尤其称赞那组"升旗仪式唱国歌"的照片，说它不仅抓拍得很好，文字说明也非常有意义。

上午十点整，一阵鞭炮声后，梦响拿起话筒主持开幕仪式：

"各位嘉宾，各位领导，大家上午好。今天是元旦节，我们迎来了半坡村农民夫妇向安隆、李桂芝的个人摄影展。出席今天开幕仪式的领导有咱们川主镇的廖书记、姜镇长。我们对他们两位领导的亲临指导，表示欢迎；对从县城和其他地方来到的客人、嘉宾表示欢迎；对半坡村的乡亲们表示欢迎！

"大家都知道，向安隆、李桂芝是地地道道的老农民，祖祖辈辈都只会握锄头，摸犁耙，与摄影毫无渊源，如今他们能够搞出摄影展，实在是不容易。下面有请向安隆老人来谈谈他的创作理念和心得体会。有请向安隆老人！"

向安隆上前给嘉宾敬了个礼，然后拿起麦克风讲道：

"各位领导，各位嘉宾！欢迎大家光临我们的摄影作品展。这些展出的作品，谈不上有多高的艺术性——严格地说它们还算不上艺术作品。但是，它们是真实生活的记录，是一个老农民对现实生活的观察和体会。

"八个月前，我到重庆大女儿家去玩，我说我想买个照相机记录旅游生活，女儿以为我是随口说说，没有当回事；到了成都对儿子梦学说我在学照相，他说'你不要吓我'；回家后我对儿子梦功说我想搞个摄影展，他说'你是不是异想天开'。那段时间，乡亲们看到我到处摆弄照相机，也许你们心中在问：向安隆的脑壳是不是出了问题？这一个一个的怀疑，都说明我这个六十岁出头的老农民学摄影，办影展，是一件多让人不敢相信的事。

"说实话，在半年多前我还没走出半坡村的时候，如果说想学照相、搞影展，我向安隆自己都会认为自己得了神经病。因为，扛锄头同搞摄影，相隔十万八千里。

"但是，我和老伴在重庆朝天门游玩的时候，几位老外邀请我们一起合影，合影后问我们的职业，我说我们是农民，对方的回答是，'天呐，你们哪里像农民。如果真的是农民，那说明现在的中国农民变化真是太大了。'听他们说我们不像是农民，我要来照片一看，发现照片上的我和老伴儿笑得开心自然，确实没有过去那种一进城就不自信、畏手畏脚的表情。于是，我也想买个相机，记录下我和老伴旅游的过程，后来又想把各地的风光展现给乡亲们看，才又产生了搞影展的想法，才有今天的影展。

"这件事使我真正体会到，只有想不到的，没有做不到的。只要我们敢想敢干，过去做不到的都会变成现实。二十年前我们想到解决温饱奔小康吗？十年前我们想到过种大棚蔬菜，冬天能产出西瓜来吗？八年前我们想过办农家乐，把城里人吸引到乡村来，在家门口挣钱致富吗？过去不敢想的事，今天都变成了现实。

"所以我们每个人都要变得大胆积极，在新世纪，建设新农村，当个新农民，就需要敢想敢干，敢于创新。这就是我向安隆今天搞这个影展的初心。

"当然，今天展出的作品我实在不敢自我恭维。但我的目的在于抛砖引玉，希望大家为早日把半坡村建设为全面小康村而继续努力！

"谢谢大家！"

梦响从父亲手中接过话筒说："谢谢向安隆老人热情洋溢的致辞，下面有请镇党委书记廖书记讲话。"

"各位嘉宾，各位朋友，大家上午好。刚才听了向安隆老人的讲话，我发现他讲得好，讲得有水平，不愧当了三十多年的基层干部。看了他和老伴的摄影作品，又发现了他们有艺术水平、艺术眼光。他们拍摄的照片里，无论是对祖国的大好河山，还是对半坡村的人和事物，都充满了情和爱。这个影展，是半坡村，也是我们川主镇出现的一件新生事物，值得我们赞扬，值得我们大家祝贺！

"这些年来，半坡村在党支部书记向梦响的带领下，出现了许多新事物。他们首先调整农业结构，支持农民外出打工，办起了农民工子女的留守儿童之家，进行果树花木栽培经营，成立蔬菜合作社，办起农家乐，迎来了这么多的城里人，来帮助我们发展经济。在此，我想借今天的影展，对各位嘉宾的到来和支持，表示衷心的感谢！也希望半坡村出现更多的新生事物，我们社会主义新农村建设取得更大成功。

"最后，我祝这次影展取得圆满成功，我也相信一定能够取得成功。同时，我也代表镇政府正式发出邀请，将摄影展请到我们新建的川主镇文化广场上展览，让全镇人民目睹这一新生事物，也目睹川主镇取得的成绩。"

廖书记刚一讲完，全场掌声雷动。

向安隆老两口的摄影展开展以来，在当地引起不小的轰动，不少人来观看，其中有一个观众看了一次又一次，甚至摄影展挪到镇上后，他还连续好多天都去参观。这个人，就是梦响的公公殷世富。他觉得自己脑壳不比向安隆笨，家庭条件不比他差，还比他大两三岁，梦响虽是他向安隆的女儿，可也是自己的儿媳呀，向安隆都能在半坡村，在川主镇拉风闹出点响动来，出尽了风头，让人羡慕议论，我为什么不可以搞出点名堂，让人也对我殷世富刮目相看？从那以后，殷世富一直在寻找机会，也想做点有意义的事，要同亲家向安隆比个平起平坐！

28

自从向安隆搞摄影展闹响半坡村、川主镇和县城后，殷世富的心头像猫儿在抓一样，他觉得过去两家家底差不多，子女也差不多，大家都很努力，但生活的走向却很不同——因为他们是两亲家，人们常常要拿他二人来比较一番。特别是向安隆的摄影展搞成功后，又强化了"向安隆家新闻多，殷世富家洋相多"的议论。

殷世富反问自己：难道真的就是向家出新闻、殷家出洋相？为什么人们老是把我家过去出的洋相，记得那么牢，记得那么深？而今我家变化这么大，三个儿子都已致富，幺儿殷智家早已成了百万富翁，殷勤、殷实家也有了几十万，难道还被人看不起吗？他觉得人们用老眼光看待殷家，实在有点不公平，而且过去他家的洋相是时代造成的，又不是他殷家的祖传。

他把乡亲们的传言告诉老伴，说有些想不通。老伴听了反而心平气和地帮他消气，劝他好好想想："从自然灾害年代开始，我家是出了一个又一个的大洋相。开始是十几岁的老大殷财饿得难受，偷了两根公社的生苞谷吃被发现，挨了批斗后用一根绳子在桐子树上吊死。后来，殷勤同梦成订了婚，梦成又跟着知青跑了。殷实跟别人打赌吃两斤干面条，要不是罗琼去阻止，他可能真要撑死，我们就差点死第二个儿子。殷实两口子回家为吃面条吵架不管厨房的火，把房子烧起来，烧出几百斤的存粮——白天还说没有吃过一顿饱饭，可家里有几百斤的粮食，这些洋相还小吗？还有，殷实一泡尿要夹回自留地，差点憋出尿毒症，去见阎王爷。这些不是洋相吗？你还有哪样不服气的？另外，你那张臭嘴也到处惹事，整天宣扬自己节约，你那种节约在外人看来实际上是抠门，还好意思编个酒席歌，讲如何贪吃占便宜，这些还不够吗？这不但是洋相，简直是羞死殷家的祖宗！"

"这些都和吃有关，与饿饭有关，都怪那个该死的年代！"

"只有你遇到了那个该死的年代，人家就没有遇到那个该死的年代？别人家咋个就没有出这么多的洋相？"

殷世富被一向很难开口的老伴训得无言可答。过了一会儿，殷世富叹了口气说："这么多事儿都偏偏被我殷家碰上了，简直是躲都躲不脱。'好事不出门，坏事传千里。'今后，我们殷家得寻找机会，把孬影响挽回来，把'抠门'的形象改过来！"

"怎么改？还有三年你满七十岁，做个七十大寿，请吃不收礼，大鱼大肉，好酒好菜，让人海吃海喝，把脸面捞回来？"老伴说。

殷世富说："这倒是个好主意。不过，还要等三年，时间太长了。"

因此，殷世富一直在关注大事，一直想寻找机会挽回殷家形象。

二〇〇五年年底，中央电视台播出的一条新闻，让殷世富突然兴奋起来。他立马告诉老伴，"新闻联播播报，从明年一月一日起，国家废除延续了两千多年的农业税，农民种田从此不再交税了。这是值得所有农民庆祝的一件大事。我们请全队人来家里庆祝，感谢党和国家的惠农好政策，比他向安隆搞摄影展的意义，还要大，还要广。"

老伴说："你终于找到捞回面子的好机会了。我同意，不外乎出点钱，辛苦点嘛。"

"不用你在家辛苦，就到梦想山庄去请，锅台灶台，桌椅碗筷都是现成的，还用得着你辛苦？"殷世富说。

"全队人是不是太多了一点？"

"全队两百多人，最多不过三十桌，每桌五百元钱，就这么一万五六千块钱嘛，又不会伤筋动骨。"殷世富说。

"这不单是钱多钱少的问题。过去人们说我们家太抠门，太小气，现在突然一下子大方起来，肯定会有人说我们显摆、故意炫富，真是深不得、浅不得。这件事你抓准了，的确能挽回殷家人的脸面。但我们必须征求梦响和殷智的意见，他们年轻人见多识广，跟得上形势，让他们出主意会办得更好。"老伴说。

"那梦响知道我的这个想法后，会不会提前透露给她老汉，让我这个好主意前功尽弃？"

"肯定不会。梦响跟我们也是一家人，她也很顾这个家，也相当尊敬我们，不会偏向她父亲的。再说，向安隆也不是那种抢功劳的人，何况他刚刚出尽了风头，他不会同你争。"

老两口意见统一后，就去同梦响殷智商量。

一见到儿子媳妇，殷世富的屁股还没挨到板凳，就开口问道："你俩说老实话，你们听到过'向安隆家新闻多，殷世富家洋相多'这句话没有？"

殷智说："当然听到过，这也是事实嘛。"

殷世富把眼光转向梦响，梦响马上说："我也听到过，但我把这当耳旁风。爸，不要在乎这个，不要管它。再说，我既姓向，也姓殷，脚踏两只船，好坏我都有一份，我才懒得去理会这些传言呢。"

殷世富说："我相信这是你的态度，你确实也是这种态度。在殷向两家之间，你真的是不左不右。不过，我现在说实话，这'二多'总结得好。我们殷家过去是出了不少洋相，名声不如向家好。你们向家的子女个个有出息，就连你那六十多岁的老汉，最近也搞出了摄影展，真的是出了个大风头。当时我就在想，我殷世富什么时候也能像向亲家一样，既为这个时代做点好事，也为我们殷家挽回一点好形象。"

殷智马上问："爸，你想怎么挽回形象？"

殷世富把刚才中央电视台播报的信息说了一遍，然后又把搞庆祝宴会的打算细说了一遍。

听完公公的想法，梦响马上抢着表态："爸，妈，我首先表态，我同意，我坚决支持。其次，我觉得这事真有点意思，心头有点高兴，又感到有点好笑。你和我爸这两个亲家在村里是两个不可多得的活宝贝，你们是多年的好朋友，现在好像又成了竞争对手。这次你看我爸搞了摄影展，出了风头。我就发现你老人家有点坐不住，现在你终于抓住了好机会，而且搞好了影响会更大。你们两个现在好像正在摆开架势打擂，那我这个一边是女儿，一边是儿媳的梦响，只好不偏不倚，坐山观虎斗了。如果真要我来当裁判，这一场竞争，肯定是你老人家取胜，你得冠军，而我爸是亚军。"

"为什么我是冠军，他会是亚军呢？"殷世富问。

"你肯定是冠军，我爸只能是亚军。他的摄影展，反映的是新时期的新农民、新农村形象，记录的是改革开放后的我们农村和农民的变化。但是废除农业税，不但涉及全国亿万农民的切身利益，而且改变了两千多年的历史，改写了历史。所以，你这个庆祝活动当仁不让的是冠军，我爸他搞得再好也只能是亚军。"

殷世富说："你说得有道理，说明你不是当的偏心裁判。"

梦响接着说："那当然嘛，我在家里同你们吃的是一锅饭，在村上我还是支部书记，不公平公正，我怎么搁得平，坐得稳嘛？公平对待你二位活宝贝，半坡村才热闹，大家才有好戏看啦！"

殷世富马上接话："我相信你梦响说的是真话，我就晓得我们殷家的幺儿媳妇最是聪明能干又深明大义！"

梦响一听，赶紧说："爸，你别再给我'淋葱花'表扬我了。你不表扬我，我也该大力支持你，这是我们做儿女的本分呀。如果你们愿意采纳的话，我想提几条建议，可能会搞得更好，更有意义，更有影响。"梦响说。

"当然愿意，你说你说！"

梦响说："我现在想到的有几条，大家好好斟酌斟酌，看这样行不行。第一，为庆祝废除农业税这件大事，不是宴请大家吃一顿了事。要把它搞得有意义，就要名正言顺地定个好主题，我想把它取名为'老农民殷世富庆祝国家废除农业税座谈宴会'，这样比较好。它是以父亲的名义邀请，而且不光是吃，还有座谈，也就是大家在宴会上可以畅所欲言，歌颂党的政策。第二，每家每户请二人。一是人多了太张扬，二是人多了，尤其是小孩子来了，闹嚷嚷的，不利于发言。三是要制作一幅会标，不但使会场有热烈的气氛，也便于照相作纪念，还可以邀请新闻记者来宣传报道，扩大影响——农民群众自发起来搞庆祝活动，这是新闻记者求之不得的报道题材。四是这次座谈会，我们殷家的兄弟姐妹全都要来。我们过去的确出过一些洋相，这次全家人要以新的形象，全新亮相。"

殷智说："媳妇儿，你想得太全面了，我没有补充的。你们看什么时候比较合适，宴会办多少桌？"

"可能十桌差不多，三十户人，每户来两个就是六桌，再加殷家自家人两桌，还准备两桌机动。就准备十桌。时间嘛，就定在一月六号，六六顺嘛。"殷世富说。

接着，殷世富问梦响："是不是你来讲个话，打个开场白！"

"我讲什么话哟，你是总策划，你是主角，该你来唱开场白。爸，你就大胆准备，放开讲，反正是座谈会，不拘形式，也不拘长短，随意一点，还生动些。"

停了一下，梦响又补充到："座谈会肯定有不少人会有感而发，殷智进城再买两个无线话筒回来，免得到时候抢话筒！"

六号那天清早，殷智和二哥殷勤、三哥殷实，早早地就忙碌起来，把会场布置得像模像样的。

九点刚过，向安隆就早早来到梦想山庄。殷世富迎上去说："向亲家，你害怕赶不上我这台酒席啊，这么早就跑来了。"

"就是就是，好难得喝到你的酒啊。我一是早点来向你学习，顺便看看还有没有我帮得上手的事。如果你不嫌我的手艺臭，我来帮你照照相，留着做纪念。"

"帮我照相，我是求之不得。向我学习嘛，我实在不敢当，我就是受到你搞摄影展的启发，向你学习的。"殷世富说。

向安隆连忙称赞回去："你这个活动比我那个小打小闹有意义得多，说明你的脑壳比我好使。废止农业税，确实是前无古人，今后也没有来者了，是值得庆祝，值得纪念。你看，我把这玩意儿都带来了。"他边说边拍着手里提着的照相机，"你讲话的时候，我一定好好给你多拍几张。你到时一定要雄起，拿出点精神来，我这照片将来要放进博物馆的。"

在观澜旅游新村住宿的一些客人，有的也散步到此处，看到那"老农民殷世富庆祝国家废止农业税座谈宴会"的会标，很是好奇。他们有的还不知道要马上取消农业税这一回事，有的为农民的政策敏感性叫好，有的想看看花钱请客的老农民殷世富是个什么样儿。

快到十一点了，殷世富请的客人基本到齐。县电视台的两位记者也到了，镇党委姜书记派了一位姓罗的副镇长来参加座谈。殷家几弟兄建议父亲，可以开始了。

殷世富拿着话筒，用手拍了两下，确认话筒传出声音后开始讲道："各位乡亲，大家上午好。我殷世富一介草民，一生无职无官，今天能够把大家请来，大家能够给我面子，我感谢大家，欢迎大家。

"今天请大家来此相聚座谈，内容就是一个，庆祝国家从今年起，全部废止和取消农业税。我叫殷智去帮我查了一下，我们农民'交皇粮纳国税'的历史已经有两千六百多年啦，它是一个政府、一个国家的重要财源。现在不收皇粮国税了，农民从此没有负担了，心里有说不出的高兴。俗话说，吃水不忘挖井人，国家的政策越来越好，我们要知道好歹，懂得知恩感恩，感谢党的政策。我殷世富，过去有人叫我'殷倒富'，其实我自己明白，苦命人的日子只能苦着过，几颗粮食用线穿起吃，只是没断过炊烟，没有出去要过饭。现在的日子，不知比过去好多少倍，所以我感激今天的政策。我相信大家也有实实在在的话要说，我们说高兴，说痛快！今天我备有薄酒，真诚地宴请大家，希望各位赏脸笑纳，喝好不喝醉。"殷世富话音刚落，迎来一片掌声。

赵黑子有备而来，先抢了话筒："我首先感谢殷老前辈的盛情邀请，我准备今天来你家海吃海喝一顿，希望管他个三五天，所以我从前天开始就没吃饭了，把家里的粮食省下来。这个话，大家当然都知道这是笑话，但我下面要说的，是实在话。历朝历代，收'皇粮国税'是天经地义的，就看重与不重，人民负不负担得起。说句良心话，如今农民种田不但不交税了，而且种粮还有补贴，天下哪有这么好的事？如果现在还有哪个说共产党不好，说政府不好，简直是没有良心……"

赵黑子还没有讲完，王三娃就迫不及待去抢了一个话筒，说："这几年来，农民种粮还有补贴。现在，废止了农业税，连'皇粮国税'都不交了，你乱摊派、乱罚款，我就可以抵制、拒绝。"王三娃讲到这里，突然一下子看到了梦响，马上又说："梦响书记，我这话不是针对你说的哈，我是说的过去，说的其他地方。你梦响书记上台后从来没有搞过乱摊派，你自己还贴了不少钱为大家办事，这件事大家都心中有数，明明白白。还有，现在的政府为农民办实事，真是实实在在的，我们队里的五保老人，都是国家补贴，专款专用。还有，赡养老人的最低生活费，都是国家发放。想到这些，我就突然想到一句歌词，'共产党的好处说呀说不完'，这是真的，这是我的内心话。"

王三娃讲到最动情的时候，电视台的记者也激动地同梦响交换了个眼神，镇上来的罗副镇长也不断地点头。

王三娃发言后，又有几个人发言，但都讲得不长，但他们都是用事实说话，让人心服口服。

接下来，殷世富把话筒递给罗副镇长，请他讲话。罗副镇长立即站起来说："我不想占据乡亲们更多的发言时间，我只想说两点。一是没想到我们老百姓会自发组织这个庆祝会，说明我们的群众觉悟之高，超过我们的想象。二是没想到乡亲们的发言，这么具体，生动，感人，这有水平，对我是极大的教育、鼓舞与鞭策。我会更好地为大家服务，像总书记要求的那样，权为民所用，情为民所系，利为民所谋。好，我就有感而发，表这个态。"

快到中午十二点，座谈会接近尾声，牛富强赶快去抢到了话筒。

他说："大家都知道，我是因为偷税被治安拘留，被弄到拘留所去关过十天的人。那件事，说是偷税，其实不过是因为一角钱而起的争执。我为了给娃娃赚点零食钱，连续几天去城里的市场上卖菜。每次菜一落地，市管人员就来收税收管理费。头天我老老实实地交了一角钱，但第二天要卖的菜同头天一样多，市管人员非要收我两角钱，我觉得不合理，认为他们是随口要价，没有准确标准，就只肯给一角。他们非要我交两角才让我落地卖，不然就只有背回家去自己吃。我想逃掉这一角钱，就假装往回背，谁知他们紧跟在后面，就不让我落地，这一下我就火了，同他们吵起来。后来他们几个仗势人多，推的推，掀的掀，还说我暴力抗法，把我弄到拘留所去关了整整十天。我牛富强一个农民，哪有那个吃雷的胆量，同政府对抗？结果就为这么一角钱，一角钱啦，被整整关了十天。当时我跟他们拼了的想法都有，心想大不了一命抵一命。真的是一角钱整死英雄汉。这件事说明当时个人穷，国家也穷，为了这么一角钱，大家都迷了心窍，什么道理都不讲。要是现在，别说一角钱、一块钱，就是一百块钱，我也忍了。谁要对现在的政策说个不字，我们会骂他没有良心。真的，现在国家的政策这么好，我们要知道好歹，应该珍惜……"

牛富强的发言，让在场的人们都陷入了沉思。殷世富看到有些冷场，赶紧对梦响说："梦响你也说几句嘛！"

梦响听了，爽快答道："既然老人家希望我讲两句，我就以双重身份讲几句嘛。"

"我说的双重身份，一是大队党支部书记的身份，二是殷家儿媳妇的身份。

"首先我以大队支部书记的身份说几句。在今天这样隆重的场合，我不讲几句实在说不过去。我们农民群众对党的政策体会最深，最有感触，也最知好歹，最懂得知恩感恩。今天的座谈会，大家的发言让我受到很多的教育，也让我受到很大的鼓舞和支持。有这么好的群众，我相信今后的工作会搞得更好。我相信大家会把感恩之心，化为感恩行动，今后的半坡村、半坡四组，一定会更有希望，大家说是不是？"梦响刚问"是不是"，人们立即用掌声给予回应。

"下面我要以第二个身份，殷家人、殷家媳妇的身份说几句，可能要说得多一点。请大家不要嫌我啰唆。

"一段时间以来，我们村里传出有'两多'的说法。说'向安隆家的新闻多，殷世富家的洋相多'。其实任何地方，只要我们去钻牛角尖，都可以去编出许多个'多'来。说向安隆家的新闻多，那是指改革开放以后向家的变化大，这是事实。说殷世富家的洋相多，似乎也是事实。但是，那是发生在过去，在改革开放之前的事啦。我们总不能拿现在去同过去比，用现在的要求去衡量过去。这样比不公平啦，要同时代与同时代比。我是土生土长的半坡村人，全队全村我都知根知底。我嫁到殷家也有二十来年，做了殷家人，才知道殷家人的善良、淳朴，才知道他们'洋相多'纯属冤枉——在那个荒诞的年代，有几个人没闹过笑话，没出过洋相？

"现在我要替殷家的洋相辩护。

"有人把我姐梦成悔婚的事，把这个洋相也算在殷家头上。这件事错在我姐，而且在这件事中，殷勤哥表现出了男子汉的大度，他不但不怨恨我姐，反而对她的行为表示理解，还祝她美满幸福。后来，集体劳动时殷实哥说没有吃过一顿饱饭，结果被烧出家里存粮有三四百斤的事，让人们觉得殷老爷是守财奴。队里人都知道，自然灾害年代，殷家大儿子饿得难受偷了队上两根生苞谷吃，被发现挨批后吊死。因此，父亲发誓不能让殷家再饿死人了，于是家里的粮食全部由他掌管，易进难出，以防万一。殷家的那几百斤存粮，完全是他们一颗一颗地从口里省下来的呀。所以，殷实哥说没吃过一顿饱饭，这是真的。包括老爷子自己坚持节省，一个皮蛋下三顿酒，也是真的。要是现在，就是三个皮蛋下一顿酒，老爷子也不在乎。

"还有，殷实哥为了肥水不流外人田，一泡尿憋回自留地，差点出人命的事，被人们认为是殷家最大的洋相。其实，在那个年代，谁没有'肥水不流外人田'的经历？如果是今天，你们还愿意拿自己的身体，去为自留地里换肥料吗？肯定不会。人生来就自私吗？肯定也不是！那是什么呢？许多情况是环境所迫。在那个环境中，不想出洋相都难。

"这里，我要给大家透露一个信息，这个是我无意之中，从我侄儿、殷实哥的儿子那里知道的。就是那个曾经不让'肥水流入集体田'的殷实哥、罗琼嫂，因为勤劳肯干，搞农家乐致富了，最近四年资助了一个城口县的大学生，一直送到今年毕业，前后共花费学费、生活费三万多块啊！关键是还不让人知道！这种精神，是一个天生自私的人，能够做到的吗？"

讲到这里，梦响激动地说不出话来，罗琼也一下子冲到梦响面前，一把抱住梦响，"梦响妹子，我谢谢你，谢谢你为我说出几十年来的心里话。"说完，号啕大哭了起来。

梦响拍着嫂子的肩膀说："嫂子别哭了，过去的就让它过去吧。现在我们不是都在挺着腰杆做人，理直气壮地过日子吗？"

最后，梦响说："今天我不是主角，我本来不打算讲话的，结果一讲就收不住。我的意思不是在大家面前抬高股家，而是要提倡一种跟随时代，勇于向前的精神！谢谢大家。"

梦响的这一番话，让在场的很多人都为之感动。股实、罗琼、股实的母亲在一旁不停地擦眼泪。向安隆使劲地为女儿鼓掌，拍得忘乎所以，拍得目中无人，生怕旁人不知道他有多为女儿感到自豪。

股世富听到儿媳这段讲话，一解几十年来的窝囊气。他像换了一个人似的，脚步轻快，走到主席台前，一脸的舒心笑容，大声说道："谢谢各位乡亲的光临。现在已经是十二点半了，不能让大家唱卧龙岗（饿肚子），今天我们准备了薄酒便菜，请大家随意，不要客气！"

赵黑子马上发话："股大伯，吃饭前要不要我背诵你编的宴席歌？"

"能记住，背诵一下我当然高兴，但我怕你已经忘了，记不住了！"

"这么有名的宴席歌，怎么舍得忘了它呢！"

"那你背给我听！"

"手稳心莫慌，菜来八方望，人多莫啃骨，啃骨就上当！"

"真的背得啊！"

"今天吃饭要不要按照这个歌诀办？"

"今天不用记住这个歌诀了，这个是缺吃少穿年代的，已经过时了，跟不上形势了。"

"怎么会过时呢？"

"现在大家都富裕了，不是缺吃缺喝的年代，宴席歌也应该与时俱进！"

"宴席歌怎么与时俱进嘛？"

"当然应该与时俱进嘛!"

"你有了新版本吗?"

"当然有了,只是还不完美!"

"能不能向大家公布?"

"当然可以!我说给大家听一听哈。各位乡亲,你们可以现学现用。下面请大家记住:手稳心莫慌,菜来八方望。多吃素菜少吃肉,后吃干的先喝汤。少吃肥的多吃瘦,不长脂肪不长胖。酒喝尽兴切莫醉,免得伤身出洋相。"

说完,殷世富问大家:"这个宴席歌怎么样?"

众人纷纷拍手称好。

十桌酒席坐得满满当当。人们端起酒杯互相祝贺,互相敬酒。王三娃、赵黑子和殷实三个难兄难弟搅在一起,连喝三杯以后,声嘶力竭地唱起了电影《红高粱》中的歌曲来:

九月九酿新酒/好酒出在咱的手好酒/喝了咱的酒/上下通气不咳嗽/喝了咱的酒/滋阴壮阳嘴不臭……

王三娃这一组刚唱完,另一组的几个年轻人又唱起了《篱笆墙的影子》,比刚才的阵仗还大,把旁边农家乐的客人都招来了,他们有的当看客,观热闹,有的干脆加入了唱歌的队伍,融入这和谐的乡村。

王三娃唯恐天下不乱。他隔着几桌人,朝梦响喊道:"梦响书记,谁都知道你是川主公社有名的金嗓子,小郭兰英,你的老人公请客,你不给他扎场子有些说不过去嘛!"

"我怎么没扎场子?我可是发了言的哦。"

"发言归发言,现在是唱歌的时间了,你该与民同乐,不要放不下你的书记架子嘛。"

"全村人只有你说我有架子。看来为了堵住你的嘴,我今天只能唱个歌了。你说,我唱什么?"

王三娃听梦响这么一说,动员所有人鼓掌喝彩,让梦响没有后路可退。然后他大声喊道:"我们现在请梦响书记同殷智一齐来唱个《纤夫的爱》。"

"老都老了还唱《纤夫的爱》!"

"大家都知道，你俩越老越恩爱。殷智是有名的炇耳朵，他的耳朵越炇，你们就越恩爱。大家说是不是？他俩该不该唱《纤夫的爱》？"

"该！"众人齐声应到。

梦响见此情形，无奈地说："你这个王三娃呀，就爱挑事。好好好，唱就唱，唱个歌还难得了我们吗？来，殷智，《纤夫的爱》就《纤夫的爱》，梦响的爱又怎么啦？"

这话又听得众人哈哈大笑。

在人们的欢笑声中，梦响和殷智深情地唱起来：

妹妹你坐船头/哥哥在岸上走/恩恩爱爱/纤绳荡悠悠/妹妹你坐船头/哥哥在岸上走/恩恩爱爱/纤绳荡悠悠⋯⋯

唱到快要结尾时，梦响给殷智使了个眼神，两个人戛然而止，"好，我们唱完了！"梦响丢掉话筒就开始往门外走。

王三娃一下子反应过来，喊道："不准偷工减料，'亲个够'都还没唱。"

梦响边走边说："我们亲了几十年了，亲到孩子都快上大学了，早就亲够了，也亲烦了！"

殷智把手一摊，表示出无奈状，但幸福地笑了，笑得很开心，很灿烂！

殷世富也高兴地笑了，心里在说："我殷家跑了一个向梦成，抓住了一个向梦响，算是赚了！"

29

举世瞩目的长江三峡工程建设"送"给开州县一个世界上独具特色的人工湖——汉丰湖，开州县移民新城坐落在此湖畔，构成"城在湖中，湖在山中，意在心中"的美丽画境。湖周还有南山森林公园、文峰塔、大觉寺、刘伯承同志纪念馆等诸多人文和自然景观。二〇一三年，开州县跻身"中国十大休闲小城"，二〇一四年，汉丰湖评为国家 4A 级旅游景区、"国家级湿地公园"。

半坡村随着国家颁布的系列惠农政策，加上优越的地理条件，在全民奔小康的路上越走越欢。村里早早地就通了网络，村民们在因特网的助力下，视野更是开阔，有的人家甚至开始做起了电商，在网上卖农副产品。

但是在梦响的眼里，半坡村还有许多尚待改进之处。在连日走访了村里所有的农家乐之后，梦响和村干部们总结归纳了目前半坡村农家乐经营中存在的诸多问题，随后，梦响通知这些农家乐业主开会，对所发现的问题进行讨论。梦响首先发言："今天的这个会，关系到我们半坡村的观澜旅游新村今后的发展，可能时间会有点长，我提前打个预防针，大家有点思想准备。

"我们半坡村的农家乐最早修建的那一批投入使用快二十年了，外观陈旧，室内装潢也老掉牙了，甚至有的家具缺胳膊少腿，都还在使用，简直有点影响我们汉丰湖 4A 级景区的形象。我们的农家乐，需要重新装修，该淘汰的要舍得淘汰，该更新的要更新。

"农家乐多数室内清洁卫生说得过去，但仍然有待提高。室外整体卫生条件的现状不容乐观，大家都是自扫门前雪，导致旅游村的大环境存在脏乱差的现象，给到此休闲的游客留下不好的印象。

"还有，我们的厨房设备陈旧，使用的餐具多有破损残缺，影响客人的食欲。菜单菜品也有问题。每家的菜单都使用了多年，油腻腻的，让客人一看就倒胃口；菜品要么是多年一贯制的老几样，要么是老菜品换个新马甲，取个新奇取巧的名字，糊弄客人。这些，怎么能吸引回头客？

"另外，我们的客房用具服役多年不下火线，有的床单被套破损严重，甚至出现了板结的状况，怎么能让客人睡得舒适安稳。俗话说'日图三餐夜图一宿'，睡觉都不舒适安稳，还叫什么休闲，凭什么能吸引人家来这里？尤其是个别客房的卫生间，抽水马桶不抽水，马桶上的陈年老垢惨不忍睹，这样的条件，简直就是在跟客人打招呼'你这回来了，下回就别来了'。

"服务员面无表情，待人麻木，好像是借了他的大米要还他的糠，欠了他的情欠了他的债似的，哪能谈得上热情周到、微笑服务，更谈不上能让客人有宾至如归的感觉。

"我们的休闲娱乐项目也十分单调，除了打牌、搓麻将，几乎再无其他项目，尤其是适合儿童和老年人的项目特少。这个问题，主要应该从村委会的角度，从观澜旅游新村的角度来做检讨。过去，村委会和旅游管委会，没有很好从整体上进行规划和建设，导致我们观澜旅游新村基本上没有文化娱乐项目，这个问题，我在后面的规划中还要详细讲。

"还有，我们靠到汉丰湖景区，自我感觉良好，要成井底之蛙了。要知道，我们还差得远。当初到我们半坡村来学习考察的东坝、竹溪的农家乐，已经超过我们了。徒弟已经超过师傅了，我们还坐得住吗？还有，我们的眼光只局限在半坡村，只盯住眼皮下，我们还应该眼睛向外，盯住县城，盯住汉丰湖边的旅游公司，同他们搞联合，争取合作共赢。上次，我在全村大会上讲过，我已经同三家旅游公司谈好搞延伸旅游合作，现在已经快进入实施阶段了。我们村的哪一家具备条件了，只要你报名，马上就可以签约进行实际操作。我们的眼光一定要看长远一点，容易自我满足的人，过去说那是小农意识，现在就是封闭意识。小富即安的人，决不能真正富裕，更不能长久富裕。东坝、竹溪不是已经超过我们了吗？

"今天开始，我们要一条一条的整改，实打实地干，不单是为了重新夺回全县农家乐第一村的宝座，更重要的是我们要永远走在致富路上的最前列，永远让我们半坡村成为让城里人羡慕的美丽乡村。

"乡亲们，我们重夺第一，这不是在提虚劲，我们是有实力，有经验积累，又有新的措施的。下面我就给大家谈谈我们的打算和措施。

"第一，希望大家舍得增加投入。更新客房、厨房、餐厅设施，粉刷内外墙体。我们不能当个只进不出的守财奴。俗话说'又想马儿跑得好，又不给马儿喂点草'，天下哪有那么好的事？大家一定要下这个决心，拿点钱出来，该换的换，该淘汰的淘汰。

"第二，我们打算给大家三个月时间限时整改。整改过后，再用三个月时间，开展评选星级农家乐的活动。我们将从硬件设施到软件服务以及价格等十个方面进行评定，采取业主互评、民评结合的方式，广泛动员客人参与投票评议，设立无记名投票箱。投票箱设在每个农家乐，然后在村委会设总意见箱。此次评选，无星或者只有一颗星的农家乐，停止其对外接待任务。

"第三，为加强监督管理，我们将成立村游客服务中心，接受和处理客人投诉。服务中心和农家乐协会，两块牌子，一套人马。一个务实加强内部管理，一个对外搞好对外联络工作。

"第四，半坡村计划投资扩建游客中心广场，加强文化项目建设，让中心广场变成名副其实的文化广场、娱乐广场、活动中心广场。没有文化的新农村，只能是暴发户、土豪的地盘。现在的中心广场是我当初租下的荒地建成，现在显得太小，太没有文化含量。争取再以租地或是土地入股的方式，将广场面积增加扩大到三亩，让广场成为集聚人气的地方。文化广场，白天能见到文化，增长知识信息；晚上，能听到歌声，见到娱乐。老人有老人的项目，儿童有儿童的乐趣。现在，城里的文化广场热闹得很，每到傍晚或晚上，广场舞跳得火辣辣的。我们的文化广场今后也要开跳广场舞，他们城里人来到半坡村，来观澜旅游新村跳，会别有一番风味，别有一番情趣，还可以给我们半坡村的乡亲，当免费的教练。农民同居民同跳同乐，还可以密切城乡关系。我们当农民的，也应该随着时代跳起来，跳出当代农民的精气神，跳出我们半坡村农民的新形象！"

梦响讲到这里，她看到不少人在笑，马上接着说："你们也别笑，到时候，我第一个下水，第一个去跳，同大家一起疯。到时候，我还想把我七十多岁的老妈弄去一起跳。我不可能让她像年轻人那样跳，只要她出来听听音乐，摇摇胳膊扭扭腰，活动活动筋骨，乐得心情舒畅就达到了目的了。这件事，我早就开始策划了，而且已经请了一个业余教练，就是基本上每个周末必来我家住一宿的周大姐。她是个热心肠，很乐意当这个业余教练。

"还有，我们要在文化广场搞两个大型宣传橱窗，一个用来发布各方面的最新信息，另一个用来专门作为客人的宣传阵地，名为'我笔下镜头下的观澜旅游新村'，每月更换一次，每半年评一次奖。奖项分为儿童组和成人组，可以是文章，可以是照片、图片，也可以是儿童画漫画。内容只要是宣传反映我们半坡村的，就可以放上去。这个任务就交给服务中心的企划部就行了。

"最后，我还要给大家通报一下，我们半坡村新增了绿色休闲游项目。目前有两个项目已经成熟，一个是花果采摘游，一个是大棚蔬菜绿色生态游。半坡村的果树花木已成规模，季季有花香，月月有果采。现场采摘品尝不收费，带走的果实谁种谁收钱。我们的大棚蔬菜种植是我村的一大特色，一般人种的丝瓜只有三四十公分长，这里的丝瓜全部超过一米；人家种的冬瓜南瓜多为一二十斤一个，我们棚里的冬瓜南瓜重达七八十斤。还有，人家的西瓜收获在夏秋，这里的西瓜可以在冬季长。我们在给客人普及知识、常识的同时，也给他们近山近水近绿、亲自采摘的乐趣。

"为这两个项目，我们还准备配备两个导游。这两个导游都要经过专业培训，要既懂农业又懂旅游。这既是为客人服务，也是在宣传我们半坡村。另外，村里还准备增加两位室外保洁员，全面负责所有农家乐大小道路的清洁卫生，要求任何时候路面无垃圾，地上无烟头……"

梦响整整讲了近三个小时。第二天，半坡村便以各农家乐为单位，制定整改措施。第二天下午，八十三份整改策划书，准时交到了梦响手上。梦响快速翻看了书面计划后，作了简单总结——

"乡亲们，这是半坡村农家乐开张十多年来，第一次动筋动骨的整改，是我们上台阶的一次强力冲刺。下一步，我们观澜旅游新村，还将安装电子摄像头，雇请昼夜值班的电子保安，以保各家各户的安全。"

俗话说，人心齐，泰山移。几个月后，观澜旅游新村的面貌焕然一新，新的半坡村文化广场也已扩建完毕。梦响已经跟她请的业余教练——她家的老主顾、县文化馆的周燕大姐商量好，要先搞一场广场舞晚会，让广场舞热热闹闹地在这个文化广场跳起来。站在自家农家乐二楼的阳台上，梦响注视着文化广场，心想，半坡村人的夜生活，要开始新篇章啦！

在广场舞晚会开始的前三天，一块刻写着"观澜新村文化广场"八个大字的山石立在广场左侧，同"梦想山庄"的石碑遥遥相对。不过，它比"梦想山庄"的石碑显得更加气派。

歌舞晚会的当天下午，半坡村的村民和来农家乐的客人，见到晚会的宣传海报，都三三两两地来到广场，提前观看场景，有的还帮忙清理场地，铺架音响设备。

当晚，夜幕刚刚降临，广场上灯光齐明，一阵激昂的开场音乐之后，梦响拿着话筒走到广场中心致辞："亲爱的嘉宾们，朋友们，半坡村的乡亲们，大家晚上好！我们半坡村，我们观澜旅游新村的文化广场，从今天起就正式开场了。我代表半坡村村委会，代表观澜旅游新村游客中心，对大家的到来，表示由衷的欢迎和感谢！

"观澜旅游新村文化广场，从今天开始，将不断有各种文化活动源源不断地登场。我们社会主义现代新农村，不光是有吃有穿，还应该有精神有娱乐。今晚的首场活动，是广场歌舞，也就是坝坝舞。坝坝舞的要求不高，比较随意，闻歌闻音乐起舞，随性而发，随性而舞，不拘一格。而且不分年龄、男女、老幼，只要你想跳就可以来跳。只要能锻炼身体，陶冶情操，就达到了跳广场舞的目的。我希望我们的村民们放开手脚跳，不断提高水平，能够像周燕老师一样，跳得那么好，跳得那么美。

"现在，我要向大家隆重地推出周燕老师。周燕老师是双休日来我们村的常客，当她知道我有搞文化广场的想法之后，毛遂自荐来给大家作指导。周燕老师是县文化馆的文化干事，是组织群众文化活动的高手，更重要的是，她有一副热心肠。今天，她不但带来了文化馆的高级舞美灯具，还为我们请来了八位广场舞高手，来给我们做示范，当教练，当开路先锋。在这里，我们热烈地欢迎和衷心地感谢周燕老师和八位教练。

"还有，今晚来的乐队是县城有名的乐队，他们是市场化的专业乐队。他们听了周燕老师的介绍后，主动免费为我们这次开场活动演奏，并且还将指导我们今后建立自己的乐队。这里，我们以同样的心情，感谢他们！"

随着梦响感谢的话音，乐队奏起乐点表示热烈呼应。

梦响接着说："我已经说了两个感谢了，是不是感谢完了呢。不，我还说第三个感谢。第三个感谢送给来我们观澜旅游新村的所有嘉宾，感谢你们，给我们送来了财源，送来了致富的机遇，送来了现代信息。从今天起，你们又成了送文化下乡的民间使者，我代表半坡村，也代表观澜旅游新村谢谢你们！希望你们同我们的村民一道唱起来，跳起来！"

梦响讲完，深深地给大家鞠了个躬。然后说："今晚的晚会正式开始，下面请周燕老师上场。"

周燕走到广场中央，没有讲话，而是双手掌心向上，往上轻轻一扬，顿时，音乐齐鸣，灯光齐闪，光柱四射，地皮仿佛都在颤动。

听到音乐，熟悉旋律的客人马上喊出："嗬，《最炫民族风》。"

周燕听到有人呼应，马上大声喊："会跳的都跳起来！"

　　苍茫的天涯是我的爱/绵绵的青山脚下花正开/什么样的节奏是最呀最摇摆/什么样的歌声才是最开怀/弯弯的河水从天上来/流向那万紫千红一片海/火辣辣的歌谣是我们的期待……

一时间，乐声、歌声、舞步声，交织在一起。观澜新村的霓虹灯，与汉丰湖畔的灯光交相辉映，似天上人间上下呼应，唤醒了这沉睡的山岳河谷。被震撼了的村民，纷纷走出家门，来观看半坡村的非凡之夜。村民家的鸡犬"乐队"，也被激发调动，自觉加入伴奏行列，声音此起彼伏。

一曲终了，周燕拿起话筒讲道："各位女士，各位先生，刚才我们跳得过不过瘾？你们看，跳舞，就是这么简单，就是这么快乐！下面我们再重跳一遍《最炫民族风》，请在场的各位父老乡亲加入我们，伸开胳膊迈开腿，一起开心跳起来！"

第二遍开始后，不少人慢慢移动脚步，悄悄地进入了中心广场，开始唱起来，动起来，跳起来。广场中心竟然出现了"煮饺子"的场面。此时的梦响，一边唱一边跳，一边观察现场的情况和群众的动静——她特别留心观察母亲的表情。

梦响发现，母亲微笑着，稳坐在广场边的一把椅子上，在用手指轻轻打着节拍。梦响觉得现在是请母亲出场的机会了，她上前去扶起母亲："妈，走，我们一起去活动活动身子。"母亲口里虽在说："我这么大的年纪了，还去跳舞，也不怕被人家说是老妖怪。"但脚步还是很利索地跟着梦响进入了广场。梦响陪着母亲，看着她抬起手臂，脚下踏着小碎步，轻扭屁股慢扭腰，竟然能合着节拍——梦响不由得发出惊喜的赞叹，"妈，你好厉害！"梦响看着母亲笑了，母亲看着梦响也笑了，笑得那么灿烂和自然。这一切，都被向安隆的镜头捕捉到了。

当梦成、梦学收到父亲通过电子邮件传来的照片后，简直惊呆了——他们完全没想到，半坡村也搞起了文化广场，村民们也有了夜生活，跳起了广场舞；尤其没想到他们七十多岁的母亲也成为广场舞大妈中的一员。

梦学回信说，他准备把父亲拍的母亲和梦响一同跳舞的照片，以"农村老太跳起广场舞"为题，投稿给《都市生活报》。梦成来信谈到，羡慕妹妹有这么一个好舞台，而且已经闹出了点名堂来，还向梦响表态，如有机会，她还愿意回来补一补乡村生活的这一课。

梦响相信姐姐说的是真话，姐姐过去多次表示，退休后愿意回老家干点什么。她支持儿子何畏报考西南农大，又支持儿子毕业后考开州县的选调生，在条件艰苦的岩水山区实习锻炼。三年后，又支持考上公务员的儿子继续扎根山区，向大舅梦军学习，为贫困山区人民办实事。而现在，姐姐和姐夫都已退休，儿子又在开州县乡镇任职，要是她能回家乡做点事，一家人团聚更方便。更重要的是，梦成一直为当年不光彩地离开老家这事，感到有些自责。梦响认为，姐姐想回到老家生活，再同家乡人一起相处，多多少少有一点还债的补偿心理。她考虑就让姐姐姐夫帮忙打理梦想山庄的生意，他们可以就住在梦想山庄。但梦成却想回向家老屋同父母住在一起，说跟父母打个伴儿，免得他们老来寂寞。谁知梦成的这个想法，被向安隆一口回绝了。

向安隆对梦响说："当初她拼命逃出农村，而今又想回来了。重庆直辖市的高楼大厦空着不住，还向往向家老屋，她不是早就劝我离开老屋，到重庆去同他们一起生活吗？现在我这老屋她还能住习惯吗？这不是讽刺话，是实在话。她如果真要回来，还是住山庄方便些。再说，我跟你妈都准备搬出这个老屋，看你和梦功谁最真心欢迎我们，我们就跟谁家住。现在倒好，我们想走了，她又反而想回来了。我把话说清楚，就是我俩搬走了，谁也别想打向家老屋的主意，我另外有重要用处。"

梦响问："我们这个陈年老屋，还有什么重要用场？你能不能跟我透露一点。"

"现在不告诉你，还在保密阶段，谁也不告诉，将来你们自然会知道。"

梦响也不好再追问，只好顺其自然，静观其变。

儿女越是尊重孝敬父母，父母也就越发任性。向安隆现在不仅成天背着他新买的"尼康"相机到处拍摄照片，还多了一项爱好——收集破烂！

一次，向安隆在八组的一户人家的旧猪圈里发现了一个弯弓大背夹，便求主人卖给他。主人不解地问他，"难道你向队长还要去当背二哥，搞运输，挣苦力钱？"

"现在公路通了，交通发达了，哪里还有背二哥这个职业嘛。"向安隆回答。

"那你买这个有什么用？"

"这个你就别管了，今后你就知道了。"

"既然你觉得它有用，拿去就行了。我要不是觉得有地方放，当柴烧有些可惜，早就拿去烧了敬灶王爷了。"

"的确留着它也没有用，不管你愿不愿意，就算我向安隆半买半抢，给你拿走了，也为你腾个地方。"他边说边丢下二十元钱，如获至宝地背起背夹，踏上了回家的路。没走出几步，向安隆又忽然转回去。背夹的主人以为向安隆后悔了，便说："这家伙的确没用了，不值钱。"边说边把二十元钱退给向安隆。向安隆马上急着说："我不是后悔，我还想向你打听另一件东西，不知你家里保存下来没有？"

"什么东西？"

"翘扁担！"

"你怎么断定我家有？"

"因为你肖大哥的父亲和我的父亲，过去都是这万开路上的挑夫，他俩都是农忙下田，农闲挑货。一根翘扁担，随便挑个一二百斤不成问题。我父亲的那根翘扁担，是从我爷爷手里传下来的，可惜在大办公共食堂的时候，被送进食堂的灶膛里，当柴烧了。我爸知道后，三天三夜没吃饭。"

"不就一根木头扁担嘛，至于这样吗？"

"我父亲把它视为传家宝呀。"向安隆说。

"算你找对了。我家里确定还保留着，觉得它美观好看，舍不得搁在柴火堆里"。

"能不能拿出来让我见识见识？"

"你又想打它的主意？"

"我看看再说。"向安隆回答。

老肖从架子床顶取出扁担，那扁担全被灰尘罩住，抹去灰尘，光亮如漆。

向安隆接过扁担说："真是件好东西呀。"

"好东西倒是件好东西呀，但是我真不知道这弯弯的月牙形扁担，怎么挑东西？月牙弯朝下，显然两头拴不稳东西，月牙朝上，扁担会翻滚啦！"

向安隆接过话题："你说得有道理，按照常理来讲，扁担不应该是这种如箭弓般的月牙形，应该是平直的。但是在陡峭崎岖的山路上，平直的扁担挑着东西能通得过吗？多少年来的肩挑背驮，我们本地的挑夫才打造出了一套特殊的运输工具，那就是刚才的背夹，和现在这根翘扁担。"

老肖问向安隆："既然现在也不需要，又没有人会使用，你要它干什么？"

"我想买来做个纪念。"

"你留作纪念，不如我留作纪念。我就借给你，你去请个木匠仿造一根好了。"

"你想得太简单了。这种扁担必须要自然生长成的月牙形的优质檀木制作而成，才有韧性。再说，新加工的仿制品哪有原装货好呀？"

"你越是这么讲，我越是舍不得卖给你了。"

"你拿着它，放在家里也没有用，你是不是在钓我的胃口。这样，我就给你一百元钱，卖给我了吧。"

"你就这么铁了心，硬是想要这根没用的扁担？"

"它不是普通的扁担，而是特殊的、只有在山区地方才有的翘扁担。"

"货卖爱家，我见你想得要命，你就意思意思，给二十元钱拿去。"

"二十元钱买个心爱之物，叫我怎么拿得出手。"向安隆边说边拿出一百元钱，交给老肖，还说谢谢他支持。

"你今后别后悔，是你强买强卖，别说我老肖敲你的竹杠啦。"

"怎么会呢。我们是周瑜打黄盖，一个愿打一个愿挨，两相情愿嘛。"

向安隆肩上挎着相机，背上背着背夹，手上拿着翘扁担，引来相遇的人一阵好奇。向安隆也不多做解释，只是说"你们以后就知道了"。

后来，向安隆又向殷世富讨要那杆叶子烟枪。

向安隆说："殷亲家，你现在已经不抽烟了，就把你那根铜烟杆送给我，怎么样？"

"你也不抽烟了，你拿去干什么！你的鬼板眼多，我凭什么要送给你？"

"你不送，那我给钱买！"

"你家钱多，你就给一千两千、一万两万，再多的钱我也不卖！"

"你也不能漫天喊价呀！"

"对你来讲，就是要漫天喊价。你的鬼主意多，谁知道你拿去是换辆汽车，还是换个拖拉机？你给我说说它的价值，对路了，我分文不取！"

"怎么才算对路？"

"除非你说出它的真实用途，你不说实话，打死我也不会给。"

"我实话给你殷亲家说吧，我想搞个民俗展览，你这个铜烟杆有七八十年的历史，记录着你们殷家三代的宗族权威。"

"这倒是一件好事，但我怎么舍得呀！"

"你放在家里，一个人欣赏。陈列在民俗博物馆，大家参观，哪个的作用更大？我还在说明文字上注明这是你殷世富家的祖传宝贝呀！"

"我说不赢你，脑壳没有你好用，只好认输。来，送给你。"殷世富拿出烟杆，用手摸了又摸说，"难怪有人说你向安隆成天神神秘秘、疯疯癫癫的，原来又在悄悄干一件大事啊，值得我学习！"

向安隆近段时间以来的反常动向，不时传进梦响、梦功耳朵里，他俩不知道父亲的葫芦里又要卖什么药，于是两兄妹一起回家打探究竟。

向安隆见梦功、梦响一齐回家，半开玩笑半认真地说："两兄妹一齐回来，一定是有什么大事。尤其是难得回家的梦功，我还没来得及铺红地毯迎接，你就回来了。你那镇上的楼房住起多舒服哇，还愿回到这乡坝头来看一看，视察视察呀？"

兄妹二位互相递了个眼色，心里都明白这是父亲在以守为攻，先发制人。梦响马上说："不是我们约到一块回来的，是我在路上碰到三哥，他说是回来看看二老，正好今天我也不太忙，就一起回来了。"

"你就不要遮遮掩掩地了，我知道你们听到风言风语，今天是回家来兴师问罪的。你们不外乎是要想问，你们的老爹爹要去收些背夹、扁担、夜壶之类的东西，究竟要干什么？本来现在还不是正式向外公布的时候，因为条件还不成熟。既然你们上门打听来了，那我就提前告诉你们。实话说，我就想搞个反映农村家庭变化的博物馆，反映我们是怎样一步一步走到今天的。我想从向家的老屋，到生产农具、家庭用具到现在的家用电器的变化，让人们了解这几十年来，我们的生活是咋样逐步发生改变的。而我的最终目的，是想让人们了解，我们农民的变化，农民与农村的变化。"

"有这个必要吗？"梦响问。

"当然有这个必要。"父亲回答。

"你老人家不怕人家说闲话，戳脊梁骨，说你不知天高地厚哇？"梦功说。

"我不怕。我向安隆也不在乎。"父亲理直气壮地说。

"人家肯定会觉得你不谦虚，认为你向家既没有出个大官，又没有出个科学家，更没有富得流油，哪有资格一会儿搞摄影展，一会儿又要搞啥子农村家庭博物馆。"梦响说。

"没有出大官，这是事实。但是我向家既出了一个你这支部书记，最小的起码官，还出了一个七品芝麻官，这难道不是事实。在我们半坡村，在川主镇，有几家能同我向安隆比？"

梦响抢过话题说："说不比，你又在比了，我们还是该低调点。"

"我向安隆什么时候趾高气扬过，一辈子都在夹起尾巴做人。过去的日子过得人不人鬼不鬼的，哪有资格翘尾巴？我承认，我向安隆一家，大大小小没有一个富得流油的，但至少今天已经全部过上小康日子。我们不能忘本啦，要知道感恩啦，懂得滴水之恩，涌泉相报哇。真正是富得流油的人，他们未必能从心底感恩社会，感谢党的好政策啦。我向安隆最后是搞家庭博物馆也好，还是搞展览也好，都是想用实物说话，用事实说话，进行前后对比——今夕的巨大变化，是党给了我们好的政策，是社会给了我们向家人舞台。"

梦功、梦响沉默了一会儿，然后梦功说："这样看来，你说得有一定的道理。我也看到报道，有的地方也在搞农村民俗文化展览，说是要记住乡愁。"

向安隆马上接过话头说："还有，搞这个博物馆，对观澜新村农家乐也有好处哇。客人们白天可以去参观大棚蔬菜，观赏鲜花，采摘水果，晚上可以在文化广场跳坝坝舞，闲来无事还可以来我这儿看看乡村的民俗民风和传统老屋，难道不是件好事吗？是在往你们面上贴金，尤其是为你当支部书记的梦响争光，争荣誉。"

"你又是何苦嘛，我和三哥的工作已经够努力了，还需要你这么大的年纪的人，来为我们挣表现吗？"梦响说。

"也不完全是为了你们。我现在通过对比，对现在的社会，对党和政府真的是有感情了。改革开放后，我们整个家庭的变化多大呀。你看你的女儿殷英，一个农村的后代能到美国留学，是盘古王开天辟地就没有过的事呀！是以前我们做梦都不敢想的事。你梦响过去做过许多梦，有多少梦想，你想过要出国留洋吗？不光是我们家，现在农村的哪家哪户变化不大？我想搞这个博物馆，就是想以我们家为例来反映整个农村的变化。"

"你的主意现在看来很好，但是实现起来难度比较大。你是什么时候开始有这个想法的？"梦响说。

"我是那年同你妈出去旅游，参观了重庆三峡博物馆、红岩博物馆和北京的故宫后，很有感慨，后来才慢慢想到搞个农村农民的小型博物馆。"父亲说。

"那也不是几个背夹、几根扁担和一把夜壶，就能搞出个博物馆的呀。"梦响边笑边说。

向安隆知道女儿是在开玩笑，也不生气，说："哪里只是背夹、夜壶嘛，我还要继续收藏，慢慢积累。家里原有的生产农具是现成的，责任制后的东西收起来也不难。再经过两三年的努力，是可以搞个家庭博物馆的。"

"你准备就搞在向家老屋吗？"

"你们几兄妹早就劝我们告别向家老屋，我们就是舍不得，住了几十年了很有感情，而且它是我的爷爷留下来的祖业。但是现在比较起来，新修好的平房不但漂亮得多，而且住起来也舒适方便。"

"你过去不是说老屋住起来舒服吗？"

"口里虽然这么说，但心里不得不承认，砖房肯定比土房漂亮舒适，主要是旧情难舍呀。"

"你现在就舍得了？"

"现在是舍得也好，舍不得也好，早晚也得舍。我和你们妈今后见阎王去了，你们还回来住吗？如果几年不住人，房子垮塌了，我不遭到祖宗责骂才怪？如果将来能够做博物馆，这向家老屋会比过去更风光，更有价值，这是向家老屋最好的出路。这个半坡村，只有我这向家老屋，才够格做农村农民博物馆。"

听到父亲讲的话，梦功梦响都点头笑了，都认为父亲看得长远。梦功说："按照你现在的设想，这老屋怕是有的地方还要维修改造一下。爸，你放心，这件事由我来承担，我保证修旧如旧，还你个货真价实的百年农村老屋。"

"这样看来，你们也支持我啰？"

"这的确是件好事，我们怎么会不支持？"梦功说。

梦响接着说："你有这样好的想法，早点让我们知道会更好，今后有什么需要我们跑路的地方，我们肯定会全力支持。我在想，这件事要办就办好，也不急着一天两天，甚至不急着一年两年。到时候，还请梦军哥、梦学哥出出主意，他们毕竟长期当国家干部，政策水平、理论水平比我们高得多。博物馆办好了，的确又是半坡村的新亮点。社会主义新农村，不能只有金钱，没有文化——尤其是不能丢了传统文化、农耕文化，那可是我们的根脉。"

"我同意不着急，也特别希望得到梦军梦学的支持。你们两个心里要挂记着这件事，遇到有收藏价值的东西，帮我弄到手。你们年轻人爱面子，不好意思弄这些农村的破锣破鼓，就告诉我，我自己去弄。"

梦功和梦响都同时表态，肯定会支持父亲办成这件"伟大"的事情。

向安隆接过话说："不管伟大不伟大，我才不怕你们取笑讽刺，反正我觉得有意义的事，就要去做，九头牛也拉不回来。你们兴师问罪也没有用。"

梦响说："说伟大是开玩笑的，但的确是件好事，我们肯定会支持，有什么事尽管打招呼。"

说完，梦响和梦功给爸妈打个招呼就要离开。刚走出院坝，父亲就叫住他们："梦功、梦响，有一件事我还忘了告诉你们，昨天吴欢打来电话，说过两天她和你哥要回来住，说是让你哥休息几天，还说想在老屋住。我想，这么多年他们都没在家里住过，都是当天来当天去，这次恐怕是太阳要从西边出来了，不知他们怎么想起要在家里住几天。我想既然是休息就好好休息，他们在城里住惯了哪习惯这老屋，就让他俩住在山庄里，方便得多，梦响你不会收旅馆费吧？"

梦响回答："县大老爷能光临寒舍，我是蓬荜生辉，求之不得，我愿倒贴，一定照顾好你的这位有出息的大公子。"

30

没过几天，吴欢果然"押着"梦军回到了半坡村的老家。

向安隆看到梦军、吴欢的自行车后架上架着一个衣物包，高兴地说，"看来你们这次要多住几天了，不像过去那样来去匆匆了。"

吴欢说："梦军现在已经退到二线了，我好不容易押着他回来休息一段时间。他这个人反正是贱骨头，没事干反而会出毛病。"

向安隆说："哪有离了芝麻不榨油，离了和尚就不念经，离了你梦军县长地球就不转的道理。人，迟早是要退休的。如果是组织上安排你退下来你还不退，人家会说你向梦军'放碗不放筷'，贪权恋位呢。"

吴欢马上抢着说："政治待遇、工资待遇不但不降，还给他升了一级。直辖市里所属区县的干部都要高半格，这次退居二线，根据政策他是按副厅级对待，叫作副厅级巡视员。"

"也就是说，可以吃老本，光拿钱不干事了？"向安隆开心地问。

"可以这样理解。对有的人来讲，这样也不错。但对我来讲，还不适应，一辈子忙惯了的人，突然来了个急刹车，可能还会出问题。"梦军淡淡地回答。

"那倒是，怎么不知不觉就过了几十年了，你梦军马上就到退休年龄了，时间过得真快呀。"

"你后年就满八十了，你十九岁时得的我，我还能不到退休的年龄吗？不过，你快到八十岁了都还在干事，我能停下来吗？"

"我快八十岁了，但是身体没有什么大毛病。你一天天忙，忙出了个高血压呀。"

"高血压，也不一定是忙出来的呀。再说，现在高血压已是一种常见病，百分之三十左右的人都有，比较普遍，没有那么危险，也不必紧张，何况我的高血压还不严重。不过，我向爸妈说实话，我不到十八岁就参军到部队，从那时开始，我都一直认认真真、踏踏实实地工作，从来没偷过懒，也从来没觉得累。几十年就这样走过了，这次宣布我退居二线后，我突然觉得自己真的累了，也该歇一歇了，也想歇一歇了，就像卸下犁耙的耕牛，突然感到一身轻松了。"

"你哪能不累？你当县农工部长，长期跑乡下，你当分管农业的副县长，也是跑农村。分管三峡移民工作，更是一次艰巨的任务。好不容易送走了三峡移民，马上又回来分管全县的扶贫工作。这项工作，比移民工作更难，更是一块难啃的硬骨头。三峡移民工程还有物质和资金保证，而扶贫工作是千差万别呀。"

向安隆的几句话，让梦军心头一阵温暖。他没想到，父亲把他所做的工作记得这样清楚，让他感受到父亲对他的重视。

梦军坚持要住向家老屋，不住梦想山庄，这让母亲搞得手忙脚乱，可她心里高兴——只要父母还健在，人活八十仍然是儿啦。在母亲的心中，梦军仍然还是小时候的梦军，他要同父母一起住老屋，让她感到无比的温馨，再忙心也甜。她也没有安排梦军到梦响的农家乐去吃饭，而是自己动起手，做了几个地道的妈妈味道的家常菜，招呼了自己的归来儿。

吴欢是三十多岁才随军离开半坡村的，她熟悉这里的一草一木，也熟悉这里的家家户户。第二天上午，她和梦军在半坡村溜达，一路遇上不少人。年长的见了，仍然还是叫他"梦军"，有的人故意风趣地叫他向县长。不认识的还轻轻打听，回答者提高嗓门说："连我们半坡村走出去的最大官，你都不认识，简直是有眼不识秦山（泰山）。"听了人们的玩笑，梦军也毫不介意。

他俩一路走走停停，不时同过去的乡邻打招呼，寒暄几句，就这样走到了吴欢的父母家。

吴正业虽然早就得到消息，但见到女儿女婿，还是激动不已。他叫吴欢去请公公婆婆过来吃饭，大家在一起热闹热闹。

李桂芝一踏进吴家门，便说："亲家母，你们硬是这么客气，平白无故的请什么客嘛。"

"要说客气，礼数大，还得数你们家，经常把我们请去好吃好喝。梦军是个大忙人，好难得回到我家吃顿饭，大家热热闹闹摆摆龙门阵，大家高兴高兴。他梦军是我们吴家的女婿，更是你向家有出息的大官啦！"

"什么大官不大官啦，不就是个副县长嘛，何况我马上就是一个退休的老百姓了。"梦军说。

"虽说共产党的官都是人们的勤务员，人不分贵贱，但在官场还得有个官大官小之分哇。如果全部都是平起平坐，那谁听谁的呀，非乱套不可。所以，还得大官领导小官，一级指挥一级，这世道才会正常运转。你向梦军农民出身，走到今天已经很不容易了，也该知足了。"吴正业说。

梦军忙解释："我哪敢不知足呀，我已经是诚惶诚恐了。我是说别把它当做官来当，要多办实事，才对得起党。所以我这辈子一直没敢懈怠。"

看到家里难得这么热闹，吴正业一边吩咐吴欢帮助母亲做饭，一边打电话叫吴延、吴宇、吴乐、吴明四个儿子和媳妇回来，一起吃顿团圆饭。

吴正业家的团圆饭真的难得这么整齐，一家人特别高兴。快递公司办得红红火火的三儿子吴宇，提了两瓶五粮液，换下了桌上的两瓶诗仙太白。他边换边说："大家的生活水平都在不断提高，我们总不能老是喝诗仙太白嘛。当然，诗仙太白也是好酒，只不过没有五粮液的名气大。"

吴明一走进父亲的屋，就掏出中华烟给大家敬烟。他递给向安隆，向安隆风趣地说："早知你现在是撒的'中华牌'，我就不该戒了。"屋里的人听到都笑了，吴正业的微笑中还露出了那么一丝自豪。

菜下酒，话下酒，酒逢知己千杯少，酒不醉人话先醉。吴正业端起酒杯，给坐在旁边的向安隆碰了一下杯说："来，亲家，我敬你一杯。我吴正业一家能有今天的变化，除了现在党和政策好，我还要特别感谢你这位向队长。想当初，我们一家七口人，由城市下放到农村，连生存都十分困难，是你多方面照顾，让我们一家一个都不少地活了下来。在集体劳动中，也是你千方百计地想办法，让我干些力所能及的活儿，真的，你是我们一家的恩人。来，子女们，我们一起敬亲家爷一杯。"

向安隆连说："言重了。还有许多时候，许多事情，我都还力不从心，没有帮上忙。"

"这是我吴正业的真心话，憋在心里，不说不痛快。那时我家穷得叮当响，儿子们差点成为一窝光棍。为了娶媳妇儿，还差点让吴欢去换亲。好在吴延打死不从，才没做出这丢人的事。如果当年干了这个糗事，可能吴欢早已不在人世，她的骨头都可以当鼓槌了，我们家也没今天的县官女婿啦！"

"不要说了，这件事你都骂过自己多少次了，过去的就让它过去好了。"向安隆安慰他。

"我就要讲，要经常讲，这是我一生做过的最荒唐的事。"吴正业说。

梦军赶紧岔开话题："爸，你别一辈子都自责了，在那荒唐的年代，许多人都做过荒唐的事。忘记那些不愉快的事，你看现在，你四个儿子都发展得很不错，个个都超过你那当县官的女儿女婿，你应该高兴啦。"

吴欢马上接着说："论经济实力，我家的这四个兄弟，的确超过了我们家。但我要告诉两家爸妈，我们衣食无忧，日子比较平淡，但过得平稳，过得踏实，不像有的干部成天过得提心吊胆，到老来还栽跟头。我们梦军马上就要退休了，肯定能够安全'着陆'，两家老人都会感到高兴啦。"

吴正业说："当然应该高兴啦。"

向安隆也说："从来我就对我们梦军比较放心！"

"好，好，好，从今以后不再说这些不愉快的事了。来来来，亲家亲家母，我们喝酒谈高兴的事。"吴正业自己收住了话题。

酒桌上谈兴正浓，梦响来了。吴正业忙说："我们先该把梦响请来，一块儿喝酒摆龙门阵啦。"

"我算哪一个角色呀，没名没分的，请我做啥?"梦响风趣地说。

"怎么没有名分，首先我们向吴两家是亲戚呀，其次你是管我们的支部书记，是管我们的官啦。"吴正业说。

"亲家爷说我们是亲戚，这不假。但是亲戚不等于是亲人啦。要说请当官的，你能请到梦军这个县官不是更光荣嘛。"

"哎，怪我一时疏忽，没想到县官不如现管，我得罪了你这个'地头蛇'，恐怕今后少不了小鞋穿。"吴正业说完，开心地大笑起来。

梦响笑完接着说："今晚我们文化广场要举办歌舞晚会，我来请县长大人和县长夫人光临指导，看看我们下里巴人土得有点水平没有？"

听了梦响的话，梦军边笑边说："没想到你这张嘴，变得这样厉害了，这三十年的支部书记，真没白当。"

"我不光是请县长和县长夫人，我还邀请吴家哥嫂一起去，还特别邀请亲家爷亲家娘也去。"梦响说。

吴正业连连摆手，"我们这么大把年纪了还去跳，也笑掉人家的大牙。"

"你俩还比我妈小两岁，我妈都被我拉下了水，你们还有啥不好意思的呢？"

吴正业说："那恭敬不如从命，我俩就陪大家去看看热闹嘛。"

晚饭过后，梦响、梦军一拨人慢慢往文化广场溜达去，远远地就听到广场方向传来的欢快歌声——

你是我的小呀小苹果儿/怎么爱你都不嫌多/红红的小脸儿温暖我的心窝/点亮我生命的火　火火火火/你是我的小呀小苹果儿……

吴欢同梦响说："没想到半坡村跟风还跟得这么快呀，城里刚刚时兴起来，你们这里马上就学会了。"

梦响说："你要知道，我们这里本来就是县城城郊，是城乡接合部。很多新的东西，我们半坡村都能实现城乡同步。"

梦军问吴欢："这么看来，这个歌这个舞你也会哟。这个歌曲的节奏明快，听起挺舒服，叫什么名字？看来你吴欢也一定会跳。"

"你呀，一天就知道你的扶贫工作，哪里在意过这些。这首歌叫《小苹果》，现在火遍了全国大小城市，走到哪里，哪里都在唱，哪里都在跳。你难得陪我散步，我只好自寻乐趣，加入到广场舞大妈的行列，不但会跳了，而且上瘾了，简直到了闻歌起舞的地步。而且，我现在身体也更好了。"吴欢回答梦军。

"既然已到听见音乐就想跳的地步，你就跟大家一起去跳吧。"梦军说。

"你就不能放下臭架子，去活动活动一下手脚？除了家乡人，又没有哪个知道你是县太爷，你就偷偷地放松一次嘛。"

"一个小小的副县长，有多大个官，还摆臭架子，你看我这一辈子什么时候摆过架子？我确实不会跳。"

说话间，一曲《小苹果》结束，梦军一行人也到走了广场。吴欢等待着音乐响起，迫不及待地想加入广场舞的队伍，一展身手。谁知，音乐声没有响起，倒是有人拿着麦克风讲起话来——

"各位嘉宾，各位乡亲朋友们，现在我们进入献歌环节。下面我们隆重欢迎开州县人民政府向梦军副县长和他的夫人吴欢女士给大家献歌一曲，请大家热烈欢迎。"

在众人的掌声中，梦军只好立即站起来，并用手指指了一下梦响，认为是她搞的鬼。梦响赶忙辩解："我是执行官，幕后策划是嫂子。既然哥哥就要上场，哪能缺了嫂子。你俩难得跟乡亲们一起乐一乐，这次就让大家高兴高兴嘛。"

被逼上梁山，梦军只好接过话筒："嘉宾朋友们，乡亲们，大家晚上好。今天我不是以一个领导的身份来到这里的。我老家在这里，我的父母在这里，我是以半坡村的一个村民身份来看热闹的，是来向半坡村人学习的。我要感谢全村村民的辛勤劳动，把我们村搞得这么好。我也感谢从各地来的嘉宾，支持和帮助我们把家乡建设得这么美。现在主持人点了我的将，要我唱歌，我真是力不从心——时尚的东西我一点不会；唱歌五音不全，嗓子是'佐罗'、'莎士比亚'；跳舞，更是不会。此时，才深感压力不小。但出于对大家的感谢和尊重，哪怕是左声左调的，我也要献上一首，但愿不会把大家吓跑。我很喜欢《江山》这首歌。但这首歌是女高音唱的，为蒙混过关，我特邀请半坡村的歌唱家——向梦响同我和夫人一起来唱。"

梦响为哥哥的现场"报复"笑弯了腰，只好出场走到乐队前，请他们伴奏：

打天下　坐江山/一心为了老百姓的苦乐酸甜/谋幸福　送温暖/日夜不忘老百姓康宁团圆/老百姓是地　老百姓是天/老百姓是共产党永远的挂念/老百姓是山　老百姓是海/老百姓是共产党生命的源泉……

尽管梦军同梦响吴欢唱得有点不搭调，但仍唱得那么投入，那么深情，不少人也同他们三位一齐唱，有的打着节拍，有的唱得摇头晃脑，似乎是听懂了，理解了向县长选这首歌的目的，也听懂了他的心声。

歌声刚结束，一片经久不息的掌声回响在半坡村。

向安隆走到梦军身边说："早知道你今晚要唱歌，我该把我的好相机拿来，给你多拍几张照片，将来好做展览。不过，我还是用手机拍了几张，觉得还可以。你选的那首歌，也适合你的身份，不错，不错！"

舞会快接近尾声，梦响邀请两家老人和哥嫂以及吴家几弟兄，到山庄接待室喝茶摆会儿龙门阵。大伙儿欣然同意。

待大家都坐定后，梦响首先开口问："哥，你觉得我们的文化广场搞得怎么样？"

"你梦响书记一手策划、创办的，那还用说哇？"

"说实话，我不是只想听恭维话。"

"真的不错。如果我们开州县所有农村，能够像半坡村这么富裕又有这么丰富的农村文化生活的话，那就好了。我觉得，现在的半坡村，已经达到了小康水平。"

梦军喝了口茶，又继续说："这两天看了一下半坡村，晚上又参加了村里的文化广场活动，让我感到，半坡村的变化惊人，喜人。想起我在扶贫工作中碰到的贫困村、贫困家庭，这对比可说是一个在天上，一个在地下。你们可能不相信，我曾在大山上见到住岩洞的一户人家，整个家当值不到两百元。看到今天半坡村人享受的物质、文化生活，我越想越难过，越想越坐立不安，越想越觉得习近平总书记提出的彻底消灭贫困的任务艰巨而繁重。"

梦军长长地叹了一口气，停顿了许久又才开口："问题是越贫困的地方，越封闭，文化越落后，甚至仍有个别人还觉得越穷越光荣，真的是'靠着墙根晒太阳，等着政府送小康'，有的甚至把政府支持的扶贫款拿去买酒喝。要从物质上扶起这些人，真是难。但要把这些人从奋斗精神、从志气上扶起来，更是难上难啦。相比较而言，有的地方自然条件太差，不具备生存环境，从而导致贫困，政府采取异地安置扶贫、异地创业脱贫，还相对好办一些。但不管哪种贫困，不管哪种扶贫，都需要人去做工作，认真去帮扶。即使对那些人穷志也短的人，也仍然要不离不弃。习近平总书记立下了军令状，要在二〇二〇年消灭绝对贫困，在二〇二一年建党一百周年时全面建成小康社会。因此，我们党和政府采取多种措施，实施精准扶贫，包括给贫困乡村选派第一书记，一定要打赢这场扶贫攻坚的歼灭战！"

向安隆接话题说："习总书记提出真扶贫，扶真贫，精准扶贫，扶到了点子上，我们的社会肯定会大变样，会越来越好。"

梦响也说："我们的党和政府现在的确是决心大，力度大。但我觉得全国的乡村都建立了村委会、村党支部，都有党支部书记，为什么还要派第一书记，有这个必要吗？"

梦军说："你以为每个村的党支部书记，都有你向梦响这么能干，既舍得干，又认真干啰？我这么说，你梦响可别翘尾巴，就骄傲起来哈。农村富不富，关键看干部，关键看支部。贫困地方，除了自然条件因素外，很多都是因为基层组织涣散，没有一个坚强的党支部带领导致的。派遣第一书记，就是要加强工作，加强责任感。这些人去了后，不但有责任感、使命感的驱使，还有，他们往往也很能干，既能凭借政府的物质力量扶贫，又能以自己的眼界和智慧扶志，不仅将扶贫对象扶上脱贫路，还在致富路上送一程。真的，我觉得习近平总书记的这一招，绝对是高招。"

梦响说："这样看来，我们县上也会选派第一书记哟？"

"那是肯定的。这不但是脱贫致富的高招，更重要的是，这是党中央的重要决策，肯定要坚决贯彻执行。"梦军说。

"那条件要求一定很高？"梦响问。

"那也不一定很高。我想首先应该是责任感、使命感，还有就是要有水平和方法，能协助当地把领导班子建立健全起来——有坚强的班子才能够凝聚人心，才能团结群众一呼百应。你看半坡村，要干一件事大家都能齐心协力，哪能办不成大事？只要真心为老百姓办事，水平不一定要多高，我想我这样的人去当个第一书记，应该问题不算太大。"

"你不是在开玩笑，故意洗刷贬低自己吧？你一个当了二十多年县团级干部的人，还当不下这个无级别的村官？"梦响说。

"那也说不准，说不定一个县官还当不好一个村官。因为大话好讲，具体事难办，我还真想去试一试，看看能不能当好这个村官。"

"一个堂堂的副县长，去当个村党支部第一书记，那才真正叫'手榴弹炸跳蚤'，'高射炮打蚊子'——大材小用，肯定会被传为笑谈。"梦响持否定态度。

梦军边说边在观察大家的表情，尤其是观察两边父母和爱人吴欢的表情。但他看到大家都没有什么反应的时候，就继续说下去："回来几天看了半坡村，我越看越坐不住，越看越不安。直到今年，我还看到几个最贫困的村，尤其是个别家庭，离小康生活仍然很遥远。上个月，我又到二十年前当农工部长时去的燕子岩去了一趟，除了住岩洞的鲁永贵和另外两户搬到山村的安迁新村外，其他家庭基本上没有什么大的变化——温饱基本解决，但没有什么经济来源，依然是破旧房屋、破旧衣衫。二十年啦！二十年，这外面的变化多么大呀，但这些地方，仍然处在上一个世纪。我看到他们就心焦，想起他心里就难过。"

梦军喝了口茶，观察了一下大家的反应又继续说："组织安排我退下来，还批准我为副巡视员，享受副厅级待遇。我离退休还有一年多，拿着这么高的国家俸禄不干事，心里不安。我一辈子工作惯了突然松下来，也很不习惯。再说，巡视员是组织给的一种待遇，不是一种实质性的职务，与其坐享俸禄，不如很好利用起来，到基层去为老百姓办点实实在在的事情。"

很久没说话的向安隆发话了："你梦军说了这么多话，绕了这么大的弯子，看来是不是经过深思熟虑，你也想去当个什么驻村第一书记呀？"

"组织刚批准我退居二线，我就考虑过如何发挥余热。这几天回家乡看了以后，才觉得下去兼任第一书记，是个不错的选择。"

"你准备选择到哪里？"

"二十年前去过的燕子岩村。"

吴欢开初以为梦军只是趁口空，吹吹龙门阵而已，现在听到他是真想这么干，她从沙发上噌地站起来："我坚决反对。你辛辛苦苦，任劳任怨地干了几十年，组织上安排你当巡视员，就是为了让你适应退休，算是一种过渡，现在你反而还主动要往穷窝子里钻，你凭什么？图什么？"

梦军没想到吴欢的反对是如此强烈，其他人一时也不方便插嘴，过了好一会儿，梦军才压低声音说："凭什么，凭我是共产党员！"

"全国有几千万共产党员，缺了你一个向梦军就不成席？"

"如果每个党员都认为有自己不多，无自己不少，都是可有可无，那我们这个党不如解散好了，还要共产党干什么？人民群众这么拥护我们的党，就是因为共产党能够为人民谋幸福！"

"这些道理我懂，我也是个共产党员啦。但人家会说你舍不得官场，当不了县官了，连村官都要去千方百计地捞一个。这究竟是图什么？"

"我还没正式退休，应该站好最后一班岗。你看云南保山地委书记杨善洲，他是货真价实的地委书记呀，官比我大嘛。他在退休后还离开子女老伴，谢绝组织安排他到昆明养老，一头钻进大山，带领群众一干就是二十年，植树造林几万亩，价值数亿元，给子孙后代留下了绿水青山的宝贵财富，也为共产党赢得了流芳百世的口碑呀。"

"你也想流芳百世？"

"我哪敢有那个奢望。我只图为党的事业添砖加瓦！"

"可你有高血压。"

"我的高血压，也是轻微的呀。现在有几个人没有高血压，只要坚持服药，没有问题。"

吴欢希望自己的父母劝阻梦军的行动，两位老人也不愿梦军再到山区，再到贫困地区。他们的意见是，梦军过去分管农业，只是在农村跑，但却是车去车来，还常常回城县回家，一旦去当了村党支部第一书记，就要扎根常驻下来，生活饮食都极不方便，毕竟他也是快到六十岁的人了。

梦军说："过去六十岁就算花甲老人了，而今只能算中年人，用不着担心。"

吴欢马上说："我希望县委不批准你的申请。"话虽这样说，但吴欢知道梦军的性格，明白这事基本上是木已成舟，不存在假设的问题。因此，她无可奈何地说："我这一辈子都围绕着你转。如果你真要去，我同你一起进大山，照顾你，反正我已退了休。"

"没有这个必要。再说，我是去扶贫，又不是去旅游，带着个老婆去扶贫，像什么话？"

"我还是不放心！"

"我又不是三岁小孩？"

"你过去下基层，没有秘书同行，至少也有个司机同行啦。"

"当地还有干部，还有群众啦，别婆婆妈妈的！"

向安隆静听了一阵梦军同吴欢的争论。最后说："看来梦军是铁了心，就让他去了了心愿嘛，家里关得住人关不住他的心。但我希望你干到六十岁退休，就不要再干了。回来帮我搞搞家庭展览。说实话，要把这个展览搞得有点水平，有人愿意参观，也是件有意义的事情。"

31

县委领导没能够留住向梦军，他的决心说服和感动了领导，向梦军终于如愿以偿，就任燕子岩村的驻村第一书记。

满月乡乡党委为向副县长"下嫁"来乡当村官一事，非常高兴。因为全乡干部和老百姓都知道，满意农民新村，就是在他当县农工部长的时候，蹲点农村，通过昔日的战友支援建起来的。向县长不仅有他手中的人脉资源，也有几十年积累的经验和办法。他的到来，无疑会给当地带来实实在在的变化。不过，让乡党委有些为难的是，向县长的食宿很不好安排。乡镇府离燕子岩村有四十里山路，来回很不方便。更何况向县长坚持要一下到底，同村里的群众同吃同住。乡里考虑过，让向县长住在简陋的村委会，隔间小卧室，再搭个小灶台，村里请个人帮向县长做饭。但是，他们根据向县长的作风和性格，认定这个方案不会被同意。最后，他们想到一个养蜂专业户，他家里各方面条件稍好些，在矮子群里可以算个高个子，勉强符合条件。加上向县长是从农村出来的，又在部队锻炼过，可能问题不大。

到了满月乡，梦军从车上取行李的时候，让在场人都愣住了。除了一只旅行箱和一个帆布旅行袋装的东西外，还有两件东西——一个是装了十公斤煤油的铁皮桶，外加一盏煤油马灯。梦军看到大家异样的目光，便解释说："我知道这里还没通电，就自己先装备好。晚上时间长，不看书学习写东西，就白白浪费时间了。现在城里哪里还用得着煤油，我跑了好几个地方才找到这玩意。尤其是这盏带玻璃罩的防风煤油马灯，我跑遍县城都买不到，最后说好话，才求父亲把准备用于展览的这盏灯借给我，保证今后完好无损的还给他，我希望我的任务早日完成，把这盏马灯提前还给我父亲。"

大家听了县长的介绍，一时都感动得不知该说些什么。乡党委的秦勤书记要帮助梦军提马灯，被他拒绝了，他说："这玩意儿不重。再说，它可是我的心肝宝贝呀！"

秦书记感动地说："但愿向县长这盏马灯，能成为万能马灯，既能照亮我们燕子岩村的路，又能启迪照亮我们燕子岩村人的心。"

"哪有那么大的能量？但愿燕子岩村的人不会对我失望。"

秦勤说："不会的，大家都知道你向县长能力强。特别是我们村从岩洞里搬下山，住进满意新村的鲁永贵，口口声声说这一辈子都忘不了当年的向部长。"停顿了一下，他接着说："我们村委会商量了一下，准备让向县长吃住在一个养蜂专业户家里，他家条件要稍好一点——当然与城里比较起来，仍然是一个在天上，一个在地下啊。"

"我又不是来享受的。这家养蜂专业户养了多少桶蜂？一年能收多少蜂糖，纯收入有多少？"

"养了十桶蜂，每桶每年能产四五十斤蜂糖，全家年收入有七八千元，算是全村最富的。安排你到他家住，也不是白吃白住。我们乡政府每月按时给他家拨生活补助。"

"怎么个补法？"

"按照他们家的生活条件和标准，每月每人最多两百块钱，我们给他增加一倍，每月补给他四百元，希望他能保证伙食质量，不影响向县长的身体健康。"

"这钱从哪儿来？"梦军接着问。

"向县长，你分管扶贫就知道，国家财政专门拨了扶贫资金，可以用极少一部分补给下村干部。"

"那是对其他兼任干部而言，为了激发他们的积极性。我是领导干部，不应该要这个补给，我自己给生活费，自己吃饭自己给钱，这是天经地义的。再说，我是县处级领导干部，比普通的工作人员工资要高些。"

"干部下乡都出补给，你向县长又何必倒贴呢？"

"你们刚才说的这个养蜂专业户，他家在这个村是不是位于比较中心的地方，便于同大家联系。"

"不算比较中心的地方，有点偏，但家庭条件比其他的好。"

"我希望到更方便接触群众的地方去找户人家借住，就是那种能够经常跟群众侃大山的地方，要是有端着饭碗就能吹龙门阵的四合院就更好。"

"这山上不像坝下，居住分散，很少有大院。"燕子岩村的党支部书记王成回应。他想了一会儿，突然想起有一个四户组成的小院子，他向秦书记询问道：

"我觉得村民组长张老幺家就合乎向县长的想法，他家条件差些，但苞谷、洋芋、红苕不会断顿。虽然大米少些，但是只要不挑嘴，不会饿肚皮。再加上张老幺是老生产队长，为人老实正派，还是个党员，应该符合向县长的要求。你秦书记觉得可不可以？"

"我觉得可以。但是你还没同人家商量，就突然把向县长带去，人家又没个准备。我看要不这样，向县长先到那个养蜂专业户家住几天，然后再搬到张老幺家。"

"住了再搬出来不好，得罪人，让人家觉得不被信任，不如干脆就不去，如果张老幺家不乐意再说。"梦军说。

听了县长的话，王成马上说："本来我也想过，让县长住我家，但一是我家条件还差些，二是害怕群众说闲话，说我王成巴结第一书记，要保村支书的位子。为了避嫌，免得群众说长道短，我就没给秦书记说这种想法。"

"这样也好，免得你成天为安排我们的生活发愁，你好用更多的时间来抓村里的工作。我给你王书记说实话，我不在乎谁是第一书记，谁是第二书记，我在乎的是第一书记的这份责任。这份责任、这个担子是习近平总书记交给我们的，是我在县委立下军令状的。我表过态，不改变燕子岩村的面貌，我绝不下山。我希望我们联起手来好好干，争取放我早日下山！"梦军说。

"向县长，我虽水平不高，能力也不强，但我知道好歹，你是来帮助我们改变贫困面貌，帮助我们拔穷根的。现在，习近平总书记提出在二〇二〇年打赢脱贫致富攻坚战，全面实现小康社会，在动真格了，我们再不努力，就是自己不争气了。"

梦军听王成说得很真诚，便讲："有些大的环境改变，也不是靠一个地方的单打独斗能解决问题的，需要靠社会整体的力量来解决。众人拾柴火焰才高，我们大家一起来拾柴升温吧。"

一行五人，两个搬行李的村民走在前面，梦军、秦勤和王成跟随其后边走边聊，不到下午五点就到了燕子岩村三组，直奔张老幺的小院子。张老幺正好在家，听见招呼，快步出来欢迎客人。两位村民放下行李，向王成打了个招呼，就回家去了。王成问张老幺，"这位领导你认识不？"

"好面熟哇，我肯定见到过，让我想想。哦，想起来了，是县委农工部的向部长，十多二十年前在我们村开过会，讲过话。后来听说当了副县长也来过我们村，那次就没见着。向县长又到我们村来，欢迎欢迎。"张老幺边说边端凳子让客人坐下，然后喊老伴准备晚饭，招待三位客人。

王成说："张队长，光招待一顿晚饭还不行啰，今后还要你长期招待我们的向县长呢。"接着，王成简单向张老幺介绍了一下情况。秦勤接着说："按规定，我们乡里要给你家补贴生活费，但向县长坚决不同意，他坚持自己向你家缴生活费。我觉得根据我们本地的实际水平，每月就交个两百元钱，最多最多缴三百元钱就够了。"

"成天就吃三大碗，值得了几个钱？还用得着交钱吗？"张老幺说。

"不缴生活费说得过去吗？不是诚心让我违反党的纪律吗？我下来工作，又不可能带着锅灶出门，只好投靠老乡，麻烦你们了。但有言在先，吃饭给钱天经地义。我按月缴伙食费，每月缴六百元生活费。"

"向县长，如果你不是在开玩笑的话，就是在故意为难我了。我们全家六口人的生活费，都花不了六百元钱，你一个人吃，就要缴六百元钱，我敢收吗？不说村民知道要骂死我，我自己的良心过得去吗？"张老幺说。

"我缴多少伙食费，没有必要让其他人都知道，免得人多嘴杂。你张老幺也不是冲着收生活费才欢迎我、收留我的。这每月六百块钱，按燕子岩村的标准，是高了不少，这是从你们的角度来看。但是，我有我的算法，我也不吃亏。这件事就这么定了，不要再说了。下面，我们商量一下开个全村村民大会的事，趁乡党委的秦书记和你们村的王书记都还在山上，我们一起给村民们做做脱贫致富的动员。"

听说县委给村里派了个第一书记，第二天的村民大会，个个人都来得比较早。有的是满怀新希望来的，有的是抱着怀疑态度来的，还有的是纯属来看热闹的。是啊，多少年来，干部派了一批又一批，年年喊改变面貌，面貌依旧是老样子，喊了多少年的脱贫致富，都脱不了贫。现在燕子岩村的村民们就要去看看来的这个第一书记有什么新招，是不是有三头六臂。

秦书记主持大会。他拿起铁皮喇叭话筒，往嘴上一拢就大声讲："乡亲们，今天我们召开全村村民大会，主题就是脱贫致富攻坚动员。从今天起，我们燕子岩村的脱贫攻坚战就正式打响。为打赢这场脱贫攻坚战，县委给我们村派来了村党支部第一书记——向梦军同志，我们大家表示热烈欢迎！"一阵掌声后，秦书记又接着讲："今天这位第一书记，可能在座的有的人认识他。他就是我们县的副县长向梦军，他当农工部长时曾来我们乡蹲点工作，满意新村就是在他手上搞起来的，让我们村的鲁永贵等搬出了岩洞。他当副县长后又来过我们燕子岩村两次，对我们村、我们乡的情况很熟悉。如今，向县长是主动向县委请战，来我们村当驻村第一书记。一个堂堂的县长，来到一个村驻扎下来，为的是带领大家脱贫致富，这是他不为名不为利的高风亮节，也是我们燕子岩村的福气呀。既然是福气，我们就要抓住这个'老福爷'不放，听从他的号召，服从他的领导，听从他的指挥，使我们燕子岩村来个翻天覆地的变化！乡亲们，大家有没有决心，有没有信心？"

村民们响亮地回答："有！"

"那好，下面我们欢迎燕子岩村党支部第一书记向梦军同志讲话，作指示，大家欢迎。"

梦军拿起铁皮喇叭话筒，大声讲道："乡亲们，大家上午好。刚才秦书记叫我讲话作指示，那是他主持会议的客气话。这里，我就以一个党支部第一书记的身份，给大家讲点心里话。

"我一个副县长下到村里，当一个村官，我的家人都担心我会不会被人笑话。我给他们讲，讲大话容易，做好具体事情难。一个县官能把村官当好，也是实实在在的办事啦。我还有一年多就退休了，但我还想再发挥点余热，为我们的群众做点事。前段时间我老是在想，退休不退岗，我能干点什么？我脑子里一直在过电影，燕子岩村的情景经常在我头脑里浮现，对比起全县其他乡村，尤其是跟我的家乡半坡村，对比起来贫富差距就更是大。习总书记提出要在二〇二〇年前全面实现小康社会，要打好脱贫攻坚仗，还深刻地告诫大家，小康不小康，关键看老乡，没有农村的小康，就没有全面的现代化。于是，我向县委请战，立下了三年改变燕子岩村的军令状。从今天起，我就要同大家战斗在一起，生活在一起，希望大家接纳我，支持我，一起苦战，共同来改变燕子岩村的面貌。说真的，第一书记不是一种权力，主要是一分责任。我向梦军即使全身都是铁，也打不了多少钉。我要同村党支部和村委会的同志一起，共同带领全村六百多人，团结奋斗三年，彻底改变这里贫穷落后的面貌。"

铁皮话筒的扩音效果不好，梦军讲话只好尽量提高嗓门，一会儿就使嗓子有些沙哑。他喝了口水润润喉咙又继续讲："改变面貌，从哪里入手？先抓什么，后抓什么？既尽力而为，又量力而行，我们还要强军强力，依靠大家的力量。过会儿，王成书记讲话再发动大家讨论。下面，我先讲几个认识问题。

"第一，要奔小康，不能满足于温饱。有人认为现在三大碗不缺，温饱就解决了，但是挣钱的来源我们就没解决。第二，要有开放的视野和眼界。这让我回想起十多年前搞满意新村的事。当时我还想动员燕子岩村的另外三户人家搬到新村住，可他们舍不得老家，说住在这山上也好，可以与世无争。但他们没有想到，与世无争也可以说就是与世隔绝。第三，克服等靠要的思想。我们有个别人总以为脱贫致富，那就是政府拿钱拿物资来，还说什么'靠着墙根晒太阳，等着别人送小康'，不想出力流汗，只想占便宜，真有点人穷志也短。我从小就听到一句民间谚语，叫作'摇钱树哪里有，要钱就该靠两只手'，这是简单得不能再简单的道理。幸福要靠奋斗得来，靠勤劳才能得来。与其一年又一年地苦熬，不如一步一个脚印地实干。"

梦军用这个土话筒讲话，实在是太费劲了。他想让大家听清楚，提高嗓门鼓舞大家的士气，几度讲哑了嗓子，只好喝几口水，歇一下又讲。最后，他再度提高嗓门喊道："乡亲们，现在我们迎来了大好时机，党中央决定加大脱贫攻坚力度，加大国家财政投入，加大城市对'三农'的支援，我们不只是自己孤军奋战了。有国家和全社会的支持，有我们自己的努力奋斗，这两股力量汇聚在一起，会比过去任何时候都有机会改变目前贫困的面貌。大家说是不是？"

"是！"

"大家有没有信心？"

"有！"

"那好，大家有信心，我也有信心，更有决心驻扎在这燕子岩村了。不获全胜，我绝不撤退回县城！从今天起，我希望大家想办法，出主意，讨论我们燕子岩村贫困的原因是什么？我们的优势在哪里？我们的出路在何方？主要矛盾是什么？该从什么地方入手？我们乡亲的迫切要求是什么？请大家考虑，提建议，画出我们燕子岩村的发展蓝图！

"乡亲们，最后我向梦军以燕子岩村党支部第一书记的身份宣布：从今天起，开启为期一周的'燕子岩村人民的期盼是什么和燕子岩村人民怎么办'的大讨论、大思考、大献策活动。讨论以各村民组为单位，然后写成书面意见，随后我将同王成书记一起到各组倾听大家的意见。今天我就讲到这儿，谢谢大家！"

梦军的讲话，使大家很受鼓舞，掌声持续了半分钟。主持会议的秦书记激动得说话都有点颤抖。他特别强调，向县长提出的这两个问题的讨论，大家一定要认真思考，积极献言献策，今后的燕子岩村一定大有希望。

三天后，梦军带着王成，一个组一个组的开展座谈，同村民面对面地讨论，听取大家的意见。梦军认真听，认真记笔记，还将收集到的书面意见，带回住地利用夜间进行整理。

座谈会结束后，梦军把全村群众的期盼和要求，归纳整理了三十二条，其中最多的，就是解决交通不便问题和全村通电问题的呼声。

在五组，梦军听到一个村民讲述的事例，让他内心百般不是滋味。土地承包责任制后，该村民家里的红苕、洋芋、苞谷不少，但要靠肩挑背扛送下山去卖钱，相当艰难，也不值钱。后来他就想到养肥猪来消化粗粮，再用肥猪换钱的办法。但他万万没想到，怎样才能把这头大肥猪弄下山——这山上不通公路，甚至机耕道都没有，两个人抬，谁有那个本事抬着几百斤重的肥猪走下山路？最后不得不拿着水竹条吆喝着往山下赶，不知这头猪是真累了不肯走，还是宁肯死都不愿走这陡峭的山路，竟然摔下了悬崖，一死了之。到头来，只好请来屠宰匠，将这头猪碎尸解体，弄到山下草草贱卖，一头大肥猪只卖出了毛猪的价格。讲到这里，那个村民叹了口气，说："这就是我们燕子岩村不通公路的下场。要致富，先修路，这个道理哪个都懂得，可是又有哪个愿意来我们这穷乡僻壤修公路呢？要是真有人能帮助我们把公路修通了，我们要称他为'活菩萨'！"

每当想起这个场景，梦军都寝食难安！人民有所呼，改革有所应。这一道题怎样去破，怎样才能圆满解答啊！

因为梦军知道，这条延伸进山涉及三个村的公路，长达二十多公里，至少需要两三百万元。多少年来，政府无财力来修这条产出价值不高的公路，群众穷得叮当响，只能吃饱肚皮，哪有能力来修路。因此，多少年的渴望带来的是多少年的失望。他多年前来此下乡驻队，群众在期盼，到今天，通公路仍是他们的第一大期盼。这道难题该怎么破解？梦军心里焦灼难安。

除了通公路这道难题，燕子岩村的村民们还要求解决村民用电问题。这也是因为燕子岩村受地理和经济条件所限，迟迟未得到解决的上世纪的遗留问题。一想到进入二十一世纪都快二十年了，居然还有地方不通电力，梦军的心里一阵酸楚。

梦军想到梦功在桃溪搞的微型水电站，花钱不多，费事不大，于是专程下山到乡政府用电话同梦功联系，让梦功来燕子岩村帮忙，看看能否搞个微型水电站，解决当地的照明问题。梦军还叫梦功带上梦响一起来。

第二天早晨八点多钟，梦功和梦响就到了乡政府。梦响一跳下车就看到哥哥早已在路边等候，风趣地说："让县大老爷在此接驾，叫我们怎么承受得了呀！"

梦军以牙还牙："给皇帝接驾我们也不会这么隆重，我现在迎接的是一个现代富婆，规格是该高点嘛。你梦响这回来吃了燕子岩村的饭，喝了燕子岩村的水，希望你能丢下点买路钱，出点血，赞助我们几台微型发电机。"

"县长说了算，第一书记说了算。出多了没有那个实力，三五万应该问题不大。"

"我相信你不会太抠门！"

"原来你邀请我来，早就打好了要向我搜刮的主意哟。"

"谁叫你给我说想到我工作的地方来看看，是你自己承诺在先，现在又自投罗网啦！"梦军说。

见哥哥同妹妹打嘴仗，梦功赶快声明："我可不像梦响有钱哈，我是来下苦力的，这叫有钱出钱，有力出力嘛。"

秦勤见他们三兄妹这么和谐，便说道："早就听说你们一家人都很能干，今天一见，果然名不虚传，真是有幸能够认识向县长的弟妹。"他边同他俩握手边说："难得你们到这夹皮山沟来作客，在乡里吃了午饭后，我陪你们一同上山！"

梦军说："离中午时间还早，他们也比较忙，哪用得着吃你书记的午饭，我们抓紧赶路，早点工作。"

于是，秦书记和乡上配给梦军的助手小孟，陪着向家几兄妹，向着燕子岩村进发。他们中午一点才到张老幺家，匆匆吃过午餐，就开始工作。

梦军请梦功，是冲着修微型小水电站来的，因此他们的首要任务就是考察可行性。一行人把山上的几条溪流的情况摸了一下底，发现由于村民居住分散，架设输电线路的费用太大，而且电力有限，只能供照明用，满足不了今后农副产品加工和办企业的需要。两相权衡，长痛不如短痛，还是立杆架线并入大电网，争取一步到位的好。

钱从哪儿来呢？众人都陷入了沉默。过了一会儿，秦勤说："如果燕子岩这个穷村，能够攀上梦响书记的半坡村这个富亲戚，两村结成帮扶对子，拉穷兄弟一把，支持个四五十万元，解决了大头，剩的小头就好办些。我想，在我们自筹资金解决了大头的情况下，再向政府打报告申请点资金，应该还是不成问题。"

梦军说，这倒是个可行的办法，我们自筹大头，小头再让政府支持，是可行的。但问题是，梦响的半坡村，毕竟只是一个村，块头又不大，而且也还没有富得流油，要它拿出四五十万元，也不是个小数目呀……他边说边看梦响的表情。

梦响见梦军边说边观察自己，知道哥哥希望自己接招但又害怕负担太重使她受不了，于是马上表态说："我知道你向县长不是不希望我支持，只不过你是在使激将法，让我愿打愿挨。的确，原来我想支援个二三十万元，现在既然要搞一步到位的电网，那我就只好豁出去了，村里支援二十万，我家私人支援二十万元，谁叫向县长是我哥呢?"

梦响话音刚落，在场的七八个人，一起热烈鼓掌，秦勤马上站起来，同梦响握手致谢："我代表满月乡党委，衷心地感谢你梦响书记。"

秦书记的话刚讲完，门外突然冒出一个人讲："光是口头感谢，还不能表达燕子岩村人的感情，应该给他们向家三兄妹，立个功德碑。"

"千万别这样干。"梦军慌忙说。

大家回头看，原来说话的是张老幺的邻居，罗富贵老人。梦军住进这个集体小院才十来天，只到罗富贵老人的屋里去打过招呼，礼节性地拜望了一下，并没有更多的交流。但他总感觉这个老头有点不一样，又说不清楚为什么。

听罗大伯这么一说，张老幺也说："应该感谢，该提前祝贺，我马上去杀一只鸡，吃晚饭的时候大家还是喝两杯，反正向县长交了那么多伙食费，我早该办招待了。"

说完，张老幺就去准备晚饭。梦想和梦功还想在山上转转，秦勤和小孟一起作陪，留下罗大伯陪梦军闲聊。原来，这罗大伯也曾当过好些年的生产队长，直到实行土地承包责任制后才歇了下来。他老伴走得早，膝下也无儿女。

"罗大伯，你还种责任田吗?"梦军问道。

"三年前就转出去了，只留了四五分土地种点蔬菜自己吃。"

"粮食怎么解决?"

"买粮食吃。"

"你靠买粮吃饭啊?那你有没有什么经济来源呢?"

"政府有扶持。两年前开始，政府对我这样的孤老人和残疾人都有扶持。"

"扶持用什么方式，标准是多少?"

"用现金扶持，第一年是每月每人六十元，从去年起每月每人涨到一百元。"

"能兑现吗?"

"能兑现，至少能兑现一半。"

"为什么只能兑现一半?"

"这已经很不错了。你想想，没有人家去为你努力，去争取，政府凭什么给你补贴。人家不去争取，你一斤一两都得不到。人不要太贪心，'上山打猎，见者有份'，皆大欢喜，'蚂蚁心大会爆腰'，会得不偿失。"

"你们领钱要签字吗?"

"当然要签字呀，不签字怎么向上级交差。"

"谁给你送钱，谁让你签字?"

"当然是村支书哇，其他人哪有这个资格?"

"每次都是王成一个人给你送吗?"

"这些事，哪能让别人参加呢?"

"每次都要给他钱吗?"

"我又何必自断自己的财路呀?"

"他是明目张胆要吗?"

"他没有那么笨。他总是转弯抹角地说，这次又是如何给你争取的，如何说好话的。言下之意，你不晓得好歹，不知道感激感谢，今后谁还去为你争取。"

"这不是明目张胆地吃回扣吗? 这是违法的。"

"我也知道这是明目张胆地吃回扣，是违法的，但少得不如现得。有，总比没有好。"

"他王成对待其他扶持户，是不是也是这样?"

"我估计没有多大区别。实话给你说，在扶贫款上打主意，不但违法，也真忍得了心，下得了手。也许只怪我们这里太穷了，他没有别的地方可以打主意。"

"私心与党性、贫富关系不应该有天然联系呀!"

"党性肯定与贫富关系不大。那么多大官、高官，他们缺什么? 什么都不缺，结果反而成了大老虎!"

"你是党员吗?"

"不好意思，我这个党员没有很好发挥作用，是个不合格的党员，至少对王成吃回扣的事都不敢抵制，还在助长这种歪风邪气。"

"罗大伯，你别这么说。是我们的工作不到位才导致这样的事情发生。你放心，这股歪风邪气一定会被刹住。"

"向县长，你是个好人，更是个好官。我完全相信，你不仅会刹住王成吃回扣的歪风，还会带领我们燕子岩村脱贫致富。"

梦军听得心头一热，忍不住有些鼻酸，不知该再说些什么。他抬眼望着逐渐被暮色笼罩的村落，稀稀落落被掩映在山林中的几户人家的房顶上都已经升起了炊烟，燕子岩村的傍晚，多么静谧啊！但梦军的心里却难以平静。

梦军趁输电线铺设工程在申请、审批期间，抓紧对全村情况进行摸底调查。他在首次分组座谈的基础上，带着小孟对全村二十四户重点贫困户，逐户走访，逐户分析，逐户设计方案。有的贫困户家里他们是去了一次又一次，特别是七组的单身汉孙生家，梦军和小孟在两个月之内是六进六出，颇费了一番周折。

孙生三十多岁，一直是单身。自打他自立门户，责任地没有认真种过一季。用他的话说，种一季粮食要等几个月才收获，不如给人家打短工，干一天当天就兑现，就能吃好喝好。有人问他，如果没人请你干活，你不就要饿肚皮？他说："没人找我干活，就靠政府吃救济啊，反正有救济，饿不死人。"

这个人还有一点也很特别，哪怕他自己两三天不吃饭，也要给他那条大黄狗留够红苕、洋芋，不得让它挨饿。他对得起大黄狗，黄狗也对他十分忠实，不离不弃，尽心尽力看家护院。

这条大黄狗的忠诚顾家，让梦军和小孟有深刻的领教。

一天下午，梦军和小孟到孙生家，大黄狗狂叫着迎出来，阻挠二人进屋。小孟拿着根棍子跟它周旋，差点被它咬一口。二人就这样，一边跟大黄狗战斗，一边往开着大门的屋里走。没承想，一进屋，只见孙生还躺在床上，眼睛看着房顶，对来者毫不理睬。梦军见状压着火问："你孙生明明听到有客人来，就不起身来吆喝一下狗，你也真有个性啦！"

孙生懒洋洋地从床上坐起来说："我连早饭午饭都没吃呢，哪有精神招呼狗。"

"谁叫你连早饭午饭都不吃？"

"家里没有煮的了。"

"自己不计划好，饿饭也活该！"

"政府不是不准饿死人嘛，我还在等王成来送救济哩！"

"政府的支持不是为了养懒汉！"

"你是谁呀，说话这么大的口气！"

小孟气得脸都红了，说："他是谁？他是我们县的副县长，燕子岩村新来的第一书记，是来带领大家脱贫致富的。上次全村开动员大会，就你没参加。"

"我这个人，你动员不动员就那么回事，动员也是枉费口舌。"孙生说。

梦军把屋子扫视了一下，然后说："你这个家已经穷得够可以了，还养条大黄狗守家，你这个家有什么可偷的，有哪样值得偷？"

"被人瞧得起的东西倒是没有，但它可以给我做伴啦，有时间汪汪汪地叫几声，咬几声，也可以给我消消闷啦！"

这话让梦军和小孟听了都哭笑不得。梦军尽量压住心中的火，严肃地说："难道共产党该你的，人民政府欠你的，你身强力壮的不劳动，不自食其力，非要依赖政府救济。如果我国十三亿人都像你这样只想当个懒汉，那我们这个国家不彻底完了？"

"你说我是懒汉我就是懒汉，懒汉又怎么样？许多人都说我是懒汉，又怎么样？我不是念你是来搞扶贫工作的，我这屋里，坐都不会让你坐。这个屋是我的，我有权喊你走。"孙生说。

"好，你喊我们走，我们就走，今后断了扶持你也别找我们。"梦军边说边起身准备往外走，还做出生气的样子。

孙生赶忙上前拦住梦军："你别生气嘛，谁敢得罪你县官老爷呀，得罪了你我今后怎么办嘛？"

"你知道不能得罪我，那你必须听我的劝告和建议。"

"好，你说，我听。"

"那好，你既然知道我是来搞扶贫的，那我就理直气壮地和你说，扶贫不是拿钱来养身强力壮的懒汉的。像你这样的人，包产责任地荒废不耕种，却长期依赖政府救济，还以自己是懒汉为荣，破罐子破摔。我告诉你，一周以后我再来，要是你的责任地里仍然是长满杂草，仍然没有翻土，今后就断了对你的扶持，我看你到哪儿去喊冤。当然，要是一周你孙生开始在变样，我们会经常给你帮助，还会加大对你的扶持。我向梦军说话算话。"说完，也不管孙生反应如何，梦军带着小孟，径直离去。

一周后，梦军和小孟又准时来到孙生家。估计孙生也一直在等待梦军，因为大黄狗刚叫了几声，孙生就出来喝止它。

梦军走进屋，扫视了一下屋内，发现屋里明显比上次变得整洁多了。他拍着孙生的肩膀说："好样的，'响鼓不用重锤打，明白人不用多说话'，今天的孙生，才像个样子嘛！"

孙生不好意思地微笑着说："请你们到我的包产地去看一看嘛。但现在有个问题，已经错过了种粮的季节，我还没想好种点什么。"

三个人一起到孙生的责任地里，只见一亩左右的地块，做到了强耕细平，没有一点儿杂物。看后，梦军说："我们都想想，补种点什么蔬菜，既能有收获，又不影响下一季的粮食生产。"

两天后，梦军和小孟第三次来到孙生家，大黄狗既没叫也没咬，而是摇头摆尾地迎出来，还小声地哼哼，似乎在欢迎他们。这次，梦军和小孟给孙生带来了油菜和白菜种子，叫孙生赶紧种上。

又过了半个多月，梦军和王成、小孟三个人，第四次来到孙生家，大黄狗不再吼叫，摇尾撒欢地把三人迎进屋。过一会儿，大黄狗用嘴轻轻咬住梦军的裤脚，哼哼呀呀地点头轻轻往外拖。梦军知道它的意图，起身跟它往外走。大黄狗一直带他们走到包产地，只见孙生还在地里侍弄油菜苗。

对比大黄狗几次的态度变化，小孟深有感触地说："过去有人说狗通人性，我还不相信，这次我是亲眼见识了，狗不但通人性，而且还知道好歹，懂感情。"

梦军说："所以我们要善待一切生命。每一个生命来到这个世界上，都是有它的道理的，有它的使命的。"

看到梦军三人的到来，孙生马上把拔在手里的油菜苗丢在竹筐里，快步迎上来说："向县长你看，这才二十来天，这油菜就长到三四寸高了，这匀出来的多余苗子，都可以当菜吃了。"

"就是嘛，俗话说，'人勤地不懒'。这地多年没种了，它在养精蓄锐回报主人。"

看到眼前的孙生，王成非常不解地问："懒汉，一个多月不见，你就变成了另外一个人，什么原因？是喝了哪股神水？"

孙生不好意思地指着梦军，说："你去问他！"

"怎么问我呢？关键是你自己决心大，而且行动坚决，外因是通过内因才起作用呀。看到你的变化这么大，我们真高兴，今天我又给你带来两个好消息，你想不想知道？"梦军说。

"你向县长每次给我带来的，都是好消息，我怎么会不信。你现在又是第一书记，还是扶贫工作队队长，你指向哪里，我就奔向哪里！"孙生回答。

梦军故意停了一会儿，假装想说又不想说的样子，来吊孙生的胃口，"你真的要重新做人吗？"

"我孙生对天发誓，向毛主席保证，决心今后重新做人。"

"那好。你两个地方的包产地加起来就两亩多，除了种地还有大量的多余时间，最近也正是农闲时间，我推荐你到铺设输电线路的工程上去打工，一个月去挣个千把块钱。"梦军说。

"有那么好的事情啦，简直是福从天上降！"

"这个工程，上级批准支持四十万元，半坡村支援了四十万，电力部门见了钱也有了积极性，准备在国庆节后施工。工期三个月，春节燕子岩村就可通电，家家户户要过个亮堂堂的年啰。"

"我又不懂技术，我能挣得了这份钱？"

"你有的是体力呀！技术活你肯定不会，你可以当辅助工，帮忙抬电杆，难道你不会？"

"这种活，我肯定会。其实，我有的是体力，抬电杆的重活我也能干。"

"你别看抬电杆上山，那也是技术活。几个人配合不好，还会出危险。"

"向县长，我完全听从你的安排。三个月就能挣三四千块，我这一辈子都没遇见过，我要谢你这活菩萨！"

"希望你干好，还要注意安全，同时还要照顾到家里的责任田。"

"我肯定听你的，保证挣钱、种地两不误。这突然掉下来的天大好事，我肯定会珍惜。向县长你说，还有一件好事是什么？"

"还有一件，保管比挣钱更让你高兴！"

"哪里还有比挣钱更高兴的事？"

"肯定有！"

"我不信！"

"肯定有!"

"你怎么说,我也不相信!"

"真的。我想给你当个红娘,帮你找个媳妇!"

"哎,向县长,你就别洗涮我了。我前半辈子当混世魔王,错过了时机,找女人的事现在是想都不敢想了。"

"如果真有这种机会,你也不动心?"

"根本没有这个可能!"

"我这辈子从来没有当过红娘,这次为了你孙生,我破例来当一次媒婆,想找个女人来管住你,拴住你,说不定还给你生个儿子,让你睡着了都笑醒。大作家张贤亮写过一篇有名的小说,叫作《男人的一半是女人》,简直是说到家了。真的,一个男人家里没有一个女人,很难像一个家。有个女人来拴住你,你那个家才会真正像个家。"

梦军看到他的话让王成、小孟和孙生都一头雾水,解释道:"小孟回乡政府后,我又到八组的彭小敏家去了一趟,她爱人病逝五六年了,她独自拖着一儿一女过得比较苦。我就想你俩正好可以凑成一对,互相帮扶。这事我已经问过她,她的意思是只要你孙生变得勤劳持家了,她就愿意,而且当她听说你的改变后,还有点担心你嫌弃她是个拖着两个娃娃的二婚嫂。"

听梦军这么一讲,现场的另外三个人都感到惊讶。孙生反应过来后,欢喜得一个劲儿地抓耳挠腮,连声说:"谢谢向县长,谢谢向县长,我不得嫌弃她。我会勤劳致富的。"

小孟悄悄把梦军拉到一边,说:"你连这些事都管,而且还专门去做工作,就不怕人家笑话?"

梦军马上说:"你觉得这是小事吗?习近平总书记一再强调说,民生无小事。这件事看起来的确是我们平时可做可不做的小事,但对于孙生和彭小敏两家来说,就是大事了。如果我们能撮合他们,肯定会增强孙生的自信和志气,无疑是扶贫又扶志;对彭小敏来说,可以减轻她沉重的负担。"

小孟说:"真不愧是老领导,看问题这么深刻、长远。这些天,我受到很大教益。"

在离开孙生家往回走的路上,梦军跟小孟和王成说:"扶贫也不是一味地去说鼓励话、表扬话,该批评的要批评,该教育的要教育。还有,扶贫也并不是一概用钱用物去填，使有的人胃口越来越大，期望值越来越高，成了填不满的天坑，没完没了。所以，扶贫既要输血，更要帮他们恢复造血功能，使扶贫对象能逐渐靠自己摆脱贫困。这样才能一劳永逸，不会过一两年又返贫。"

小孟听得连连点头。

梦军看了一眼王成，明显看得出他心事重重。快到张老幺家的时候，王成提出："向县长，我有重要事情要向你汇报，我能不能跟你单独谈谈。"

"当然可以。"听王成这么一说，加上他一路上心事重重的样子，梦军已经猜到八九分，王成要找他谈的多半是关于克扣扶贫款的事。王成将梦军带到一块大石板上坐下，然后说："向县长，向书记，最近我的思想斗争非常激烈，今天终于下决心，就我个人所犯的错误，向你这个第一书记做个详细的汇报，也向党组织做个彻彻底底的交代，我深感对不起党组织，对不起党，也对不起燕子岩村的群众。

"这两三年，政府扶贫的力度加大了，面宽了，扶贫的资金也增多了。我看到一些不是特别贫困的人，都得了救助，就眼红了，总想从中得点好处。每次送扶贫款，我都转弯抹角暗示或启发那些领钱的人给我好处。他们有的出于感谢之情，有的出于畏惧之心，每次都会或多或少给我点回扣。拿到这些钱，我是既高兴又恐惧，因为那么多大贪官，都一个个被抓了出来，哪里还有漏网之鱼。于是，我也偷偷地记了账，钱也一分钱没花，共有二千七百元，包括详细记录，全在这个信封里。向县长，我看到你来这儿后，深入贫困户家里，想方设法帮助他们，付出了大量心血，让我深受感动，也使我的良心受到谴责。同你对比起来，我无地自容。我吃扶贫款回扣这事，虽然金额不算太大，但性质严重，我请求组织处分，或开除党籍，或撤销党支部书记，我毫无怨言。"

听完王成的报告，梦军拿过记录本，仔细看了一下，然后退还给王成，说："你今天能够主动汇报和交代所犯的严重错误，说明你自己已经认识到性质的严重性。现在，我说说我的想法和建议：第一，你做一个深刻的书面检查，如实报告事情经过和你现在的自我反省，交给乡党委，听从乡党委的处理。第二，关于这二千七百元钱的处理，我有个想法：被吃回扣的人都有名有姓，你应该把这些钱如数退还给他们，取得他们的原谅，让你从哪里跌下去，就从哪儿爬起来。第三，组织上没有处理之前，你仍然要努力工作，在职在位一天，就应该干好一天，将功补过，继续前进，让组织看到你改过自新的行动。"

"谢谢向县长的教育和指点，我尽快将钱一分不少地退还本人。现在把这事说出来了，我感到轻松多了。向县长，我一定一边努力工作，一边听候组织处理。"

王成退还回扣款，虽然是在私下进行的，但世上哪有不透风的墙？燕子岩村的村民们心中明白，无论王成自己承不承认，他之所以会这样做，都是向梦军来了之后才发生的。这件事，燕子岩村的群众，给向梦军记下了重重的一笔。

梦军刚到燕子岩村的时候，是他逐家逐户地拜望群众，了解情况。现在，是村民们主动接近这位第一书记，向他询问政策，请他为自己的致富之路出谋划策。有时候村民登门到张老么家拜访第一书记的时候，还要从自己的地里摘点新鲜蔬菜，或者带上十个、二十个鸡蛋，要张老么弄给向县长吃。梦军坚决拒绝。到了后来，人们根本不让他和张家人知道，趁晚上悄悄把东西放在张家门口，转身离开。

见到这些情景，梦军既感觉到压力，又觉得是巨大的动力。白天，他不是出现在施工架线的工地，就是在走队串户的崎岖小路上。晚上，他在煤油灯下思考问题，设计改变全村面貌的长远方案，给朋友、战友写信，向八方求援。他给县广播电视局写信求援，请求解决卫星电视地面接收站的问题—— 一旦电力通到燕子岩，村民们马上就可以看到精彩的电视节目。他给昔日的战友而今的知名企业家写信，感谢他过去为满意新村的赞助，然后幽默地告诉他，自己已由副县长'升任'成为乡村扶贫工作中的村党支部的第一书记，想在人生的最后一个战场，再为群众办点好事，现厚着脸皮恳请他再支持一百万元，连通燕子岩村到外界的山村公路，最后还希望战友原谅他的绑架行为。他在给战友写信的同时，也给县委县政府写报告，争取筑路补贴。

......

当他觉得所有向外的求援求助信都发完后，又转入燕子岩村今后的蓝图设计。他构想在全村比较集中的地方，建一个山村农贸集市，便于农副产品交流。他还设计要建一两个类似梦想山庄那样的农家乐，在山上搞起旅游业。这里夏天可以避暑，冬天可以滑雪，还有深不可测的岩洞、阴河可以探险……他，思考的问题一个接一个，规划的蓝图越画越大。他还对罗富贵老人承诺过，等公路通了，他要陪老人家首逛开州县城，到他家做客，到川主镇去参观新农村，等等。

他，越想越多，越发感到三年的时间太短暂，太紧迫，他只能朝夕必争，加班加点工作。

三个月后，春节前送电的计划如期完成。全村群众都知道，小年晚上七点，准时供电，同时又知道了另外一条好消息：通往燕子岩村的公路，要提前开工建设了。

小年那天晚上，全村人都提前守候在自家的电灯下，等候光明到来的第一时刻。

七点正一到，向梦军、秦勤和供电站负责人一齐揭下了盖在变电器上的红绸，合上闸阀，燕子岩村的两百多个家庭的电灯同时闪亮，星星点点的灯光，仿佛一颗颗撒落在山林中的明珠。这时，村里突然响起了惊天动地的锣鼓声和"三眼炮"有节奏的巨响，还有人们的欢呼雀跃声。

闪烁在燕子岩山村的明珠，就是无声无形的号令。在修筑公路的战场上，突然多出了三四百个义工。六百多人的村子，除了老弱病残，人们几乎是倾巢出动，甘愿做辅工和不要报酬的义工。村民们都懂得，要致富，必须先修路。他们都纷纷表态，要把苦熬变成苦干，把冬闲变冬忙，争取苦战一个冬春，提前完成燕子岩村的公路建设。

32

梦军心中牵挂着修公路，过春节回家，他来回只花了五天。正月初四，他的身影又出现在燕子岩村，出现在筑路工地。

三个月后，公路已显现出它的雏形，梦军有说不出的高兴。一天上午，梦军高兴地走在毛坯公路上，同工人们打招呼，叮嘱大家注意安全，但哪知他踩到了一颗小圆石头，脚下一滑，身子倒了下去，就再也没有爬起来。工地上的人顿时忙乱起来，有的掐住梦军的人中，有的掐他手腕，诊脉博，有的说赶快绑个担架往山上抬。有人从梦军的衣袋里掏出一小瓶速效救心丸，大家才知道他有心脏病。人们赶紧往他嘴里塞药，但药丸停留在梦军的口中，完全没有被吞下去——什么样的药，哪怕是神药，对他都无济于事了！

顿时，工地上的哭声、喊声夹杂在一起，让人不知所措。过了一会儿，王成忍住悲痛，派一个年轻人，跑步下山向乡党委报告向梦军突然离去的不幸消息，随后又派人就近取下一家农户的门板，抬着梦军往张老幺家里走。他再三叮嘱，要抬稳，不要摔着向县长！

　　梦军被抬进张家院子，罗富贵得知，一下子瘫坐在地上大声哭喊起来："早晨走的时候，他还在高兴地同我打招呼，喊再见。没想到，就这个样子再见了！向县长真是个大好人啦，老天爷怎么不长眼，让我这个老而无用的人去替他多好呀！"

　　孙生一边抹着眼泪一边说："快，快把向县长的干净衣服拿出来，趁全身还没僵硬我替他换上。"在其他人的协助下，孙生用湿毛巾擦干净梦军手脚上的泥土，然后很快帮他换上衣服，哭诉道："要说是感激，我孙懒汉能有今天，要一辈子感激你向县长啊。可惜你再也听不到我的心里话了。"

　　罗富贵突然起身，他把孙生喊到一旁嘀咕了几句，就将孙生带到自己的屋里。过了一会儿，罗富贵又出来喊了几个大汉进屋，请他们把一口刚打扫干净的大棺材抬到院里，搁在两条长木凳上。

　　这口棺材是当年土改的时候，罗富贵从地主家分得的，由上好的樟木制成，又刷过多道土漆，乌红发亮，被罗富贵视为珍宝，连他老伴儿去世他都没舍得用。

　　此时，他让人把这口棺材抬了出来，不用多说，大家都明白罗富贵的用意。随后，孙生等人将换好衣服、擦净身子的梦军轻轻地、平稳地放进了棺材。

　　接着，张老幺的老伴在棺材的脚头方向点起了一盏长明灯。按照民间说法，人死如灯灭，如果不点上长明灯，死者到了另一个世界会永远摸黑，辨别不了方向，会迷失回家的路——有了这盏长明灯，梦军永远都可以常回燕子岩村看看！

　　棺材下的长明灯，照亮了梦军到另外一个世界的路。而棺材里的这位第一书记，何尝又不是燕子岩村的一盏长明灯。

　　从山下赶到山上来的第一拨人，是乡党委的秦书记和乡卫生所的两位医生——他们认为梦军是因为突发大面积心肌梗死而致命。大家知道，向县长是县里领导，肯定要等县上领导的到来，才能处理后事。但燕子岩村的村民们向秦书记提出一个要求，希望能把向县长留在山上，让他能够看到燕子岩村的变化！

秦书记坚定地表态："我肯定会坚决支持你们，我本人也希望能把向县长留下，作为我们燕子岩山上的一笔精神财富！"

来的第二拨人，是渝开区的熊区长——二〇一六年，开州县改为渝开区，因为梦军是老县长，当地人叫习惯了，所以没有改口称他"向区长"。

第三拨人是梦军的亲人们。当天下午，向安隆带领儿女媳妇先到，他们在乡政府等梦学、梦成和何畏连夜赶到，第二天一早便会同区委贺书记往山上赶去。

他们一行人到了燕子岩村，还没走近张老幺家，就只见密密麻麻的人群，把通向张老幺家的山路挤得水泄不通。

知道来者是向县长的亲人，人们自然闪开一条道，让向家人近到棺材边。向安隆走在最前边，表现得最坚强。他没有哭，看了看躺在棺材里的梦军，轻轻说了一句："梦军，你就这样地走了。"然后用手拍拍棺材。吴欢差点昏过去，被梦成和梦响搀扶着。两个妹妹走到棺材前，轻轻地喊了声"哥哥"，便泣不成声。梦学和梦功强忍悲痛，一言不发，也没有哭。何畏属于第三辈，走在最后边，他握紧拳头，嘴唇微微颤抖，似乎在说什么。

随后，贺书记、熊区长、秦勤和王成一齐来到堂屋，同向家人商讨后事处理事宜。王成首先开口讲道："向老伯、吴大姐，还有向家的各位大哥大姐，请你们节哀！我知道，无论我怎样安慰，都无法解脱你们此刻的悲痛。向老伯、吴大姐，请你们原谅我们，是我们太粗心了，只想到在向县长的带领下脱贫致富，完全没有顾及他的身体吃不吃得消。向县长他是为了燕子岩村累死的呀……"话未说完，王成放声痛哭起来。秦勤见状，接着说："向老伯、吴大姐，王成没有把话说完，他还有事想同你们商量。我们燕子岩村的村民们有个请求，希望将向县长留在山上。我知道这件事对你们来讲肯定难以接受，但我还是想说出来同你们商量。千百年来，燕子岩村闭塞贫困，是向县长为这里带来了希望，如今，向县长为了燕子岩村不幸去世，村民们舍不得他，希望他留在这里，守护着这里，守护着大家继续改变这里的面貌。"说完，秦勤含着眼泪，站起来对着向家人深深地鞠了一个躬。

贺书记和熊区长没有马上讲话，在观察和等待向家人的反应。向家的四姐弟看着父亲，也没有表态。过了半晌，向安隆轻轻咳了一声，问吴欢的意见。吴欢流着眼泪说："我听父亲的，听兄弟姊妹的。如果一定要我表态，我想人都已经走了，在哪儿都一样。要怀念梦军，一张照片就可以了。即使没有照片，也可以永远装在心中。何况群众希望梦军留下，我们也不应该不近情理。群众想到他的好处，会把他当成一股精神力量，就让他留下吧。更何况公路很快就修通了，我们今后要祭奠梦军，开车来回也就一天工夫。"

吴欢的一番话，让在场的所有人热泪直涌。

向安隆随后提出："按照规矩，梦军是领导干部，死后应移风易俗，尸体该火化，现在怎么办？"

贺书记马上说："虽说党员干部，尤其是领导干部，首先应该带头移风易俗，但我们也要实事求是，一来目前这山上不具备火化条件，本地人死了就是土葬，二来这里的群众是一片真心想梦军同志留在这山上，罗大伯把他的棺材都贡献了出来。我们共产党人又不是不讲感情的机器人，我们是有情有义，跟群众一条心的，因此入乡随俗，土葬梦军同志应该不是什么问题。"

贺书记的一席话，打消了向安隆心中的顾虑，其他人立即分头去做自己的工作，争取让梦军尽快入土为安。

向家人推举父亲为代表，在告别仪式上作简短发言。在向安隆准备发言稿的过程中，吴欢和四个弟妹，还有外甥何畏，轮流翻看了梦军的工作笔记和他对燕子岩村今后的发展设想。大家看着那一页一页写得密密麻麻的手稿，无数次被泪水模糊了视线。他们对父亲说："爸，你可以对燕子岩村的群众承诺，我们向家人今后仍然愿意为燕子岩村做些事情。"梦成说："何畏现在已是仁和镇党委副书记，若区委考察他够条件，他可以到燕子岩村来，接着完成大舅未尽的扶贫事业。"

向安隆回过头去问何畏："你愿意吗？"

"当然愿意！"

就在人们为梦军的后事分头准备的时候，唢呐、锣鼓一齐响起，"三眼炮"爆个不停——向县长会留在山上，永远不走——大家奔走相告这个消息。山上的人越来越多。不仅燕子岩村的人到齐，邻近村子的村民，居住在山下乡上的村民，都纷纷赶来，要为向县长送行。一个小小的燕子岩村，聚集着的送葬人群，不下一千人！

在告别仪式上，向安隆的一席话，让在场的所有人都感动万分。他说：

"各位乡亲好，我是向梦军的父亲，我叫向安隆，今天来到这里，一是为儿子送行，二是向大家致谢。

"儿子来到这里的工作，得到了大家的支持，也受到了大家的爱戴。今天全村人，还有一些邻村人都来为他送行，就是很好的证明。特别是罗富贵老人，将他在土改时从地主那里分得的胜利果实坚决地给了我儿子，让他享受了超标准的待遇。这份情，这份义，让我向安隆永生难忘！

"说实话，白发人送黑发人，父亲送儿子，谁不悲痛。但是，我在悲痛中为我的儿子感到光荣。我们都懂得一个道理，要奋斗就会有牺牲，要幸福就得先有付出。我到重庆的渣滓洞、白公馆参观过，那些革命烈士奋斗多年，可一天胜利日子都没享受过，就牺牲了。为了社会的安宁和发展，有无数人倒在自己的工作岗位上。今天来到这里的七个向家人，个个都是共产党员。梦军的儿子向未来，像他父亲一样，参了军，入了党，提了干，现在正在联合国维和部队，在索马里维护和平，不能来送他的父亲，但我相信他一定会以他父亲为榜样，站好自己的每一班岗。

"如今，我的儿子向梦军走了，但他还有接班人——我的大外孙，梦军大妹的儿子何畏，现在是渝开区仁和镇的党委副书记，他刚才向贺书记、熊区长提出申请，来燕子岩村担任党支部第一书记，继续完成他大舅的事业，来一场扶贫脱贫的接力赛。"

听到外公点名，何畏赶紧起身，给大家深深地鞠了一个躬。

向安隆停顿了一下，继续说："最后我要再次感谢燕子岩村的乡亲们，感谢这段时间以来你们对向梦军的支持和关照，感谢大家这么隆重地来送别他。我还要感谢区领导对梦军的培养和信任！另外，我希望大家像支持梦军那样支持何畏，也祝何畏在燕子岩村干出新的成绩！

"还有，燕子岩村的人这么好，风景这么好，如果今后这儿再能舍得给我三尺宝地，我走后也想到这里来长住不走，既来陪我的儿子向梦军，又来陪燕子岩村的人民！"

他的话音刚落，全场人含着热泪，为他热烈鼓掌。梦学更在心里为父亲大加赞赏：送别一个好干部，就在于传承一种精神，把悲痛化为一种力量。而父亲代表亲人的讲话和承诺，本身就是一种传承和接力，值得我们学习和点赞！

33

送走了梦军，一向觉得身体硬朗的向安隆，开始感到生命的不可预测。他给儿女们讲，他要抓紧时间赶快把博物馆搞起来。

梦学理解父亲。哥哥的离开，也让梦学感受到命运的无常，因此他深深理解父亲现在分秒必争的心情。这几天，他在老家陪伴父母，同时也在思索：现在的"三农"发展到了哪一步；有形的城门早已不存在，无形的城门要在何时才会彻底消失；城乡融合，城乡一体的目标，什么时候才会实现；美丽乡村的建设目标，究竟还有多遥远？

梦学觉得，要搞好展览，必须以半坡村为基础，积累更多材料。于是，他决定重新细细审视这个他离开了三十多年的半坡村。

梦学在半坡村走的第一站，是去他初中时的老同学汪三毛家。三毛老婆见到梦学，赶快迎上来，边端凳子边开玩笑说："我是该喊你迅哥儿呢，还是该喊你大记者？来来来，请坐！"

"我就算是你们喊的迅哥儿，那你们家的闰土为什么不出来接见我呢？"

"他哪敢不接见你这高级知识分子呀。你稍坐一会儿，他一大早就送货去了。"她边说边掏出手机看时间，接着说，"现在是八点四十分，他最晚九点就回来了。"

"他送什么货？"

"送鲜花！"

"你们家又种鲜花啦？"

"那当然！"

"你们过去不是种红心猕猴桃、樱桃吗？"

"现在我们也还在种红心猕猴桃和樱桃呀，但它们是季节性水果，每年只产一季。要全年都有经济收入，还得广开门路，不搞单一产品。"

谈话间，汽车声由远而近，在汪三毛家的院场上戛然而止。三毛跳下来就说："好久没见到迅哥儿了，怎么又想起我了，是哪股风把你吹来的？"

"想不到闰土也鸟枪换炮，摩托车换成汽车了。你的摩托车处理了？"

"没有处理，你看那不是，仍然在为我效力。"

"想不到汪三娃这个闰土，已不是当年的那个闰土，居然玩起一大一小来了，有点拉风哇！"

"这也叫与时俱进嘛。我们村里好多人都买了汽车，我还不是最先买车的人，我也是根据生意的需要买的。开初我用摩托车送鲜花，不仅每次驮运的数量有限，也使鲜花的质量受到影响。现在是送货开汽车，不送货就骑摩托车，两个轮子比四个轮子的方便，不怕堵车，耗油也少。"

"说明你的鲜花生意比较红火嘛！"

"也不是很红火。像今天送出去的货就只有四百多元的。"

"一天就收入四百多元，那一月就收入一万多元，一年就是十多万元，还说不怎么样？"

"我们村里，那些搞农家乐的每年也有二十来万的纯收入，只不过我们各自走的致富路子不一样！"

"你再加上每年卖猕猴桃、樱桃的收入，年收入怎么也有二三十万元，比迅哥儿的收入高多了。"

"但我还是想当迅哥儿，不愿当闰土。你当年拼命读书，还不是想跳出农村，又有谁想得到我们农村、农民能够有今天呢？这也说明，只要政策好，要改变农村的面貌，改变农民的命运，也并不是难于登天。"

"政策好肯定重要，但还要通过自己的努力奋斗。你们两口子既勤奋努力，又抓住了致富的机遇和好的项目。当年你汪三毛舍得花力气，从梦功手里转包土地，随后又将承包地改种果树，现在又增加了种鲜花的项目。鲜花可以四季常开，四季都保证有收入，是一股不断流的银水呀！"

"银水还算不上，但我汪三毛现在可以夸这个海口：全家已衣食无忧。"

"我想问你，种粮种果容易想到，种鲜花你汪三毛是怎样想到的？"

"凭空想，我怎么也不会想到种植鲜花。这个也是通过一段时间的市场观察、调查，抓到的商机。想当年，新县城基本建成，所有的城里居民都搬进了新居。焕然一新的新家，需要新的方式来打扮。我认准新县城的新市民，对鲜花的需求很旺盛，是一个很大的商机，就开始了花卉种植和经营。"

"你懂花卉栽培技术?"

"我懂什么花卉栽培技术。我从小就同粮食生产打交道,可以说除了农村里的胡豆花、豌豆花、油菜花、狗尾巴草,其他的花不但没见过,甚至没有听说过。好在我读过书,尽管是村小戴帽子的初中生,到底还是比小学生强,花卉栽培的技术书读得懂。现在通过农民职业技术学校的学习培训,我已经获得了初级农民技术员职称两年了,估计明年就能考上中级技术职称了。"

"中级职称对你有多大的意义?"

"怎么没有意义?难道只有你们知识分子评职称才有意义。别看它是农民技术职称,我们照样也有本本,有证书,有大红印章。它不但是新型农民身份的象征,也同经济利益挂钩呢。我如果取得了中级职称,我出去讲课,讲课费就会高一些。我已经被邀请出去讲了几次课了。你知道吗?那种站在讲台当老师的感觉,简直不摆了。我第一次上讲台,真有点腾云驾雾的,差点不知道自己姓啥子了。我尽量控制住自己的情绪,才把课讲完。我毫不谦虚地认为,今天的汪三毛已经完全不是二三十年前的汪三毛了,虽然我仍然是农民,但有很大的不一样。"

"看来你很有成就感。我这城里人打心眼里羡慕你这位新农民,迅哥儿也打心眼里祝贺你这当代的闰土。"

"你想不想到我的花圃里去看一看?"

"你现在的花圃有多大的面积,有多少个品种?"

"面积只有三亩多一点。品种还不太多,只有四十五个。"

"四十五个品种还不太多,已经不少了!"

"过去只认得胡豆花、豌豆花、油菜花。现在进入了这个行业才知道,这真是个花花世界,品种繁多,成千上万。不过,我们农民不是搞研究的,我们就是围着市场转,群众最喜欢什么,我们就种什么。"

汪三毛领着梦学边走边聊,很快转过小山包,只见离观澜旅游新村不远的地方,一片花海,特别醒目。梦学问三毛:"你不是说你只有三亩多吗,这一片花海三十亩也不止呀?"

"刚才你到我家,是在讨论我们家呀,你并没有问全村的事嘛。你要说起这一片花田,一共有四十多亩,是怎么来的,你回去问问你妹妹梦响书记就知道了。"

"怎么又扯到她头上,又要给她记功劳了,不要什么事都往她脸上贴金。"

"不是什么事都往她脸上贴金，是因为她的脑袋特别灵活，好使。这是真的，不是拍支部书记的马屁。三年前，她看到我那三亩多地的鲜花后，她马上就意识到种花比种蔬菜更合算。鲜花不仅能卖钱，能满足城里人需求，还能美化我们观澜新村，吸引更多人来我们这儿乡村游。梦响书记认准后，让我给大家算经济收入账，然后动员大家调整产业结构，将粮食生产、蔬菜生产，调整为连片的鲜花种植。草本鲜花生长期短，经济上见效快，现在，这片土地上月月有新花开。真正是富了农民，美了乡村。现在到处都在喊建设美丽乡村，我看我们半坡村就算得上是个美丽乡村——你仔细看，那花丛中不少人正在拍照，赏花，这里现在已经形成了鲜花经济产业链。这个功劳该不该给梦响书记记上？当然，我汪三毛也有点启发之功。"

梦学拿出手机，身子紧靠汪三毛，以花田为背景，连拍了三张。待二位自拍完毕，旁边一个帅小伙子走上前去，喊了汪三毛一声"爸"，接着说，"爸，用手机自拍，人头效果较好，但后面的背景拍不出来，这么好的鲜花不拍下来多可惜呀。我来给你俩拍，保证拍得更好。"

"汪多，来，拜见你的梦学伯父。你看，他同你老爸是中学同学，而今是高级知识分子，老爸还是黄泥巴脚杆，农民一个。但他不嫌弃我，还主动要跟我合影。"

"哎呀，你也莫要一辈子老是农民农民的。照我说，你们现在各有千秋。梦学伯父有他的事业，你也有你的平台，你也有你的优势，起码你比梦学伯父自由，说不定你的收入还比他高。"

"你简直有点不知天高地厚，说话这么没礼貌。"汪三毛责怪汪多。

"汪多说的这两点都是事实。在城里工作有许多城里的规矩，肯定没有农村自由。收入嘛，工薪阶层旱涝保收，但的确没有你爸的高。我再给你补充一条，在大城市工作，环境没有这么美。而今的半坡村，可以算得上是个美丽乡村了，的确让人羡慕。"

梦学停顿了一下，马上又问："听说你汪多一直在外打工，怎么又回来了呢，是不是被美丽的半坡村吸引回来的?"

"有一半是，也有一半不是。而今的半坡村与过去比，变化是翻天覆地，能留得住人了。我回来的另一个原因，是在外没有自己的事业，靠打工在城里闯荡，漂泊，人累心更累。"

汪三毛说："回来也好。你不回来，我们汪家还没有人来接我的班。虽说是接的农民班，但现在我这个家早就不是过去的家，已经有了一定的分量。"

汪多笑着打趣父亲："哦，你现在想到让我来接你的班啦？你过去不是嫌我是多余的，差点把我做掉吗？连给我取个名字都叫'汪多'。如果没有我这个多余的，哥哥姐姐都远走高飞了，谁来接你这个农民的班，谁来陪你养老？"

"你说得挺好听。当然你很孝顺父母这点不假。但是如果我们半坡村，我们汪家，还是那个穷样子，你愿意回来吗？我们半坡四组，过去长期在外打工的，就已经回来十多个了。他们决心今后再也不出去，要在半坡村扎根一辈子，老老实实当个原住民了。"汪三毛说完，回头对着梦学说，"不说别的，就是你那弟媳妇，也就是梦功的老婆张春香，看到我们半坡村的变化，逢人就讲，后悔当初不该花几千块去买个川主镇的户口。她以为买来了户口就成了城镇居民，结果是画饼充饥，望梅止渴，到现在既不是地道的城镇居民，又不是农民，既融不进城镇，又回不了农村。要不是当初梦功过早的交出了土地，她真想回半坡村当个新农民。"

梦学问："春香真是这么说的吗？"

"是啊，全村许多人都知道。"

梦学说："随着农业变强，农民变富，农村变美，有春香这种想法的人，肯定不只是一个两个，今后会越来越多。哦，刚才汪多说他哥哥姐姐远走高飞，飞到哪儿去了？"

"不像你们向家的后人那么能干，能飞到国外，那才是远走高飞。我那大儿子大学毕业后在重庆工作，找了个老婆是山东人。女儿高中毕业后到南方打工，跟一个湖南小伙子结了婚。如今他们在深圳买了房，安了家，还算衣食无忧。我和老婆前段时间还去耍了十天。这汪多的媳妇也是他在打工时认识的，是河南人，这几天带着孩子回老家看父母去了。儿子女儿女婿媳妇都很孝顺，这点令我很高兴。尤其是每年春节他们回家团聚，一家人说话南腔北调的，真有点喜剧。要不是政策开放允许人员自由流动，我们哪有来自天南地北的一家人。"汪三毛说。

梦学回过头问汪多："今后你还出去吗？"

"不走了，哪儿都不去。我当城漂了十多年，漂了几个城市，酸甜苦辣都尝够了，深感外面的世界很精彩，外面的世界也很无奈，城市终归不是我自己的家。现在我要老老实实把技术学好，努力当好美丽乡村的原住民，早点接手老爸的花卉事业，让他们早点放手享清福。"

"好，是个有出息的小伙子，也是社会主义新农村的新希望。"梦学表扬汪多。

汪三毛说："你别表扬汪多，像汪多这样回村里来创业发展的年轻人，已经不少了。你嫂子吴欢的幺兄弟吴明，一直跟着梦功搞建筑，但在两年前，他带着儿子回家，办了个快递公司，在半坡村搞起了电商业务，生意很红火。这父子俩收货送货，成天忙得团团转。村里的时鲜水果和食用菌，都是他们公司负责发货。你要不要去看一看？我陪你。"

梦学一听，肯定要去看，于是同三毛一起来到吴明的快递门市。吴明正在电脑前打印快递单，他儿子正忙碌地在用封口胶带为物品打包。

梦学没有急于同吴明打招呼，而是站在一旁静静地观察。正在这时，殷智开着车突然来了。他告诉梦学，几个重庆和湖北的客户订了新鲜蓝莓，他赶着要发走。他边跟梦学说话边办手续，然后掏出手机，用支付宝付了钱，并叮嘱吴明赶快发货。他说："过去我们都是联系城里的批发商，还要亲自送货进城，现在就在网上卖货，村里就有快递业务，方便极了。这在过去是想都不敢想的事，今天却是再平常不过的了。"

梦学问殷智："我刚才看到你用手机支付宝付费，这个比用现金方便得多哈，你用了多久了？"

"不光是我用支付宝，好多人都用起来了。我们村里只要是做零售生意的，基本上都用上了支付宝和微信钱包。当然，也有个别年纪大点的人，对手机支付还不怎么放心，生怕人家多收了他的钱，仍然用现金做买卖。我已经用手机代替了钱包，基本上消灭了现金交易。二哥，你说这个发展快不快？我看简直快得惊人。"

汪三毛问梦学："你还想不想看我们村的新玩意？我带你去。"

梦学跟着汪三毛来到牛牛汽车美容店，忍不住笑，问道："半坡村本来就是城郊了，还有人愿意到这里来搞汽车美容吗？"

"这是专门为那些来观澜旅游新村的游客服务的。那些人平时上班没有更多的时间去打理保养自己的车子，来这里一边休闲，一边当发烧友，动手参与汽车的内外美容，也是一种乐趣。还有，这里引来山泉水洗车方便，比城里洗车便宜一半，只需要十元。有的自己动手打理，只给五元水费。还有汽车的二保三保，价格要比城里低三成左右，因此生意红火得很，节假日还要增添临时工。"

"为什么取个名叫牛牛汽车美容店？"

"第一个牛是这家老板姓'牛'，第二个'牛'是表示这里生意红火，牛气。你知道它的老板是谁吗？就是那个有名的光棍，责任制后变勤快才娶个拖着两个娃娃的女人当老婆的牛富强。这个店是在牛富强的一手操持下，由亲生儿子和继子共同张罗的。组合家庭能搞得这么风车斗转，也说明了该他牛气。"

梦学接着又被汪三毛带到观澜新村的日用品超市。梦学不解地问："超市现在到处都是，有什么值得大惊小怪的？"

"超市肯定是屡见不鲜，但这个时鲜水果、蔬菜超市，你就见得不多了。你别看摆出来的品种不多，数量也不大，可它们只是一个样品啦。这就是前面开店经营，后面有基地在批量生产，看样订货，各取所需，立等可取。客人愿意进场体验，亲手采摘的，有导购员引领，也可由导购员全权代办。这一招很受欢迎。不少人乘兴出来玩一趟，不愿空手而归，总想带点回头货，除了品尝余味，还可以当礼品送人。"

汪三毛带梦学参观了半坡村的几个点，使梦学很有感触。回到父母家中，他主动向父亲提出："你筹备了多时的展览，过去我觉得还有点意思，而且又是你的爱好和追求，我从心里理解。今天汪三毛带我去看了几个地方，我边看边产生了一些想法，我说出来请父亲参考。"

向安隆轻轻咳了两声，清了清嗓子说："我想搞展览的打算，已经有十多年了。这向家老屋是我爷爷一边种地，一边当挑夫积攒钱粮修起来的，至今已百多年了。我在这里生，这里长，住了近八十年，别说我舍不得离开它，就连燕子都舍不得。每年春天，燕子按时归来，总是叽叽喳喳同我们对话、唱歌。

"但是，我和你们妈百年之后，又有谁来守护它？你们回来住吗？那不是天大的玩笑？谁都不来住，让它自然倒塌、消失，让它成鼠窝、蛇窝，让它墙断壁残长杂草，我真的于心不忍啦！向家老屋虽算不上名胜古迹，又没生伟人名人，不值得兴师动众保护。但若花费不大保护下来，又能发挥点作用，又何乐而不为之呢？现在到处都在喊，望得见山，看得见水，记得住乡愁，我们把它办成民俗博物馆，让人们到这里来怀怀旧，同半坡村的旅游景点结合起来，不是更好更受欢迎吗？说不定政府还会支持呢。你们觉得怎么样，都说说自己的看法。"

第一个发表意见的是梦成："我觉得爸的想法有点意思，也很有意义。我愿意出点力，支持十万元用于搞展览。"

梦响发言道："现在我也表态，作为女儿，作为村党支部书记的双重身份，我应该更多地出力。需要资金，我和殷智肯定是义不容辞。问题是这个展览要有整体的规划，要搞就搞好，要打就打响，要搞成一个人人都愿看的项目。如果搞得好，我们可以把它提升为镇里的项目、区里的项目，同半坡村的文化产业配套发展。那个时候，人们不但会记住乡愁，还会记得你这位为文明乡村做出贡献的向安隆老人！"

向安隆马上抢着说："我最初的想法，是舍不得向家老屋，想方设法保住向家老屋，留住乡村的记忆，没想到你们一个比一个的心大。现在好了，把我这老家伙使劲往前推，也不怕把我推下悬崖，摔得粉身碎骨，今后怎么下台？"

梦响马上接话说："爸爸言重了。这件事本来就是件好事，只存在如何办得好与更好的问题，不存在成功与失败，更不存在摔得粉身碎骨的可能。你刚才说向家老屋既没出过伟人，又没出过名人，说不定你一不小心，今后成了渝开区的名人呢？"

梦响几句话把父亲说得笑眯眯的。向安隆随后问梦功："你有什么想法，说说看。"

"肯定是件大好事，我大力支持。我拿出五万元给父亲作为展览场馆的维修资金。还有，这向家老屋既然要做展览用，肯定要加以改造，这改造工程就全包在我身上。"

梦功话音一落，吴欢就说话了："我文化程度不高，也帮不上其他忙，爸爸策划这个展览，我举双手赞成，我拿出五万元，表示我全力支持。"

坐在一旁的婆婆听到这话，开口说："我不同意，你吴欢过去长期当工人，工资一直不高，退休养老金也不宽裕，而且身体也不太好。梦军的工资虽然高一些，但他经常拿钱支援贫困户，也没有多少结余。你就不要拿了。"

听完婆婆的话，吴欢申辩说："我家再不富裕，但还是比不少普通家庭强。再紧，也不紧在几万元上。如果梦军在，他还可以给爸爸当帮手做些事情。我虽然不姓向，但我是向家的一员，有责任出力办好事。爸，妈，你们就答应我嘛。"

吴欢的话语恳切，大家都没再说什么。沉默了片刻，向安隆最后点将要梦学拿出话来说。

梦学说："我先表态，我家也拿十万出来。办这个展览，是件非常有意义的事，我们肯定应该大力支持。现在不少地方都在搞民俗展览、农耕文明展览和农耕文明博物馆，其目的是要望得见山，看得见水，记得住乡愁，但都有些千篇一律，单调没有新意。你只记得住乡愁又怎么样？我们记住乡愁，不是要抱残守缺唱挽歌，而是要延续深根茁壮成长，顺着来路不停向前发展。我想，老爸的展览，就不应该仅仅停留在民俗、乡愁、农耕文明上，而应该立意高一点，主题深一些，有意义一些。这个博物馆，最好就叫'三农'博物馆。民俗博物馆主要是展览过去，'三农'博物馆展览的不但包含过去，也包含现在，更包含将来，包括了我们社会主义新农村发展的整个历史过程，主题深刻得多。"

向安隆马上说："这个题目，是不是太大了一点？"

梦学接着说："应该没问题。只要是农村，就存在'三农'，农村农业农民是三胞胎，谁也离不开谁。我想，展览的内容，除了我们前面说的那些反映我们农村这几十年来变迁的物件、图片外，还有一个部分，就是关于这个展览的一些文字说明，我还在想该怎么来做？好在现在万州同成都已开通高铁，只需要三四个小时便可到达，比较方便，我会经常回来帮助老爸整理归纳的。"

向安隆听说万州到成都的高铁开通了，惊喜地问："高铁开通了，什么时候的事？听说乘坐高铁比飞机、轮船还舒服，这次无论如何要挤时间同你妈妈去坐一趟。我们还要同高铁合影，放入展览馆！"

34

梦学第四次从成都回到开州老家，同父亲最后一次修改博物馆的文字说明。

见到梦学，梦响问："哥，听说博物馆的文字说明你和老爸准备得差不多了哇？那什么时候正式对外公开展出呢？"

"就是啊，什么时候比较好呢？"向安隆也问。

梦学还未搭话，梦响又说："如果春节前搞，博物馆可以在春节期间为农家乐聚集更多的客人。不少人要利用过年时的假期，一家人出来放松休闲，他们可以来这儿看看一些老古董，尤其是可以让小孩增长见识。春节过后搞也有它的好处：一是跨过二〇一八年春节后，新年有个新气象；二是进入改革开放四十周年，也算是一个纪念和庆祝嘛。"

"我看就放在年后吧，干脆就定在三月五号。全国人代会，每年都定在三月五号，我们就借这个日子吧。再说，我的发言稿还应该准备得充分一点，博物馆的解说词和文字说明，我还要认真推敲推敲。不然，人家会说这是一家没文化、没有水平的农民！"梦学这么说后，大家都表示认可。

二〇一八年三月五日上午十一点整，向家老屋"三农"博物馆正式开馆。博物馆正面大门的左侧，挂着向家老屋"三农"博物馆的匾牌，是两米长、四十厘米宽的木刻大匾，此时仍盖着红绸。匾牌的左侧，挂着一块一米宽、一点五米高的木牌，上面用白色油漆写着向家老屋"三农"博物馆的前言。这字是向安隆自己亲手用毛笔写的。

看到来客众多，加之所邀请的嘉宾也差不多到齐，向安隆点头示意院场边的梦功点燃鞭炮。随后，又是一阵农村三眼土炮连排放。然后，向安隆以馆长的身份致欢迎词——

> 各位嘉宾，各位客人，各位乡亲，大家上午好。我感谢大家来参加向家老屋"三农"博物馆的开馆仪式。下面，请允许我诵读博物馆的前言，以代替我的汇报。
>
> 我向安隆乃地道农民。暮年发奇想，有些自不量力，利用向家老屋，自筹资金搞民间"三农"博物馆。
>
> 经十余年收藏，现摆出上千件棍棍棒棒，过时农具、家具，穿的用的，古旧物件儿，借此看农耕文明脚步，怀旧怀古。
>
> 记住乡愁，方知"农客"何处来？我们农民，世代日出而作，日落而息，在过去却从来没有个富足日子。物资奇缺年代定量供应的号票功能超过钞票，其品种之多，单位之微，五花八门，无奇不有，然在农村，它们却一票难求，以至人们发出"农民真苦，农村真穷，农业真危险，'三农'出路在何方"的呐喊。三中全会打破桎梏，人民领袖顺应民心，

"承包"良药一剂止饥饿，改革开放创造惊天奇迹。中央二十个农业一号文件步步为营，带领农民脱贫致富实现全面小康。"三农"巨变翻天覆地。

忆昨天，看今天，奔明天。不忘初心，继续奋斗，城镇化建设同乡村振兴战略双管齐下，城乡一体，城乡融合发展，"三农"一定会有更加灿烂的明天，百年民族复兴的强国梦一定能实现！

本博物馆现设岁月馆、票证馆、变迁馆、文献馆、未来馆共五个馆，难免不规范，不成熟。好在大家对这种民间博物馆不会苛求，知道意在发挥抛砖引玉之作用，以引发大家的回忆和思考。尤其是未来馆的内容，留给大家无限的空间，需要大家去想象，去设计，去描绘，去书写，去谱写出更新更灿烂的未来！

向家老屋"三农"博物馆馆长向安隆

二〇一八年三月五日

向安隆宣读完这个前言，接着，他和姜书记一起，共同为博物馆揭幕，然后他领大家进入第一个馆：岁月馆。

岁月馆的内容介绍写道：

悠悠岁月，岁月悠悠。数千年的农耕文明，内容浩如烟海。大浪淘沙，唯藏少数实物、文字可以作证。此馆我们从三个部分，向来者介绍。近千件石器、竹器、木器、铁器，记录着农耕生产技术、劳动工具的发展，人们生活生存方式的演变；二十四节气是古人通过对太阳周年运动观察，认知一年中时令、气候、物候等方面变化规律所形成的知识体系，对我国传统农业贡献巨大，被誉为"中国的第五大发明"，列入了世界非物质文化遗产名录，因此将其作专门介绍；《三字经》《百家姓》《弟子规》《增广贤文》经数代相传，俨然已是约定俗成的乡规民约，成为乡风文明的基础。

在这个馆中，最让人惊叹的是一架清代的配套雕花床。整个雕花床，外围长宽各二点五米，俨然一间小屋；前边有踏板，两边有首饰匣，上边是灯台，灯台旁边立放着殷世富捐的那根铜烟杆。床顶有两层非常精美的雕花檐，伸盖过整个床台，俨然是浓缩的楼台亭角，气派豪华。参观者赞不绝口的同时，也议论到，若非大户人家，打造这样一架雕花床是断然难以想象的。

在这架雕花床的旁边，一盏煤油马灯，享受着独占一高脚茶桌的待遇。说明书上写着：中国农村经历了松杖照明、桐油灯照明、洋（煤）油灯照明到电灯照明的时代。这盏马灯早在三十年前就光荣退休，然而却在两年前重新发挥作用，陪伴着向梦军在燕子岩村度过了半年任村党支部第一书记的时光。

票证馆的前言这样写道：

> 与物资紧缺的年代相伴而行的是五花八门的票证。那时什么都要票，首当其冲的是粮票、油票、布票。其次是食品类的，有猪牛羊肉票、鸡鸭鱼票、蛋票、豆制品票及蔬菜票。日用工业品购货票更是名目繁多，如衬衫票、背心票、布鞋票、肥皂票、洗衣粉票、火柴票、陶瓷洗脸盆票等。一些贵重物品，如各类电器、自行车、缝纫机、手表等，更是金贵，简直一票难求。
>
> 此馆陈列的票证，共有103个品种，583个规格，我们将其分为粮票、副食蔬菜票、日用工业票三个专属区，分别放在玻璃柜里上锁珍藏。

参观者走到这个馆时都放慢了脚步，一个个在放置票证的玻璃柜前弯着腰，低着头，睁大眼睛，仔细看着。

其中一个玻璃展柜里，一枚小小的粮票，特别显眼。不仅是因为展览者特意用了一面放大镜将它放大，而是因为它的面额特别扎眼，为"壹钱"，是一九六〇年南京市粮食局发行的，叫"南京市粮食局流动购粮凭证"。

不少人围着这张票议论，算账：十张才一市两，一百张才够一市斤，这壹钱粮票能买到什么？

伴随着对"壹钱粮票"的新奇印象，一些参观者来到变迁馆。该馆的前言写着：

> 以壹两、壹钱为粮食计量单位的票证时代，人们连温饱都无法解决，何谈告别贫困。穷则思变，胆大的安徽小岗村人，十八个手印在全

国激起千层浪。土地承包责任制让八亿农民告别饥饿，解决温饱，走向富裕。四十年改革开放，使农业强起来，农民富起来，农村美起来，"三农"发生翻天覆地的巨变。

半坡村是中国的缩影，向家人更是其中的沧海一粟，但我们每个人的生活都发生了翻天覆地的变化。

此馆图文结合，力图从小岗村到全国，又从全国到半坡村，再到向安隆一家，从向家人的小档案中，窥见当代农民生活的变迁。

在这个馆中，有一组展板让人印象深刻。

展板上第一幅图片的内容是河北省灵寿县农民王二妮铸的"告别田赋鼎"。旁边注明，此鼎由黄铜铸造，通高九十九厘米，最大直径八十二厘米，重达二百五十二公斤，铭文五百六十字，颂扬国泰民安社会和谐。

第二幅图片展现的是四川省南部县保城乡宗家坪村的"告别田赋纪念碑"。这座高三点三米、宽二点七米的"田"字形石碑，是五百多名农民自发捐钱树立的。碑上刻着"宗家坪村，穷乡僻壤，辈辈农耕，代代纳粮，党和政府，慈母心肠，惠农政策，永世不忘。二零零六，农税全免，五百人口，四百亩田，减税七万，实惠八万"，表达全村人的心声。

第三幅图片是"老农民殷世富举办免除农税庆祝座谈宴"。这幅图片由三张照片组合而成，都是由向安隆拍摄的。一张照片为殷世富在大红横幅座谈会标下讲话，一张是农民们共同举杯庆贺，还有一张是王三娃等几个农民挤在一个话筒下，尽情高歌。这幅图片下面，特别注明这是"重庆市渝开区川主镇半坡四组"。

同样是告别田赋纪念，主办者选择了来自河北、四川、重庆三个不同地方的事迹进行展现，可见这项政策深得人心。

此外，该馆中还有一组由十张图片组成的大型展板，反映半坡村的变迁。

之一：粮食产区变成蔬菜基地

之二：半坡村变成花果园

之三：观澜旅游新村拔地而起

之四：乡村中的留守儿童之家

之五：观澜新村文化广场

之六：半坡村有了汽车美容店

之七：半坡村的农民技术夜校

之八：物流电商进农家

之九：老农民办起摄影展

之十：老农民办起"三农"博物馆

参观者看完十张陈列图片，接着读到这样一段文字：变迁馆介绍了国家，也谈了半坡村，最后我还想借这自办的民间博物馆说说我们向家，既可以说是塞进的"私货"，也可以说是向家人以小档案的形式，向时代做出的汇报。

向家小档案：

向安隆和他的上辈，以及上辈的上辈，祖祖辈辈都是纯而又纯的农民。祖父以耕田为业，农闲时在万县至开州县，开州县至城口县这五百里山路上当苦力，挑送山货、日用百货，挣下钱修了向家老屋。父亲承祖业，一生安守本分。本人读了三年多私塾，承业结婚生子，同老伴李桂芝共育三男两女，所幸均非次品。其中三人跳出农门，事业各有所成，余下二人留守半坡村，过着不乡不城、既乡又城的生活——因为人们把这半坡村称为是城市里的乡村，乡村中的城市。五个子女共育有六个孙辈，而今有两个成了农三代，不怕"三农"接班无人。本人一直感恩新社会，五十多年前就加入中国共产党，担任了三十多年生产队长。安隆为人既传统又不保守，甚至有点与时俱进，人近古稀还学摄影搞影展，歌颂社会歌颂新时代。如今，以八十之龄做成"向家老屋三农博物馆"这件我人生中最有意义的事，心满意足也。

向安隆的后面，依次是向梦军、向梦成、向梦学、向梦功、向梦响的人生小档案。

看到这里，很多参观者忍不住思考：国家变，乡村变，家庭变。无处不在变，无时不在变，而且是在大变，巨变。大变巨变的核心动能是什么？力量源泉是什么？

文献馆中，陈列着新中国成立以来国家领导人的经典语录以及国家颁布的有关"三农"的各项政策。

踏入博物馆的未来馆，参观者突然感觉到馆里很空。其实，这是策划者精心而为。他们的初衷是，既然是未来馆，那么未来就应该是充满遐想的，因此，未来馆不多的物品中，充满了创意和深刻的寓意，比如时空密码舱，就让参观者感到惊奇。

时空密码舱是一个长三米、高两米、厚八十公分的大型木箱，靠墙而立，"时空密码舱"五个大字非常醒目，横喷在大木箱的正面。箱子的上面分别留有三个投递口，就像邮筒的投递口一般。

时空密码舱的下面，写着：

"欢迎你写下对未来的祝福，对未来的期许，对未来的承诺，对未来的憧憬，对百年中国的勾勒、想象……

"打开舱门时间：百年中国——二〇四九年十月一日上午十点，欢迎你再度光临，共同见证你心中的期许，见证历史，见证百年中国！"

时空密码舱的两边，各摆着一个可以坐着写字的书台，上面放着笔和时空密码舱的专用稿笺纸。

正当大家为未来馆，为时空密码舱的创意叫奇的时候，一位少年端坐在桌前写起来，写完后又检查了一遍，便高兴地从投递口塞进去。姜书记上前询问："小朋友，你写的是什么？"

那小朋友得意地指着箱上"密码"二字说："这是秘密，到二〇四九年你再来，你就知道了！"

"二〇四九年，你可能见不到我了。但我想象得到，那时的国家不知要比现在好多少倍。那时，你多少岁了？"

"我现在十二岁，三十一年后，我就是四十三岁了。那时，我肯定会有我的事业。但我无论在什么地方，到开舱的那一天，我一定会再来，对照检查我个人的承诺，向百年中国做汇报，向祖国祝福、再祝福！"

（完）